90后创意小说上海"战"全纪录

《零》团队 / 编

上海文化出版社

目 · 录

---序言---

序 / 程永新...1

---初赛---

建国以来第一次全国范围的非主流寻人启事（大赛宗旨）/ 组委会...4
Join it & Enjoy it（初赛宣传）...6
评委卡司&文学导师名单...7

---全纪录：复赛阶段---

【14强作品】

镜像 / 程浩...14
沉潜的大陆 / 李姗姗...19
小说家 / 王彦堃...24
圆形地带 / 陈时锋...27
万袭 / 陈振滨...32
逃命先生 / 卫天成...36
A叔的故事 / 李昱萱...41
比干蛊以及时间以及战争 / 修新羽...47
人类 / 孟盛...54
模仿者 / 崔斯也...58
途中人 / 赵枢熹...62
阴谋 / 刘元庆...67
与罪犯共谋 / 贾彬彬...73
活 / 陈义仁...78
决赛名单出炉...85

―――― 全记录：决赛阶段 ――――

独立作品题目大票选...89
决赛日程...90

第一环节　名牌搭档

项链/程浩、贾彬彬指导/周嘉宁...93
变形记/崔斯也、陈义仁指导/蔡骏...98
桃花源记/李昱萱、孟盛指导/苏德...102
我的叔叔于勒/卫天成、陈时锋指导/徐敏霞...104
文/赵枢熹、陈振滨指导/路内...108
最后一片常春藤叶/王彦堃、刘元庆指导/王若虚...112
幕后花絮一...116

第二环节　疯狂字典

信/程浩、陈振滨、贾彬彬...123
将相和/陈义仁、陈时锋、王彦堃...124
只说一个字的少将/崔斯也、李昱萱、赵枢熹...125
大恒皇纪年表/刘元庆、孟盛、卫天成...127
幕后花絮二...129

第三、四环节　独立作品

苹果 / 程浩 ...135
找乐 / 赵枢熹 ...140
找 乐 / 贾彬彬 ...146
……！/ 王彦堃 ...152
……！/ 李昱萱 ...158
…… / 刘元庆 ...164
……！/ 陈义仁 ...170
……！/ 孟盛 ...176

苹 果 / 陈时锋 ...182
……！/ 卫天成 ...188
找乐 / 崔斯也 ...193
找乐 / 陈振滨 ...199
幕后花絮三 ...204
酒会暨颁奖典礼 ...206

―――― 复赛作品精选 ――――

【概念创意】
谋杀上帝 / 张其鑫 ...211
寻找表情 / 蔡思捷 ...216
月亮上的扣子 / 陈冬冬 ...222
星期八小城 / 鲁一凡 ...226
一个人的世界 / 沈正攀 ...230
清明梦 / 李航 ...235

【结构创意】
麻里·斯托卡 / 刘砾 ...241
六月小镇 / 朱佳琳 ...246
相遇 / 卢俣丞 ...253
绑架 / 黄琰 ...256

【故事创意】
蛊 / 李东颖 ...263
哟嗬，埋起来 / 陈艺璇 ...268
时光枷锁 / 陈超峰 ...272
第八宗罪 / 尤驰远 ...278

序 言

/程永新

一　90后创意小说大赛的意义

经过三十年的文学实践，中国当代文学走过了一段辉煌的复兴之路。从井喷式的文学启蒙运动，到世界各种文学流派包括现代后后现代的引进和探索，再到新世纪伴之以青春文学的兴起和类型小说的繁荣，这大概就是当代文学的一幅线路图。不可否认，盛极过后的文学开始遇到一定的困难，传统写作出现了瓶颈。它的标志之一，就是文化断层在悄然加大，年轻的一代不再受传统价值观的束缚，年轻人没有历史记忆，巨大的精神鸿沟横亘在世人面前。90后创意小说大赛的举办，有助于在文化断层之上架一座桥。热衷于写作的青年人，通过与60、70、80后这些已经取得一定成就的作家们的交流、沟通，使文学的传承与光大具有对接的可能性。由上海这个开放性的国际都市来筹划举办这个活动，是一件功德无量的事。

二　本次大赛作品的特点分析

1. 多元的风格，丰富的叙事

在参加复赛的57篇作品中，可以明显看出类型小说繁荣背景下的90后的写作流变，虽说这些作品中不乏传统写作风格的作品，但占据较高比例的是具有玄幻、科幻、灵异、恐怖、悬疑、穿越、鬼怪、黑道、武侠等等诸多类型小说元素的作品。

2. 不同寻常的叙事风格，出色的语言驾驭能力

如程浩的《镜像》是一篇同性恋题材的作品，非常准确的人物心理把握，叙事的成熟超乎想象；如刘砾的《麻里·斯托卡》结构完整、构思巧妙；李铮的《枪手》叙事非常地流畅；李昱萱的《A叔的故事》中，A叔这个人物塑造得非常鲜明；语言方面较为突出的有修新羽的《比干蛊以及时间以及战争》，幻想性的叙事元素，意境辽

阔；叙事能力比较突出的还有王彦塑的《小说家》、李航的《清明梦》；陈时锋的《圆形地带》则明显有先锋小说的影子；张蔚欣的《鱼先生的故事》文字优美，具有童话风格。

3. 诡谲的想象力，令人耳目一新的创意

如刘元庆的《阴谋》把商场的出口想象成过往岁月的蛇洞，人群从蛇洞蜂拥而出；如崔斯也的《模仿者》为模仿者立传，寓意令人回味；如张其鑫的《谋杀上帝》谋杀上帝的想法非常独特；蔡思捷的《寻找表情》构思很巧妙，画家失去对表情的感觉意味深长，结尾也很精彩；陈冬冬的《月亮上的扣子》从收藏扣子到以扣子果腹，完全是后现代的笔法。

决赛阶段，在辅导老师指点下完成的作品，也给我留下深刻的印象。第一环节中，《变形记》把主人公变成一部手机，是一个大胆又富现代感的创意。在工业时代，经典作家既然可以把人物变成甲虫，在物化的年代，为何不可变成一部手机？《我就是叔叔于勒》中于勒开始作为第一人称叙事，人物因视角的转变即刻变得丰富起来；《项链》的故事情节的改变，颠覆了原作的核心价值；第二环节中的《信》，借鉴了《一千零一夜》的叙事方式，层层相扣，故事套故事，像俄罗斯套娃式的结构，很有新意。《只说一个字的少将》，巧妙合理地利用了比赛规则。还须特别指出的是，第二环节的集体合作作品，体现了90后选手们良好的古典文学功底。

三、对不足之处谈些不成熟的意见

1. 复赛阶段的五十七篇作品，以及决赛期间，像合作作品《桃花源记》和个人作品《比干蛊以及时间以及战争》这样色彩明亮的不多，大部分的作品弥漫了一种阴郁的气氛。表现现代年轻人精神向度的作品不是很多。

2. 决赛阶段第四阶段的作品，我个人觉得，在创意方面似乎没有复赛作品来得出色。"……！"的题目给选手们提供了广阔的想象空间和写作空间，它的重点在惊叹号，需要一个欧·亨利式出人意料的结尾，选手们似乎把握得还不够到位。另外，选择"苹果"这个题目的选手，没有很好利用苹果的意象，像是把预先写好的作品，嵌入到选题中，给人稍嫌生硬的感觉。

3. 在资讯发达的多媒体时代，一些作品的创意是否明显受到电影尤其是外国作品的影响。

初赛阶段

建国以来第一次全国范围的非主流寻人启事大赛宗旨

我们在找人。

找写小说的人。

写小说？这样的人不是很多吗？他们可能就在肯德基餐厅里奋笔疾书，在自己家的餐巾纸堆里奋笔疾书，在图书馆奋笔疾书，在无聊的英语课上奋笔疾书……

No No No，我们不要情绪化的小清新"小说"，不要随便在哪个博客或者QQ空间里就能看到的没有情节的"小说"，不要动辄几百万字、只有起点超人和晋江绿巨人才有毅力写出来的鸿篇巨制"小说"，不要看个开头就能想到起因经过结果的"小说"，不要看了半天都不知道在说什么的"小说"——更不要那种去掉主要角色名字，你会发现跟别的小说在情节故事上都"神同步"的小说。

我们要创意小说家。

我们要创意小说。

我们要创意。

什么叫"创意"？就是前无古人，可能后有来者。你看完之后会说，"呃，这东西真说不准，以前没见过，不知道怎么说才好，但挺不错……"——Yes！这就是我们要找的"非主流"小说家！

我们想要的，也许就是那种会在厕所小隔间的门板后面涂鸦着便秘的小说提纲，然后灵光一闪，看到缪斯女神对 ta 莞尔微笑、神来之笔在他脑海中浮现，就会立刻兴奋得冲出厕所在大街上兴奋狂奔欢呼的小说界阿基米德（未必要在现实世界里这样疯狂，但内心应该如此）。

于是就有了这个比赛。

我们要找最年轻的群体——90后，还有00后；我们要找遍这个星球上曾拥有最古老最灿烂文明的国度——中国的大江南北白山黑水（包括钓鱼岛）；我们要采用前所未有的初赛、复赛、决赛制度——题目和挑战环节都严格保密；我们要邀请最苛刻的四代名作家评委——他们的口味各不相同；我们要把最有潜质的选手召集到全中国最繁华最有活力的城市——上海。

然后点燃灵感，燃烧创意，用小说震撼你。

呃，"我们"究竟是谁？

我们是上海作协旗下的《零》杂志团队，我们是云文学网，我们是上海作协文学百校行办公室，我们是上海大学文学与创意写作研究中心，我们是《萌芽》杂志……

我们是所有那些渴求创造、创新、创意的人们。

我们相信，无论是纸张还是 Word 文档，无论是铅字还是搜狗输入法，一个好创意，能点亮生活，一篇好小说，能改变你的一生。

我们就在这里。

Jion it & Enjoy it

一、活动宗旨：【5678带出9！最有创意的90后！】
为找到最有创意的90后写作新人，倡导"创意写作"理念，四代作家组成5678评委团，选出最有创意的90后。

二、活动流程：【创意突围、作品淘汰、会师上海】
1. 初赛·创意突围：在微博上，一个好的创意让你突围！60个参赛者能进入下一阶段；
2. 复赛·作品淘汰：将突围的创意变成完整小说，在云文学网上决出12名决赛选手；
3. 决赛·会师上海：12位选手8月云集上海，免费参加10天的创意写作训练营，拜会名师，PK决出最强的90后创意写作者！

三、最终奖励：【配备写作导师、创作基金、长期关注】
1. 写作导师：决赛前六名每人配备一位70或80后知名作家担任"写作导师"，为期一年。
2. 写作基金：决赛前三名分享24000元写作基金。
3. 作品发表：优秀作品将由《萌芽》和《零》杂志专题发表。
4. 长期跟踪：优秀作者将成为上海青年作家重点培养对象，《零》杂志长期跟踪。

四、参赛方法：【说出你的小说创意】
参与本次微活动，用几句话或者几张图说出你的小说创意。
一条微博让你们会师上海。

你可以只给我们一个基本构思，一个小想法，一个悬念，一个开头，一个片段，甚至几句别出心裁的对白，只要让我们能看到你与众不同的创意！
（每人参赛的创意数量不作限制）。

评委卡司

50后

他是顶级文学刊物《收获》执行主编，推出过当代文学史上的许多"牛作"。他是别致独特的小说家，懂得写作者。他关注文学最前沿，一个严肃的型男。他期待和90后交流。

他是程永新

多年前，他风华正茂，青葱翩翩，却以先锋小说家的锐气闯入文坛，掠起阵阵惊呼，被誉为最纯粹的小说家。多年后的今日，面对比他当年更年轻的90后，他将如何挑选？

他是孙甘露

60后

他是小说家，他是文学教授，他在上海大学创立了国内首家创意写作中心，他曾说小说会进入类型化阶段，如今果然应验。

他是葛红兵

她是安静低调的小说家，也许你不知道她，但在纯文学界，她的名字象征着头条，先后在多家顶级纯文学刊物发表作品超过一百万字。她也是《上海文学》杂志挑剔的小说编辑。

她是姚鄂梅

70后

他是巴比伦的少年，被评论家称为70一代最好的小说家之一、GQ智族杂志的年度作家。曾经担任广告公司创意总监，半年内在《收获》杂志连发两个长篇，包括备受王安忆老师欣赏的《少年巴比伦》。

他是路内

他是中国第一悬疑作家，《悬疑世界》杂志主编，致力于打造属于中国人自己的悬疑小说。出过的书和杂志摞起来和成年男子一样高，作品被改编成电影、电视、话剧……

他是蔡骏

他当过警察扛过枪，干过记者站过岗，被北岛誉为近年来最优秀的汉语小说家之一。在他出道时助过一臂之力的老罗罗永浩说："因为他，文学史会留下我的名字。"

他是阿乙

80后

她是《萌芽》杂志编辑，上海作协青年作家，新概念大赛第一届元老。作为重量级青春文学刊物的小说责编，传说她每天毙稿无数，杀人如麻……

她是徐敏霞

她是新概念大赛第一届的元老，文艺杂志《鲤》的文字总监。作品飘逸清灵，以善于臆造缠绵的幻境见长。她不是文艺女青年，她就是文艺本身。

她是周嘉宁

她被认为是中国最有纯文学气质的青年小说家，上海作协签约作家。作品《钢轨上的爱情》受到马原和虹影的极高评价。其书法作品《爱尔兰新诗歌》曾展出于2010上海世博会的爱尔兰馆。

她是苏德

他喜欢中指打字，他写非主流校园小说。他是马贼，他是尾巴，他让身体飞。他字写得难看，却从不为签名而练字，因为他觉得这是真正的自己。他没节操没下限，有一点点内涵。

他是王若虚

文学导师名单

12位决赛选手每人将有一位文学导师,评委中的70、80后作家都在导师之列,另外五位导师分别是——

走 走

女,《收获》编辑、小说家。认为语言是文学最必要的条件,专注于探究人性和动机的复杂。出版长篇小说《得不到你》(《爱无还》)、《房间之内欲望之外》(《爱有期》);散文集《上海夜奔》;中短篇小说集《哀恸有时 跳舞有时》、《961213 与 961312》。

那 多

男,中国当代最重要的悬疑小说家之一,以惊人的想象力征服读者,专注于悬疑小说创作。至今共出版二十多部小说,其中悬疑小说十六部,销量百余万册。代表作为"那多灵异手记"系列小说,《百年诅咒》、《甲骨碎》、《清明幻河图》等。

孙 未

女,上海市作家协会、中国作家协会会员。已出版书籍十三部,有长篇小说《寻花》、《我爱德赛洛》、《富人秀》、《奢华秀》等。在《中国作家》、《十月》、《上海文学》、《长江文艺》、《小说界》等文学期刊发表有小说。曾在爱尔兰、美国等地作文学艺术交流。

小 饭

男，1982年出生于上海康桥，2004年毕业于华东师范大学哲学系。曾在《收获》、《十月》、《萌芽》等期刊发表小说。曾获《上海文学》"全国文学新人大赛"短篇小说奖、《青年文学》"文学新人奖"。出版有长篇小说《我的秃头老师》、《中环线》，短篇小说集《毒药神童》、《妈妈，你知道我偏为添乱而生》，散文集《婚前教育》等。

颜 歌

女，80后十大实力作家。从1994年起发表作品，2000年开始在榕树下发表小说，作品广受欢迎，被众多电台、杂志转播转载。2001年，加入四川散文协会。2001年，被鲁迅文学院评选为"中国少年作家小说十佳"。2002年2月，荣获"全国第四届新概念作文大赛"一等奖。主要出版作品:《关河》、《良辰》、《异兽志》、《桃乐镇的春天》、《五月女王》、《声音乐团》等。

全记录：复赛阶段

复赛时间：2012年7月27日—8月12日
参赛平台：云文学网（www.yunwenxue.cn）
字数限制：5000字
选手人数：60
晋级名额：12

镜像
沉潜的大陆
小说家
环形地带
万裘
逃命先生
A叔的故事
比干蛊以及时间以及战争
人类
模仿者
途中人
阴谋
与罪犯共谋
活

十四强复赛作品 Show Time

镜 像

文/程浩（1992）

一

他不知道李德祥什么时候来的固镇。

就像他不知道自己怎么长成这副模样。他的怀疑首先是从自己的长相开始的。他的鼻子很挺，双眼皮，这与从农田里迁徙到镇上来的父母都不一样，他像个少数民族的孩子。他无法质问旁人，更不能求证父母，事实就摆在镜子里。

镜子是诚实的，当一个人长久凝望一面镜子，隐藏的秘密将以一本书的姿态显现出来。他没考虑过在那本书里，究竟是镇上的私人生活史多，还是属于他的人生哲学多。唯一能够确定的是，李德祥就这么出现在了镜子里。水银似的镜子泛起涟漪，荡到了耳朵里，成了一句字正腔圆的北方普通话："短碎发？"

他不知如何拒绝，可剪完之后，又有些失望。他设想过要剪什么样的发型，两侧推平，其他适当剪短，兼具帅气和清爽。他实在不愿承认镜子里的形象是理想的，一口气憋在心里，吐也不是，咽也不是，心不在焉撩着额前的一缕发，对吴文说："你看这个头发怎么样？"

吴文叼着一根烟正在洗手，呢哝地回道："还行。"说着把手从池子里拎出来，往赤裸的上身上揩了一把，发现实在达不到干手的标准，又去蹭了裤子，笑嘻嘻道，"有点儿像公鸡。"

李德祥站在他的背后，双手扶住他的肩膀，盯住镜子里的他。这时外面经过一辆送货卡车，轰隆隆地轧过年久失修的柏油路面，干燥的夏天不放过任何一个扬起尘烟的机会，透过卷闸门看出去的视线瞬间乌烟瘴气，他热得烦躁。

李德祥用等待给他提供的服务没有让他觉得过意不去，小镇赋予他这项权利。早有传说李德祥不是什么好人，经过他的身影多半来去匆匆，招呼的笑容里全是勉强的神色。这个年轻的男人太怪异了，在小镇人民眼里，他昂起的三角脸那样白皙地骄傲着，实在不正常。他那一口和电视里演员一样的口音有着天然的不可信任的性质。方圆十里，固镇话才是普通话。无论怎么看，他都是不靠谱的。

不靠谱可以成为一个人的标签。哪怕这个标签的来源莫名其妙，只要一经确定，其他各个方面都会坐实。比如他的手艺和生活作风同样不靠谱。再具体一些就是,他曾把北街王婶的头剪秃了一块儿。传说王婶在发现了自己的悲剧后,二话不说抄起台面上的剃刀,向斜倚在墙上的无框落地镜狠狠砸去,接着一个挺身站在了镜子的废墟中,脸部微昂,浑然一副慷慨激昂的女英雄模样。她背靠门口围观群众的眼光大喝:你今天不赔我十倍的理发钱,我把你这儿砸个稀巴烂。

他没有仔细探究过这些传闻,事实上也无从考证。在他眼中,王婶永远是他最不喜欢的暗黄色方便面造型。

有一点他不得不承认,他从很早就用一种非常隐蔽的方式观察李德祥。他记得李德祥第一次出现的场景属于十四岁那年。他半夜被尿憋醒,摸摸内裤,黏黏的,散出微腥甜腻的气息。他迷迷糊糊觉得憋闷,挣扎着起身出门。九月的深夜毕竟不是仲夏夜,天上繁星一颗不少,地上却无端多了几颗露水。他神志不清地靠在木门框上发呆——那时候家里还没装卷闸门,这是一个可以佐证时代足够久远的证据。

头顶的月亮明晃晃的,洒在夏末丰腴的河湾里,像是太阳底下被揉碎的玻璃渣,一长条晃晃荡荡地亮。再靠近些,路上竟悄无声息走着两个人。靠他那侧的人,他是知道的,姓李,母亲警告过他不要去那个人的店理发。母亲瞪着单眼皮的小眼睛说,小心把你剪成癞痢头。另一个,他只觉得似曾相识。他目送两人上了桥。当视线再度虚空的时候,他困极了,摸进房间沉沉睡去。

二

小镇不大,只有南北两条街,以东西中三座拱桥连接,中间隔着一条流向淮河的河湾。在狭小的空间里,他有大把的时间去回忆第一次遗精的晚上发生的事情,直到他十六岁的某一天,他才恍然大悟,吴文就是当晚的两个主角之一。

他十六岁了。他一直在小镇度日。在这两年里面,他成为一个有美学原则的少年,穿衣看书结交朋友,一切都有自己的体系可循。直到某天,他突然感觉小镇对他不那么宽容。他忘记从什么时候有了环绕小镇走路的习惯。那并不是散步,他将自我抽离出脚下的路,并且采取一种观察的态度,因此只是一种被称作走路的行动。对于一个十六岁的少年,他具有十分高的警惕性,至少他意识到了小镇这种矩形格局的逼仄。小镇被群山围住,到任何一条路的尽头,他只能折返。就是这样折返又折返的旅途中,他一次次以一种动态的方式重新遇见了那个夜晚的回忆。

两人早已认识,对他来说,吴文是一个开服装店的男人。而在吴文来看,他不过是镇上常混迹于他店里蹲烟抽说废话的普通小孩,仅此而已。

小镇上人少,关系却复杂得很。真要推算起来,他还得管吴文叫一声表舅。表字是缩写,要扩展开,需要用很多个表字才能准确表达两人的关系。起先他并不知晓这层关系,在进一步接触的那天傍晚,他作为一场战斗的胜利者,被几个大人押着从北街往南街走。吴文在桥北头的店门口看见这个身材清瘦的少年一脸狰狞的样子,少年只给他留了一个紧绷的背影就上了桥。再见他是一小时以后，少年的脸上挂着几道伤，乌的红的，天边霞光红得灼人，映出他满脸可怖的喜庆。少年在桥北坐着，夏天晚风单薄氤氲，裹挟了水草的腥气，冲他脸上混乱一气，他失了平衡，差点往河湾里倒去。吴文一个寒战，失声叫道："王涛子！"

他的名字叫王涛，在小镇方言里，孩子的名字后总是缀着一个"子"。熟的人叫他"涛子"，不那么熟的人叫他"王涛子"。

吴文的店向来关得早，只是这天，一切更显异乎寻常。他站在衣服堆里，看着吴文的卷闸门越来越低，一脚踩下去，呲啦啦，屋外的红光被生生地撕碎，瞬间化为乌有。屋内没开灯，黑乎乎的空气中发酵着一股子劣质皮革和化纤的味道，他之前没怎么注意过，那天却格外清楚。

他不像警惕小镇一样抗拒吴文。吴文是知道他和这个小镇的区别的，事实上在那个傍晚之后，吴文知道的区别要多得多。他和吴文之间的一点理解是那时候他拥有的全部。理解是一扇门，他走进这扇门，丢掉了脸谱，只留下了一具真诚的身体横躺在吴文的床上。吴文递过来一支廉价的香烟，两个人像平等的成年人一样沉默抽烟，他瞬间就享有了一种成年人的待遇。

三

关系总是自然而然建立的。你来我往，那就熟了。小镇上的人没有那么多心思去探究凭空出现的关系背后的深层心理原因，即使是当事人，也是一个念头闪过，无从考量。本着这样的原则，他在第三次去李德祥的店里剪头发的时候，问了李德祥一个兼有浪漫气息和窥探欲望的问题："你怎么到这个地方来了呢？"

李德祥说："我是一个没故乡的人，风往哪儿吹，我就落在那儿。"

话音刚落，吴文就走了进来。他不再说话。

服装店在理发店的隔壁，来人买衣服却总从理发店喊出来这个吴老板。吴文在李德祥的店里的时候，不常和他说话。每次他来剪头发或者闲坐，吴文几乎不和他搭腔，这和在服装店里间卧房里的吴文判若两人。然而不知道从什么时候开始，他竟和吴文一样，长在了李德祥的店里。从那以后，他多少有点疏远吴文。比如他很少再去吴文的店里和他单独理解。反而愿意陪李德祥包车去遥远的县城进货。要是没有开车的司机，一切就更完美了。

他没有想过自己为何要接近李德祥。也许是因为李德祥手臂上另类的青色文身与小镇格格不入，靠近他，就能实现两街三桥范围内的遗世独立。在紧贴李德祥昂起的三角脸时，他不必费尽心机去讨好小镇获得认同与宽容。

无论如何，他在一个清晨溜出了门，孤身去赴一个进城的约。陌生的司机不声不响，如同窗外他看了十六年的山一样，永恒得让人乏味，他困了，张大了嘴巴连打了三个哈欠，李德祥拍了拍自己的肩膀，暗示他把头靠在自己身上。他的头接触到李德祥肩膀的刹那，心里生出了一个非常不合时宜的念头：肩膀真硌人。他偷偷抬头看了看李德祥，他太瘦了，腮上一点肉都没有，颧骨到颌骨的线条在背阴路段的黯淡光线下像个来路不明的魔鬼。

李德祥无意中断他对自己身体形状的体会，而事实上两人沉默的姿势一直处在一种微妙的变化中，车子翻了几个山头后，他已经趴在了李德祥的腿上，李德祥用手护住他的腰，避免下滑。他睡不着了，猛地想到也许刚才的睡意只是某种剧情需要的心理暗示。他的手贴紧了李德祥的腿，尽管隔着一层薄薄的裤子，他依然能感受所有关于李德祥的腿的详情，甚至掌握了那双纤瘦却不失结实的大腿上汗毛的走向。这种秘密感让他很兴奋，转而却烧成了失落。他突然害怕这种纵容是对方对他年幼无忌的确凿。他不禁意图采取一种行而有效的方式来试探，比如，抚摸。

手长了脚，汗毛的走向也由意志决定。他装模作样抬起头看了一下男人，遭遇了一双似笑非笑的眼睛。事情变得明朗，他顺势继续躺了下去，两个人的姿势已经由对峙变成了合作，而他也明白了李德祥的意义所在。

夏天的日光是多么毒辣，夏天的日光又是那么短暂。小镇远离之后又靠近了，正如他靠近了李德祥神秘莫测的神情，又要远离了。不经意间月亮已经升起来，那天应该是十五或者十六，否则月亮是不会圆得如此周正。只是有点昏黄，他不十分喜欢，毕竟是和十四岁那年某个晚上的月亮不一样。

四

他是从北街王婶的嘴里知道出事的，当然王婶并没有告诉他。王婶和母亲突然压低声音地谈话，反而使得事情凸显出诡异的内容。他心不在焉，六神无主。一眼望去，街上行人的身影变成一条条白花花的大腿，来来去去十分可疑。他对母亲说要去北街买点东西，语气虚得很。在王婶面前，母亲忙着成为一个合乎礼仪的小镇妇女，敷衍点了头算是同意。

医院里本没有什么认识的人，进去之后却遭遇了镇上最相熟的人。他突如其来地恶心吴文杵在眼前，却猝不及防在吴文的眼里撞见自己满脸的张皇。他被一种莫名其妙的力量钉在了原地，前进不得，又后退不得。像一个在劫难逃的罪犯，此刻他无比希望拥有一孔黑暗洞穴用以藏身。

他却只能在手术室门口的长椅上坐了下来，问："他怎么搞的？"

吴文说："早上出去没关门，不知道哪个小畜生偷偷进去把墙上的大镜子架到里屋门上面，他一推门，整面镜子就掉下来砸到他头上，脸都划开了。"

"现在怎么样了？"

"不清楚，医生说就怕扎到眼睛。"

镇上的电压总在晚上出问题，反应在每一盏灯上。眼前的挂在手术室门上的指示灯也不例外，一明一暗，以相当高的频率发出嗞嗞的声音。一排低瓦数的白炽灯照在两壁的瓷砖上，把年久发黄的白色映得愈发陈旧。医院走廊上再没有旁人。

李德祥被护士扶着出来的时候，脸上身上贴满了白纱。李德祥的眼神不再像之前那样写满若即若离的神秘，它在这一刻是无力而苍白的，扫过他的时候，他为那种未曾见过的清冷感到心惊。

在病房里，李德祥躺在床上，像一具不动声色的死尸。他有些害怕，不敢走近，血液和消毒水的气味却不放过他。窗外的月亮照进来，照碎了李德祥一脸的痛苦，场景变得滞重而诡吊。

当晚他跟着吴文去了服装店。卷闸门在黑暗中拉上拉下的声音如同一把锋利的剃须刀。吴文急不可耐把他推倒在了衣服堆里，他把头埋进了这些从城市批发市场弄进来的廉价衣服中。鼻子里血液和消毒水的味道还没退去，又新增了其他尖锐的具有工业属性的味道。一时间他不知所措，他忽然产生不知道自己是谁的错觉，他也不清楚自己在什么地方做什么事情。

吴文扭动着身体问他："你是不是喜欢他？"

他咬着牙："不！"

吴文抓紧他肩膀上的一块肌肉，说："对，那种人，不值得。"

"哪种人？"

"来路不明的人。"

"那你们发生过什么吗？"

"你说呢？"

他猛地推开吴文，一股气在体内乱窜，冲到头顶又往下冲，在肩膀高度的时候全部右转冲进了五只手指，他一个邪劲，把黑暗中随手摸到的烟灰缸朝对面墙壁砸去。咣，玻璃裂开的声音，却只有烟头散落在两人赤裸的小腿上。

五

日子还是这样往前走的，像流水一样，不动则死。他越来越觉得自己像是小镇上一条无所事事的土狗。

李德祥的伤好了点，脸上一个个红色突起的疤却没下去。他问李德祥要是毁容了怎么办。

李德祥习惯性神秘地笑笑，不置一词。他被李德祥的笑搓窜出一股无名火，看了一眼镜子就离开了。

不久以后，镇上多出了一个传说，李德祥和吴文做过不可告人的事情。这个秘密本身就是有逻辑错误的，既然不可告人，怎么会口耳相传？然而在很短的时间里，这个有逻辑错误的秘密就从镇上的少年们嘴里流放了出来，躺在黑红脸庞的妇女们的舌头根里，再之后，李德祥就彻底被孤立了。

李德祥离开固镇的时候，在南街停了一下。他犹豫了几秒钟，还是走到了李德祥的面前。他的疤已经淡了一些，仔细看却还是能看出密密麻麻的针孔的。这张脸已经十分丑了，他失去了任何靠近的欲望。

沉潜的大陆

文/李姗姗（1991）

实际上，我一直不太喜欢讲起我的丈夫。其程度与我不喜欢黄梅天很接近，倒也不是讨厌得非要誓不两立，但想起丈夫的时候，脑袋里仿佛有个顽皮的小人在吹气球，轻微的胀痛一波波袭来。这种疼痛并未超过我的忍耐极限，可是它不依不饶，像一把挥之不去的梦魇。所以每逢人礼节性地询问"您丈夫可好？"时，我会立即搜肠刮肚，投其所好地转移话题，这个过程有些费脑筋，但我着实不想提起我的丈夫。

当初究竟是怀着何种心态嫁给丈夫的，时隔多年，即便拿锥子敲破脑壳，我也找不回已失去的心情了。我对丈夫的印象能用四个字概括：一潭死水，唯有与他共同生活过，才能深切体会到这一点。他就像一颗盲目的卫星般围绕着世界上一切生活守则旋转，既没有个人追求，也无须多余地操心，只消模仿他人以便不动脑筋地活下去。

婚后的第四个月，丈夫以公司长期出差为借口，卷起行李独自去了距我1250公里的春山镇，此后音讯全无，像夏季尾端的台风般消失得无影无踪。丈夫离家后，我的时间观念变得很清淡，所以我也讲不清距离他的离去已有多少年。昨天我擦镜子的时候，忽然发现自己的眉目里已蔓延开衰老的气氛。把万年历翻了许久，终于算出我已经三十出头，我想起那个远在春山镇的丈夫，不知道他这些年来过得如何，是否也像我这样顺理成章地活着、该欢庆的场合一次也没落下？

做完一场惊人的噩梦，肩膀酸得像要断裂。

噩梦的概述是一场车祸，梦境的时间难以捉摸，只知道日光灿烂得像西蓝花地，而司机被漫长的旅途研磨得很疲惫。噩运的起点在于打滑的方向盘，汽车立刻遵从了司机的双手，麻利地撞向斜前方一辆看似超载的货车。刹那间，我的耳膜被轰鸣声紧密地包裹。邻座的乘客似乎是个老律师，碎玻璃扎进他的白衬衫，半边身体都被鲜血覆盖。我吓得魂飞魄散，等我意识过来，火焰已从隐形的缝隙里钻出，汽车里还未昏迷的人声嘶力竭的喊叫也渐渐清晰起来……我呼吸着灼热的火，却觉得此情此景如此苍凉。

我是在长途汽车生涩的靠垫上醒来的，如你所料，我最终搭乘了前往春山镇的汽车，并非为了向丈夫索取一种能抚慰我的说法，而是要求将我们这段婚姻关系做个了断。我诚然有些后知后觉,而一旦知觉了,这个想法便如信念似的被牢固地镌刻在大脑里。

虽然已摆脱了梦境,但酸痛的身体却像被烙上了梦的痕迹似的。我惊魂未定地蜷缩在车厢里,回味着梦里死亡扑面而来的感觉,逼真得令我醒后还战栗不止——那种疼痛与恐惧,绝不是用"梦"这个词就能囫囵吞枣地概括过去的。我的整个大脑被这个梦撑得几乎破碎,越回想那场车祸,越觉得这并不只是一场梦,更像是切身发生过的事。我不断用视线抚摸身边的景物,阳光触碰到脸颊,让人有些昏昏沉沉,旁边座位的老律师依旧悄无声息地瞌睡着,靠垫流溢着温润的青草香,现实世界一片安宁。现实与梦境参差不齐,这种反差让我愈加迷惑,我感到恐惧仍驻扎在我的心里,甚至如葡萄藤般见缝插针地生长起来。

不知流逝了多少时间后,我觉得自己仿佛彻底被梦境所吞噬,惶恐至极时,我终于借着恐惧带来的勇气走向了司机。这辆长途汽车始于冬山站,前往春山站,路线覆盖了将近一千三百公里的路程,司机们常年流露着一副浮躁的面容。山路有些颠簸,我抓着漆成明黄色的扶手,对司机说,师傅我要下车……说这句话的口气是带着结巴的。司机瞪了我一眼,冷淡地说,高速公路不能停车。

我们就这样僵持在车厢的最前方,司机一言不发,我也不敢再有更多的言语,而乘客们则自顾自地聊天、瞌睡、嗑瓜子、把垃圾塞在座椅下。也许我本应该大声地复述一遍"我要下车",可是没有人会把我的梦境当真,我无法忍受大家以扫视神经病般的目光对待我。

我瞥了一眼手表,12 点 39 分。先前讲过,丈夫离家出走后,我对时间的意识变得异常模糊。我想,大概是因为唯有如此,才能洒脱地越过此后漫长的时间段吧。不知道在司机座位边站了多久,只记得最后是回到了自己的位子。邻座的老律师已醒来,他向我投掷了一份笑容,"怎么忽然要下车?"

想必距他睡醒已有些时间,刚才我的举动都在他的关注之下。我重新坐回和口袋里的车票所匹配的座位上,把裙子的褶皱处抚平。开口向他讲述缘由之前,我做了一个淋漓尽致的深呼吸。"你相信预知梦吗?"

他抿起双唇,随即恍然大悟似的笑了,"听说过这种梦,不过一把年纪了,自己倒还没经历过呢。"

"如果能选择,宁愿不要经历。"

"难道刚才见到很可怕的东西了吗?"他的脸上散布着苍老,表情和蔼而宠辱不惊,较之我印象中的其他律师,他身上毫无咄咄逼人的气场,取而代之的是给人宽容的感觉。而就在不久前的梦里,这副神父般的面容被火灾熏染得无比狰狞,满身鲜血让人不禁胃酸倒流,想到这一点,我就毛骨悚然。没等我接话,他便温和地拍了拍我的肩膀,"会没事的,不过是梦罢了。"

"是车祸,事后还起了火灾,我梦见这辆车里所有的人都死了……我知道此刻还沉沦在梦的阴影里很愚蠢,可是它那么真实,分明就是近在咫尺的事呀。"话说出口,居然有些哽咽。

"我明白，"他点了点头，"好多年前，我也总是很容易恐惧，噩梦也好，失败也好，有时候连掉纽扣这种事都会看作不祥之兆，为此心有余悸。等你到了我这个年纪你会发现，一切恐惧的缘由，都只是你对生活没抱有足够的信心而已，而且你会明白，死亡和灾难一点也不恐怖，相比之下，活下去是件更艰难的事。恰恰也是因为其艰难，所以才很动人。现在你看，你毕竟醒过来了，所经历的一切灾难说到底都只是一场梦。仔细想一下，实际上，你如此害怕，只是因为你梦境的背景和现实的背景重叠了而已，并非什么大不了的事。"

他缓慢地讲出这些话，温和得像一株蔽日的百年老树，却也斩钉截铁。诚然，我总是对自己的性格缺陷耿耿于怀——软弱、爱逃避、不愿接受改变，可是若不是他讲明这一点，我根本无法意识到，归根结底是自己对生活没有信心。也是出于同样的原因，我不愿意面对丈夫离去这个事实，拖延至今才着手解决这个问题。如此一来，我的注意力已从虚幻世界转换到了现实世界，噩梦的影响力便削弱了许多。

我把脸转向他，他始终抿嘴微笑，我不禁又想起梦里他死去时的样子。"但是……我很好奇，如果我们真的会在这辆长途汽车里死去，那么你这一生有什么遗憾的事吗？"

"没能参加女儿的婚礼吧。"他说，"我是去秋山镇的，估计天黑以后就能到达。以前为了工作挣钱，对女儿的关心始终不够。她明天就要出嫁了，我希望能跟她好好谈谈。"

"一直分居在不同的城市？"

"恩，女儿和她妈妈在一起。"他顿了顿，"总而言之，我并不是个好父亲。"

我告诉他，我是去终点站春山镇的，我想去那里找丈夫，可是我并不知道丈夫是否还在那里。太阳还是处在当空的位置，在这个闷热如炼炉的下午，我对着并不相熟的老律师，讲起了我和丈夫的故事。这个故事很短，但我大概用了近十年才意识到它的结尾。

"不得不承认，若不是因为丈夫以心结的形式存在于我的身体里，噩梦就不会如此可怕，咖啡不至于那么难喝，下雨天也不至于如此讨厌。"

"我在丈夫大学毕业的那一年和他相识，在他工作四个月后分开，从此他定居春山镇，好些年来音讯全无。刚认识时，他很吝惜表达，仿佛多讲一个字就会咬到舌头，不过这种沉默寡言倒也有种独特的可爱。我们的婚姻关系建立得很仓促，办理结婚证书的那一天，我对丈夫的了解还停留在：父母健在他乡、工作不错、有一套能成为结婚资本的房子、不善交际、大学时代交过一个女朋友。除此以外，我对其一无所知。"

"我并不是指责丈夫刻意向我隐瞒许多事，实际上，是我自己心甘情愿与他结婚的，甚至迫不及待地想融入他的生活，我不知道为什么会有这种想法，反正到最后我也没做到这一点。丈夫婚后变成一潭死水的样子，其实也在我的意料之中，连丈夫从来没爱过我这一点，我也知晓得一清二楚，只是我原本相信两个人常年在一起生活，相依为命，总有一天他会为我改变的。可是，后来我才明白，我所谓的丈夫只是一个虚幻的人物，他活在一个自己设定的虚拟世界里。那是一个被遗弃的世界,他大学时代的女朋友出走之后,他便一个人死守在那里,年年岁岁。"

"说起来很难以置信,人居然可以如此孤独而顽强地去等待一份已失去的感情,却对始终留在身边的毫不在意。这些年里,我似乎明白,若要一个人永远爱你,唯一的方法便是在他最爱你的时候拂袖而去。他会把自尊心的受伤、求之不得的遗憾、徒劳无功的付出都归结在对你的爱上。"

"我理解我的丈夫,所以我佯装不介意他弃我而去,并默默等待有朝一日他的回归。我曾想,我可以等他两年,两年若不回来就等五年,五年若还没结果就等十年,十年还是毫无结果就等二十年……反正他总有明白的一日,可是不久前我恍然大悟,过去我和他一共才相处了半年多,现在时隔这么多年,他一定连我的存在都已经忘记了,我又何必自欺欺人?我固然能体谅他,可是谁又来体谅我呢?"

长途汽车里的冷空调嘶嘶作响,尽管如此,一车乘客仍燥热得不可开交。老律师安静地坐在我旁边,汗水沿着发际流淌而下。听完我积压多年的抱怨,他说:"是的,你们都早该放下了。"见我不知如何应答,他继续说道,"你说你不知道你为什么要和他结婚,可是我知道。比如你小时候很喜欢吃冰淇淋,可是没有人买给你吃,等你长大有经济能力了,你一定会买给你的孩子吃,以此来得到一种心理弥补。同样的道理,你们都得不到所渴望的被爱,于是你那样努力地爱他,你怜悯他的同时何尝又不是同情自己呢?"

我一直避免思考关于我和丈夫的问题,听到老律师的话,起初有些不知所措,渐渐却觉得悲凉起来。我情不自禁地用手擦拭眼睛,泪水和汗水混杂出一种发酸的气味,我不知道此时还有什么话能说,只能任凭泪腺孤独地运转。

善解人意的老律师递给我一包纸巾,接过纸巾时,我猛然看见纸巾从内到外被鲜血浸透。我凑近老律师,发现他穿在西装里的白衬衫已完全被染红——梦里的场景瞬间复苏,火灾、嘶喊、碎玻璃,以及扣人心弦的血腥气。我再次看手表,依旧是12点39。

故事到此才明朗起来,我一直以为之前看到的情景是预知梦,以为那是即将发生的事,但事实上那是确切发生过的,已经过去的事。

我乘上前往春山镇的长途汽车,想在遥远的地方经历与丈夫重逢的景象,不幸的是在中午12点39时发生了车祸,全车人都进了死神的圈套。然而我留在了自己的信念里,我把整个世界都留在了自己的信念里,因为我不甘心,无论如何我都想见到我的丈夫。12点39,我永远活在这一刻,活在这种憧憬里,活在去见丈夫的那条高速公路上,仿佛再过十个小时真的能触摸到丈夫生机盎然的发肤。

那位老律师所说的话,也是源于我自己的脑子,他运用的也是我潜意识里的思维吧,有矛盾的想法,也有我想来逃避的一针见血的说法。我甚至把他塑造成了几十年后丈夫的幻影，并不指望他何其爱我，只要日后他能领悟，能说一句"总而言之，我并不是个好父亲"，仅仅如此我就心满意足了。

我把视线投向窗外，今天的天气简直像有人在地底下煮开水，热得撕心裂肺，而我永远就要凝固在这样炽热的气候里，我和丈夫的间距也永远有着十个小时的路程，可是我还是会等他，哪怕要很久很久。

小说家

文/王彦堃（1992）

在写下 K 的故事前，我酝酿了很久。由于他对所有人回避，从一月份到现在，我也只知道他是个被医疗事故逼疯的精神科医生罢了。五月末的一条新闻轻描淡写地提到了他的死，后面接上大段无聊的关于医患关系的批判，末了不忘在中间嵌进一张照片，那面容倒同我印象中一样干净阳光。于是，我要找的线索算是彻底断了，而小说只刚开了个头。为此我一度苦恼，一如当时的 K。

"年前的那场手术，是我力排众议的结果。目前，开颅手术尚不能为多数人所接受，何况，以物理疗法应对精神疾病的设想在近几年才有了完善的理论支撑。说服工作用了很多时间，我信誓旦旦地向他们允诺手术的优越性，加之药物治疗确实收效甚微，患者家属犹豫再三最终才签下手术协议。

其实从结果而言，我是成功的。用弱电极刺激脑部皮层灰质在一定程度上抑制了解离症的发作，病患梦游症状的频率在术后显著下降，但我犯了一个错误。手术中电极误触中枢神经，虽未造成损伤，但致使反射弧功能性障碍，患者腰椎以下完全瘫痪。一念之差，医学创举成了临床事故，很快我也成为众矢之的。我好不甘心。"

其实也只是在不到半年之前，我才转行成为一名小说家。这么说可能并不确切，小说家的思维总是天马行空不受桎梏的，我却办不到。我坚持只涉及自己尝试过的领域，或写作参与过的故事。从熟悉的题材入手往往能写得更生动，选取切身经历的事件做素材显然更好驾驭，这道理是颠扑不破的。努力还原人物与事件的本色是我的宏愿，遗憾的是，我的信条却被多数人说成是无聊的偏执。说起来我大约更适合纪实文学或是记者的工作，但如今再怎么想也是无济于事，一声苦笑。

"我从医院辞职了，放下了优渥的生活，却还是逃不开舆论的声讨和铺天盖地的责难。支持我的人悄然离开，咄咄逼人的患者家属更让我无所适从。我曾以为自己牢牢拥有的，不过是一个个脆弱的泡沫，自尊与坚强都被迅速瓦解，抱负或前景都沦为笑谈。三月，我不得已另寻居所，关掉手机远离网络企图从所有人的视线中暂时消失。我知道，不论他们现在如何不依不饶，不出半年就会忘记我的姓名。但我没料到，最大的魔障，是来自于自己。

离群索居者，不是野兽即是神灵，而我则是可怜的第三种，被逼无奈。作茧自缚的日子很快让我感到崩溃，躯体疲累，心智恍惚。我开始彻夜失眠，偶尔伴有食欲不振与幻听，总是萎靡乏力，肌脂日渐消瘦。这是抑郁症的开始，不会错。绝望感来得比预想还要猛烈，而独处偏偏会加剧病情。我想，如果一直陷入这种状态，那我的存在已经失去了继续的意义。五月里，我终于想到了自杀。"

为了创作，我开始把自己锁在房间与世隔绝，就像几个月前 K 所做的。按照惯用的流程，从模拟环境入手能最快进入角色。我费尽心力试图靠近他，揣摩他，最后成为他。我指望从脑海里提炼出一份属于 K 的人格替我完成作品，这对我来说不是什么难事，只不过过程会很痛苦。打磨一篇足以惊人的小说往往是需要暂时抛弃自我的，对于一个缺乏想象力的作者而言，忘我的心境成了最好的武器。笔下一字一句的细节都不是来自臆想，而是被告知，我不过是个记录者罢了。

大概一周之后，我确信自己找到了 K。无影灯下他戴着口罩的脸越来越多地在脑海里闪回，他的没有波澜的眼迅速贴近，最后成为我的眼睛。我渐渐能感受到他的蠢动，他带给我的负面情绪在潜滋暗长。在我走神的刹那，或者是梦里，会突然感到一阵恶心。接着我的视线模糊，魂灵从脑后沉到足底，意识被他占据。有时候我会在房间的不同角落醒来，衣服凌乱，四肢酸涩。我了解，脑海中的 K 仍旧在徘徊摇摆，在挣扎。

"通到厨房的十来米，我从晚上一直走到午夜。决定是一秒钟的事，犹豫则不是。对着挂钟数了下，心跳大概有一百四，说不好这是紧张还是兴奋。我用双手撑住花岗岩水槽，大口喘着气。自来水开到最大，声音也没能盖住呼吸。洗完三遍手，我在厨房里找到了一把水果刀。七八厘米的刀锋还是太笨拙，如果换作惯用的 23 号手术刀片该多好。刀口在煤气上过了两秒，刚好是令人舒服的温度。我有些迫不及待，水果刀很快抵上了皮下青色的静脉。刀锋柔柔地吻过手腕，像戳开一个小笼包，接着缓缓淌出浓烈的汁水。血液被鼓舞而在皮肤上奔走，伴着隐隐的痛觉把手臂缠绕住。我见过许多伤口，却都不及这一个炫目，迷人得我不忍擦拭。"

第二天的早上，我是被厨房的地砖冷醒的。后脑勺硌得生疼，两条腿纠结地摆在地上，我用了半分钟才明白自己的处境。艰难地转过身，我看到了手腕上浅浅的刀痕和干透发黑的血污，他终于下决心动手。我兴奋得露出微笑，不过，这还不够。我仍然做不到忘我，K 也不足以强大到一直主导我的身体，只是偶尔能取代我的人格。我等不及他逐步反客为主，为了压抑自我，我开始服用安眠药。那天夜里，十一点，我抓起一小把药片吞下，躺在床上定定地盯着钟不紧不慢地走。这些剂量应该够我昏睡两天，剩下的就交给他吧，我合上眼。

"那把小刀在我手上出现的机会越来越频繁，对解脱的向往成为了一种强大的瘾。每一夜，我把尚未结好的痂划开，然后用刀尖探进去轻轻搅动。我倒吸一口气，闭上眼体会层层深入的痛感，但每次都只是浅尝辄止。自杀的游戏每个人只能玩一次，我还是舍不得用掉仅有的机会。我热衷于每次排练中品尝死亡的甘美，游走在生死边缘。最后，在踏上最后一格阶梯前，我禁不住居高临下地回望人间，将你们统统嘲笑一遍。"

我在镜子前坐起来的时候，身上被汗水浸透，头发紧密地贴在额头。离结尾只差一步，我想着，头痛得像钻进了一打泥鳅。我急躁，等不及把最后一幕揭晓。不远处的地板上倒着半瓶阿普唑仑，我勉力伸长手把药瓶够过来，一下子倒在嘴里，伴着喘息大口吞咽下去。短暂的苦涩之后，它们一颗颗经过食道，于我的忐忑不安中在胃里溶解、释放。湿透的脊背靠上镜子，我的呼吸开始逐渐平顺。耳际由远及近奏起海浪，潮水托起我沉重的皮囊，海洋轻巧地淹没了暗淡的脸，眼前是黑暗一片。

　　"十天浑噩地过去，或者其实更久。憔悴并不能形容我的面貌，我更像是一具会走动的尸体。我害怕看镜子，害怕光与声响，也害怕自己。或者我早该死去，偷来的几个月时日只是几个月的折磨而已。苦痛已消磨尽我的留恋，贪恋几寸生命远不及追逐永远的宁寂。我安静地坐在阳台，窗户已被贴上厚实的报纸，缝隙里钻进来两束刺眼的光，风声渐响。黑漆漆的场景里时间也变得不明显，我想恐怕是下午。我长久地坐着，终于明白过来，如果你真的渴望，就不会再去想那些繁复的步骤。攥紧手心的刀，只有一下，三层皮肤绽开，两根静脉被齐齐割断。发烫的血洒在地上，溅成一朵好看的花，我在晕眩中倒下。"

　　突如其来的剧痛叫我惊醒，仰躺着，一束浑浊的光恰好打在脸上，手边是汩汩血流。
　　"你要的作品，我帮你完成了。"K的声音飘渺而辽远，不待我回应就已经不见。他的气息缓慢抽离，而我渐渐找回了自己的身体。我用三个月想寻回一个故事，现在就快完成了。我瘫倒在地，像生完一场大病，像一次劫后余生。这个房间好似化蝶最后必须挣破的茧，我竭尽全力吮吸着缝隙里的微光，努力想起身推开幽闭的窗，回到窗外的世界。

　　伤口还在大量失血，不知道清醒的时间还有多久，十分钟，或是五分钟。我头晕目眩，眼前已经是一片斑斓。挤出最后的一点气力挺起上身，用沾满血的左手想够到窗户，最终却失去平衡颓然倒下。

　　我倒回一片黑暗里，沉闷的一声，激扬起一阵浮尘。血液因为挣扎流失得更快，我的呼吸开始虚弱。我不甘心地再伸出手，但其实心里清楚，已是不可能。

　　因为，自那次手术之后，我就再也无法站起来了。

圆形地带

文/陈时锋（1994）

我在决定拜访八宿大街7号公寓的那家私人诊所之前，发现街边的一处报栏里的日期依旧停留在几天之前。平常来换报纸的那位已过知天命之年的老人似乎消失了踪影，我想，他是不是病倒了？抑或说他和我一样，也得了时下颇为流行的臆想症以至于在自己的记忆之中时间已经停滞不前了？我站在报栏前无所事事地思虑着。与此同时，我看见那些悬在屋檐下的冰凌此刻正流淌着黎明的曙色。我忽然意识到这可能与那位老人的脾性有关——他的故意举措可能是想向路过的年轻人们表达某种具有象征意味的东西，例如说：时序的嬗递。

老人迟迟没有出现。

眼下隆冬已经过去，南迁的候鸟刚从这一带的田垄上空飞进了刺树林里。然而，就在前几天，我从一个放鱼鹰的老人那里得知，南下的寒流再过不久就将裹挟着巨大风声向这座城市席卷而来。

（一）

"时间过得真慢。"医生在烤火盆边坐了下来，火光的条影在他的脸上闪烁不定显得有些阴翳。他在往里面添加一些木料的时候，开口问道，你说你看见了一个女人？

"一个女人。"我说，"在你寓所下面的报栏那里，似乎是来换报纸的。她看上去很漂亮。她穿着栗色靴子棕色皮衣瓜子脸还留着很长的沥青色头发眼睛就像……"

"你们之间认识？"医生皱了皱眉。

我摇了摇头，转而又难为情地点了点头。

"怎么回事？"

"就在刚才，"我说，"她叫了我的名字。"

"你的名字？"

"是的。"我有些忧心忡忡，"你知道，在八宿，我的名字从不为人所知，没有人认识我即使见过我也在转眼间将我忘个干净。我好像只存活于时间的一瞬，比方说……像这个城市的影子。"

医生一声不吭。

他站起身拉开了米黄色的窗帘,小心地在窗口的铁架上系了一只草绿色的帆布娃娃。写字台上搁着一部百科全书和一面镜子。在镜子的幻影深处,在盛开的金银花之间,他站在那里显得有些孑然一身的身影都变得不真实起来。

"你知道她的名字吗?"

"她说她叫棋。"

"棋——"他的齿音开始显得迟钝就像是被砂纸打磨过的一样。他说,眼下,就八宿这座城市而言,精神疾病就像瘟疫一样已经开始蔓延了开来。有些人连自己成为了精神上的六指都不知道这也不足为奇。重要的是,他们都不愿承认自己有这方面的缺陷而选择沉湎于对时间的幻想之中。这点上,他们和那位犹太人博尔赫斯存有类似的地方。

"你不是怀疑你的妻子死了吗?"

"是啊。"

"那么,"医生想了想,说道,"我们不妨从这个叫棋的女人说起。她说不定有助于你的病情好转。"

(二)

我随着棋的招引离开了那处报栏。

刺骨的风在低矮的屋檐下和排水管之间发出低低的回响。我记得当时我跟着她走过了三条街,拐过了两条巷,从都市渐渐走到了荒凉的郊区,脚下硬邦邦的水泥地也被替换成草屑和泥土冻凝的迤逶小径。

四周阒寂无声。我们在一个周围长满石灰草的面粉加工厂停住了脚步。你知道那个换报纸的老人吗?

他不久前跌进沟渠里去世了。棋说。

我吃了一惊。刺骨的风从落光了叶子的树梢上吹过。这个时候,天空开始渐渐沥沥下起了雨。我们走进了这间废弃的工厂。窗外的天空中此时正飘逝着各种颜色。我一度觉得时间仿佛出了问题。白昼和黑夜交替着出现,一遍一遍地重复增加着时间的数目。

刚劲的风敲响了这里荒败多年的机器零件。雨水打在被搁置在外边的废弃铁皮上发出咯吱咯吱的声音,我在这纷乱嘈杂之中分辨出了另外一种声音,那是棋在二层阁楼凝望远处若隐若现的柏油公路时所打的一个喷嚏。我想她大概是着凉了。我掸了掸泥屑正想起身去看看她的时候,她忽然出现在了钢筋裸露的楼梯拐口。她的手里此刻正捏着一把油布伞。这把伞是从哪找来的?

一个废弃的柜子里,大概是以前的工人留下的。我们现在就离开这里吧。棋说。

去哪里……

麦村。

我摇了摇头,我说我对你一无所知,我就连你所提及的那个麦村也从没听过。

棋笑了笑,那你还记得赵谣吗?

我猛然吃了一惊，我的那条锈蚀铁链般的记忆开始如灰烬一般寸寸断落，同时冬天冻雨的潮湿气息也不断侵袭着我的身体。赵谣？

赵谣是你的妻子，你连她都忘了。杜预——，你该看看神经科大夫了。

我的记忆就像流水使石块销蚀一样，似乎再也摸索不到往昔的痕迹了。我唯一有印象的是，眼前的这个叫棋的女人我确实在哪见过。但我真的想不起来了。

你已经完蛋了，杜预。我是赵谣的双胞胎妹妹，赵棋。当初你追我姐的时候，可常把我们搞混了……你的神志竟垮成这样啦。

不知道为什么，始终有一种不祥的预感萦绕在我的周围。我对棋说我不去麦村了，我此行的目的只是……

棋这时忽然生气地拿起伞迅速地倒走到门口，好哇，杜预——亏我姐姐对你这么好，你也不去她的墓地拜祭一下吗？

（三）

"后来呢？"医生说。

"后来，"我说，"后来当棋撑开那把伞的时候，才发现它已经伞骨毕露了。棋丢开了伞直接冲出了雨幕，我在迟疑了好一阵子之后，最终选择了回来找你。"

"你应该跟她走的，这说不定有益于你的病情好转。"医生习惯性地皱了皱眉，开始陷入了犹疑之中。

我不知道医生为何陷入了沉思，他的脸在跳动的火光中显得影影绰绰。过了好一会儿，我看他仍然没有动静，试探地叫了一声。医生没有吭声。我正想他是不是睡着了的时候，火盆里这时发出响亮的哔哔剥剥的声音。医生显然颤栗了一下醒了过来，但他很快（故作镇定地）收拾了情绪，从他的目光之中我看不出什么表情。

"现在几点了？"医生说。

"七点整。"我说。

医生再次起身拉上了窗帘。光线立即昏暗下来，屋角的桌椅和橱柜都被他所映照出的巨大阴影所罩住。建筑工地打桩机敲击地面的声音不时从远处隐约传来。

"如果棋说得没错，你的妻子可能已经死了。"医生说道。

我没有吱声。

"最近有做过什么梦吗？"医生试探地问道。

"有的，"我回答道，"说了你也许不信，在认识棋的前一天，我却做了一个关于棋的梦。我现在甚至怀疑这里面的时间是不是发生的顺序出了问题？"

"说说看吧。"（医生摆了个更舒服的姿势，开始玩弄手中的那支钢笔）

"梦见过一个夜晚，"我回忆说，"没法确定，我只是隐约看见一个戴着紫头巾的女人（也就是棋）她捏着一把伞骨毕露的油布伞从门洞一闪而过。我急忙跑了出去，却什么也没发现。干冷的风把庭院里的树枝吹得瑟瑟作响，我闻到了一股雨水浇灌过后的泥土息。你不明白,这对当时的我来说有多么令人震惊——第二天早上我起床发现,外面居然真的下过雨了……"

医生听到这里不由笑了笑,他对我说,时间并没有出现错误,而是你把现实和梦境弄反了。昨晚你的确看见了真正的棋,然后现在正做着一个与棋相遇的梦。

"而我是你梦境的一部分。"医生说。

我摇了摇头,表示怀疑。

"你不是说刚才下着大雨吗"

"是啊。"我说。

"可是——"医生陡然坐直了身子,他一字一顿地说,"可是在你踏入这所公寓的时候,你的身上并没有水渍。"

(四)

我想起有天夜里我做过的一个梦境(它象征着什么我至今仍未知晓),在八宿大街七号公寓的那间小白楼里,有一个穆斯林在计算时间。他计算一天是从日落算到日落的。然而,令人匪夷所思的是,写字台搁着一面镜子,里面的那个人计算时间是从黎明的曙色到来之时开始的。

(五)

棋在柏油公路上伸手拦下了一辆面包车。远处封冻的麦田上空飘满了雨线所激起的薄雾。一个戴着紫头巾的农妇在河滩上的茭白丛中直起腰来,成群的鹭鸶在她脚边掠水而飞。从天空的东南角刮来的大风把她和苇丛吹得东倒西歪。

棋脱掉了身上棕色的外套而露出一件并不合时宜的白色短衫。我感到诧异。她开始用一种方言在和那位陌生的司机说话。从她的发丛中我隐约我闻到了一股桉叶的气息。下车的时候,那位司机忽然转过身。

你需要烟条吗?我这有很多。

我被这一口抄着南方腔调的普通话吓了一跳,我突然感到前所未有的战栗,恐惧的阴霾一下子笼罩了我。我一时竟无法出声。我看见棋推开车门走了出去。

你需要烟条吗?我这有很多。

我在迟疑是否买一些烟条,同时又感觉到棋正向远处走去。她为什么没有等我?我一时不知如何是好。一种任她离去的念头在我的脑海中一闪而过,但转而我还是抛弃了这个想法。我下车并跟了上去,脚下泥泞的土地险些几次将我掀个跟头。

在前往麦村的大道上,棋跟我说,她的丈夫是一个篾匠。在两年前的一个傍晚,他在麦田上睡觉时被路过的一头犁牛踩裂了胸腔,断了两根肋条而死。

"村子里不容许寡妇再嫁,但时常有男人半夜里仍来敲我的门。"她这么跟我说。

我沉默不响。天空一如往常看不到一丝吉祥的迹象,在对面的田垄里,青草和厂房烟囱的剪影构成了一个隐隐约约的背景。一个中年男子捏着一根柳条在抽打着哼哼唧唧的郎猪。在某一个瞬间,我的眼前忽然飘过那张司机的脸,毫无印象的一张脸,却清晰地浮现在眼前。我感到神志有些恍惚,以至于不小心一下跌进旁边的一道深深的沟渠里。冰冷的水线立即漫过了我的全身。我挣扎着直起身子,看见棋这时撇了下嘴做出了一个笑容。鸟儿衔着一些泥块和草梗从她的头顶一掠而过,我忽然想起那天那个放鱼鹰的老人所说的南下寒流是不是此刻才来。我感到浑身冰冷致使身体不停地颤栗起来。

  姐夫。棋说。

  我看见她举起一块青色研钵似的石头,从上空一下覆盖了我所有的视线。

(六)

"现在几点了?"医生问。

"七点零一刻。"

"好的,你不是怀疑你的妻子死了吗?"

"是啊。"

"再做一个梦试试吧。"医生想了想,说道。

万 裘

文/陈振滨（1990）

庖

庖婉秋九岁的时候自制了她人生中第一件裘衣。从剥皮去肉、去渍防腐到最后的裁剪成衣，所有的工序，全出自她一人之手。

父亲见到婉秋完成的裘衣后喜出望外，他抱起婉秋，因为欣喜眼里噙满了泪水："采衣，我们女儿想是要成为庖家百年一见的奇才了。"

"爸，您在跟妈妈说话吗？"

"是、是的。"

"可您不是说妈妈在生出我后就死了吗？"

"你妈就在这儿，她听得到的、听得到的。"

两千多年前，庖丁解牛。庖丁死前将解牛的刀法及相关秘技和其妻辛氏裁衣的手法记载了下来，在庖家后人中世代流传。辛氏一族擅长裁衣，西汉那件闻名遐迩的素纱禅衣，就是出自庖丁丈人家的后代之手。庖家与辛氏联姻，真是一段因缘际会后的天作之合。及至秦皇统一中国，庖家人被召入宫，专司帝王家衣饰的制作。除了皇室的礼服外，庖家最受褒赏的作品，便是那些用兽皮制成的裘衣。而后即便皇朝易姓，庖家作为全国最出色的衣饰制造大家，在宫中的特殊地位一直坚不可摇。

1912年，清朝覆灭，庖家离宫。二十二岁的庖延年，也就是庖婉秋的父亲，带着一家老小南下直至闽南地区，到达九龙江畔时，就只剩宗家一家三口了。他们在漳城的城区安家落户。1944年，节节溃败的国民党进入闽南地区，至海峡西岸时大肆抓壮丁充军。年过半百的庖延年痛失几得庖家真传的独子。为了延续庖家的香火，庖延年与妻再生了一子。可叹天公不作美，妻子难产而死，而降生的，又偏是个女儿。

"天要亡我庖家也。"庖延年抱着刚出生的庖婉秋，跪在亡妻的床前失声痛哭。

婉秋

我叫婉秋。我从记事起就没有妈妈了，可是每次我向爸爸问妈妈去了哪里，爸爸总是对我说妈妈就在我身边。"可是我看不到妈妈呀，"我继续追问，"妈妈在哪里啊？"这时爸爸就会轻轻地叹口气，然后意味深长地对我说："等你长大后就会懂了。"

我还有一个没有见过面的哥哥，爸爸说他在我出生前就被国民党抓走了。爸爸特别疼我，连他手里在做活的时候，也不要我离开他的视线范围内。我六岁的时候就会帮爸爸裁布和缝纽扣了，而我最得意的是，几乎所有引针线的活儿，都是我做的。那时爸爸已经六十多岁了，头上的白发比黑发多很多，他看不清针孔，穿线的时候都要伸直了手把针拿好远，头还以一个在我看来有点滑稽的角度往后仰。每次他穿线穿好久都穿不过针孔，这样的时候，他就会唉声道：要是你哥还在就好了。

九岁的时候我第一次自制了一件裘衣，裘衣的材料是家里那只死去的狗的皮毛。那只狗叫小白，从我记事时起就一直陪着我了。所以在它死后我把它的皮剥了下来，制成一件可以保存很久很久的裘衣。我把它穿在身上，这样就好像它没有离开一样。从此我家再也没有养狗了。我害怕失去。

庖

庖延年死后，十六岁的庖婉秋继承父业成了庖门裘衣坊的当家。她在父亲入殓前给他穿寿衣时发现了他的一个秘密。或者说是庖家的秘密。

接手了庖门裘衣坊后，除了先前裁制缝补衣饰的生意外，庖婉秋开始制作并出售一些皮具小件，手套、坐垫等不一而足。上乘的质量与精致的做工，庖门裘衣坊的生意蒸蒸日上，宾客满门的同时名声震扬。不到一年的时间，慕名远道而来的顾客络绎不绝，他们带来价值不菲的虎皮、貂皮、熊皮、蛇皮等，请求庖当家的为他们裁制一件称心的裘衣。

来客们在裘衣完工前的时日在漳城住下来，等到裘衣制成的那天，他们无一不爱上庖婉秋这个如同一件精美绝伦的裘衣的妙龄少女。晚上空暇的时候庖婉秋和他们一起上街，看在路边上演的木偶剧或在广场上唱的芗剧，逛累了就在路边的小摊停下，吃一碗清凉爽心的四果汤或汤味浓郁的鲁面，都是漳城独有的风味小食。然后庖婉秋和他们一起回家。情欲是爱的催化剂，每一次，当庖婉秋睡在他们的身上时，她都觉得她是爱他们的。

然而裘衣制成后不过几日，那些在床上对她说过爱她的男人，就以各种理由匆匆离开了，有的甚至连一句道别也没有。于是她等，等，等。再等，再等，再等。

十八岁的生日过后，庖婉秋开始用他父亲的方式，留下她爱的人。

婉秋

我想去爱一个可以留下来的人，非常想。很多次个夜晚，我都在想象那种两个人的生活，就像街上那些静稳安好的邻居一样。我们两人共同操持一家小店，不要再给人制裘衣了，那些沾着死亡的血太脏，什么传家秘技就让它下地里见祖宗吧。我再也不用吃去胎药了，我们会有一个孩子，他会在我们的目光里明眸皓齿地长大。

可是他们终究只是经过我而已，尽管他们跟我在一起的时候，对我许过很多美好的关于未来的承诺。那些跟我说过很快就会回来的人，都没有回来。然而贱命如我呀，每次新的人来到，我都愿意再次对爱托出笃定的相信。

后来，慢慢地我就懂了。我在他们要离开的前一晚把他们的人皮制成裘衣，只有这样我才能留下他们。没有人会发现我杀了人，至多是被怀疑几天而已，没有人会在意一个凭空消失的外地人的。祖上传下来的毁尸的药物，可以把一个人去除得干干净净，除了我留下的裘衣。我在完工的清早穿着他们入睡，然后在梦里阅读他们的记忆。

是的，穿着人皮制成的裘衣入睡，会梦到人皮主人的生平。我在梦里看他们的记忆像芗剧一样演放，然后确认他们是不是爱我。无一例外，每次醒来后，我脱下他们，把他们挂在闲置的置衣间，再也不会穿起。

不爱我的人，我也不要了。我原本以为，我可以像爸爸一样的。

庖

1987年，在台湾的大陆老兵获准回大陆探亲。庖涛找到庖门裘衣坊，见到了四十二岁的庖婉秋。他带来庖隆焘——庖延年的独子的骨灰盒，一封信，以及一副人皮手套。庖涛是来投奔亲家的，庖婉秋阅读了那副手套的记忆，她那可怜的大哥……老兵在台湾的日子并不好过，他们在那里被称为外省人，几十年生死茫茫，杳无音讯，有的甚至没有成家，孤老终身。她那可怜的老哥，到死都还记着当年那个订了婚还未过门的妻子。

"你会制作皮衣吗？"她在试探他。

"我不会，这副手套是爸爸在临终前才给我的，他叫我醒着的时候戴着，睡觉的时候要摘下来，直到找到庖家的人。"已过而立之年的男子，言语间却透着一股少年的生涩懵懂，可知他在那边的成长，是多么地寡欢且不受待见。于是他来找她了。庖婉秋看着他，突然就想起了少年时的自己，那时父亲去世，她孤苦伶仃，一直想要一个依靠。

而今，四十二岁的她已经无所念求，年纪愈大，愈加觉得清寡一生也没有什么不好。两相情愿这事，到底是可遇不可求。四十岁后她就不再制作人皮裘衣了，但是这一次，她想最后去相信一个人。

婉秋

"但我不想骗你，我不是我爸的亲生儿子，我只是他捡来的弃婴，要是你不想收留我，我就走。"当庖涛说完来意后急着说出这句话，我就决定留下他了。这么多年，我有多久没听过这般诚心的话了？这一次，我想最后去相信一个人。我承认我爱上庖涛了，不仅爱他眉宇间透露的那股英气，我爱恋的，是他身上散发出的那份我没有的东西，那份我已经失去了的东西。

跟他在一起我感到愉快。白天我在店里裁制衣裳，他看电视都不安分（整条街上只有几户人家有电视），不时过来问我有没有什么他可以帮忙的，我支开他，他反去把打扫地板煮饭烧菜等家务都做了。晚上我们一起上街，看在路边上演的木偶剧或在广场上唱的芗剧，逛累了就在路边的小摊停下，吃一碗清凉爽心的四果汤或汤味浓郁的卤面，都是漳城独有的风味小食。吃了几十年了，怎么吃都吃不厌，跟庖涛在一起，更是吃出了一种消失了好久的别样的好味道。真是恍若隔世啊，二十几年前，在我第一次和人出来逛夜晚的街市时，吃到的就是这个味道。

自从爸爸死后，好吧，到我还没有开始制作人皮裘衣之前，这样轻快的欢乐，真是久违了。

我决定要和庖涛结婚了。

庖婉秋

决定和庖涛结婚后，婉秋烧掉了家传的那本秘籍，打开尘封了两年的置衣间。上千件死去的人皮裘衣像是等待她检阅的士兵挂满了墙壁和满屋的衣架。她都忘了那些裘衣的主人是谁了。都太淡了，那些不爱她的欺负她的人，都太淡。

婉秋把那些裘衣取出来摆在店里出售，出乎意料地好卖，不到半个月的时间便被一抢而空。那些质地奇特的裘衣，每一件都是天底下绝无仅有的。它们是失血的爱和相信，因为太久没有被穿上人身，没有吸收人的精血，已经无法被阅读到记忆了。

然后她卸掉了"庖门裘衣坊"的牌子。

我是庖婉秋，这一次，我真正感觉到了自己。爸，我知道的，你一直穿着妈妈的人皮制成的裘衣对不对？我在给你换寿衣时看见了，因为穿了太久，你们的肌肤已经连在了一起，你们连成了一体。我原本也想像你那样，留一个爱我的人在身边，但是……纵然有一万件裘衣，也抵不上一个爱你的人。爸，对不起。我不打算把祖业继续下去了。总之，请你原谅我。并为我感到高兴吧。

——我终于找到一个愿意留下来的人了，我已经怀了他的孩子，明天我就要嫁给他啦。

庖涛

婉秋对我太好了，她让我留下来，给我吃住，带我去玩，给我钱，甚至和我睡觉。我帮她做家务，但裘衣坊关门后，她把家务都包揽了，不让我帮忙。我感到不踏实，心里有些害怕。我也说不清那害怕是出于什么。我不敢和她结婚，我想离开这里。明天就要过去庖门裘衣坊的店面迎娶她到这栋新买的房子了，趁今晚我们没有在一起，我得趁夜逃走。

前阵子卖掉那一千多件裘衣得来的钱全在我这里——够我在别处买十几栋这样的房子呢。

逃命先生

文/卫天成（1992）

天生郭奉孝，豪杰冠群英。且说当年水镜先生再三告诫诸葛亮、徐庶、庞统三人不可出山，就是因为他郭嘉锋芒太盛，难以相争。相传郭嘉是上古神器昆仑镜所化，照人心，知天命，算无遗策，无所不能。曹操能够统一北方奠定江山，居功至伟便是昆仑镜郭奉孝。

千百年后，京城城南有一易姓大户，夫人怀胎三年而不分娩。一夜，天雷滚滚，风雨凄凄，易夫人躺在榻上，挺起的肚皮已然像是一座浑圆的山，呻吟号喊两三个时辰了，易府上下手忙脚乱，可这孩子迟迟就是不下来。突然又是一声擎天巨雷，光电划破长空径劈向易夫人所在的厢房。一阵剧烈的震颤后，易夫人的肚皮越涨越大，眼看就要弹指可破，只听一声"丕——"，肚皮迅速变小，却从屁股里生出一团气雾，烟消气散竟现出一本书。易老爷大骇，惴惴不安启卷而读。这书奇怪，只写了四个大字，"无字天书"。易老爷正合上书册，如同丈二和尚摸不着头脑，怪书竟倏地一跃而起到了榻上，从书中竟缓缓爬出一个娃娃，待这娃娃从书里完全爬出突然站起，易老爷已经是吓得愕然倒地，娃娃手指着易老爷竟开口说话："爹爹呀，儿刚出生，您就吓死啦。"语毕，易老爷果然不出所料一命呜呼。全府上下视为不祥，不久后有一白眉道长途经易府，说这娃娃是昆仑镜转世，有通天之智。易夫人大喜，请道长赐名。道长说："贫道道行尚浅，不敢与昆仑镜赐名，但窥得天意，这娃娃名叫易根硕。"语毕，驾云而去。

我坐在路边的小凳子上，单手撑着下巴听得津津有味。算命人倚树而坐，娓娓道来。从校门口到超市这一段三四百米的人行道，却均匀分布着十来个算命摊位，摆个小凳背靠大树，跟前铺开一张布，画着太极八卦写着算命测字看相取痣。独有眼前此人别具一格，白布黑字写着"标准套餐，看+算；优惠套餐，看+算+逃；至尊套餐，看+算+包逃过"。现在，我更好奇算命人的福利故事。

算命人说："易根硕是昆仑镜转世，能看破命运，刚出世就给他爸算了一命，准，后来就做起算命先生。但昆仑镜毕竟是器，器的灵气有限，每看破一次命就会伤一次元气。故而易氏无长寿。幸亏苍天眷顾，尚有我一个后人承继衣钵。"

我愣了两秒，觉得扯，但还是礼貌地回了一句："哇哦！"

"祖宗传下规矩，只算有缘之人的命。"算命人看了看周围招揽生意的算命先生，接着说,"这一行浑水摸鱼的江湖骗子多,不知易氏来历,但凡略知一二的,管我们叫逃命先生。"

我一脸狐疑地看着他,说这太玄乎太迷信我才不信。

他说:"你坐下来就是说明你信这回事。你信,那它就叫科学;你不信,那它才叫迷信。"这话讲得太科学叫我无处反驳。

他拿起我的手给我看手相:"不同凡响,不同凡响,果然是有缘人。"

我问他此话何意。

"你看,拇指为阳,四指为阴,单数又为阳,偶数又为阴。你的拇指恰有两指节,是谓阳中有阴,而其余四指各有三指节,是谓阴中有阳。阴阳调和,大富大贵啊。"又让我再伸出双手,"左手十四指节,右手十四指节,合二十八。"

他突然停顿,引出我对他下文的无限期待。他说:"天上恰二十八星宿,宇宙万物皆在你袖里乾坤,可见你是身系大任的人。"

我听得全身舒爽得无以复加,激动地拍着大腿说对。觅得知音相见恨晚的心情瞬间直达高潮,百感交集,催我唏嘘。尚在感慨之中,易氏传人却话锋一转:"可是啊,你命里有劫。"

易氏传人名不虚传,一语道破我现在的处境。我相信眼前这个神秘的算命人,因为我信命,并且我相信果不其然这真是自己的命。

而我命里的劫,要从去年说起。那时我高考在即,便去无僧庵里求个运气。至今我仍然记得师太当年的说辞。"你同我佛有缘。此珠开过光,可保你高考顺利前途似锦。"但我对命深信不疑不是因为无僧庵有求必应,相反,考试刚结束,这串念珠居然伴着铃声断了线,珠子滚落一地。这是个不祥之兆,果然,命途多舛,像覆水难收,三个月后我沦落到P大白翔学院,蛋碎一地,像是之前散落的念珠。

白翔学院是P大独立在外的一个商学院,中外合资,有生源有财源,占地1600亩,和P大校本部旗鼓相当。两个校区坐落在城市的一东一西。本部对白翔放任自流,白翔也一切独立自主,在偏狭的城西市郊独霸一方,附属关系名存实亡,恰如春秋战国时期的周王朝和诸侯国。

依托合作双方大学综合优势,白翔学院以追求卓越为宗旨,致力于应用型教育与研究,精心汇集世界优质教育资源,专业打造集学术力、创新力、领导力、协作力于一身的国际化商科英才,实力与传说中的蓝翔技校不分伯仲,江湖称"北蓝翔南白翔"或称"南北双翔",经久不衰,甚至在各路公交车上一度有小朋友扬言"妈妈,长大了我要考白翔学院"而引得众人刮目相看。

和大部分行政体一样,白翔学院其实道貌岸然,一面高举着和谐白翔的旗帜,一面用五个短学期把课程压榨成多汁的糟粕——它更通俗的名字叫水课。五星期一学期的学制再度上演赶进度放卫星大跃进,白翔人必须无范围无重点地应付万箭齐发的考试,就好像夜晚脆弱的小喷菇面对一大波又一大波汹汹而来的各种僵尸,苦不堪言且深恶痛绝。

每当太阳照常升起，一米九点的阳光开启恍惚的又一天，我知道我又一次错过了第一节课的点名，然后我会慵懒地坐起来悲伤地思考我可悲的三观和可悲的人生，有时候我会在这过程中再度睡着，有时候我会在这过程中再错过第二节课的点名。

后来老师对我说："你这样是不行的。"我点点头表示认可后接着说："没事，笨鸟先飞！"老师终于觉得我还没有到不可救药的地步，说："可是你没有先飞呀！"我点点头再度表示认可后接着说："是让别人先飞。"

除了易氏传人，无人知道我的煎熬我的等待我想在太阳之上自由翱翔，并且我坚信，他早就知道。他清澈的深邃的目光洞穿我的过去现在和将来，郑重地对我说："你渴望功名。现在你就像一只折翼的大鹏，可一旦振作起来，就能扶摇直上九万里。"

我简直欣慰得快要绽放泪花。他就像一台性能卓越的验钞机，而我就像是一张散发着油墨香的编码磨灭的真钞。我相信昆仑镜马上就要发挥他的神通了，我问："我该怎么办？"

"专注地去做一件能改变现状的事情，不成功便成仁。你后面的纠结来自于你先前的妥协。但你要完成这个东西不是不可能完成之重，其实是必须承受之轻。什么东西都在做一个彻底的放弃，以后你的人生就会给你一个反弹，你不想忍受心灵的屈辱，就要忍受攀登的痛苦！"

神器昆仑镜竟也闪烁着人性的光辉，而我的灵魂也得到了久违的慰藉。但我更关心昆仑镜能否进一步发挥神通："比如说！"

"你每天专研卖大饼，专研二十年，肯定能卖出宇宙第一的湘西土家族烧饼！"

我相信昆仑镜还能做得更加极致："我到底该做什么！"

只见易氏传人双手抓住布的两角将其翻面，然后从口袋掏出一枚徽章顺手就甩在布上，站起、抬头、张开双手、拥抱天空。迎着阳光我这才看清他眉清目秀年轻有为。可我低头一看，布的反面写着"推翻五学期"，白翔学院的院徽闪闪发亮。

他说他叫易爻，易氏传人，原白翔学院大三学生，在五学期学制下挂科数门而被退学，所以他是命中注定来帮我的。

这确实是一个可行方案。一个学制决定了一个学府和莘莘学子的命脉。在遥远的S大，一个有远见卓识的老人因为引进了三学期学制致使S大学霸成群而受到了千秋万代的供奉；今天，五学期制就像五指大山一样压得白翔人求生不能求死不得，如果能推翻这万恶之源，把美好的三学期带到白翔，白翔强则我强，归根究底是我强。

但我和逃命先生势单力薄。没关系，在互联网时代，无中生有小事化大是易如反掌的事。一个状态一条微博好比猴哥身上一根毛，一吹，千军万马来一发。就像当年如来佛祖高瞻远瞩，五指大山下齐天大圣只露出个头来，才让他根本没法去拔那万能的猴毛。我极尽概括能事，一百四十字里时间地点清晰明了、批判煽动展望兼具，可是网络突然就被切断了；与此同时，逃命先生短信告知我，手机发表成功后，秒删，神手速。紧接着，全校范围内信号被屏蔽和网络中断。这意味着，信息传不出去，就算传出去了，也没人收得到。

我和易爻都很清楚，这不是故障是封杀，管中窥豹，必然是大白翔神秘的校土安全部采集到了情报。据说，校土安全部的设立不仅仅是为了防止白翔被破坏为了维护白翔的稳定，更是因为"王业不偏安"，此部门又名"组织"，隶属校长，所有干事潜藏于民间，不知姓名，他们的情报系统可以渗透到大白翔的角角落落和白翔人的浑身上下，大到白翔商业机密，小到白翔人新建文件夹里的种子，无所不晓。和谐和监控如此相辅相成。组织出马，我就是战斗力零的渣。但是，易爻是神器，以一敌百，明争暗斗，都游刃有余。

第二天，逃命先生铺开一张纸，上面七零八落画着些圆圆圈圈方方块块，仔细一看，是白翔学院的俯视图。易爻说，白翔其实是一个老校区的翻新货，再之前这里是一片坟，为了镇压阴气，宿舍楼按照北斗七星的分布建成。

他指着图继续说："今晚我在天权和天玑两星之间摆上蜡烛佯装表白，七幢大楼五六千人，只要引得十分之一来助阵围观，我们就随即开宗明义，揭竿而起，只要慷慨陈词，一呼百应，就能打他个措手不及！然后我们环校游行一周，凝聚散落在角落里的仁人志士，而且借着断网断信号，学生百无聊赖也会云集景从。然后攻占操场，绝食抗议，只待领导妥协！我昨夜一窥天意，这就是后来史称的大白翔的第一把火。"

我兴奋得颤抖起来，赞叹逃命先生神乎其技。

他接着说："可是表白门要做得像那么回事，必须有一个女主角。"

李爽加入到计划中是因为就在那一刻她拨通了我的电话，赶巧就邀请她加盟。李爽是我高中学姐，交情深，能信赖，而且她有风有肉有人脉，让她做饵吸引观众是最合适不过，甚至易爻表示，看着李爽，他能明显地感觉到灵力倍增。

假戏真做未尝不可且总是充满惊喜。天有不测风云却还是出乎昆仑镜意料。这场暴雨太突然，像是一盆巨大的冷水劈头盖脸地泼来。昆仑镜也照不见扫荡而来的狂风，更别说我和你了，但是狂风卷起阳台上的内衣的时候，我们都知道狂风在意淫。

"啊！额！胸罩！"易爻被一件75D的胸罩遮住了眼睛，挣扎着顺风倒。

"啊！呀！是我的胸罩！"李爽一把抓走了它，易爻才重见光明。

我在风中凌乱："怎么破！？"

"先逃命！"

这场雨给未曾出面的白翔校土安全部更加蒙上了一层神秘色彩，难道组织里还有求雨的道士？而到现在，除了大美女李爽加盟，计划一筹莫展。

两天后终于放晴，我们打算夜晚照原计划行动，但易爻摇摇头说，他夜观天象，见三台星中客星明亮，主星幽暗，掐指一算，大祸将至。

我忙问："怎么破？"

易爻说："设祈禳之法，拜礼北斗，设七七四十九盏小灯、七盏大灯，中安本命灯一盏。如果安稳度过一夜，搞定。"

易爻把作法地点设在了石柱广场中央。这些石柱年代久远，早在老校区建成之前就有了，据说是用于守坟。石柱长短不一，围成一周，岁月侵蚀的痕迹随处可见。当地人说这石柱拆不得，于是老校区翻新的时候，白翔院长决定保留石柱，稍作休整，建成了今天的石柱广场。石柱的传说，白翔内也是众说纷纭。

"为什么这些柱子长短不一？"

"他们可来头不小，十二根柱子分别代表十二守护神，所以长短不一。"

我还是一脸疑惑。易爻补充道："就像我的和你的，长度肯定也不一样。你懂的。"

当时我就震惊了，但我细细数了一下，却是十三根。

他指着那两根奇怪的柱子，高度大约只有其他柱子平均的一半，而且呈现出圆球状。

"这是个女神。"

当时我就心领神会了。

烛光影影绰绰，幸而石柱广场偏僻阴森，保安几乎不会查过来，但偏偏还是出现了不速之客。夜行者跑得飞快，烛火之下，难以捕捉到容貌。制止不及，她便疾步抢入烛火中央，当她的秀发拂过我的脸庞，撩人飘香沁我心脾的同时，易爻的本命灯噗噗跳了两下，灭了。烛光下，这个娇喘着的楚楚动人的女孩是李爽。她说："校土安全部，他们，他们来了！"

六月伏天，人人摇扇我心寒。

逃命先生易爻望向我说："这不是李爽的过错，这就是我的命啊。"

后来易爻说，自从那件75D的胸罩蒙住了他的眼睛之后，他的灵力大减，难以再窥见人命和天意。人间神器败给人间胸器是对易氏招牌的最大讽刺。

后来我再也找不到易爻，李爽才对我说："易爻以前在白翔成立了个社团，以结社为名，暗中打算革除五学期制，还跟我们校土安全部干上了。结果你猜，一颗糖衣炮弹打过去，给了那票人选课优先权，这帮乌合之众就一哄而散了。学院嘛，要从大局考虑，要从长远考虑，维稳压倒一切。"

"可是为什么学院收了我们这么多人，千方百计要捍卫五学期？"

"不合理的存在根本无需理由。"

李爽最后问我："你还记得易爻被蒙住眼睛之后说了什么吗？"

昆仑镜逃命先生易爻一语成谶，他说的是"胸罩"。

A叔的故事

文/李昱萱（1996）

（一）

我认识A叔的时候，正值夏季里最难熬的三伏天。电视机里每天都有不同主持人坐在不同颜色的桌台后面，上身穿着西装，下身套着热裤，哭丧着脸请他们的衣食父母注意防暑。高温预警信号发布了好几次，明晃晃的阳光海啸一般席卷了这个小镇，就像A叔席卷了我的生活一样。

A叔是我的网友，我们的相识纯属巧合。A叔对我说第一句话的时候我不在线，而他自顾自在对话框里敲上大段大段的冷僻知识。他也许是我在某个闲得发慌的晌午随便加来的网友，所以当我在第二天登陆通讯软件，看到他陌生的头像跳动时，我并没有过多反应。

我点开对话框，视野立即被黑色的字体霸占，只觉得黑色的光一明一暗地闪烁着，那一瞬间我受到了惊吓。他滔滔不绝侃侃而谈，字里行间透出一股知识分子的气息。我目瞪口呆地下拉页面，大概拖行了三秒钟才看到"我是知道这些的"这样朴素的结尾。

如此广阔的知识面让我佩服得五体投地，于是我挑出一个知识点来向他询问，本是抱着学习的心态，却并没有得到悉心的教导。对方像是突然变了一个人，对我的任何问题先是茫然，然后便打着哈哈过去，语言戏谑且犀利。

如果说他给我的第一印象是学识渊博的中年男子，那么第二印象便是想法独特的年轻人。对我而言，第二种状态显然要更吸引我一些，于是我们就在插科打诨的聊天中渐渐变成了无话不谈的朋友，我喊他A叔，他叫我小屁孩，一看便是喜欢玩闹的人。

从那以后A叔与我开始了每天东拉西扯的日子，我能从他的言语中窥探到他搞怪的性格，但他偶尔还是会恢复博学多才的状态，通常都是在深夜，我能在第二天看见疯狂涌动的文字，但问起他来依旧得不到想要的回答，久而久之我不再问了，只是默默地看着。

盆栽，化工，水彩，机械组装……通俗的或晦涩的，有趣的或无聊的，知识像一场风暴，每次袭来都淋漓尽致，然后依然用"我是知道这些的"结尾。看久了，总是觉得这句话平白无故多出一种无奈的气息来，仿佛入了眼，嘴里就会多一声叹息。

（二）

民间有俗语，夏豹子秋老虎，都不是什么好东西。刚逃出豹子的抓挠，我一仰起头，就看到老虎的血盆大口。

九月的天空瞬间高了不少，云彩多了，也轻薄了，除了遮不住阳光，一切都好。立秋即将到来，酷暑却好像一直没离开，街头依然四处支着巨大的帆布伞，一台冰箱拖着长长的尾巴孤零零地躲在阴影下，偶尔有几个学生会在它前面逗留，掀开它的头顶往里面翻找。坐在不远处的老板娘不断用带着口音的普通话催促她们。

树还没有开始落叶，但是没有人在下面乘凉了，夏季的几场暴雨拦腰折断了几棵老树，于是所有树一瞬间变成危险物品，见了就要躲着走。

我对A叔说："林业局这下可有得忙了。不过他们一直都在忙，不知道有没有时间来管这些小事呢。"

A叔说："小事自己解决就行啦！"

我啐了一口，在框里打上"你这是智商下降了还是装傻呢？"，但想了想没发出去，而是直接关掉了对话框。

——从夏到秋，不过三个月的时间，A叔却变了很多，让我几乎不想再和他对话了。一开始我们还能凑在一起调侃我们伟大的党和政府，像两个热血青年或者两个愤青，后来渐渐变成讨论小学高深莫测的奥赛题，他开始使用大量的标点，经常打错字，用一副小孩子的口气对我说："这道题太难了我不想做了嘛！"

若只有这些，我还勉强能接受，能说服自己这是他的行为艺术。但他变本加厉，到了后来言行举止与孩童无异，我果断决定这段时间要躲他躲得远远的，就像居民们躲开摇摇欲坠的老树一样。

我不再关注A叔，不再一上线就点开他的头像，因此也没有注意到A叔的头像突然熄灭了，在那之后再也没有亮起。偶尔我下拉列表，从列表的最底下找到他的名字，看着他几个月前的签名依然挂在那里，还是隐隐有些担心。

A叔对我而言，虽然是几个月来聊得欢畅的朋友，但他在我心中一直是个谜。我从来没有问过他的家庭情况，没有关注过他的心情，我们只是抓着一个话题心照不宣地聊到天昏地暗，这么一想，我很愧疚。

因此，当A叔的头像再次亮起时，我第一时间跑去问候，不料那头沉默了很久，然后发来一句："你好，我是安国兴的妻子。"

（三）

知道A叔的真名是安国兴那段时间，天气已经很凉了，几乎要拿出卫衣来才能抵挡寒风。所以当A叔的妻子开始说话的时候，我下意识觉得她不会带给我温暖的讯息。

她像是个温婉而羞怯的人，我看见她那头长时间显示着正在输入的字样，而当一大段话敲过来时，他的头像也同时暗了下去，我反复地读那一长段恳切的语句，心里像是猛地把柴米油盐酱醋茶打翻到了一块，充满了复杂的味道。

我的目光长久地落在那段话中间的一个地址上，脑海里自动打开了本市地图，隧道般的光往道路上飞快地穿梭，穿过楼房和汽车，稳稳地停留在某一处地方。

周日我如约出现在那里，与我同行的还有一袋苹果和一把香蕉。上楼的时候我再次思考这是否是一个骗局，然后再次告诉自己，如果对方一开门我没看到想看的，就拔腿狂奔，因为这些事对我来说实在太离奇了。

我颤抖着叩门，三秒后传来了脚步声，然后门被打开，开门的女人没有多说话，她微微欠身，让我看到客厅的场景。

四十岁左右的中年男子，坐在不同颜色的泡沫软垫做成的地板上，兴致勃勃地玩着一辆玩具车。虽然已经有了心理准备，但我看到这个场景依然受到了惊吓，女人在一旁用微弱的声音解说道："这就是A叔。"

A叔患有精神分裂症中的思维内容障碍，也就是俗称的妄想症。他妄想自己是个年轻人，而随着病情的不断加重，他妄想中的自己也越来越年轻，与我认识时"他"已经只有十几岁了，而现在，"他"几乎只有五岁。

"他原本是很优秀的，真的很优秀。"女人坐在沙发的一角，一边帮A叔削着苹果，一边喃喃自语，"学识广，心肠好，业绩也非常强……我嫁给他真是有福了。可是生活太苦了。"

事情是这样的。

A叔所在的公司运营出了问题，与老总是好朋友的他出于好心，扛下了所有责任，让老总在安全境遇中想办法东山再起。不料老总选择了逃跑，于是他用颓败的眼神看着司法部门找上他，看着公司的同事向他冷嘲热讽，看着母亲患上重病无钱医治。

一个好人，一个一生平稳的好人。拥有不错的收入，和睦的邻居，亲密的同事，还有慈祥可亲的妈妈，然而这一切，突然就化为了泡沫。所有的光一下子暗去，所有的美好一下子坍塌，尘埃四起，哀鸿遍野。

"老太太现在怎么样了？"我问道。

"已经死了。"女人把苹果切成小块，放在盘子里，"国兴就是在那天垮的。"

去往殡仪馆的路上，A叔望着窗外出神，他的眼神前所未有地呆滞，妻子担心地推了推他，等他的瞳孔终于聚焦，嘴里却突然吐出一句话："我没事呀，我才二十多岁呢，很年轻的。你放心，我会找到一份很好的工作，回来娶你。"

——我才二十多岁呢。

——很年轻的。

那个时候的生活也许比现在美好太多吧。有奋斗的激情，有奋斗的资本，敢闯敢拼，青春洋洋洒洒。一切都是萌芽的状态，一切都有希望，让他无比满足。

因为比现在美好，所以想要回去吗？

"国兴。"女人喊了一句。A叔立即从软垫上爬起来,像婴儿般左摇右摆地走过去,接过女人递给他的苹果,笑着说了句:"谢谢妈妈!"

我倒抽一口凉气,转头去看女人。她依然是风淡云轻的表情,仿佛早已习惯。沉甸甸的一声"妈妈",压在她的心头,久了,也就麻木了。

女人告诉我,她把我找来是想让我劝阻A叔。她这些日子一直不安,看着A叔一天天变小,她担心这会有尽头。等到A叔的意识回到他出生以前,那个他不存在的世界,他会以什么状态来面对?若是从此昏睡,甚至以脑死亡来匹配不存在的事实,这对他来说是不公平的。现在的她已经不再奢求A叔回到原来的状态,她只希望A叔能活着。

我摇摇头,说:"这太抽象了,我无法想象。"

"但是你可以试试。"女人的目光飘向那个蜷着身子吃苹果的身影,"我希望你能帮帮我,告诉他,他会一直活着,即使他的意识退回到细胞状态,他也能明白自己是活着的。那时做出再怎么怪异的行为也没关系,只要能活着就好。他不再记得我,但兴许还记得你,能够相信你的话。"

我顺着她的目光,一同看向了那个身影。

"A叔A叔,你今年几岁啦?"

"我五岁了!"

"那你知道五年前你在哪里吗?"

"不知道!"

"我告诉你哟,依然是在这里,在这个大大的地方,以细胞……噢,就是一种很小,很自在,哪儿都可以去的样子存在着,你一直存在着,又有活力又开心,听懂了吗?"

"听懂了!"

"真的吗……"

此时的我蹲在他面前,望着他沧桑的脸和孩子般的表情,回想起我们在一整个漫长的夏季里欢快的对话和我们彼此无限的活力。那时候他是青春的,对未来充满了希望,如今他甚至不能理解未来的含义,而我,正用尽量简单的语言劝阻他不要死去。事实上,我根本不了解他会不会这样死去,我只是在做我该做的事情。我抱着女人给予我的希望,和自己的真诚,一遍遍告诉他——

"A叔,会好起来的,你知道吗?会好起来的。"

(四)

入冬以后,再也没有人记得夏季的炎热,六个月前叫嚣着"我宁愿冻死也不愿意热死"的人,这会儿也改了口。

孩子们都在期待下雪,南方下雪少,倒是给这份期待添加了意义。

冬天的风是没有声音的,但是个个带着细小的枪头,从你所有裸露的皮肤上划过。

这种天气状态下人们通常不愿意出门,这是地理书上的理论,可是实际情况是,办年货的人们乌泱泱地挤满了大街和商场。

　　冬天里总是有点事要发生的,毕竟是辞旧迎新的季节。老人们念叨着瑞雪兆丰年,菩萨留宿间,一是图个吉利,二是求个心安。我从来不信这些,甚至于有时会出言讽刺,所以受到了惩罚。

　　临近正月的时候,A叔的妻子突然告诉我,A叔死了。

　　我觉得自己听到这个消息时应该会诧异和悲伤,但我出奇地平静,仿佛潜意识里觉得这是理所当然的事情。

　　那次拜访之后我没有再去过A叔家,A叔的妻子也没有再邀请我,现在A叔走了,她终于又一次向我伸出了手。

　　重新踏入这间房,房间里已经没有了生气,没有满地的玩具,没有开到最大音量的动画片,整个空间安安静静的,透出一股寂寞来。

　　女人告诉我,A叔是在某个寒冷的深夜死去的,他缩着身子躲在摇篮床里,身下铺着从枕头和被褥里扯出来的棉花,死于割腕。

　　"他不跟'妈妈'睡吗?"我问道。

　　"那天他是半夜醒来离开我房间的,我没注意,是我的错。"

　　女人笑得苍凉。

　　"不,这事压根没法预防,所以你也不必自责。"我轻轻地告诉她。

　　其实我猜想过,A叔偶尔会在深夜醒来,然后恢复最初的意识。但他也知道,这意识转瞬即逝,所以他总是在深夜打下大片大片的知识点,然后告诉自己"我是知道这些的"。

　　他温柔地提醒着年轻的自己,告诉"他",你应该懂得更多,你应该往前走,可是毫不见效。他最终还是退化成了一个包袱,因此他无比绝望。

　　爬得越高的人,总是摔得越重。自律意识强悍的人,越发不能接受自己的堕落。

　　他肯定没有告诉亲人他有过清醒时刻。他不希望给他们任何希望,因为他自己都没有希望。这次深夜的举动是他最后一次恢复意识,他预谋这么做,而他终于成功了。

　　——预谋性自杀,属于A叔的结局,是他亲自做下的选择。

　　我在心里苦涩地笑起来,我明白了A叔自杀的原因。他是以正常的意识形态死去的,这成了我一个人知道的秘密。

　　可是——

　　这个时候,女人突然用一番话,颠覆了我所有的认知——

　　"早知道,我就不找你帮忙了。你兴许是把他出生前的世界描绘得太美好,所以国兴迫不及待地就去了。他走的时候,还是像在妈妈子宫里的样子呢。"

　　——他走的时候。

　　——还是像在妈妈子宫里的样子呢。

我感到脑海里响起一阵轰鸣。从心口蔓延出的燥热瞬间席卷到我的太阳穴，然后密密麻麻地布满了我的大脑。

　　她依然是笑着，笑得温婉大方，像往常一样，而我却突然失了态，激动地询问那个动作的各种细节。

　　女人疑惑地看着我，犹豫了片刻才娓娓道来，在她的描述中，我的眼前渐渐展开A叔死去时的画面，展开了我自作聪明的神情，和我们两人各自的悔恨。

　　我瞪大眼睛，身体无力地瘫软下来。我想叫，但是完全发不出声音，只有画面不断在脑海里重复着。

　　——那个男人像躺在母亲的子宫里一样蜷缩着身子，表情无比地恬静，仿佛进入了一个美好的梦境。

　　他手腕上流下来的血液渗进柔软的棉絮里，流淌在他的身上，像温暖的羊水，静静地把他包裹。

　　他像一个胚胎一样，永远地沉睡着，去了他想象中那个无比安详美好的世界。

比干蛊以及时间以及战争

文/修新羽(1993)

（一）

在月亮停止转动的第三个夏天，我独自在家，正对阳台坐好，搂着只老式钟表，想数清这次日偏食持续了多久。长长的金属指针每秒划过一格，发出几不可闻的规律声响，覆盖住明晃阳光下的一切寂静。

身后的沙发咯吱作响，我随意地扭头——我不想把它描述成任何与众不同气势恢宏足以让人铭记终生的场面。

实际上，事情发生得无比自然。他突然出现，而我，好像脑子中有个齿轮被偷走，突然呆滞得像是土著居民。

他穿着简单的白色T恤，目光严肃得像是很久以前的专业特工。我看不出他到底是年迈还是年轻，估计不出他的年龄，只是觉得他身上的所有色彩都莫名地鲜艳明亮。

那古怪的人愣了半晌，从口袋里摸出小小的白色东西，一手握住，一手示意我过去。我第一反应就是赶紧躲——却没能躲开。

来人手法利落地捏住我下巴，把东西填到我嘴里，再如何如何一抬——结果是，我没来得及做出任何象征性的反抗，就喉咙一动，咽下了那未知物体。

我努力从空白一片的大脑里拎出点常识，低下头，绝望而徒劳地尝试把手指往喉咙里伸。他伸手拦住我，动作还算温和。

他说，"我来自未来。"

那时候我年纪真的太小。九岁的男孩儿，总是手里拿着手枪玩具，不懂得轻重缓急，一边被自己噎得满眼泪水，一边断断续续气急败坏地指责他说谎：时间旅行早就被证明不可能。

那人皱着眉头，少顷，蜷起手指慢慢帮我抹去眼泪。"那不是什么毒药，你紧张什么？"

——他当时总能这样,轻而易举地转移我的注意力,轻而易举地转移话题。

"还能是什么?"我用所有警惕武装好自己,来面对这个陌生人。

他望着我,愣了下,好像在思考要怎样向我解释某个复杂概念。最终,简单地告诉我,那是一种思维探测器。

名为"比干蛊"的探测器。心有七窍,八面玲珑。用来揣度人心。

话音刚落,他就融化了。

我是说,他的一切逐渐变淡,像是突然被蒙上一层劣质玻璃,影像微微扭曲,消失在了我眼前。

我只来得及发出半句急促的惊呼,便手足无措地瞪着面前的空气。

下午三点,阳光斜照进来,穿透他刚才所在的地方,毫无阻碍。趴在阳台隔着坚硬的防护层往外看,明晃晃的一片天。

适才发生的一切,如同臆造的幻觉。像是小孩子脑海中时常会出现的那种,恍惚而奇异的故事。

接近傍晚时,母亲回来,领着我年幼的妹妹。她满脸倦容,先趴在桌子上休息了会儿,才起身去准备晚饭。

我犹豫了下,因为实在害怕,所以还是决定把这件奇怪事告诉她。结果,一张嘴才发现自己说不出话。并不是种简单的形容——而是真的说不出来。

我的肌肉、思维……它们不配合我。

(二)

或许在很久很久以前,人类是不会怕黑的,那时,他们甚至还没有拥有火。后来,在千万年的进化中,我们逐渐习惯了温暖舒适,因而,也逐渐退化了能在黑暗中看清一切的眼睛。我们开始害怕黑暗,如同害怕一切未知。

而在那时,我只是对自己说,或许怕黑并不是你的错,因为你没有教给你战胜黑暗的父亲。

我们那与时俱进的教科书上说,一年前人类成功证明了时间无法逆转,亦无法穿越。在得到这个结论之前,不知多少人已为之作出牺牲。而我的父亲……他牺牲了他自己。

当时的情景是这样的,人们打开门,发现超光速实验舱里面的所有物质都荡然无存。它们于重压下分崩离析,解体为细小微粒。所有物质,以及所有实验者,都这样消失于片刻之内。

后来,母亲红着眼睛对我们说,在实验还进行着的一瞬间,她就有种预感,觉得心里发慌。

她说,一定有种任何科学都无法解答的力量,始终存在于我们心里,用来感知所有的爱。

……那有着古怪名称的仪器,就是用来测定这种力量的吗?

我决定,如果能够再见到他,一定要得到这个问题的答案。

他第二次出现的时候,我正待在自己那间屋,开着灯,用被子裹紧全身,不敢睡觉。那时候家里还是只有我一个人——妈妈正领着妹妹,坐最便宜的夜间移动器去拜访某某名医。

彼时我盯着这突然出现的人,觉得自己心里的秘密像是气球般逐渐升高,即将炸裂在稀薄的空气里。

我看着他,却忘记了自己先前准备提的问题,只想到了那两个字:父亲。

脱口而出的那句话是,你见没见过我父亲?

他缓慢地眨了眨眼,微笑着说:"我知道,他很优秀。"

我一时间抑制不住泪水,低下头,把脸埋在被子里。忘记了害怕,只是尽情地哭泣着,不知过了多久,竟不知不觉睡了过去。

醒来是在半夜。他已经消失了,还顺手帮我盖上被,关上灯。

我面对着黑暗,觉得自己心里有白色的光线,它们缓慢而执著地蔓延,逐渐淹没了我的世界。那里没有害怕,没有怀疑,永远安静永远安全。

实际上,自从被他喂下那种古怪的探测器,我已经变得几乎无所畏惧。

每当我走在昏暗无人的小路,周围穿梭着寒风,席卷起一切,这时我都会对自己说,不要害怕。因为严格意义上来说,我将永远也不会"独自一人"。我的灵魂深处,总有一双窥探一切的眼睛。

一种很奇妙的感觉:我的所有情感思维,都被人所窥探。我变成透明,变成藏不住任何秘密的容器。在我思维的彼端,总会有人和我连接在一起,与我分享一切。

(三)

我们坐在阳台。身边的葱茏吊兰,枝叶伸展。

在遇到他后的第三个夏季,我们早已变得熟稔——与一个无法摆脱的、冷不丁就会突然出现在你面前的人之间的,僵硬的熟稔。

他早已解释清楚:"比干蛊"是一种极为精妙的仪器。

当你莫名其妙地悲伤——那些悲伤并不是真的毫无缘由。它来源于你体内某种激素的瞬间变化。这种激素在你大脑皮层中产生,被悄悄释放,随着血液走遍全身,如同特殊作用的毒,一时之间,钻心剜骨。

同时刻它被"比干蛊"锁定,分析,换算成数据传出。

我的失落，我的满足，我的喜怒哀乐——俱是这样，被别人察觉。

我知道他帮不了我也不会帮我，但还是希望他帮我摆脱接受试验的命运。他知道我希望他帮我，却装作不知道。

合上手里的书，我发现他眯起眼睛看着窗外。"你什么时候能不来烦我？"

"等你向我投降，自愿把灵魂献给我的时候。"他回答，然后看着我的表情，突然笑了，"你当真了？"

"这就是真的。不管承不承认，你都是一个想要抢走我灵魂的魔鬼。"我侧过头，扫了他一眼。

窗帘没拉紧，有阳光漏进来，细细的一道，漫过他的手指、眉梢、胸口，从他身上碾过去。时间在静静流逝，而他坐在那里，翻着本厚厚的图集，一脸无动于衷。

真的，我总是觉得他就是一个魔鬼。不管我遇到什么情况，都可以对着自己的心说话，然后把他从一只看不见的瓶子中叫出来。来帮我解决困难，或仅仅是陪我度过几个无聊的下午。

另一方面，我也早已放弃把这个秘密与别人共享的念头。

只是，偶尔遇到言辞闪躲心不在焉的人时，会下意识地想，是不是他们也有什么无法言明无法摆脱的秘密。

那些秘密，又是不是和我的相同。

（四）

夏季。阵雨互相推搡着降临。

我生活中的每一秒都于丰沛的雨水间晕开，成了一团又一团毛绒绒的墨蓝。

十七岁。战争的深渊距离我足尖一厘米，闭上眼睛不动就可以装作若无其事，动摇一步就是粉身碎骨。

那年我疯狂地迷恋一种矿石，却不敢多看它几眼，因为根本买不起。

它是淡蓝色的，如同瞬间凝固的海水，漂亮而干净。

后来，在妹妹生日的时候，我给她买了对镶嵌着那种贵重石头的耳环——用我所有的饷钱。

后来，她戴着那对耳环和母亲一起去了外星球，以治病，以躲避战火。

月亮停止转动后，很多国家的气候环境都发生改变。自然资源分配不均导致国与国之间互相不满，后来，小范围的骚乱终于变成大范围的战争。

周围日益弥漫着尘土，以及硝烟。路上，每个人都行色匆匆，眼神警惕而冰冷。唯一充满热血的，就是那些年轻的军人。

我们在征兵的时候争先恐后地报名：那时候我们该有多年轻……不懂退缩，没经历过溃败。

那时候，我们整齐地站在一起，身边是昔日的同学现在的战友。

他很久没出现了。上一次还是在我刚入伍的时候，出现在远处，朝我一脸欣慰地微笑。

彼时我得意地冲他喊，"我要胜利"。队长以为那是我的父亲，便也默许了我过于激动的表现。

可是后来，我却基本上从未见过胜利。在敌国早有准备的进攻中，我们节节败退，瞬间溃不成军。还只是少年，却被战争衰老。

最后我们退守在了一座还算繁华的城市。迟钝的秋天，风声未起。偶尔有叶子飘落，在微小气流间颠簸。

八月十五。每个中秋都变得毫无意义，既然亲人不在身边，而月亮已经停止阴晴圆缺。

不过我们还是在军营里给自己过了节。有人唱着家乡的歌，有人喝醉了酒愣愣地不知道在想什么。我在一旁静静坐着，想什么时候才能有机会给妈妈和妹妹回信：距离上次收到她们的消息，已经过了三个月。

上次我在信里说，原来并不是只要拥有勇气，就能打赢战役。

（五）

每天早上，几百架飞行器越过城市上空，操练阵式，投下整齐阴影。回荡在街角的，是永不停息的播报："我军大捷"，"我军险胜"。反反复复的不过是那几条过时的讯息。

战线的推进，让这里变成了一座半军事化城市。

我捏着一把多功能小刀，坐在马路旁边。二十分钟后，全城陷入黑暗，以节省稀缺的能源。

黑暗里我继续等待着，然后起身向目标走去。

就是在那时，他突然出现在路对面。

我努力对他视而不见。我做到了。

他没有阻拦我从军队里逃出来，也就不会阻拦我轻巧地破坏掉那家宝石店的防护系统。

我以为自己绝不会心虚，但还是由于紧张，不小心被刀子划了手，伤口隐藏在陈年累月的厚茧之下，隐约有血，却看不清。

我准备拿着整整一箱珍贵矿石离开的时候，他终于问，为什么？

我转身直视着他。原来我现在已经长得比他还要高了。

我说，我们要输了。

"谁要输了？"

"我们要输了。"我重复着自己的答案。

"谁要输了？"他继续问。

"我们，我们要输了。"我声音越来越低。

"谁要输了？"他却还是在问，坚持不懈地问。

我抬头盯着他。仔细看，他身上有一层蓝光，在黑暗中越发柔和遥远，犹如来自未知的星辰。那是属于未来的光芒。

我摇摇头，终于回答："我要输了。"

他皱起眉头，说："怎么会呢？你明明还想着胜利。"

接着，他不由分说地走过来，紧紧握住我的手，顿了顿，微微一笑："我可只帮你这一次。"

我愣愣地看着他，眼睛干涩得厉害。

他凝视了我一会儿，最终松开手，退后一步。"你该回去了，我也该走了。""我很怕死。"我的声音可耻地颤抖。

"我知道……"他说。

没错，他知道。不管我在想什么，他都知道。

"你不会死的，我向你保证。"他犹豫了一下，解释说，"本来不应该告诉你任何有关未来的事……但我想，认识了这么久，我也该送你一件礼物——我送给你勇气和幸运，我的小男孩儿。"

我沉默着，不知道自己是否该表示谢意。终于，开口问："你还会来吗？"

"我要走了，这次是真的。"

"那能不能告诉我……'比干蛊'到底有什么功效？难不成就是为了给胆小鬼壮胆？"最后一句是干巴巴的玩笑。

他最终没有笑，只是转过身注视着这座城市。那圈蓝色的光笼在他周围，越发明显，越发像是一个狭小的牢笼。

他说，这是个秘密。

那团光现在如此明亮，仿佛已经点燃了他的身躯。我觉得泪腺受了刺激，忍不住想要流泪。

可那光又瞬间暗了下去，街道上重新空无一人。我低下头，听见有个声音在我耳边说：再见。

旁边狼藉一片的店铺，不知何时已经复原如初。

（六）

在月亮停止转动的第十三个夏天，他终于再也没出现过。

而战争却一直延续了很久，以至于后来，我的每个梦里都充斥着激烈炮火。

等我们的旗帜飘扬在这个国家的每个角落时，我已经二十九岁。

母亲带着妹妹一起回来了。外星系的条件很不错，妹妹的病好了大半，只需要继续疗养就可痊愈。

去停靠站接她们的时候我穿着军装，把自己所有的奖章都挂在胸前。它们在灿烂的阳光下熠熠生辉，胜过最美丽的宝石。我清楚地知道，这上面凝固了我再也无从找寻的青春。

母亲见到我的时候，蓦地红了眼眶，却始终微笑。

后来我从部队退役，继续完成学业。最后，找了份在研究所的工作，闲暇时总是习惯性搜集所有关于时间旅行的信息。很可惜的是，至今没有人能推翻那个"时间无法逆流"的定理。

偶尔，我会试着说"比干蛊"这三个字。每每此时，我的思维、肌肉，依旧会与我作对。

它们就这样简单而直接地证明了，有关他的一切并不是我想象中的幻觉。

其实，当你比年轻还要年轻的时候，如果有个人能知晓你心里的所有秘密，感觉也不坏——我在此刻才终于承认这点。或许，我是第一个被未来挽救的孩子……谁知道呢。

比干蛊……它能测定出我心里此时的回忆与爱吗？

只是不知道为什么，这些事情总是在夏季发生。

好像我的生命每每等到冬季，就蛰伏起来，安稳，浑噩，停滞。只等候夏季，才灿烂燃烧。

回忆中的一切，由此而带上夏季特有的明媚，浮躁，匆忙。

我想，那些事将永无止境地在我的心中坍塌，变成有着坚硬内核的温暖秘密……

最终，吞噬掉它所能找到的一切黑暗与悲伤。

人 类

文/孟盛（1991）

零

沿新南大街一路往北，过按摩足浴店往左拐。穿过菜市口，躲过一些卖春姑娘的叫唤。在一个叫春秋茶社的地方，见到找我的人——王淑萍。

这个地方真难找。我接过服务员的菜单，低头说道，给我两杯龙井再加一点糕点，你们帮我搭配自助餐，谢谢。

服务员是个白面小生，估计是打工的学生。先生，我不知道您喜欢吃什么啊？他有点忐忑地说。

我向他招手，随便什么。拿出黑色录音笔。对王淑萍说，开始吗？

对面的王淑萍显然不在状态，她给我倒了一杯龙井，茶漏了几滴。一旁的服务生连忙拿纸巾擦干。

别紧张，这是我职业习惯。

王淑萍从口袋拿出皱巴的纸巾，呜咽地说：

赵刚他是一个古怪的人，我不知道他在想什么？他在家里的后院买了一头驴，然后就和驴睡在一起。哦，对了，那头驴还是母的。他为什么不和我睡，宁可和那头驴？我比驴还不如吗？他这个人，脾气太执拗。明明就快博士毕业，工作都落实了，怎么就抛下我，说走就走？这个没良心的。

你知道吗？当年读书那会儿，全班都笑话他读书读傻了。他天天向窗口叫道，我爱你，远古的火焰。我喜欢你，文明的河流。我当初以为他学历高，能过上好日子。真是瞎了眼。

服务生拿来了自助餐，水果杏仁以及一些烤肉、脆皮花生。我打断王淑萍没有意义的叙述过程，给她重沏一壶龙井，说，警察已经宣布赵刚是自杀的，你找我来做什么？

王淑萍看看窗外，回过头，似乎想了很久，吞吐道，你是私家侦探，我要你帮我证明赵刚不是自杀的，是意外身亡。王淑萍捏紧杯子，嘴唇僵硬地碰杯壁。

为什么，我盯着王淑萍飘渺的眼神。王淑萍说，赵刚的保险赔款写道，如果是意外身亡，有几十万索赔。

我有点恍惚，放下茶杯，说，我只能忠于事实，带我去你家后院吧，我想看看那头驴。

零点零

我经手过很多案件，看到过很多死者的遗嘱。我从来没有像这次赵刚案件那样感到惊奇。

王淑萍走到我前面引路，她的身材很匀称，算得上漂亮。她走得很快，不一会儿就到了老式土房。在后院，我看到了和赵刚合睡的母驴。大概看到生人，母驴有点不安分地跺脚。王淑萍恨透了这头母驴，走到一边。

你看母驴干什么？王淑萍有点不满，捏着鼻子发出怪腔。

我仔细研究环境，可能这里有什么线索。我撩拨开一堆稻草，发现一个铁皮箱。

王淑萍有点吃惊，惊叫，果然是大侦探。她夺过铁皮箱，箱内只有一封信。王淑萍看了几分钟，表情漠然。

怎么了，我接过递来的三页信纸。

我不知道怎么叙述自己看到这份遗嘱的感受。很多天后，我渐渐读懂了赵刚。

我更想把这遗嘱当作某个隐喻来解读，它仿佛是故事圈套。我询问过先锋作家，也拜访过符号学家。不过，结果已经不重要了。而当时，我们却一头雾水。

第一页：人类的畅想
1
丛
丛丛
丛丛丛丛丛丛丛……丛丛丛丛丛
2
从
从从从从从从从从从……众众众众众众众众
从从从从从从从……众众众众
从从从……众众众
从……众众众
大大大大大大大大大大大大大大大大大大大……人
3
囚
4
人

巫

第二页：远古的火

0. 5

人

0.99

火

1. 0

焚焚焚焚焚焚焚焚焚焚焚焚焚焚焚焚焚焚
焚焚焚焚焚焚焚焚焚焚焚焚焚焚焚
焚焚焚焚焚焚焚焚焚焚焚焚焚焚焚焚焚

2

3

灾灾灾灾

4

灾灾灾灾灾灾灾灾灾灾……灭
灭灭灭灭灭灭灭灭灭灭灭灭——淡淡淡淡淡

5

灯

第三页：后羿的无奈

1

旱旱旱旱旱旱旱旱旱

2

干干干干干干干干干

日

3

曰

曰曰曰曰曰曰曰曰曰曰曰曰曰曰曰曰曰曰曰曰

4

旧旧旧旧旧旧旧旧旧……BBBBBB
旧旧旧旧旧旧旧……BBBBBBBEEEEEEEEEEEE
旧旧……BBBBBBEEEEEEEEEEECCCCCCCCC

5

白

尾声

真的是自杀？王淑萍露出凶光，她逼视我，打翻小茶壶。一边的服务生不知所措，想过来收拾，被领班拉住。你给我说清楚，好端端的一个人怎么可能会自杀呢？他是博士，马上就要到社科院做老师。赵刚，他真的想死？

王淑萍拉住我的领带，双手筋骨凸出。她说，你给我说清楚，是不是你联合保险公司来骗我？我把她的手从身上挪开，王淑萍意识到什么，理一下衣服，恢复常态。我说：他是哲学博士，可能他的价值观已经和我们常人不一样。我——王淑萍做了个停止手势。

她熟练地抽起红中华，烟圈从她嘴里晕散开，我就问你一句话，赵刚，是不是自杀？

我点了点头，接过她随即递上来的结款。

她看看表又向窗外张望，弹几下烟灰。你知道他死的原因，是不是和我有关？王淑萍的眼神渐渐黯淡，似乎是接近死亡的病人。

我瞥了她已不算年轻的容貌，讲，也许，他更爱大自然。

是的，他爱自然不爱我，我们扯平了。

之后，王淑萍掐掉烟头，拎起挎包。

窗外，镶满金牙的老人微笑地为她拉开车门。而车倒是年轻的保时捷。

模仿者

文/崔斯也（1994）

（一）

M 说自己是个模仿者。

他把看见的事情记在本子上，分条列出。一一践行。

去美术馆看见好看的画便自己回来画，在唱片店经过听到的喜欢的歌便学来唱，在书店看见喜欢的故事也曾在家动手写过。

还有一次，看见杂志上美丽的风景照片，便携上相机，背起旅行包，去那个从未听说过的地方旅行。

M 说，自己喜欢的东西不一定要得到，有时候得到了也未必属于你。M 喜欢自己去模仿。

（二）

M 没想过要做个什么固定的职业。他并没有多少钱，可他觉得生活的安定无法依赖一份稳定的工作加以证明，保险不等于保障，生存不等于生活。

M 的理想既明确又不明确：做个成功的模仿者。

平时 M 总是随身携带速写本和照相机：脑子里一闪而过的场景，杂志摊花花绿绿的封面，街口的咖啡店里看见的好看图案……M 觉得某天会用得上。比如 M 新搬进的家空出了一面墙，M 决定在上面画些图案。不过还没想好。

然后是公交车上孩子的涂鸦，公园前的流浪汉，路上发散的小广告上的配图，玻璃上流淌过的水的痕迹。

M 让喜欢的碎片在心里满满累积，拼接，剪裁，把带有时光印记的碎屑贴在一面新墙上，看它们用一种新的姿态慢慢变旧。

一面凝聚了城市诸多风景的墙，M 把他们画成抽象的形状，城市被他模仿得天衣无缝。M 觉得很高兴。

（三）

某天 M 带着相机和往常一样出门。小区的空地上堆积着施工用的干沙，一个五六岁的小女孩正在一个人玩那些沙子，M走过去和她打了个招呼。小女孩正用树枝在沙子上画画。

"这是什么呢？"M问。
"是我去过的最美的地方。有一片美丽的海，太阳把它变成金子一样的颜色，我站在很高的地方看它，所有的一切都是暖洋洋的光晕。海鸟在波浪上划出迷人的弧度……是我见过的最美的地方。"拿着树枝的小女孩，神采飞扬。

M听着这含糊的表达，却被这个小女孩的话深深迷住。
"那么它在哪呢？"
"在很远的地方，我不知道名字。"

M微笑。"那就好。那样的话，我去找找看好了。"

（四）

M决定去找那个不知名的地方，临走时他将家里的钥匙留给朋友，让他帮忙照看房子和猫。
M独自踏上了旅途。

经过很多片海洋；
攀过很多座山；
看过很多次日落；
M把每个场景用心照下来，虽然没有看到小女孩描述的场景。可M依然觉得并没有白费，人做很多事情所求得的，不过一份内心的安定，况且本来也不知道她所说的地方究竟是什么样，说不定已经到过了呢，M笑着想。

M觉得自己在演场独角戏，太考验演技，观众看得未见得津津有味，可演员只是想演自己，满场的人们看不见满场的孤独。
可M乐此不疲，即使自己用尽力气裹着悲喜，于生命表面写下的一纸书信，最终也许不过成为平淡人生的一封梦游书。

不过那又怎样呢，M不过是想活得与别人不同些，M不过想做个模仿者。

（五）

三个月之后M回来，在回家的路上打了一辆出租车，车上的广播里播放着近几天的新闻。

某个地方发生了地震，某个角落火车脱轨，某个人得了世界冠军，某处地下挖出了巨大的宝藏。

新闻不停地在世界的每个角落落地开花。"不过三个月而已，竟又发生了这样多的事儿。"M边听边在心里想。M有些着急，他不想与这个世界脱节，他还要模仿。

回到家后，朋友十分兴奋地告诉M说有个好消息。
"你的那面墙，让你出了名哦。"

原来朋友将M家的那面墙拍下来后给他报名参加了网上的某个别具创意的比赛，一个月后，M竟成了比赛的冠军。

M就在这样全然不知的情况下被越来越多的人认识，获得越来越多的关注，甚至也有人不知道从哪儿搜到M曾经照过的照片，曾经写过的未发表的故事，以及M独特的生活方式。

M突然成了人们竞相崇拜的偶像。

他听着朋友讲着这不可思议的一切，望着那面布满抽象图案的墙：
一只猫的爪子伏在一个形状不规则的月亮上；巨大的咖啡杯里张出黑色的麦子；紫色的填空落下答案淡黄色的雨滴；红色的树根须向天空伸展……

M觉得现实并不比这图案拼凑的世界更真实。

（六）

有关M的一切在短短的几天里传遍了整个城市。

很好笑的是，越来越多的人开始模仿（我们暂且叫做模仿）M的一切，越来越多的人在自己家的墙上画自己的图案；写与M内容相似的故事；搬到M住的小区；穿与M照片上同样的衣服，虽然那不是M喜欢的一件……

某天M接到一个电话，某家杂志的记者要对M进行一次采访，M本想拒绝，可朋友说这样实在不好，他便答应下来。

采访的地点就在M家，记者从一进门起就开始不停地赞美那面人尽皆知的墙。
"你好，M先生。"
"你好。"

"大家对您的身份有很多种说法,有的人说是艺术家,旅行家,写手,设计师。您觉得您的职业是什么呢?"

"模仿者。"M笑着回答。

"模仿者?呵呵……这真是个谦虚的回答。"

M摇头。

"有人说您已经引领了属于您自己的潮流,因为您也该注意到,越来越多的人在像您一样地生活,那您觉得他们也都是'模仿者'么?"

"不。我觉得他们不是。"

"为什么?"

(七)

人们模仿模仿者。

模仿者模仿整个世界。

途中人

文/赵枢熹（1990）

我坐在开往西安的一辆K字头火车上，硬座车厢，座位靠近过道。我的屁股和右半脸分别试图贴紧革制座椅和小餐桌。我在装睡，并且试图真的睡着。到西安还得至少一天一夜。

这个时候列车员开始挨个车厢检票，我不得不在他走近的时候装作被吵醒。我瞥了一眼车窗外正追赶过来的太阳，它刺眼得像是我刚从牢房里走出来的一瞬间。我想我已经捱过了一个早晨，可手机上却显示着08:11。我只好登陆微博客户端，发布了一条：早安，世界。

对西安的历史文化和小吃我仰慕已久，这次去却是为了一个女孩子。我和她从笔友发展到网友——说成退步也行——总之用QQ聊天之后没谁愿意再写信了。我们已经认识了足够长的时间，长到再不见面似乎就是对这份关系的不尊重。我们的关系必须得作一个了断，我这么认为。所以现在我才背着土特产和一盒冈本坐在火车上。因此不管是刚才痛苦地装睡还是现在装醒，都并不影响我此时愉快的心情。

经过武昌的时候，我收到了她的短信：
"我想了很久，你还是不要来了，即使来了我们也只能做朋友。"
我想了一会儿，回了短信：
"其实我并没有想过我们之间会有什么（但那盒冈本出卖了我），只是想见你一次。"
"那好吧。"她只回了三个字。

这时候车在武昌停下了，一个妇女一屁股挤到我身边，就不思进取地停下了。火车在武昌停留足足八分钟，身边的男人们纷纷下车抽烟，我也跟着走了下去，我是有理由吸烟的，和他们不同。

按灭烟头之后，我有种想背着包一走了之的冲动，但很快屈服于火车汽笛声强有力的离别感。重新返回车厢时，大屁股妇女已经坐在了我的座位上，我示意她可以继续坐一会儿。我站在吸烟处吸了一支烟，接着又一支，然后才摘下眼镜洗了把脸。之前精心刮了胡子，做了头发，此刻头发却毫无逻辑地排列在无精打采的脑门上，水珠从凸起的颧骨上滑下来，落到下巴再被新生的胡子扎破。

返回座位坐了不到十五分钟，又连续收到了两条来自她的信息：

"我真的没什么时间,白天还要上班,没时间陪你。你还是别来了。"

"下一站就下车吧,车票的钱到时候我还你。抱歉了。"

现在我已经准备好下一站下车了,连她这么抠门的人都提钱了,一定是铁了心的。

可我的回信却是:"但我已经出发了。就当我是为了亲手把特产送给你吧。我自己玩两天也没什么不好。"

"随便吧。"她没有把握我最后给的一点机会。

替她惋惜之余我开始后悔一件事——真不应该在见面之前先把照片发给认识多年的网友。

我为了不给自己留任何余地,一下火车就马不停蹄地朝出站口走,直到看着火车启动才停下来,然后目送它走远。

在朝着出站口走的几分钟时间里我回想起一个片段:去年的冬天我坐火车去看望在另一座城市的女友,火车停稳后我奋力一跃到站台上,拼命地往出站口跑,直到跑不动的时候我才发现跑错了方向。我开始朝反方向气喘吁吁地跑或者走,等我终于走到站台的时候这班车的旅客几乎都已经出站了,我真担心她在为我担心(我的手机当时没有电)我出去找了一大圈也没找到她,便跟身边的一个男人借了手机,拨通了她的电话。

"喂?你在哪?!"我心急如焚。

"哈?你到了啊?我这就过去……"

"……"

出站检票的时候我特意看了一眼检票员,我希望从他的眼神里读到一丝对我中途下车表现出的诧异,但没有。他戴着墨镜。我也需要一副墨镜,一走出站台我这么想。我的面前是海市蜃楼般的蓝天和白云,除了一座鸵鸟雕像,空旷的像是海边,但是主角大海却不在。我仔细想了一下,我的脚下,S市在湖北境内,应该是没有大海的,但头顶的大太阳和眼前的景象让人根本不知道除了脱下裤子扯掉上衣一口气扎到海水里还能干什么。我一时间有点不知所措,怔在那半天没动。直到一个的哥问我,帅哥,走不走?

我向他摆了摆手,我也不知道自己要去哪。火车站的西侧有一些活动板房,上面用油漆喷着"客房一号"一直到"客房八号"。公交车站也只有一个线路,通向市区。原来我在城乡结合部。

我决定先去网吧待一个小时,我可以给手机充电(即使并没有人要联系),顺便百度一下这附近有没有好玩的地方。

我开了一台机器,坐在我旁边的是两个化浓妆的姑娘。她们瞄了我一眼,又转过头去玩炫舞了。我决定一会登陆一下我的魔兽世界账号来证明我的品位。我插上手机USB,点开百度,输入S市的名字,下面除了一些不需要看的城市历史介绍就没什么了。但是相关搜索让我眼前一亮:S市洗头房、S市紫云,S市小姐……

在一番按图索骥后我找到了那儿的位置——青年大街。我想是时候离开这破地方了。

临走之前我还没忘了登陆一下我的魔兽世界账号,但是除了"您的剩余游戏时间已不足30分钟"之外,我什么都没有证明。我结账下机,随后走出去,带着一种一览众山小的气魄。

这个时候我完全可以搭一辆出租车,并对他说:"紫云,晓得哦?"他会心一笑,我们便踏上征程,一路上还可以向他请教一些经验。但是我不能这样,我要慢慢地去寻找,靠自己的智慧和双脚去品味并征服这座城市,最后在华灯初上之时顺利抵达目的地。

我坐上公交车,它先是走了很长的一段土路,又走了一大段柏油路,最后跨过一座桥,进入市区。下车之后我靠着路牌和谷歌地图走了大概半个小时,最终却还是搭了一辆出租车。我沿着青年大街走了起来,经过一路破败的平房后终于看见了第一间洗头房,门虚掩着,虽然是白天却也泛出桃红色的灯光。我的心猛的提了一下。再往前,接二连三地出现了很多家洗头房,直到我看到"紫云休闲保健会所"才正式确定自己找对了地方。

我找了临近的一家旅馆开了间房,放上音乐,洗了个澡。我一头扎进白色的双人床,却翻来覆去地睡不着——那么就提前计划吧。我下了楼,在"紫云"门口踌躇了五分钟,推门而入。

她们正围坐在桌子前吃饭。我的突然闯入让她们都回头瞟了我一眼,又转回头去继续吃。我显然有点懵——我倒是不介意等她们吃完。未等我说明来意,年纪较老的一个妇女问我:"你……洗脸?"

洗脸是什么鬼啊?

我仿佛置身于一家外国餐厅。面对着一本读不懂的菜单。为了不丢面子,我说:"嗯。"

老妇女说:那你选一个吧。

她们再次回头看我,手里还端着饭碗。我却不得不从她们之间选一个,让她们放下饭碗给我洗脸。或者说,洗脸才是她们真正的饭碗。可是她们的眼神里充满疲倦和不耐烦,没有一个人积极地想要勾引我。我像是上了非诚勿扰一样在心里按了一个号码,然后对主持人说:就她吧。

她放下饭碗。老妇人说:先交钱。二百。

"可以带走吗?我就住隔壁旅店。"

"可以,二百五带走。"

于是我和我的心动女生一前一后离开了紫云,这一刻我仿佛是千年前大清朝的一位贝勒爷,她则是被我从青楼买回来的艺妓。我要带她逃离这悲苦的命运,而她,注定为我洗去浮尘。嗯,我是不是该做个自我介绍什么的。

"不好意思啊,耽误你吃饭了。"首先从我嘴里蹦出这么一句。

"没事。"她说,"反正我已经吃饱了。"我们两个开始谦虚起来,我有点不知道等会儿怎么脱她的衣服。此时我宁愿真的只是洗脸,只是此时。

之后我们沉默不语,直到在上旅馆楼梯的时候她问我:"老板,听你口音不是本地人啊。"

老板这两个字破坏了气氛。我随便编造说:"嗯,确实不是本地人。我是从西安来的。"心里却想，这个骚货，居然叫我老板。我们不是同学吗？真的，她长得有点像我一个同学，一个我暗恋过的同学，甚至比她还要漂亮。

我们走进房间，屋子里还放着爵士乐，是NorahJones的thestory：Idon'tknowhowtobegin/'Causethestoryhasbeentoldbefore……我还真有点不知道从哪做起，我如果说我是第一次做这种事她会相信吗？她不会，她只会觉得我在装逼。再说，即便她信了，那也不是好事。难道要她给我包个红包？

我故作镇定，问她：要不要洗个澡先？

"洗澡？"她惊讶地问，"洗澡时间就不够了啊，一共才一个钟。"她开始向我解释业务，"洗脸就是一个钟。"

"那别的呢？"

"还有包夜，包小夜，包小夜就是三个钟，可以做两次。四百块钱。"

"那三个小时，做两次……其他的时间干什么？"

"干什么都行啊，可以聊天啊。"她说。

可是我和她没什么好聊的，我脱掉自己的上衣，扔在凳子上。她坐在床上，也脱了外衣，露出黑色蕾丝的内衣。我走过去，坐在她对面，问她，然后怎么办？她说，可以现在做，也可以等下再做。然后自顾自地接着脱。等她开始脱丝袜的时候我近乎是喊出来一样对她说：等一下！

我觉得我们需要一点互动，所以我开始脱她的丝袜。我开始触摸到她的皮肤，她很瘦，皮肤直接包裹着骨头。大腿和小腿几乎一样粗。这和我印象中的不一样，我的印象来自于《骆驼祥子》中的"白面口袋"。把她脱得一丝不挂之后，我压倒她并且解自己的裤带。"对，就这么做。"我这么告诉自己。她浑身都很热，但嘴紧闭着，甚至连杂乱的喘息声都没有。她静静地看着我在她身上进出，直到瘫软在她的身上。

她为我擦干净。我们随便聊了两句。然后道别。

接下来的三天里我无所事事，走在街上看这座城市和这里的人。这座城市的品位奇怪，大街上有很多穿网袜的少女，而且无论是去餐馆吃饭，还是去商店购物，都没有人笑着与我交流。我有点对这座城市生气，每个人面无表情毫无目的地活着，我给远方的朋友打电话抱怨。

"他们怎么可以这么麻木地活着呢？"

"你怎么知道他们很麻木？"

"你看他们每天上班，下班，睡觉，醒过来，一点都不开心。他们好像毫无目的，也没什么希望。"

"你可别瞎操心了，你怎么跟王小山似的呢？王小山都吓得跑香港去了，王小山知道哇？抵制蒙牛那个，有啥用？其实咱们都不在乎多活一天少活一天，尽量好好活着就行了，你不是也抽烟吗？你说我说的对不对？"

"你说的对。"

"对个鸡巴，我说的一点都不对。你看，你能想到的我也能想到，人人都能。但是想那么多累不累啊？累，又什么都改不了。就这样吧。"

我每天从紫云把她带回小旅店做爱。她越来越主动，我们聊的内容也越来越多，她说她当小姐不是为了钱。她说："其实干我们这行可以接触到很多人，学到很多东西，比如可以认识一些老板……我干一段时间就不干了，自己干点买卖……来，我新研究出一种姿势，咱俩试试？"

她对我说话的时候总是笑着的。除了因为我付过钱之外，一定至少有一点点别的原因。我对此深信不疑。

因为有一次——虽然只有一次，她没有戴避孕套。这就是证明。

很快，我短促的假期结束。我并没有留她的号码，连她名字也只知道艺名，她说她叫晓梅——很好。

后来发生在我身上的一件事，与"晓梅"有关，那就是回到学校之后，我在学校里认识了一个很像——简直就是晓梅的女孩子，她叫安然，但本人却和名字不符——她对我意外地热情，而我对她也有一种天生的喜欢，甚至是宠爱。很快，我们确定了关系。但每次想到晓梅我又感到深深的不安。

她们很像，但不可能是同一个人。

在很小的时候我就想过我遇到的一直都是同一批人。他们以不同的身份经过我，可能就在离我不远的地方扮演着不同的角色。在走夜路的时候经常这么想：今天世界安排出错，一打开家门，几个长得一样的爸爸齐刷刷地笑着迎接我。而在现实中这种想法偶尔也会得到印证：火车站的清洁工和学校商店的老板几乎是同一个人，有一次我在街上碰到的中年男人也简直就是刚刚因车祸去世的高数老师。

我是说，安然的存在是那么的合情合理。

很快，寒假到了，我得以逃离这种莫名的恐慌，却不得不和安然分别一阵子。她经常说，想妈妈了。

我被人流挤上了火车，然后看着车窗外的风景从生机盎然变成一片片肃杀的秃山和光杆的杨柳。就好像我们被火车从二十岁载到五十岁去。

一下火车，我就搭了一辆出租车回家。

上楼梯的时候我遇到一位母亲正拉着小女儿下楼，她无论是样貌还是气质，居然也都和晓梅相似，不过看上去要老了二三十岁。我想我真的需要休息了。我对她的小女儿挤了一下眼睛。而正当我要和她们作别的时候，母亲低头对小女孩说："安然，叫叔叔。"

我大病了一场。

出院那天全家都为我接风，在酒店里我多喝了两杯。

这时候手机响了，还以为是朋友发来的祝福短信，可号码归属地却是西安。

"最近在忙什么？怎么这么久没联系我啊……不是说好了有机会要来见一次面吗？你准备什么时候来？"

阴 谋

文/刘元庆（1992）

继续关注本周来最具爆炸性的新闻，从周一上午伯明翰博物馆的地下室陆陆续续走出失踪的人开始，到周六今晚为止，伯明翰博物馆的地下室走出失踪的人已达几百人，据著名科学家方教授解释说，这可能是一个奇特的虫洞现象造成的。

每个通过博物馆地下室回来的失踪市民，警方正在全力为他们编写档案和联系家人。警方在此呼吁，失踪人口的家庭不必着急聚集到博物馆周边等待，若有您的家人回来，警方会主动与您联系。另外警方也特别呼吁，请到达现场的每位市民注意维持秩序，保持公共卫生。

失踪的人口还在继续通过博物馆地下室归来，这也许是上帝对我们的眷顾。到底还有多少失踪人口可以归来，请让我们拭目以待！

期盼家人归来的人群

从得知有失踪者通过伯明翰博物馆地下室归来的事情后，伯明翰博物馆前立刻聚集了大量失踪者的家属。安静的伯明翰博物馆一时间喧闹得变成了菜市场。

失踪者的家属们都觉得，既然有一些失踪者可以从博物馆这里重新回来，那么自己失踪的家人应该也可以。

为了协助博物馆工作人员工作，政府专门调出一支警队到博物馆现场主持和维序。

看见接到失踪者的家庭越来越多，未接到失踪家人的家庭不由越来越期待起来。

通过媒体新闻和网络的传播，博物馆前等待的人群一天天渐渐多起来，有些家庭甚至自带了帐篷和各种生活用品，准备在这里长期安营扎寨等待下去。

抽烟男人的心事

喧闹的博物馆现场让男人的脑袋发胀。男人站在人群中抽着烟，飘起的雨丝打湿了烟身，烟很快就灭了。

男人烦躁地用打火机点了又点，还是点不着，最后只能扔了重新从烟盒中拿出一支。地上已经扔满了烟蒂，男人喷出的烟雾在空气中飘了好久，才逐渐被潮湿的雨息冲散。

一听到有失踪者从博物馆里走出来，男人的心就被揪起来，他极力望向博物馆前，发现不是那个女人才松了口气。男人没有想到，事情都快过去一年了，自己也快把那个女人忘了，现在居然又出了这么一档子事。

男人在心头怒骂起来，女人失踪之前就说要揭发男人包小三挪公款的所有事，让他身败名裂。好歹男人手脚麻利让女人先失踪了，但念在夫妻一场的份上他没有下狠手，可这下来麻烦了。

绝不能让女人再出现，这次他必须下狠手了。有些事情是逼不得已才做的，不是么？

自认为是杀手的少年

十四岁的少年站在远离人群的路口的一根石柱上，用冷峻的眼睛望着博物馆前密集的人群。

人群里的男女老少都伸长脖子使劲张望着博物馆里面，警方在博物馆门口拉起了一条"T"字形的警戒线，每当有失踪者从里面出来时，人群里就会引起不小骚动。

少年发出嗤笑，他摸了摸裤兜里紧贴大腿一侧的匕首。只要有匕首在身，少年就觉得特别安心。

他是到这里来杀人的。少年是个杀手。准确点说，是他觉得自己应该是个杀手，也必须是个杀手。

少年觉得杀手的两点重要潜质自己已经具备了。就是冷酷和功夫。

冷酷这一点举例的话，要说他奶奶上屋顶的事。那次少年的奶奶上屋顶晒辣椒，结果梯子倒了，老太太在屋顶上下不来了。老太太喊少年出来扶梯子，少年不想动，就想趴在床上看小人书。老太太在屋顶没晒多久就中暑了，幸亏邻居发现早，及时把老太太救下来送镇诊所去了。

功夫这事少年觉得打败学校小霸王的那次就算，虽然他用了阴招，动嘴几乎咬掉人家全身的肉。

少年也是看了新闻，才自己偷偷坐车跑到市里的博物馆这儿来。他是来杀那个把他抛弃后就永远失踪的人。

少年听到博物馆前传来哭声，这是什么哭声？期盼的？高兴的？少年觉得可笑，哭算什么东西？自认为是杀手的少年是没有眼泪的。

财人气粗的富豪携二奶而来

财大气粗的富豪开了八辆凯迪拉克到博物馆现场来，由于气场太大，以至于整个车队到现场时所有的市民整个地都被HOLD住了，自动地为八辆凯迪拉克让出了一片大空地。就连现场各岗位的工作人员也都呆住忘了工作。

八辆凯迪拉克的车队在博物馆前面刚停稳，富豪就从后面的一辆车上开门大步迈下。前面一辆车上，戴墨镜的保镖也立刻跑下来为富豪撑起了伞。

富豪一身全是响当当的名牌，遗憾的是头上秃顶了。紧接着车上又下来一个年轻时尚的女郎，女郎的穿着同样不菲，她一下车便立刻扭动腰肢走过去挎住富豪的胳膊。

富豪带着女郎大步流星地走到博物馆前，他们走到警戒线前还要往里进，一边的老警官似乎对此无动于衷，不过老警官旁边的小警官着了急，匆忙拦下富豪和女郎。

富豪说我是来找我失踪的小舅子的。小警官说大家都有亲属失踪，请跟大家一样在警戒线外面等待好吗。富豪不屑地瞟了小警官一眼，说你知道我是谁吗？小警官说不知道，可不管你是谁，也都请遵守秩序在外面等待。

富豪眯了眯老鼠屎大小的眼睛，哎哟，好久都没人敢跟他这么说话，他点头看了看小警官，鼻子中轻哼了声，说我记住你了。他愤怒地带着女郎回到了轿车上。

扒女士钱包的第三只手

人群中有个女士忽然大叫了一声："哎呀，我的钱包不见了！"

听到有人钱包不见了，大家都下意识地去查看自己的钱包，紧接着又有几个女士叫起来，"我的钱包也不见了！""我的也不见了！"

不知是谁喊了一声："人群里有扒手，大家小心自己的贵重物品！"此话一出，所有人都立刻骚动起来，互相监视起自己身边可疑的人。

丢失钱包的女士们焦急地在人群中四处寻找扒手，有人又喊了句："扒手扒了钱包只会拿里面的现金，其他的不会动，大家到垃圾箱附近找找，看看能不能找到钱包！"

丢钱包的女士们匆匆跑去附近的垃圾箱找钱包。果然，一个丢钱包的女士在路边垃圾箱里找到了自己的钱包后，其他人的钱包也在附近几个垃圾箱里找到了。

钱包里其他东西都还在，果然只有现金没有了。女士们想感谢那个说话的人，可说话的人混在人群里，找不出是谁了。

说话的人撑把伞，甩了甩额前的小碎发，混在人群深处神秘地笑了笑，欣赏着这个调皮的游戏。

胸口痛的失心疯科学家

科学家穿着他脏兮兮的实验室白大褂坐在人群中的地上，他一会儿按着自己的胸口叫痛，一会儿神经兮兮地骂着世人皆混蛋，要揭露世人丑恶的嘴脸。

科学家已经在博物馆前坐了好几天，人们只在关心博物馆前的情况，根本没人理这个疯子。

一个卖水果的跛子卖完水果过去扶起了科学家，递给科学家两个带很大虫眼疤的苹果。科学家接过苹果冲着跛子哈哈笑了两声，马上大口大口啃起苹果。不过科学家吃着吃着，又坐到了地上。

跛子摇了摇头，说老哥，看你在这里坐了好几天了，你在这里干什么呀。科学家嘿嘿笑了一声说，你猜。

跛子说不知道。科学家想了想，又嘿嘿笑着说，我是来找我小孙女的。

你小孙女也失踪了？

科学家突然伤心起来，我小孙女被车撞了，没人救她，她死了！

拉手风琴卖艺的大乞丐

大乞丐最引以为傲的事情就是比别的乞丐会门手艺。别的乞丐都是些纯粹乞讨的乞丐，而大乞丐不是，他是一个拉手风琴卖艺的乞丐。而且，他还会拉世界名曲，譬如他最擅长的《欢乐颂》。

近来人流最多的地方就数博物馆这儿了，所以大乞丐就抱着自己的破手风琴来了，可他在这里拉了几天手风琴却并没有乞到几个钱。

大乞丐感到十分郁闷，他抬头看了看天空，天空又阴沉起来，估计不久大雨就来了。大乞丐叹了口气，他决定把手风琴收起来，准备离开。

破手风琴刚要收起来，两个穿黑色西服的神秘男子忽然出现在大乞丐的面前。大乞丐抬头看了看他们，其中一个神秘男子对大乞丐说："你拉得很好，干嘛不拉了？"

大乞丐苦笑了笑，说："没乞到什么钱，准备换个地方。"那个男子从身上钱包拿出一张百元纸币放到大乞丐的碗里，说："继续拉，我觉得你拉得很好听。"

大乞丐怔了一怔，忙从碗里拿出那张百元纸币塞到自己衣兜里，点头一笑说："好嘞，我继续拉！"

大乞丐继续拉起了他最擅长的世界名曲，那两个神秘的黑西服男子却很快消失在大乞丐眼前，消失在人群前。大乞丐摇了摇头，心里犯起嘀咕。

打劫的劫匪开始行动

牛毛雨丝又开始要泛滥了，博物馆前人群撑起的伞也越来越多。

博物馆路边停着一辆白色的面包车，面包车的前车窗拉下些许，一股缭绕的烟雾徐徐从车窗里喷出来，慢慢飘散在潮湿的空气中。

后座的车门这时候拉开了，一个穿着风衣的男人走下来。男人风衣口袋里鼓鼓塞着东西，他关上面包车后座车门，向着博物馆前的人群走去。

风衣男人走到人群中停下来，他从风衣口袋掏出几颗烟雾弹拉开引线丢到四周地上，然后又迅速从另一个口袋中掏出几颗催泪弹拉开也丢出去。

烟雾弹和催泪弹虽然是自制的，但效果非常不错。烟雾弹迅速大量释放烟雾，把现场笼罩起来，催泪弹也迅速发挥了作用。

人群被这始料不及的变故惊呆了，在烟雾弹和催泪弹双重夹击下，大家四散逃跑，可浓烈的烟雾和呛人的空气让他们找不到方向，变成了闷头苍蝇。

现场一片大乱，尖叫声哭声响成一片。

现场的混乱高潮

维持现场秩序的警察们也显然慌乱起来，这场混乱也打得他们措手不及。队长站出来大声呼喊，想让大家听从指挥有序撤离，可这种情况下根本没人听他的。

催泪弹的原料中有辛辣的辣椒粉，它们呛得在场的所有人眼泪鼻涕横流。

风衣男人投弹成功后，马上戴上口罩，躲避着混乱的人群撤离现场。与此同时，面包车上的另外两名同伴戴着口罩迅速下车了，他们直奔八辆凯迪拉克的富豪而去。

从混乱的人群中撤离似乎不太容易，风衣男人在人群中连连被撞，最后居然踩到了一只不知谁丢弃的鞋上，重重摔了个狗吃泥。

他的两个同伴跑到凯迪拉克车队前，明确地找到了富豪和女郎坐的那辆车。富豪和女郎早把车窗门紧紧锁了起来，不过两名劫匪早有准备，他们带了锤子，用锤子砸开了轿车的车窗。

女郎尖叫着，富豪大叫起保镖，但是保镖也都被烟雾弹和催泪弹熏倒了，哪里还能来保护富豪。

烟雾和呛人的空气从破碎的车窗飘进车里，富豪和女郎被呛出鼻涕眼泪。女郎看到劫匪，目光与其中一个悄悄对视后，她使劲缩到了富豪的怀里。

富豪拿出皮包扔给两名劫匪叫道："你们要钱是吧，这里面有两万块钱现金和银行卡，我把银行卡的密码也告诉你们，只求你们别伤害我们！"

两名劫匪拿到皮包，心里正要欢喜，突然一名劫匪感到屁股上被什么东西撞到，紧接着是一阵热乎乎的疼。

杀猪似的叫声悲壮地响起来，那名劫匪回头看到，一个少年冷酷地拿着一把小匕首扎进了他的屁股。

来去匆匆地收场

雨下大了。大雨扑散了烟雾，冲净了空气。

现场的人群散光了，地面上一片狼藉。一个一身红衣的女人倒在狼藉的地面上，她的胸口上有好几个窟窿，鲜血正从这些窟窿中冒出来。

男人手里拿着匕首，呆呆站在红衣女人的旁边，看着倒下的红衣女人。

警察们冲过来逮捕了男人，并叫了救护车。救护车赶来救起红衣女人匆匆离去。男人在被押上警车之前，激动地叫起来，谁让她也喜欢穿红色衣服的！我想杀的不是她啊！

警车拉着警笛离开了，现场只剩下那些维持秩序的警察们冒雨继续收拾着残局。

少年满身泥污地站在路边在看着博物馆前现场，他伸手擦了擦嘴角还在不断渗出的血丝，本来今天的事就被那几个劫匪搅得很不爽了，现在又弄出个杀人事件，最近几天这个博物馆前应该不会再平静了。少年轻哼了一声，一脸冷酷地转身离去。

大乞丐也看了会儿热闹，才心疼地蹲下从地上拾起已四分五裂的手风琴。他没想到，自己在离现场很远的路边拉曲子都被这场混乱波及到了。手风琴摔坏了不说，更难得的是，自己今天好不容易才找到拉《欢乐颂》这首曲子的真正感觉，可就这样说破坏就被破坏了。

　　大乞丐越想越生气，他狠狠咒骂起该死的劫匪和弄坏他琴的混蛋们。收拾完碎片，大乞丐忽然想起自己怀中还有支口琴呢，他拿出口琴吹了几声《欢乐颂》，边继续找着感觉边离开了现场。

　　而在街的对面，两个神秘男子一直在默默盯着这发生的一切。

发现真相的DV少女

　　阿卡年纪虽然不大，但做拍客拍东西也已经很久了。今天阿卡拿着新换的DV，真的只是想来打酱油的来着，可没想到自己居然会碰上抢劫这么大的事件。

　　从现场弥漫起烟雾开始，聪明的阿卡立刻就嗅出端倪边拍DV边快速撤了，但她还是没撤及时，仍被呛了个不轻。

　　阿卡从烟雾弥漫的现场逃出来后，她马上打电话报了警。报警后阿卡原本还想再拍一会儿的，可雨越下越大，她只好撑起伞回家了。

　　回到家洗澡换了身衣服，阿卡坐在床上把DV里的视频先快进看一遍再准备上传，可在快进时，她忽然发现了点拍摄时没有注意到的东西。

　　播放开始，DV拍摄的画面里出现了焦急等待的人群，随着镜头移动，画面捕捉到的东西慢慢增多，卖水果的商贩，捡垃圾的小乞丐，找到失踪儿子的母亲，然后再是开八辆凯迪拉克轿车入场的富豪等等。

　　DV的画面又慢慢离开人群，来到路边拍起了路人。接下来，阿卡无意中拍到的东西就出现了。

　　那是两个穿黑色西服的神秘男子，两个男子站在路边望着博物馆前交谈，很可惜，阿卡的DV只不清晰地录到了他们说的一句话：

　　"叫演员小心点，别搞砸了教授的计划！"

与罪犯共谋

文/贾彬彬（1994）

他的身影出现在桥底时，手里似乎多了什么东西，拖着长影子闷声走近。她软在地上，哀求似的连叫大哥大哥。他不说话，却将手里的东西抛到她怀里——热乎乎的，是馒头。她愕然地抬头看他，他远远站着，点烟道，你还真没走。闪烁的火焰照亮了他的半边脸，模糊得温和一般，一点也看不出是个惯熟的强奸犯。

应池哆嗦地捧着馒头，流泪道，我答应大哥不走的。

杨志吸了口闷烟，默默看着她。他视力很好，农村来的都习惯了走夜路，黑夜反而让他觉得安全。这里漆黑、潮湿、一股子霉味，桥洞顶上栖息着蝙蝠，地面上是厚青苔、灰尘、蝙蝠屎，偶尔会听到老鼠窸窸窣窣窜动的声音。这样的环境，他几乎隐身，而应池就暴露了出来。即使她蓬头垢面也藏不住她窄窄的脸与一双水眼睛，她每一个表情变化他都一清二楚。

三个小时前，半夜十一点，桥边永新路小巷，杨志轻松地逮住了一人路过的应池。这个区在北明市并不算繁荣，十一点已人迹稀少，他迅捷、有力地干完了事儿，满头大汗地往四周一望，莫说警察，鸟都不见一只。他腾出手来放在她脖子上，想这是第四个了。应池的眼睛正好这时候张开，澎湃的泪水适时地涌了出来："大哥，别从前面走，新建的亭子坐着交警，通缉令已经贴出来了。"他手停住了，"你带我走吧。我认识路，我不跑。"杨志思考了会，麻利地打晕了应池直接扛到桥底。

杨志收回神，抖抖烟灰，说："你能把我弄走么？"

应池怯怯问："大哥你要跑么？"

"废话。"他说。

"跑哪？"

杨志戒心提起来，不说话。应池在黑暗中睁大了眼睛，隐约可见泪光盈盈，说起话来却一派天真，"你要告诉我你往哪跑，我才知道怎么跑啊。"

杨志瞧着她，犹疑了一会，想：这就是个细弱得跟瘦鸡似的城里女人。他心一放，粗声说："往南走，厉市附近。"他本来还想说，我不认识什么人，但这句话在他口里溜了一圈，又咽了回去。

应池说："你早该跑了，回老家去。"

"你做什么的？有办法么？"杨志有些不耐烦。

"你带我跑，总比你一个人跑容易混出北明。"应池忙不迭擦泪说，"我是大学生，但我有办法。"

杨志拧起眉毛，"什么时候？"

"明天。"

杨志抽口烟，想，不要紧，学生就更加是瘦鸡中的弱鸡了，安全。他心里却又有一种说不出的感觉——他初中毕业后就不读了，他要是读了大学，也会是个好人吧。杨志叹了口气，心肠软下来，扫了一眼缩在角落里的应池，那馒头还捏在她手里没动过，他好声地安抚说："你带我出去我就放了你。我知道我做错事是要下地狱的，没必要再添一笔债——馒头怎么不吃？"

应池捏着馒头，又哭。杨志有些手足无措："你哭什么？都说了你带我出去就放你走了！"

应池仰头望着他，声音还带着哭腔："大哥，我好怕……这里好黑。"

杨志想了想，大半夜的，又在桥底，也不怕警察。毕竟是个小妹崽儿，哄好了她才好回家，他就说："那好，我生火。你老老实实的，我说话算数。"他把烟一扔，走出桥底的圆洞。桥边就有一排树，最高大的那棵是榕树，他不敢动，老家人都说榕树是神树，应该敬畏的。他再走两步，看到棵柳树，枝条干巴巴的，可以烧了。他将起一把柳枝，双手抓稳，用劲一扯，直接把一大捧柳枝"咔嚓"扯断。他回头看，果然看到应池正望着自己，心里有些得意。杨志低头又去寻摸，摸到一种分支细小的草，蔓状，老家也见过，都叫爆炸草，他眼明手快地扯住草根，一扯就扯下一片来圈在手里，大步走回去。

"大哥坐我旁边生火吧。"应池邀请似的。杨志没有犹豫，一屁股坐到她旁边，熟稔地架好枝条与草，掏出手机来点火。爆炸草噼里啪啦地烧起来，应池望着火堆，还是怯怯的样子，杨志说："不怕。炸不到你。"他刚说完，一个火花就"啪"地直接炸到应池手臂上，应池低呼一声往后挪了挪，他赶忙帮忙拍掉，一拍却发现有些不对："你的手？"他抬起她的手，手臂上竟全是月牙形、圆形的疤痕，一看就知道不是指甲掐出来就是烟头烫的，他前面拍到的正好是一个新伤疤，一拍就绽出了血来。杨志问："你不是学生吗？"

应池顿时垂下了头，声音又带上了细微的哽咽，"同学们并不喜欢我。我不是本地的……每次有人掉东西，总是先怀疑我。"也许她太害怕，声音都有些颤抖。

杨志有些吃惊："你不是本地的吗？"

"不是，我爸爸带我来的。"她话锋一转，"大哥，你是自己来的吗？"

杨志一愣，不自在地偏过头去，爆炸草很快烧完了，柳枝已经燃起来了，他加了一把。

四年前，他出玉清的时候，妈对他说，外面的人到别人的城市去，总会受欺负。她并不希望他走，他在镇上的汽车维修店已经干了几年工，就要从学徒升为帮工了。他虽然寡言少语，可是踏实肯干，老板对他也算好的。可是每次穿过密密的甘蔗林，坐在田边，看着小孩子光着屁股扑通扑通扎下溪里，他总觉得日子太无趣。邻居家的大儿子开着汽车回来，赚了大钱，他问他，你去哪发的财？归乡人告诉他，北明。村里没人去那地方，太遥远。一个月后，杨志买了去北明的车票。

杨志忍不住苦笑。他总算知道什么叫"外面的人"，"别人的城市"。

"以前老师总让我坐最后一桌……"应池抬眼看了一眼杨志，自顾自地说着自己的故事，"但我觉得受点委屈没什么，爸爸带我长大很辛苦。他最大的愿望也就是我乖乖做个好学生、乖女孩，在北明读大学，嫁个当地人，安安稳稳，落地生根。"

杨志看了应池一眼，应池垂下头，红彤彤的脸、长睫毛，手里还捏着馒头。他恍惚想起了他小学时的女同桌：漂亮、胆子小，又懂事。

"喏，"应池把馒头递过来，"大哥你不饿吗？"杨志觉得自己像一尊陶瓷，瞬间又被瓦解了一块。他摇头，说："你快些吃吧。"

应池咬了一小口，慢慢咀嚼。

杨志转过身子，火焰明亮、又温暖。桥洞里安静，蝙蝠没有扇翅膀，老鼠也没有拖着尾巴到处爬。他叹了口气，把自己强壮有力的身子团起来缩着，佝偻着背，变成了一个更安全的姿势。他并不是很会说话，他说话从来都简洁有力，因为他强壮，说话都嗡嗡地像是有回音。

他叹了口气，开始说他的进城打工之路了。他来到北明，在一家小餐馆做帮工。他说："我打工的第一个月，厨房里少了一把菜刀。所有帮工中，只有我是外来的、新来的，老板甚至没有查，就罚了我钱。我气啊，想解释却又不敢说。最后我沉默了，受罚。"

被孤立、被欺负，并且一直安静地承受着——打工的这四年，杨志的生活几乎是全封闭的，他从不去玩，没有人会和他去。他没有回过家，只是按时地寄钱，他非常老实地去活着，但他还是格格不入……倾诉欲终于汹涌而来，很多事情讲过后他又忍不住补充。他说起餐厅里的一个帮工第一次向他借用租住的地下室时的情景，他二话不说就把钥匙给了他，那帮工得意地告诉他自己要带着女朋友去他那亲热，省钱又方便，那帮工促狭地笑着，说他一定给杨志脸，常去。杨志说，到后来那对男女甚至把衣裤都留在被窝里给他清洗时，应池短促地笑了笑，口里还嚼着馒头。他原以为这个清纯的女学生应该什么也不懂，却不料她不点即透。也许她很聪明。

应池说，但是你也忍了四年了。

"是啊，"他说，"他们把我的钱也拿走了。"杨志忍不住冷笑一声，"今年，我老家那边给我打电话，说我妈得了糖尿病。要用钱。工资三个月发一次，都是大厨发。我的工资被那个帮工支走了……我知道这个消息的时候，他和她女朋友还拿着我的钥匙在我的地下室里。"

应池没有问问题，她不用费脑子想也知道为什么大厨把钱给了帮工——他们是本地的，是一家人，应该互帮互助。她一只手抚摸着这个罪犯佝偻的后背，她想他要哭了。

"他拿走了我的钱，拿走了我的钥匙，我不作声，我不作声，我什么也不说，我悄悄去厨房操了把菜刀——这回我就真的偷把菜刀给他们看！还不止这些呢！我回到地下室，迎面就给他一刀，然后，我第一次碰女人，恨得牙根都是痒的，顺便再给一刀。"杨志看着应池那饱含同情的双眼，他的愤怒、失望，一瞬间都化作了委屈，在胸膛里炸开了锅。他有力的身躯顿时松散下来，像是一身皮囊都忍受不了这样大的苦楚迫不及待地想要和骨头分家，他粗糙的双手捧着自己的脸，终于失声痛哭。他断断续续地说："我要回去。我知道我做错的事情是一定要死的……我想见见我妈！"

应池什么也没有说话。作为一个女人、一个被害者、一个学生，她说什么都是错的。她柔顺地慢慢地环抱住了他，在火光下——没有什么比这更对的做法了，她确信。

第二天，杨志搂着应池走出桥底时，他对着光，细细看了她的胳膊，哪怕疤痕脱落了都留下了浅色的痕迹，应池说："不要看啦，又不是你弄的。"他悄悄看了应池一眼，她有些脸红。

他们走的时候是凌晨，天刚亮，应池说逃跑方便。走到桥上，果然不见什么车和人。应池补充说："过了桥，往左拐，我认识人，可以带我们坐车。先出了北明再说。"

路面是沉沉的寂静与天光，似乎高叫一声都是犯罪。偏有不识趣的叫声破坏了这些——

"应池！"

被杨志搂在怀里的应池身子一僵。脸浑然白了。杨志低头看了她一眼，有些好奇地回过头来。

迎面走来的是一个连走路都走不稳的女人，吊带衫、热裤，手里拎着一件皱巴巴的外套。她慢悠悠地走过来，"哟"了一声，一只手就直接贴在了杨志胸前，双眼向上挑着直望着应池，不阴不阳地笑着："怎么，应池，自己私自接的客人？你也不告诉大姐？"

杨志没有说话，他低头看着那女子放在自己胸前的手，从手肘到手臂，密布着弯月形、圆形的伤疤，或深或浅，像图腾一样——和应池如出一辙。那女子是惯会看人脸色的，看了杨志的神情一眼，甜腻腻地叫了一声"大哥"，她举起自己伤痕累累的手臂，贴近杨志，"这算什么呀……有些客人用针扎，用皮带抽呢！大哥，你要是想试试我不会比应池差的……"

应池的额头上已经是冷汗涔涔，她不敢看杨志的脸，死咬住下唇——她感觉到杨志的手捏紧了她的肩头，像捏住一只死兔子似的。他笑了一声，想要装出一个惯熟的嫖客应有的轻浮，"昨晚一直在外面折腾，弄掉了身份证。我和她正要去附近的派出所挂失重办,但是我们都有些醉,你知道最近的派出所在哪吗?"杨志装得并不像,没有喝醉的人会声如洪钟,连笑都笑得郑重,他自己也知道他一直都太过实诚。

女子知道估计没生意做了,但还是好脸笑着:"知道啊,就直走。过了桥左拐。不过那只是个小派出所,牌子也不显眼,挺难发现的。不过不开这么早吧!"

杨志声音没有大变,说:"哦,那就没错了。我和应池先在桥上吹吹风,醒酒。"他的声音嗡嗡地震在她的耳畔,这一刻,杨志连手指都用了十足十的力道了,应池死死忍着。

女子悻悻地收回了眼神和手,横了应池一眼,摇摇荡荡地走了。应池从头到尾,保持着死一般的沉默。

他终于明白应池的眼泪、羞涩、胆小,都是为什么了。

杨志没有动,她也没有动。她没有选择流眼泪,她想这招已经不管用了。

"大哥,我……没打算害你,那个可以帮我们的人的确就在派出所附近……"她先开口了,她眼神有些迫切,"你用刀对着我,我带你走……行不行?"

杨志整个人沉默下去,他用狠狠的一巴掌快速地回答了应池的问题。

应池整个人被掀到一边,脸已经被扇得沁出了血,她勉强抓住桥上的栏杆边,慢慢站起来:"大哥……"她话音未落,杨志已经整个人扑上来,一把勾住她的腰就把她扔上了栏杆,并把她用力往外推。

应池尖叫起来,双手死死地抓着栏杆,她横着一望,那女人早就走远了,街上一个人都没有。她身下,几十米的高度下是翻涌的江水,哪怕一个小小的浪花声都惊心动魄。应池这回是真真正正地"哇"一声哭出来:"大哥……我们都是无家可归的人啊!我受的苦一点也不比你少啊!"

杨志沉默而决绝地一把把应池的腿甩下栏杆,她双脚勉强勾住边边,整个身子已经悬空了,只靠双手死死抓着,她哀叫着说:"求你……求你……"杨志掰不动她的手,索性翻上护栏。他站直了,从牙关中狠狠吐出两个字:"贱货!"他凶狠地、胡乱地踩她的手,应池一面痛叫,一面仰起脸来,拼命喊道:"大哥!我死了没人救你!"应池的泪水中迸发出歇斯底里的狠意。

"贱货!"他紧抿着唇,抬起右脚,用尽全身力气朝应池仰面抬起的脸踩去。应池"啊"的一声,双手禁不住一松,却心里一狠,脚后跟一蹬,人飞起一半直扑杨志,血淋淋的双手一把抱住他的腿。他没来得及做任何反应,就感觉身子往前一倒,然后坠了下去。

那一瞬,这两人的想法出奇地一致——受了那么多苦,我就这样死了?

下坠的时光短如一瞬,长似永恒,停驻般的几秒后,两人终于共享了晨曦中的第一片浪花。

活

文/陈义仁（1992）

我还活着？

这是我醒来后的第一个念头。

耳边依稀听到了轻微的哼哼声，我朝着发出声音的方向转过头去却看不清楚，眼前只是模糊的一片。

"珠儿！"一个急促的声音灌进我的耳朵。

姐姐？我努力睁开眼睛看着眼前这模糊的人影，渐渐地，晃动的光影聚焦成了一张异常白皙的脸，是姐姐！

"珠儿，太好了，你终于醒了！"

姐姐伸出纤细的手臂将我一把抱起，刚恢复过来的身体突然被这么用力地挤压，只觉得身体快散架了。

"姐，痛……"

"啊，对不起！"

姐姐很兴奋，嘴角一直扬着看着我笑，把我抱到了一处墙角，右手一直摸着我的脸颊，喃喃自语着，"太好了！太好了！"

我吃力地伸出手把她的手打掉，我很讨厌被她这么摸，总觉得像被当成小孩子一样对待，可我已经十五岁了……姐姐也没再行动，只是这么干巴巴地看着我。

环顾四周，我才发现我处在一个看似密闭的空间里，周围似乎都是水泥墙，细看才发现左手边的墙的尽头有一条阴影，应该是通向外面的通路。天花板离我们很近，似乎以我这160的身高只要踮踮脚就能够到，一盏发着白光的LED灯给了这个空间一点温度，光总会让人联想到温暖。

"这是哪？"

"防空洞。"

嗳？防空洞？我闭上眼努力回想昏迷前的记忆：人们在四处逃窜，我和姐姐躲到了商场地下的停车场，听到地上炸弹爆炸的声音，然后我就没意识了……

"打仗了？"

"结束了……"

姐姐嘴角的弧线消失了。

"战争很快就结束了,只有四天吧,很快,最后一天……原子弹……咻——砰——"姐姐双手模拟着原子弹爆炸的场景,就如同孩童般玩着,眼睛直勾勾地看着地面,"一切都结束了。"

"爸爸妈妈呢?"

姐姐没有说话,我想我知道答案了……

"我们能活下来……真……幸运……不是吗?"

姐姐努力维持着笑容,尽管她的眼睛已被浸湿。

"不要哭啊,我们要好好活下去不是吗?"姐姐捏着衣角抹去了我眼角的泪珠。

"啊,对了!"姐姐从口袋里掏出一块看上去像肉一样的东西,"饿了吧,输液用完了之后,这些天只能给你喂些水,来,吃些东西吧!"

"这是什么?"

"先尝尝看……"

我试着咬了一口,好硬!嘴巴的肌肉都合不上了。似乎这肉烤得过头了焦味好浓烈,可是饥饿的感觉一旦被唤醒,就如洪水猛兽一发不可收拾。唾液在唇齿间流窜,舌头已经失去了品尝味道的功能,管不了牙齿每次切割给牙龈带来的痛楚,只知道要把猎物装进自己的胃里。

吃完了东西,睡意似乎又上来了,尽管还有很多事想知道,但眼皮已经抵不住袭来的倦意,姐姐把我身体放平让我睡得舒服点,很快我的意识就模糊了。

不知过了多久,耳边响起了脚步声,不是姐姐……

"朱玲,时间到了……"

好像是有人叫姐姐出去,这声音很熟悉,是那个天天和姐姐腻在一起的同学——李爱。

"嗯,我这就去……"

姐姐似乎没发现我已经醒了,站起身习惯性地拍了下裤子。

"什么时间到了?"

"嗳?"

李爱瞪大了眼睛看着问话的我,眉头皱了一下,缓缓说道:"你……醒了……"

"啊,她身体还没恢复呢……她还是不要去了……对吧,小爱?"

姐姐的声音突然变得很高,语气也变得很奇怪,她转过身看了看我,总觉得眼神中夹杂了一些惧色。

"这样……真的好吗?"李爱对着姐姐说话是怯声怯语的,"我们现在只能待在这,这里的规则她总是要知道的……不是吗?"

"什么规则?"

"你来就知道了……"

李爱说罢消失在了阴影中，姐姐没再说话，拉上我的手往外走。

我们来到了一处稍显宽敞的地方，周围很静，已经有十个人参差不齐地围坐在了一起，却没有一个人说话，他们之中有的我认识有的我不认识。我用目光扫视着这些人，他们同时也用一种奇怪的眼神向我回击，似乎就像是猎人看着猎物一样。这令我很不舒服，姐姐回过头向我嘘了一声，示意我不要说话。

姐姐拉着我坐在了那些人的后面，李爱给了我一根细小的骨头，这是用来做什么的呢？

"等会儿跟着我做就行了，把骨头丢在我丢的地方。"

姐姐细小的声音连紧靠在她身旁的我都听得不是很清楚，我看着手中的骨头再回想着她说的话，大致明白了这兴许是一个选举仪式，可是我们在选什么？

容不得我再思考，一声沉重的咳嗽声打破了现有的死寂，一个瘸着腿的老女人走进了我们围成的圈里，我记得刚才没见过她。

那老妇很吃力地张大她布满皱纹的嘴，扯着嘶哑的嗓音说道："老规矩，十二选一……"

"不，是十三个！"

说话的是一个穿着破旧白大褂的女人，很容易联想到她的职业是医生。

话音刚落，在场所有人的目光都汇聚在我身上。不知为何，我感到一丝莫名的恐惧感，我不知道我们到底在干什么，但这些人冷冰冰的眼神使我不得不对这未知产生恐惧。

"好吧……十三……快开始吧……"老妇人哆哆嗦嗦地坐在了一边，眼神也变得空洞起来。

一个，两个，三个，他们把骨头放在了写着不同数字的地上，数字一共有十三个，但不是按顺序排的，中间还有一些痕迹似乎被抹掉了，果然这是在选举吗？

到了李爱，李爱把骨头丢在了二号，姐姐也是，紧接着第八个到了我，姐姐说跟着她扔，我观察了一下情况，二号和十三号最多都有三根骨头了，我抬头看了看姐姐，蹲下身把骨头放在了二号。

"这不公平！"

老妇一个猛跃竟将我扑倒在地，她的脸离我如此之近，干瘪布满皱纹的嘴以极度不正常的角度张开向我逼近，一阵腥臭向我袭来，恶心与恐惧顿时将我的反射神经挑断。

"滚！"

李爱一脚将那老妖怪踢开，我快速地喘着气，定了定神，那老妖怪还在张牙舞爪地嘶吼，李爱和姐姐想压住她却多次被反制。

"这不公平——你们有三票——这不公平——"

老妖怪每句话都拖得很长，声音忽高忽低忽尖忽沉折磨着别人的耳朵，我看着她不由得两腿在打哆嗦,我从没见过人能这样扭曲,比我所见的最疯的疯子还要疯狂,疯狂得让人害怕,这是恶鬼!

"这是你定的规则!"姐姐声音却是异常地沉稳呼吸没有太大的紊乱,瘦弱的手臂却爆发出惊人的力量,"怎么,身为制定规则的人,你想反悔了吗?"

"不公平!"老妇恶狠狠地瞪着姐姐,"你们有三票!不公平!"

老妇突然怒目圆睁,随即眼睛变得灰暗起来,她的手从李爱的身上抽出,缓缓地垂到了身体的两旁,"扑通"一声跪了下来,我能听到她的发卡掉在地上的回响。

"违抗者死,这也是规矩……"

那女医生站在那老妇身后,手中攥着一把带血的手术刀,她走到那老妇面前,轻声说道:"既然当初是你定的规矩,你也应该料想到今天的结果……你说选择权在大家的手上,那今天就是大家要你死……"

说罢抬手一挥,鲜血从老妇脖颈上的口子中肆意喷涌……

在场的人面无表情,没有反应。

"这到底在做什么!"

我倒在墙根,无力地抽泣着。

"这就是这里的规则……"

姐姐把一块烤肉给了我,而我已摊在原来的房间里忘记了时间的流逝。

姐姐啃着她的那一块肉说道:"食物早在一个星期前就没有了……"

"什么!"

我吃惊地看着她,和她手上那块以及我手中的这两块肉,问道,"那这是?"

"这就是为什么过一段时间就要选一个人的原因……"姐姐将嚼碎的肉一口吞下,"选中的那个人就是其他人接下去的食物……"

她说得很淡定,丝毫不觉得她在说着一件十分可怕的事——吃人!

吃人,我们这是在吃人!天哪!难道我昨天,不,那到底是什么时候吃的那块肉也是……

"是的,你之前吃的那块就是真婆婆的肉……"

"真婆婆?为什么?那么好的一个人……"

"就是因为她人太好啊……别人都觉得她可以为大家牺牲,反正她以前一直这么做……"

"怎么可以这样!你们知道你们在做什么吗!"

"当然!"

姐姐扬了下嘴角,无奈地摇了摇头,道,"你知道饿的感觉吗?"

"当然知道!"

"不,你不知道,你根本没真正饿过,你根本不知道饥饿带来的真正的痛楚不是你的胃，而是在面对你的理智在与你最原始的欲望博弈所感到的崩溃……"

"所以为了欲望就能吃人了吗？"

"是的，因为我不想死……"

死？这词曾离我多么遥远，现在竟让我无言以对……

姐姐已经将她那块肉吃完了，用手抹了下嘴，说道："我不想死，他们也不想死，所以有人就提议投票决定，在这样一个环境中，个人怎么能和群体作对呢对吧？"

我真不知道该说些什么，望着手中的这块肉感到的不再是恐惧，脑袋里一片空白……

"原来躲在这里的不只这些人，但是这个防空洞没有多少食物，躲了三天后就要清底了，有些家伙就趁着别人睡着的时候把剩余的食物都偷走了。接下去的几天，有人说要出去找食物回来给大家，有人什么也不说就打开了防空洞的门，之后……这些人都没有回来……"

姐姐的神情看不到起伏，一如往常那般平静地说道，"食物终于耗尽了，我们就这样饿了两天多吧……后来……一个姓木的孩子活活饿死了……"

活活饿死了，为什么现在的我听到这几个字竟心震了三震。

"我们吃了那个孩子，突然有种被救赎的感觉，呵呵，很可笑不是吗？"

我不想再听任何话语，靠着墙闭上了眼睛。

人在意识到死亡时，求生只是下意识的行为。

忍了两天，终于胃部接受了这肉的辛辣苦涩。之后我们又杀死了一个人，可是我也不在乎了，因为那不是我……我只要知道我有东西吃就行了。

又到了"选举时间"，我和姐姐还有李爱的票渐渐地成了主导势力，之后的人都跟着我们丢下骨头。

"不！"被选中的那家伙和之前的人一样在奋力地反抗着，我想着这时候那个被称为小九的医生会出来给这个疯掉的家伙一刀来结束他的生命……

"啪——"

我错了……

这次倒下的是小九，那个披头散发的疯子挥舞着扳手，一下，两下，三下，小九的头已满是鲜血，象征着医生的白褂子已被浸染成血红，她就如那些被她杀死的人一样"扑通"一声跪了下来，随即向后倒下，我知道，她不会再站起来了。

"都死！都死！"

那疯子向着我们一颠一颠地走过来，抡起了扳手。

"滚开！"

姐姐一把推开了这家伙，拉起我的手就往一个我从没去过的方向跑去。

身后不断传来惨叫声和嘶吼的声音，而我和姐姐只有不断地奔跑，奔跑，这个防空洞竟比我想象中的大很多，我们的步子渐渐沉重，但依旧不敢放慢速度，直到周围只能听到我和姐姐的呼吸声和脚步声。

"前面……哈哈……"

姐姐重重的喘气声在这个狭窄的空间里回荡着，我这才发现世界竟如此安静，似乎这世上只有我们两人……

"前面……就是……哈……出口……"

"可是……姐……外面有辐射……我们出去也是死啊……"

"出去……还没有接触地面……可以找另一个地方躲着……还有一线生机……回去……不是被打死就是饿死……必死无疑啊！"

"姐……"

"快……开门……走……"

果然门外的世界是我所未料的，沙土与乱石已经填塞着通向地上世界的道路，只有隐约透出的灯光才让人感到这里是被人工处理过的。

"走，走到哪算哪，没路就刨……"

姐姐只比我大两岁，却总能让人在最手足无措的时候表现得愈发镇定，这便是在她瘦小的身体里蕴藏的力量吗？或许这就是李爱一直粘着她的原因……嗳，李爱？我下意识地回头，却只有微弱的灯光和绵长的黑暗在向我招手。

"姐，李爱她……"

"小爱她……"

姐姐的语气波澜不惊，她一直走在我的前面，没有回头，"听天由命吧……现在哪管得了别人……"

"姐……那一天，你是不是没打算让我醒过来？"

"嗳？"

"那个肉……你加了药是吗？"

姐姐停住了脚步，"你是在怀疑我要害你吗？"

"不，怎么会……"

"那一天我的确不希望你醒过来！"姐姐转过身来面对着我，伸出右手摸了摸我的脸颊，笑了一声说道，"因为两票和三票是不一样的……"

"为什么？我醒过来我们就有三票，这样不是更有优势吗？"

"你根本不懂人心……"

我不知怎么回话。

"这不是选举，这可是决定了每个人的生死！我和小爱的两票在别人眼里并不构成最大的威胁，每个人被选中的概率大体还是一致的，所以我们在心理上形成了一种微妙的制衡。然而你的加入打破了这种平衡。"

"我打破了……平衡？"

"是的，从二到三不仅仅是数量上的改变，我们成了别人眼里能决定他人生死最关键的一方势力，他们为了生存只有两种选择，干掉我们中间的一个回归平衡，或者跟着我们走。"

我这才发现姐姐突然显得很虚弱，豆大的汗珠从额头淌下，我连忙上前扶着她坐在了地上。

"怎么了？"

"没什么……咳咳……"

她剧烈咳嗽着，完全没有了先前的气场。

"再说什么也没必要了……反正该死的不该死的都死了……不……咳咳……都该死……的确都该死……"

她突然自言自语起来，眼神变得越来越浑浊，吃力地抬起头来看着我，"珠儿，你先走吧……我想……在这里等等小爱。"

辐射已经侵蚀了姐姐的身体，她肯定不是第一次从那扇门里出来……

我知道我已经不能做什么了，现在，离开姐姐应该是对我们都好的结果。

接下去的路程我已经记不清了，只知道再次见到阳光时内心无比的空虚，看着满眼的废墟残骸，再也止不住手臂溃烂所带来的钻心的疼痛。

我还活着？

小九的手术刀扎在了我的脖子上，很快我又能见到姐姐了。

决赛名单出炉

60 篇复赛作品中，前 14 名选手积分排位如下

复赛名次	选手姓名
1	程 浩
2	李姗姗
3	王彦堃
4	陈时锋
5	陈振滨
6	卫天成
7	李昱萱
8	修新羽
9	孟 盛
10	崔斯也
11	赵枢熹
12	刘元庆
13	贾彬彬
14	陈义仁

由于排名第二的李姗姗准备司法考试，排名第八的修新羽参加清华大学新生军训，无法参加决赛，故排名第十三、十四的刘元庆和贾彬彬自动晋级，和程浩、陈时锋、陈振滨、王彦堃、崔斯也、李昱萱、卫天成、孟盛、陈义仁、赵枢熹一同步入最终的十二强阵容。

◆ 通过何种渠道知晓90后创意小说大赛：【微博力量】

所有人都是通过微博知道本次大赛的，有些是通过零杂志官方微博（@ 零杂志 http://e.weibo.com/0magazine/）知道的，有些是通过著名作家们的转发知晓的，譬如路内、王若虚等等。

◆ 复赛小说是什么时候写成的：【选手们性格迥异】

复赛分数排名第一的程浩，作品则是酝酿已久，第一稿是在2012年1月写的，比赛的时候主要精简篇幅，因为原稿超字数了。

相似的还有陈时锋，复赛稿件是以前就有想法，写了些的，通过比赛，索性就写完了它。正在念高三的崔斯也的稿件也是从前就写完的。卫天成的复赛小说原本是打算万字完稿的，所以开头就铺开写了两千多，但是后来得到的复赛通知是5000字以内，瞬间蛋碎一地，最后不情不愿删了很多情节完成了稿子。

王彦堃嫌家里静不下心遂找了家麦记，麦记里面好吵于是转战徐图自习室，自习室里人太多——最后居然是躲在青松城厕所里写完的。

来自上海大学的孟盛，他的小说是临时写出来的，据说用了一杯酒的时间，平日爱写诗，一显诗人爱酒本性。陈振滨、刘元庆、陈义仁、赵枢熹也都是临时完稿。还有李昱萱花费一个夜晚一口气写完，这个96年生、年龄是参赛选手中最小的姑娘，凭借着超乎年龄的文笔和对故事的把控能力，成功晋级决赛。

最为"拼命三娘"就属贾彬彬了。她的复赛作品临时写就，而且那时已经开始高三补课，本来赶出来太仓促，翘了一天的晚自习去重写，惊险无比，好在运气真的不错，正好卡进决赛名额。

此外，还有两名颇具实力但最终并未参加决赛的选手，李姗姗和修新羽。

92年的李姗姗现在正就读于华东政法大学，这位未来的律师在决赛阶段正在紧锣密鼓筹备律师资格证考试，她曾在《萌芽》半月刊上发表过小说。而修新羽刚刚高三毕业，现在已是清华大学的学生，这个清秀的姑娘擅长写科幻小说，早已是《科幻世界》的资深作者，并且获得过新概念作文大赛一等奖。

全记录：决赛阶段

决赛时间：2012年8月14—23日
参赛地点：上海，上海作协青浦写作基地
选手人数：十二人
晋级名额：一、二、三等奖各一名
比赛环节：四个

《项链》
《变形记》
《桃花源记》
《我的叔叔于勒》
《药》
《最后一片常春藤叶》
《信》
《将相和》
《只说一个字的少将》
《大恒皇纪年表》
《……！》
《苹果》
《找乐》

独立作品题目大票选

十一位评委每人出一个题目,由新浪微博的用户参与投票,票数前三的题目将成为独立作品题目,每个选手任选一个进行小说创作。备选题目为——

程永新:想象我的老年生活
孙甘露:上海一夜
葛红兵:爱之初
姚鄂梅:像夏天一样明亮
路　内:动物和人
蔡　骏:秋天杀人曲
阿　乙:历史上的今天
徐敏霞:找乐
周嘉宁:游泳池
苏　德:苹果
王若虚:……!

截止到8月16日晚上12点,"……!"、"找乐"、"苹果"票数最多,成为最终候选题目。

决赛日程

8月14日————————	选手报到 下榻襄阳饭店 开幕仪式 第一环节开始
8月15日————————	参观《收获》杂志社 第一环节作品截稿
8月16日————————	参观《萌芽》杂志社 剧本专家讲座 发车前往上海作协青浦基地
8月17日————————	第一环节分数公布 选手创作决赛独立作品 第二环节"突击"提前开始
8月18日————————	第二环节作品截稿
8月19日————————	选手创作决赛独立作品 第二环节分数公布
8月20日————————	第三环节开始 现场打分 选手提交独立作品
8月21————22日 –	评委审读作品 选手休息期
8月23日————————	酒会暨颁奖礼 公布最后名次和导师配对

第一环节　名牌搭档

比赛规则：十二位选手两人一组，进行抽签方式，在六名70、80后作家（路内、蔡骏、徐敏霞、周嘉宁、苏德、王若虚）中选取一名作为指导老师，对语文教科书中的经典小说篇目进行合作改编，字数控制在5000字以内。

打分要求：参与本环节的六名评委，对自己指导的小组作品打基础分六分。

审稿要求：考验选手的改编能力，对原文的改编是否极富创意、颠覆性或改良性。

教材改编候选范围——
《项链》
《我的叔叔于勒》
《变形记》
《最后一片叶子》
《老人与海》
《桃花源记》
《孔雀东南飞》
《范进中举》
《药》
《扁鹊见蔡桓公》

第一环节作品

项 链

文/程浩、贾彬彬
指导/周嘉宁

一

珍妮终于回到巴黎，她丈夫佛莱思杰先生的友人为他们举办了欢迎舞会。她不无骄傲地要求一定要寄一张请帖给自己的堂妹玛蒂尔德与她的丈夫路瓦栽。

珍妮离开巴黎十年，再回来的时候，看着眼前衣着寒酸的玛蒂尔德觉得无比满足，笑着说："多年不见，你还是如此光彩照人。"

"你也一样，三十岁了还是这么年轻。"

珍妮的目光扫过路瓦栽说："丹尼尔和我同年。"她拉住玛蒂尔德的手，说，"我去帮你选件漂亮的衣服！"

衣柜里的衣服囊括各种颜色与质地。珍妮推着玛蒂尔德行进在衣服丛中，名贵的布料拂过她的脸上，明明是凉沁沁的，她却觉得耳根子一阵发烫。她扭过头试图看姐姐珍妮的表情，被一件宝蓝色的丝绸长裙挡住。珍妮撩过裙摆，笑说："这裙子两千法郎呢，很衬你！"

玛蒂尔德倒也没怎么推辞，在衣柜尽头褪下了自己一身棉布裙子，回头接过珍妮递来的蓝色丝绸裙子。她在镜子前转了转身体，胸部、腰部、臀部，每一寸都天衣无缝。她有些不好意思地望向珍妮，珍妮像是突然想起什么似的说："没件珠宝配可不行！"

玛蒂尔德的出现惊艳全场。男人的目光像游弋的青蛇，从地板的缝隙爬上她的脚踝，又顺着裙子爬上了她的脖颈，目光盘踞在那串反射着耀眼光芒的项链上，便再也不动了。

此时玛蒂尔德已是全身炽热，她有用不完的热情来温暖这座房子。她似乎瞬间学会了蝴蝶的秘笈，抖动自然下垂的裙袂，像长了翅膀一般满场飞舞。而珍妮依然保持着女主人的矜持，端着一杯香槟站在客人中，偶尔压低声音，满面笑容对身旁的某位贵妇说："看，那是我妹妹，就是穷了点，这身衣服，还有那串项链，都是我临时借给她的！"

在屋子的另一端，路瓦栽喝着手中的酒，目光逡巡于一房间的五光十色。当他的眼睛透过层层人群抵达那双棕色眼睛的时候，他慌忙低下头。再抬起头的时候，珍妮已与他相距一米，并迈着优雅而坚定的步伐，走了过来。

路瓦栽躲不了，他迎着那双眼睛，努力牵扯了一下嘴角。珍妮终于走近，用只有两人能听见的声音说："你老了一些。"

"你却没老。"

"我快醉了，陪我去阳台吹吹风吧。"

二楼的阳台正对楼下的花园，几棵健硕的法国梧桐伸上来，叶子几乎贴到阳台的地面。再外面就是塞纳河。路瓦栽说："这河水已经被机器污染了，多么浑浊。"

珍妮背靠阳台，似乎没有兴趣，又像是早已确凿，说："这会儿可是看不出呢。天太黑了。难道不是么？"

"这些年你好么？"

"我……"珍妮不知道说什么。她慢慢蹲下身子，却感到身上那件名贵的雪纺裙紧得慌，她暗中用手摸了摸肚子，竟是一小圈赘肉。她该说什么呢？倒不如说说今晚的月色吧！抬起头看了看月亮，那样暧昧得不知羞耻。她撇过头低声说："那时候……"

"那时候……我也不知是怎么了。晕了头，做错了事。基督不允许我抛弃她腹中的婴儿。基督……"

"还说这些做什么！"珍妮坚决地打断路瓦栽的话，她抬起头盯着他。从他的角度看过去，那张脸因激动而略微扭曲，额头上有淡淡的青筋。眼泪冲花了眼线，黑色的泪水顺着脸颊流下来，一条条像虫子一般匍匐前进。他一阵心痛，想蹲下去抱住这个女人，他克制着转过头透过落地窗看了看房内的景况，酒已使人们得意忘形，看呐，他们多欢快，他的妻子，美丽的女人，正曲着身体靠在香槟桌边和一个绅士聊天。他偷偷活动了下僵硬的身体，一点一点地，怕惊到警惕的野兔一般，慢慢蹲了下来。

雪纺裙在男人的怀抱中猝不及防地褶皱了。

二

路瓦栽拖着醉醺醺的玛蒂尔德回到家的时候已经是凌晨三点。第二天两人早晨十点钟才醒过来。珍妮倒算大方，看她酒醉，就让她穿了丝绸裙子回来。玛蒂尔德摇摇晃晃站起来，对着镜子看自己优美的曲线，从下到上，每一处都恰如其分；她十分自怜地抚摸自己的手臂，一直延伸到颀长的脖子……她手停住了，脑子里猛地一震，她颤抖的手狠狠地贴合在颈上，惊叫起来。她慌张地走到客厅，对正在看报的路瓦栽喊道："项链不见了。"

"什么项链？"路瓦栽一脸惊诧。

"舞会上珍妮借我的那个。"

"我想起来了！昨晚扶你回来还硌痛了我！"

玛蒂尔德一下子瘫坐在沙发上，她本期望从丈夫那里听到，项链在她酒醉后被珍妮取走了。她试探性地问："丢在回家的路上？"

两人沉默良久。末了路瓦栽像被电打了一般，"噌"地站起来，面带愠色说："瞧你做的好事儿！"

路瓦栽回到家的时候已经是晚上七点了。他一言不发走进屋子，灶台冷冰冰的，餐桌上铺着一块油腻泛黄的白布，他点燃香烟，狠狠地吸了一口。玛蒂尔德悄悄走到他身边，用尽可能轻的声音问："没……没找到吗……"

路瓦栽又猛吸了一口烟。

玛蒂尔德的眼泪簌簌滚下来，像深秋的落叶一般无情，她带着绝望的哭腔说："那怎么办？"

"你赶紧写信给珍妮，随便编一个借口，说晚些还回去，咱们再买个一样的还回去。"

玛蒂尔德六神无主，又实在不愿意丢这个脸，只好按照丈夫说的做。

路瓦栽的确是个称职的丈夫，请了几天假，陪着玛蒂尔德满巴黎逛。终于在周二的黄昏，两人在一家古董珠宝店里发现了一条一模一样的项链，老板毫不留情地说："四万法郎。"

路瓦栽穷尽他应聘教育部职位面试时候的口才，老板才让了价，三万六千法郎。他们恳求老板，三天以内不要卖出去。

家里是没有存款的，路瓦栽面带难色地对玛蒂尔德说："这个，恐怕你得想想办法。也许，你母亲那儿？"

她心一横，坐上了当晚回兰斯的火车。当母亲那双灰色的瞳仁出现在出站口的时候，无疑是某种巨大的安慰。母亲已经衰老了，当夜她颤巍巍地拿出箱子最底下藏着的两万法郎时，手背皱成一块风干的鸡皮。她抱着母亲睡觉，像小时候母亲抱着她一样，母亲问她："听说珍妮回巴黎了，你们有联系吗？"

玛蒂尔德没有接话，母亲继续说："你阿黛丝姨妈四十岁的时候，头晕了几天竟然就猝死了，她这个做女儿的竟然不回来看看。"

"珍妮和阿黛丝姨妈的感情的确不深。"

"不，不是这样，你不明白。"母亲叹了一口气，继续说，"我也想她，我是说，毕竟她小时候在咱们家住过几年。话说起来，你样样比她好。你们让我想起了我和阿黛丝的小时候，她也总是比我好的。"

母亲的絮叨没完没了，直到玛蒂尔德踏上回程的火车时，母亲还叮嘱她："叫珍妮抽时间回兰斯来看看！说她赛琳娜阿姨想她！"

三

玛蒂尔德带着两万法郎回到巴黎，又东拼西凑的，总算把三万六千法郎拍在了古董珠宝店的柜台上。

为了还钱，她辞退了女仆，搬迁了住所。她终于懂得穷人怎样生活。她刷洗杯盘碗碟，油腻的盆沿和锅底磨粗了她的手指。每天早晨，把水从楼下提到楼上，走上一层楼，就站住喘气。她着粗布麻衣挎着篮子,到杂货店里讨价还价,一个铜子一个铜子地节省她那艰难的钱。

而贵妇们却喜欢坐上汽船,撑着一把阳伞,沿着塞纳河细细欣赏这座伟大的城市。再脏的塞纳河也阻挡不了贵妇们的热情。珍妮左手拎着裙角,往前跨一大步,稳稳地站在甲板上;而有另一只手立刻伸了上来,扶着珍妮朝船舱里走去。

路瓦栽觉得他照顾女士的整套动作十分符合绅士风度。而珍妮,也就是佛莱思杰太太靠在他的肩膀上,轻声说:"丹尼尔……"

"嗯?"

"幸好你去了当铺,不然我们最后只能得到一串假项链。"

"没想到佛莱思杰先生……我还以为他很有钱呢。"

"别说他!一说我就生气!抠门鬼,净会些哄女孩子的把戏!"佛莱思杰太太暂时忘记了她贵妇的做派,声音不自觉地高了起来。

"好歹我们现在有一串真的啊。"

这时候汽笛声响了起来,路瓦栽又说了什么,珍妮却没听见。船向前驶去,激起一片浪花,打在了珍妮的裙子上,她怪叫一声,说:"该死!这条裙子很贵!"

路瓦栽凑过来,用手帕揩去裙子上的污水,说:"可以再买。"

"你以为钱很多么?"珍妮轻哼了一声,"不过就是四万法郎而已。"她朝塞纳河左岸看去,工厂轰隆隆地运作着,黑色的烟尘冲上半空又四处散去。她附上路瓦栽的耳朵说,"我有个好主意,我在里昂有个朋友开了个丝织厂,这会儿扩建缺资金,不如我们把这些钱拿去投资!"

"这倒是个好办法。"

烟尘从河岸飘过来,钻进了路瓦栽的鼻子,他打了一个喷嚏,却精神抖擞。

四

这样的生活继续了十年债才都还清,包括高利贷利滚利的数目。

而玛蒂尔德彻底老了。她的双手在冰冷的水里泡了十年,早就成了一个红彤彤的大茄子。金黄色的头发也变成了稻草的模样,随意挽在头上。她站在门口,大声和邻居说话,十几米外楼房里的老妈子凑出头,一脸嫌恶地吼道:"老太婆!轻点!"

在一个深秋的星期天,她到极乐公园里散步。她忽然看见一个妇人,正是珍妮,她穿着一件咖啡色的呢子大衣,样子一点也没变。

玛蒂尔德走上前去。她说:"你好,珍妮。"

珍妮用警惕的眼光看着她,皱着眉头问:"你是哪位?"

"玛蒂尔德·路瓦栽。"

她愣住了,沉默了几秒后说:"你怎么成这个样子了,玛蒂尔德,生活可真是残酷啊。"

"是啊,你呢,怎么样?"

"拜我一位先生所赐,我倒是越来越有钱了。只是,并不是人人都这么幸运的,对吧?"

"你一定记得十年前的舞会上你给我戴上的那串钻石项链吧?"

"记得。怎么样呢?"

"怎么样?我把它弄丢了。"

珍妮用力做出惊讶的表情说:"哪儿的话!你已经还给我了。"

"我还给你的是另一串,跟你那串完全相同。当然,这是我的命运,现在,我花了十年工夫改变了我的命运。多不容易。"玛蒂尔德露出欣慰的笑容。

珍妮的脸上堆满了惊讶,她一把抓住玛蒂尔德的手,吊起嗓子尖声叫道:"亲爱的,我借给你那串项链是假的!"

珍妮暗暗观察玛蒂尔德的表情,她期待一场痛苦,一场彻底的毁灭。然而玛蒂尔德却始终微笑着。

"我知道。你骗丹尼尔说投资失败后,他整日借酒浇愁,什么话都往外说;同样,我也知道,今天是你的四十岁生日。"她顿了顿,微笑中几乎有一种少女的光晕,"当初你该回去看看阿黛丝姨妈是怎么死的,那样也许你就会知道我们家族中的亲姐妹,漂亮优秀的那一个会在四十岁死去。对,其实你该叫她阿黛丝姨妈,而不是妈妈。"

此时公园里一群鸽子起飞,扑腾着翅膀在半空中打转,阳光照在大地上,明亮得让珍妮感到一阵突如其来的眩晕。玛蒂尔德意味深长地看着双腿无力跪倒在地上的珍妮说:"看,我还是赢了。"

变形记

文/崔斯也、陈义仁
指导/蔡骏

当格里高尔·萨姆莎从烦躁不安的梦中醒来时,发现他正躺在客厅的餐桌上,家里的一切都变得巨大无比。他想起身却发现自己根本动不了,因为他现在没有了手,也没有了腿,他现在只剩一个四四方方的躯干,肚子上被分割成错落有致的小方块,上面写着不同的数字和符号。他现在完完全全变成了一个手机,一个只能打电话发短信的老款手机。

他想发出声音,却发现声音只能从听筒里传出,很轻很轻。

怎么回事?格里高尔心中无比的惊恐,我这是在做梦吗?他这样想着,可是这一切都太真实了。

他希望有人发现他,这个家里有应该很快就会发现他们引以为傲的儿子,哥哥不见了,也会发现放在餐桌上的这部手机的吧。

不出所料,早晨的宁静被一声慵懒的吼叫划破——"格里高尔!"

这是母亲的声音。

他从手机的＊和＃键看到母亲走进了厨房,手挠着蓬乱的头发,开始一如既往地做早餐,烤面包和煎蛋。

她居然没有发现我!格里高尔有点生气。

"格里高尔!还不起来就要迟到了!"

"不用叫了妈妈,格里高尔应该已经出门了。"说话的应该是妹妹。

"怎么有台手机?"终于妹妹发现了格里高尔。

所有人都瞪大了眼睛。

母亲拿起来把玩了一下,这应该不是格里高尔的手机,都二十一世纪了他带这种手机出门会被笑死的。妹妹说那扔了吧,母亲把手机放在桌上。

"给你爸用吧,反正他正缺一个手机呢。"

格里高尔一直在努力地喊出声,用头顶闪亮的灯,但母亲厨房中锅碗瓢盆碰撞的声音吞掉了他微弱的声音。他想让他们知道自己是这个手机。

不久父亲也醒了,带着浓厚的起床气,"早餐做好了吗?"

"哦,是的,亲爱的!"母亲温柔的声音传来。

母亲放餐盘的声音很轻,格里高尔终于喊出了一丝声音。

"什么声音?"父亲猛地拍了下桌子,吓得格里高尔出不了声了,父亲目光扫视了一遍屋内,最终落到了餐桌上的格里高尔身上,现在他是一部手机。父亲拿起手机,眯着眼观察了许久。

"你不是缺一部手机嘛,现在有一台现成的,先凑合着用吧。"母亲给父亲的餐盘里放上了面包和煎蛋。

"不对!"父亲猛地将手机扔在了桌上,"这是……这是菲尔普的手机!这星号键和井号键上的划痕,这就是菲尔普的手机!"

菲尔普?格里高尔觉得这名字好熟悉,是叔叔!格里高尔的叔叔菲尔普在他二十多岁的时候过世了,记得是意外事故,不过很奇怪,他对这件事似乎没什么印象,就像一部分记忆从脑中挖去了一样。

"哦,不,是菲尔普的手机!"母亲声音变得尖锐,"怎么会在这!怎么会在这!"

父亲看着手机,一把抓起来,就往屋外走。

"不!"终于格里高尔发出了一声清晰的吼叫,他预感到他的父亲要将他扔出去。

萨姆莎?父亲疑惑地抓起手机,凑到耳边。

"哦,父亲,你终于听到我了!"格里高尔欣喜若狂。

"格里高尔!"父亲调门拔得很高,"你怎么会有这个电话号码?你从哪儿知道的?你为什么要知道这个手机?你在哪?你在什么?"

父亲开始变得语无伦次起来,格里高尔不知道为什么父亲会这么紧张。

"哦,父亲,我现在变成了这个手机……"

"你在玩我?"

"不,父亲……我真的变成了这个手机……"

父亲突然换了种语气,"我给你最后一次机会……"

"父亲,我真的变成了这个手机,你不相信……你不相信……母亲现在穿着花围裙站在沙发旁对不对,妹妹现在穿着米色的绒线衫和灰色的运动裤对不对?"

父亲再没说话,颤颤巍巍的手抓着手机搁在了茶几上。

"这究竟怎么回事……"母亲崩溃地瘫坐在地上。

过了一天,似乎他们终于接受了这个事实,格里高尔变成了手机。母亲开始用正常的语气和他对话,妹妹也和往常一样和他聊一些学校里发生的事。只是父亲变得默不作声。

格里高尔以为父亲还未接受这个事实,直到一天晚上,父亲喝酒喝得很晚,和母亲在餐桌上说了这些天格里高尔听到的第一句话。

"这是菲尔普的诅咒吗?"

"嘘！"母亲示意他轻一点，然而父亲一点都没有放低音量的打算。

"哦，菲尔普是来找我们报仇的吗？"

"不要再说了！"

父亲被母亲架回了卧室，只留下格里高尔静静躺在茶几上。

他们在卧室里是不是在谈论什么？格里高尔猜想着，回忆着刚才父亲说的话，惊恐感袭上心头，哦，天哪，叔叔的死竟然和父母有关，甚至于，可能是父母杀死的？他控制着自己不往那方面去想。

然而当抖出一个谜题的时候压抑不住想知道真相的心情，父亲在他周围的时候还是一句话都不说，母亲也变得谨小慎微起来，只有妹妹还是敞开心扉的交谈着。

格里高尔在盘算着怎么知道真相，或许知道真相自己就能变回去了呢？

带着这种期待，他终于下定决心开始行动了。父亲在喝酒，喝得有点醉了。他试着发出一些声音，"嘟、嘟、嘟"他模拟着老式手机的铃声，父亲将手机凑到耳边。

"喂？"

"西蒙斯……"格里高尔的声音很像叔叔，这话很多人都说过。

"菲尔普？"父亲突然变得惊恐起来，"你！你！你想干什么！是你自己站得不稳从楼上摔下来的，我们没有推你！我们根本就没有用力！"

"父亲……"

父亲先是一愣，然后大发雷霆，"你小子到底想干什么！"说罢把手机狠命地往地上一砸，爬回了卧室。

格里高尔觉得很疼，但他觉得他终于知道真相了，父亲居然是杀害叔叔的凶手！

他以为父亲第二天会表现得焦躁不安，会来忏悔，会来向他说明自己并不是故意的，甚至会拉着母亲来作证，他甚至已经想好了自己要怎么回复父亲的这些忏悔，要怎么劝告他的父亲去自首。

然而父亲没有一丝的变化，只是几根头发变得灰白。

"怎么今天起得这么早？"母亲关心地问道。

"现在这个家又要靠我这个老骨头养了，怎么能不勤快些……"

听到这话，充电中的格里高尔不禁心颤了一下，让父亲去自首，这个家又要怎么维持呢……

父亲出了门，妹妹也起床开始用早餐，"妈妈，昨天爸爸喊的我听到了，叔叔……"

"叔叔是自己摔下楼的……"

"可是我看到叔叔……"

"没什么可是……"

"格里高尔的手……"

"闭嘴！"

妹妹被母亲撵上了楼，吵闹声变得朦朦胧胧。

格里高尔很混乱,我不知该怎么办,我到底该怎么办……

不知过了多久,父亲回来了,母亲还在教训着妹妹,从卧室到餐厅。

"不要吵了!"格里高尔喊出了平生最响的一声嘶吼。

"我的罪我自会赎!我不会牵连父亲母亲的!是我把叔叔推下去的对不对!"

"不,格里高尔!"

母亲很激动,父亲板着脸拿起了手机,看着母亲的神色,"你不要为这件事内疚了!"

"不!我要赎罪!带我去警察局!我要自首!"

"别开玩笑了!你现在是什么样子!"

"不,我要自首!"

"闭嘴!"

母亲一把抢过手机,重重地摔在了地上,手机被摔得残片飞溅了出去。

早就说过别磨蹭了,母亲嘶吼着,这样不就没事了嘛!

格里高尔的意识渐渐模糊,只有当初看着叔叔摔下楼的场面浮现在眼前,他看到父亲一把推向了叔叔,母亲没有拉住,叔叔没有站稳重重地摔了下去……当时,他就站在卧室的门边上,和妹妹站在一起……

桃花源记

文/李昱萱、孟盛
指导/苏德

  太守瞪着眼睛，有些吃惊地望着庭上跪着的人，然后又微微抬头去看屋外和煦的阳光。武陵此时正是春天，暖风柔和得像一卷丝绸，天空蔚蓝，水流清澈，街头的人们脸上写满了安居乐业。他不敢相信，犹豫了一会儿，板起脸来再次确认道："你所言当真？"
  "句句属实。"
  跪着的这个人是个渔民，自幼捕鱼为生，日子过得并不拮据。可是近年来他捕到的鱼越来越少，他一直找不到原因，直到几日前，他在一片枯树林中迷了路，误入一座村庄。
  村庄的河道里浮着密密麻麻的绿藻，被污染的水渗进土壤，使得整个村落寸草不生；枯死的树木横七竖八地躺在地上，快饿死的村民也横七竖八地躺在那儿徒劳地啃着树枝；河里已经没有鱼了，快干涸的区域裹着绿色的泥浆，但依然有许多人把半个身子探进去摸索食物，他们的眼神带着一种疯狂的偏执，让人看了心生恐惧。
  "如果不治理，这污染定会扩大！这条河不能被污染，多少人指望着它吃饭啊！大人，请你一定要管管！"武陵捕鱼人这样哀求着。
  太守沉默了片刻。他想起自己刚上任的时候，武陵这一片虽算不上民不聊生，但也绝对不是什么好地方。他艰辛地一步步治理，才成就了今日安详美好的武陵。虽然如今他松懈了，得过且过，原则被自行模糊，办事再也找不回当初的认真，但出这么大纰漏，他良心上也无法无动于衷。
  "可能花点银子花点精力去整治下，就好了。"
  他如此安慰着自己，随后便派人根据捕鱼人留下的标记去寻找那个村落，他以为这一切理所当然，但没想到事情发展超乎了他的想象。
  原来捕鱼人从村落回来时，沿途将所在村庄里所见之景告诉了很多人，他所描绘的惨象被老百姓们口口相传，最后传入衙门。县令老爷下令这事要明察，要求手下前去村庄探访，并把实情总结好呈上告示来。可手下们出动了几次，发现捕鱼人所提供的线索和路标并不好找，便作罢。他们征集过群众说法后，当做是自己实地考察后的结果，将杂七杂八的"真相"拢到一块呈上去。
  县令老爷看过"实地考察报告"之后，认为这事不能他一个人说了算，因为光是河流污染这点就牵扯到了好几个郡县，必须向上级汇报。但他还是划去了折子上的一句"武陵以南一带郡县均受污染，如……"之后所列的县名中自己管辖的区域，才将折子往上传递。

就这样，折子在不同人的手中停留、删改，到最后面目全非。活生生地书写成了一处祥和美满的世外仙境——

满地的枯树枝变成美不胜收的桃花，污染的河水变成清澈的池塘，崎岖的道路变成井然有序的农家小道，绝望的村民在折子里怡然自乐。通讯的不便被篡改成与世隔绝的清净，明明是人间炼狱般的存在，却在一层层的欺骗下化身为人间仙境，以至于当面目全非的折子出现在当地刺史面前时，他一边唏嘘一边题上"桃花源"的字眼，将"世外仙境的桃花源"作为一则邀请函上奏给皇帝。

几番传接后，武陵有个世外桃源的消息不胫而走，人们跃跃欲试地想去寻找，所有人谈及此事都是一脸的期待和羡慕。

而这一切，太守都不知道，他带领手下努力地寻找那个棘手的村落。历经好几个月，当他终于找到时，才发现这里的问题仅靠他一人力量是不可能解决的。

于是他一五一十地描绘了这里的情况，附上了详细的地址，将此呈给自己的上级，也就是前不久才将"桃花源记"奏给皇帝的那位刺史。刺史收到这份形势严峻的告示，起初并没在意，直到发现折子上指明道路的标记和方向似曾相识，仔细比对后，才一下子醒悟过来，他开始像这个村落里居民一样地恐慌。

这可是欺君之罪。他找来太守，彻夜详谈。

数日后，一队士兵开始在山林间活动，他们偶尔刨去岸边的一棵树木，偶尔将一块石头砸碎，然后在别处割割划划，像是在重新标记什么……很快，皇帝就派来一队人马寻找桃花源，那美好而安详的避世之所，是所有人的向往。可找了足足一整年，也没能找到。那个捕鱼人因为忽然得了重病，早在一年前便已离世，于是再也没人知道有关桃花源的消息。

后来陆陆续续开始有人说，桃花源是寻不到的，因为仙人不想让凡人找到；又过了大半年，皇帝下命放弃寻找桃花源。圣旨上写道：仙人之住地永得宁静，有缘凡间人偶遇所居。

可得不到的东西通常挠心。随着捕鱼人的去世，真相的话语被稀释。当初那些听过实情的人们也慢慢遗忘了这些。相反，更多人开始相信真的有个世外桃源，想要去冒险的人也逐渐增多。这其中，刘子骥就是一个。

刘子骥是个品德高尚的人，说话极具公信力，为人刚正不阿，被很多人推崇。因此，当他高调地宣布他要去寻找桃花源时，几乎武陵乃至全国所有的人都在关注。有人感到期盼，也有很多人觉得紧张。

在后世的典籍中记载，刘子骥"寻病终"。他的病是否是和捕鱼人的一样？我们不知道。

我的叔叔于勒

文/卫天成、陈时锋
指导/徐敏霞

多年以后，面对这台 Iphone4s，我会想起和菲利普夫妇久别重逢的那个愉快的下午。

就像是每个星期日他们都要盛装打扮去防波堤散步一样，我的哥哥菲利普穿上方襟大礼服，戴上丝光高帽子，套上手套，伸起胳膊给菲利普夫人挽着，她穿戴得花枝招展，像是盛大节日里挂满彩旗招摇过市的花车。他们看见我，迟疑了一会，眼睛里就大放金光，像是发现埋藏了许多年的宝藏一样。

他们没有经验。往往这种意外而关键的时刻，就应该镇定，然后犹疑、继而吃惊、最后欣喜，只把亲人当亲人，干净利索，浑然天成。你必须知道，在江湖上混，必须要会演，会演才能有戏。

年轻时我住在勒阿弗尔，是一户并不富裕的人家，只能勉强糊口而已。我的哥哥菲利普每天都工作到很晚才从办公室回来，但也挣不了多少钱。因为生活不宽裕，我的嫂子痛苦得几乎撕心裂肺，时常找些尖刻的话来刺激我的哥哥。这位可怜的不会争辩的丈夫只教会了我一个表示伤心的手势：张开手掌搁在额头上，俨然是去擦汗一般，其实没有汗。他的懦弱他的痛苦常常在我脑子里挥之不去。家里人尤其注意节约，从来不接受邀请去吃一顿晚饭，免得回请；家里买的生活用品全是挥泪大甩卖清仓大减价的东西。我还有两个侄女，姊妹们的裙袍全是自家缝制，但我的嫂嫂一直把她们当做能钓来高富帅的黄金鱼钩。通常的食品仅仅是浓汤和牛肉杂烩。后来我的哥哥告诉我，我又有了个侄子——噢，幸好不是儿子。

我过得随性，不能让生活变成我的囹圄，所以我也没有哥哥那种于事无补的差事。在我的观念里，钱这东西来也匆匆去也匆匆，带着点突如其来的惊喜感。在我还年轻的那些年里，我也只有一丁点用度，当然连我自己的花销也不够。直到后来我的膝盖隐隐作痛好像中箭一般，我突然意识到我需要为这个拮据的家做些什么。用钱生钱是最好最快的方法，所以我向哥哥借了些钱。接二连三也有可能是三番五次，总之我的大嫂菲利普夫人总是这么数落我。我吃空了这些钱实在是时运不济——我的初衷是很好的。

我是可怜人，在日用短缺的家庭里，我就成了家人眼中的一个坏蛋，一个流氓，一个无赖。后来我搭上一艘从哈弗尔到纽约的商船到美洲去了。事实上，全家人都把我当成了瘟神避之不及，用现在的话说，我是被去美洲的。不久之后我时来运转发了一笔小财，那一阵子我春风得意还写信给家里，家里的回信也出乎意外地对我欠下的债只字不提，只提醒我漂泊在外注意安全并且要尽快回家。但你知道，钱这东西来去匆匆捉摸不定。在不久之后的很长一段时日里，我又穷困潦倒，你知道我对家人是多么体贴，从来报喜不报忧。但生活不是囹圄，只要能买上一张船票，我用我过硬的生存技能打赌，旅途美好，收获不小，对于我来说，这不过是重操我年轻时的旧业罢了。

　　船上会有很多西装革履穿着体面的人，穿梭在喧嚣的船舱中，他们会准备好华丽优雅的说辞，和你碰杯然后谈笑风生，看上去像个绅士。皮囊下他们其实是服务员或者流浪汉，在熙熙攘攘的人群里顺手牵羊或者寻求艳遇。我必须谨慎地分辨出真假富人，然后向那些在旅途中头脑恍惚眼神迷离的人下手——无所谓，到了目的地，那些卖特产的贩子一样也会像蚊子一样无孔不入，我只是给这些人提前上了一课。

　　在驶往哲尔赛岛的游轮上，如你所知，我看见了一个身着方襟大礼服戴丝光高帽子的男人，他身边的女人体态臃肿穿戴得花花绿绿，在旁边像是他们的两个女儿和一个儿子。他们像是在窃窃私语一些什么。男人的手指指向了牡蛎摊位，胖女人总是不停地在嘀咕，倒也由男人带着一双女儿去了。儿子就一脸委屈地呆在胖女人身边，想必是没有让他跟着去。

　　混这行最要紧的是经验。经验告诉我，这男人是个老实人，操着一份收入微薄的工作；女人吝啬刻薄，就像是我的哥哥嫂嫂菲利普夫妇那样……

　　我的哥哥嫂嫂菲利普夫妇！？我顿时被自己的想法惊吓住，小心翼翼地往那对夫妇又扫了一眼，生怕他们立刻也能认出我。这一次我的确觉得他们的轮廓似曾相识，破船上的旅行总是充满惊喜又让人措手不及，但我现在必须转身离开，我身上还背着债！

　　有人拍了拍我的肩膀，我本能地转过身去。这个穿着大礼服戴着高帽子的男人注视着我。他看到我了，我是他的弟弟于勒，不管怎么样我是他的弟弟。

　　"于勒？XXXX·于勒？"一阵海风吹过，他的眼角闪过点点泪花，像仔细甄别一件出土文物一样看着我，想要从我这张写满风雨的脸上找到些当年玩世不恭的影子。我现在已经确定，这张皱巴巴的看着我的脸就是我的哥哥菲利普。

　　我随机应变，做出犹疑的表情，皱起眉头努力回想。

　　只有一两秒的间隔，他瞪大了眼睛，一脸惊异："我的弟弟于勒！真是你！于勒！"

　　真倒霉，简直上了贼船了！

　　哥哥激动地一把抱住我，一家子都围了过来，我的嫂嫂欣喜若狂，像是发现了债主，也对，我本来就是债主。

　　我是混迹多年收放自如的老手，就也高兴得热泪盈眶："哥哥！真的是你！我的哥哥！"

　　我是不是要还钱了？哈，要钱没有，要命一条！

　　我的嫂嫂菲利普夫人用鉴定珠宝的眼光把我从头到脚打量了一番说："好一身行头！

于勒呀，你可是我们家所有的希望了！"

我松了口气，暗自庆幸他们没有提出要我还钱。在他们眼里，我西装革履俨然是个富人！

菲利普夫人继续对我滔滔不绝地说着恭维之辞有如塞纳河泛滥，我的哥哥张开手掌捂住额头，像是在擦汗一样。同时我注意到，我们菲利普家的二女儿已经出落成一个亭亭玉立的少女了，亲昵地挽着一个年轻人的胳膊，当然，这不是重点。使我更在意的是，他的手掌上此刻正轻轻托着一台Iphone4s，那个被咬过一口的黑色苹果标志闪着诱人的光——也可能是我灵光乍现。

他人即金钱，亲人富人穷人，这就是干这一行下手的顺序和原则。对于我来说，这不过是故技重施罢了。我花了一张船票的代价总应该要收获些什么。到了哲尔赛岛，无良商贩和骗子只比我下手更狠，拜金社会，人心险恶，我只是提前给他们上了一课。何况，你看，我还记着我欠着他们钱。就当我是再借了一回好了。是的，我也是在攒本钱。

"噢，对了，这是我的女婿。"菲利普夫人笑容可掬地向我介绍年轻人，"他可是个年轻有为的公务员。"

我神情倨傲，高声地说："我们菲利普家可是一户体面的人家。"

那年轻人点头哈腰："能跟叔叔您做亲戚，可真是人生一大幸事！"

"于勒呀，你怎么总不回家看看呢？"菲利普夫人问我。

"快了快了。"我保持着绅士的微笑，"在哲尔赛岛做完这一笔生意，就准备和你们一起过好日子！"

那台Iphone4s正随着主人身体而显得颤栗。我忽然意识到了什么，可怜的年轻人，我不禁对他产生了些许同情，这个冤大头准是菲利普一家用我的名头招摇撞骗才入赘进来。而现在，我想我应该帮帮他，为他做点什么。准确地说，这对我俩都有好处，不是吗？

"能不妨说下，那是怎样的一笔生意吗？"菲利普夫人问道。

"是这样，我打算过去收购一些渔货、烟草什么的，那里的货品价廉物美，再通过自己过海关的精明手段运到法国境内，狠狠赚他们一笔！"

"哦，这听上去像是一笔大生意，能赚得不少吧！"菲利普夫人按捺不住自己激动的心情。

"不少。"我如此肯定。

菲利普一家旋即活跃了起来，焕发着熠熠生辉充满生机的丑陋笑容。盛装打扮也掩饰不了四散开来的酸臭气息。那台Iphone4s此刻颤栗得尤为厉害，我开始担心它会不会在某一时刻从他主人已经握不住东西的手中滑落下去。而轮船这个时候已经靠近哲尔赛岛了。

我试着安抚他们："既然我们提前相遇了，我不妨让我的下手带你们逛逛。在这一带，他轻车熟路，保准你们玩得高兴！"

在菲利普一家向我不断述说感激之辞的时候，我故作寻人似的四下张望，然后皱紧了眉头，"那个蠢小子。"我说，"他上哪去了？"

"联系他试试看？"

菲利普夫人的话正中我下怀，我紧接着她的话说道："我的手机平时都寄放他那，我带着不方便。"

菲利普夫人显然吃了一惊，她迅速地说着："那么贵重的东西怎么能放外人那里？这种行为是要受到谴责的。"

我佯装笑容没有说话。

菲利普夫人立即觉得失了态，羞愧得涨红了脸，她像是怕失去什么似的从年轻人略显迟疑的手中取过了 Iphone4s。

她说："来，用这个。如若不嫌弃的话，尽管用这个好了。"

菲利普一家的眼神随着 Iphone4s 回到了我的手中。我不知道这一刻意味着什么，是我即将得到了一些好处，还是说原本就是我想要的东西。但这对于混混或是骗子来说显得无足轻重，然而我不是，我至少明白我的每一个行为都必有其善举的意味——也就是说，关于那个被蛊惑的年轻人，我想我的初衷是很好的。

现在，我开始颇为心安地拨出一组无从谈起的号码，在冰冷而坚硬的甲板上从容地走了起来。轮船在这个时候抛好了锚而放游客出行，人群渐次变得拥堵形同潮流一般。我自说自话——说些什么自然也无人知晓。在瞅准了期待已久的某一时刻，我忽然抽出一顶礼帽戴在了头上，然后混迹于人群消逝无踪了（至少我现在是这么认为）。

就在我自鸣得意之际，有一个响亮粗犷的嗓门在身后响起来："快抓住他！那个带礼帽的浑小子！他偷了两个银碗！"

药

文/赵枢熹、陈振滨
指导/路内

一·小栓

瑜哥哥是夏四奶奶的儿子,却不喜欢我叫他少爷。

有一回李胖子追着我打——李胖子他爸就是个砍脑袋的,也是个胖子——边追还边喊,让我不许跑。最后我跑不动了,干脆坐在那等着他追上来。我坐了好一会儿,他才连跑带颠地到我跟前气急败坏地说:"让你他娘的跑!让你跑!让你跑……"每喊一句,就伴随着这个节奏踹我一脚。

"住手!"听了这一声呵斥,李胖子见势不妙,不知从哪来的力气,一溜烟跑了。

"夏少爷……"

"别叫我夏少爷。"眼前穿着学生制服的少年向我伸出了他的右手。

"是,瑜少爷。"我接过他的手,借了把力,站了起来。

"也不是瑜少爷,你叫我瑜哥哥就行。"

打那儿起我就叫他瑜哥哥了。

其实不管是瑜哥哥还是夏少爷,在我心中他就是个英雄。那时候我在看小人书,讲的是有个人,也叫瑜,周瑜周公瑾是也。夏少爷也叫瑜,那就是夏瑜夏公瑾。我打算写本《鉴湖奇侠夏公瑾》,但我不怎么识字,就一页一页地画,用我爹用过的账本。我爹开的是个茶馆,生意还算不错。

瑜哥哥下了学后常带我四处玩,教我识字,也讲故事给我听。我最喜欢听的是《水浒传》,和朝廷对着干,多带劲呀。可惜最后没剩几个——都死了。听到打方腊的那段,我和瑜哥哥坐在鉴湖边上,我的眼泪滴滴答答地往湖里掉。

我流着鼻涕说:他们都是大英雄。

瑜哥哥说:你说得对,他们都是英雄,他们很勇敢,不怕牺牲。

"什么叫牺牲?"

"牺牲就是为了自己的信念而死,是件很光荣的事情。"他解释的时候眼里闪着光。

后来瑜哥哥要去省城念书,临走的时候他对我说:"别哭,你是个男子汉,要勇敢。

你以后得保护你娘,保护你爹,保护你脚下的土地。"

瑜哥哥走了以后,我一直在接着画《鉴湖奇侠夏公瑾》,等识字了,也在图旁边插一些字。后来听说瑜哥哥留了洋,吃了洋面包,喝了洋墨水。我又画他学了西洋的剑法,回来之后杀了很多坏人,比如说李胖子,还有他爹李一刀——李胖子自从瑜哥哥走了之后又开始欺负我了,但是我不怕。

可后来我爹不让我再画了,因为我生了病。他让我在家中休息,每天喝些恶苦的汤药。

我的画册摆在那,我已经画了五六年,画完了几本账本。身体还舒服的时候,我就翻翻以前的旧作,想着瑜哥哥什么时候回来。

等到最后一本快要翻完的时候,瑜哥哥回来了。

我爹见了他,连连说:"夏少爷夏少爷。"他却说:"老栓叔,叫我小瑜就行了。小栓呢?"听着他再叫我小栓,我的病仿佛一下子全消了。

他神采奕奕的,眼睛里依然闪着光。英雄的光。他看见我在在咳嗽,不无忧虑地让我好好休息,好好养病,说病好了要继续叫我识字。我都快忘了,我还要当英雄呢。

二·夏瑜

阿义昨天来,我问他,你来做什么?

他说:你是不是革命党?

我说:我是,革命是光荣的。阿义,你和我一样,都是被剥削的。这大清的天下是我们大家的。

阿义就笑,笑完了,他问我:你们革命党是不是很有钱?

我说没有。

他笑得更厉害了。"呸!嚄谁呢!没钱你这么卖命图个啥?"

我说:为了让你们这些可怜的人获得自由。

阿义笑得前仰后合,最后他若有所悟地说:夏少爷,您觉得是关在牢里的你可怜呢,还是有酒有肉的我可怜?

我说:你可怜。

他不再笑了,狰狞地望着我,问:说!你的钱都藏在哪了?

"我都说过了,我没有钱。"我对他说,"阿义,你也知道我三伯——也就是你们的夏三爷,已经和我断绝关系了。他们家的钱一概与我无关。我娘,也身无分文。我的身上虽然没有钱,但是我有比钱更贵重的东西。"

"是金条还是珠宝?!藏在哪了?快说!"

"是信念。人一旦有了信念,就是最富有的人。我的信念就是革命,就是拯救你们这些人。终有一天,你会知道……"

"你他娘的!"阿义说着给了我两耳光,"还跟老子绕圈子!呸!我跟你说,再过两天你就得人头落地了!到时候看咱们谁可怜!"他说完,愤愤地走了。

三·小栓

我开始认真吃药,并偷偷地继续画画,这一回,我把自己也画在了故事里,说的是我跟着夏公瑾一起惩奸除恶的故事。我想,我的病就快好了。

可没过两天,我爹就烧了我的画。我拼命护着不让烧,他还给了我一巴掌。最后画还是被烧了。我气得呜呜地哭,然后剧烈地咳嗽,好像肺子都要咳出来了。

爹就坐在我旁边劝我,说让我听话,说那个夏少爷让人给抓了,要砍头的。说他是个革命党。

我咳得更厉害了。

隔天半夜的时候我咳醒了过来。借着月光能看见血。我悄悄地把它抹在炕沿上。我听到爹和娘嘀咕着什么。我知道他们要去给我弄药引子。这次听说是吃了包好的。

等我好了之后,我就要去救瑜哥哥。

天擦亮的时候,爹匆匆地回来了。茶馆也已经在娘的准备下开了张。娘给我热了粥,算是早餐。其实我的嘴里一直发苦,吃什么都没有味道。

爹和娘神秘兮兮地去了灶台那边,嘱咐我不要跟过去。一刻钟的工夫,就双双出来,带着闭关多年而出的神采,对我说,吃了它吧。吃了就好了。

它就是一烧焦了的东西。掰开看,看着是个白面馒头。我像是吃药似的,漫长的,吃下了这只馒头。

这时候客人们来喝茶了。

我回到自己的屋子,仍能听到他们的高声谈论。

先是说我的病吃了这东西包好。听声音是教书的白先生。

随后,他又说:"听说今天结果的犯人,便是夏家的孩子。那是谁的孩子?究竟是什么事?"

我心一紧,跟着声音走了出去,两腿打颤。

走到门口,我就看着大家都注目着李一刀了。他把脖子伸得老长,大声地说:"谁的?不就是夏四奶奶的儿子么?都快砍头了,还要我相信革命——他真是疯了!"接着又说了什么,掺杂在咳嗽声里,模糊不清了。爹看到我,忙要我进屋。这时候李一刀又说,"吃了人血馒头,包好!老栓你就放心吧!包好!"

我被爹架进了屋子。躺在床上,在我不停的咳嗽中,他们不停地说,他疯了。

"你们才疯了。"

四·夏瑾

二十年后,茶馆。

老栓给狱头阿义和一干兄弟一一斟了茶,回到柜台,对媳妇说,再过两天该给小栓上坟了吧。

这时候李一刀咳着走了进来,跟阿义他们问了好,便坐下叫老栓上茶。

阿义跟李一刀说,你这病可够重的了。缺德事儿干多了没个好儿。

李一刀听完咳了一阵,回了他一句:你也好不到哪去。

这时候枪炮声响了起来,阿义队长喊了一嗓子:革命军来了,大家给我杀!就带着一干弟兄冲出去了。

一听革命军来,茶馆里的客人们飞也似的夺门四散了。老栓紧跟着小跑过去,"哐"的一声合上了门。

这一仗足足打了几个时辰,直到枪声不再了,老栓才敢出门去看,横七竖八地躺着尸体,阿义的也在其中。

远处衣着整齐的队伍走过来了,他稍开了门往外看去,似乎看到了熟人,却又赶忙躲回店子里了。

战事结束了两天,大街上已经没有了尸体。只有阿义的被挂在城门口示众——县长一听枪响就带着钱跑了,连姨太太都没带。

西关外靠着城根的地面,本是一块官地,中间歪歪斜斜一条细路,是贪走便道的人用鞋底造成的,但却成了自然的界限。路的左边,都埋着死刑和暴毙的人,右边是穷人的坟头。两面都已埋得层层叠叠,像是阔人家里祝寿时的馒头。

栓子妈已在右边的一座坟前面,摆了四碟菜,一碗饭,哭了一场。烧了纸,她呆呆地坐在地上;仿佛等候什么似的,但自己也说不出在等候什么。微风起来,吹动她的短发,白了许多。

栓子妈没精打采地收拾了饭菜,站起来,又在对面的坟前放了枝花。这座坟是刚被修过的,显得格外突兀。用红漆书着"烈士夏瑜之墓"六个大字,右下写着一行小字:"子夏瑾,于二七年修。"红漆像是还没干透。

她叹了口气,不知道怎的,似乎卸下了一挑重担,她自言自语地说:"回去罢。"

入夜,街上一个人都没有。一阵咳嗽声打破了这平静。李一刀颤悠悠地,一边咳着一边走向城门。他取下腰上的刀,在尸体上割了两下。血滴滴答答地淌了一地。他从怀里摸出一个纸包,颤抖着把它展开,然后蹲下来,拿起纸上的馒头,在血滩上按了又按。

他把那块蘸了血的馒头塞进嘴里,疯狂地吞咽起来。他一边吞,口中还念念有词:包好,包好!

最后一片常春藤叶

文/王彦堃、刘元庆
指导/王若虚

华盛顿广场西面的一个街区,道路曲折蜿蜒,乱七八糟。这里被称作"胡同",有时候一条街甚至自己交叉不止一次。不少画家沉醉于这里的古色古香而纷至沓来,不久便把"胡同"变成了艺术区。

苏和琼西的画室设在一所又宽又矮的三层楼砖房的顶楼上。五月,她们是在第八街吃饭时碰到,发现彼此对艺术、生菜色拉和时装的爱好非常一致,便合租了那间画室。到了十一月,一个冷酷的、肉眼看不见的、医生们叫做"肺炎"的不速之客,在艺术区里悄悄地游荡,用他冰冷的手指头这里碰一下那里碰一下。在广场东头,这个破坏者明目张胆,一下子就击倒几十个受害者,可是在迷宫一样的"胡同"里,步伐就慢了下来。

肺炎先生不是一个你们心目中行侠仗义的老的绅士,即使是对身子单薄的弱女子也丝毫不曾留情。琼西就不巧遭到了打击,她躺在一张油漆过的铁床上,一动也不动,凝望着小小的荷兰式玻璃窗外对面砖房的空墙。

一天早晨,医生把苏叫到走廊,"我看,她的病只有十分之一的恢复希望,这一分希望就是她想要活下去的念头。"他一面把体温计里的水银柱甩下去,一边说,"有些人好像不愿意活下去,喜欢照顾殡仪馆的生意,简直让整个医药界都无能为力。你的朋友断定自己是不会痊愈的了。"

医生皱了下眉头。"呐,我会用上全部力量去治疗她。可要是病人开始算计会有多少辆马车送她出丧,我就得把治疗的效果减掉百分之五十。只要你能想法让她对冬季大衣袖子的时新式样感到兴趣而提出一两个问题,那我可以向你保证把医好她的机会从十分之一提高到五分之一。"医生走后,苏走进工作室里,把一条日本餐巾哭成一团湿。后来她手里拿着画板,装作精神抖擞的样子走进琼西的屋子,嘴里吹着爵士音乐调子。

琼西躺着,脸朝着窗口,眼睛睁得老大,数着什么。

"十二",她数道,歇了一会又说,"十一",然后是"十"和"九",接着几乎同时数着"八"和"七"。

苏关切地看了看窗外。那儿有什么可数的呢?只见一个空荡阴暗的院子,二十英尺以外还有一所砖房的空墙。一棵老极了的常春藤,枯萎的根纠结在一块,枝干攀在砖墙的半腰上。秋天的寒风把藤上的叶子差不多全都吹掉了，几乎只有光秃的枝条还缠附在剥落的砖块上。

"什么呀，亲爱的？"苏问道。

"六"，琼西几乎用耳语低声说道，"它们现在越落越快了。三天前还有差不多一百片。我数得头都疼了。但是现在好数了。又掉了一片。只剩下五片了。"

"五片什么呀，亲爱的。告诉你的苏娣吧。"

"叶子。常春藤上的。等到最后一片叶子掉下来，我也就该去了。这件事我三天前就知道了。难道医生没有告诉你？"

"哼，我从来没听过这种傻话。"苏十分不以为然地说，"那些破常春藤叶子和你的病好不好有什么关系？你这个淘气孩子。不要说傻话了。瞧，医生今天早晨还告诉我，说你迅速痊愈的机会是，我一字不改地照他的话说吧——他说有九成把握呢。喝点汤吧，让苏娣去画她的画，好换了钱来给她的病孩子买点红葡萄酒，再给她自己买点猪排解解馋。"

"你不用买酒了，"琼西的眼睛直盯着窗外说道，"又落了一片。不，我不想喝汤。只剩下四片了。我想在天黑以前等着看那最后一片叶子掉下去。然后我也要去了。我想看那最后一片叶子掉下来，我等得不耐烦了，也想得不耐烦了。我想摆脱一切，飘下去，飘下去，像一片可怜的疲倦了的叶子那样。"

"琼西，亲爱的，"苏俯着身子对她说，"你答应我闭上眼睛，不要瞧窗外，等我画完，行吗？明天我非得交出这些插图。我需要光线，否则我就拉下窗帘了。你睡一会吧。"苏说道，"我得下楼把贝尔曼叫上来，给我当那个隐居的老矿工的模特儿。我一会儿就回来的。不要动，等我回来。"

老贝尔曼是住在她们这座楼房底层的一个画家。他年过六十，有一把像米开朗基罗的摩西雕像那样的大胡子，这胡子长在一个像半人半兽的森林之神的头颅上。贝尔曼是个失败的画家。他操了四十年的画笔，还远没有摸着艺术女神的衣裙。几年来，他除了偶尔画点商业广告之类的玩意儿以外，什么也没有画过。他给艺术区里穷得雇不起职业模特儿的年轻画家们当模特儿，挣一点钱。他喝酒毫无节制，还时常提起他要画的那幅杰作。除此以外，他是一个火气十足的小老头子，十分瞧不起别人的温情，却认为自己是专门保护楼上画室里那两个年轻女画家的一只看家狗。

苏在楼下他那间光线黯淡的斗室里找到了嘴里酒气扑鼻的贝尔曼。苏把琼西的胡思乱想告诉了他，还说她害怕琼西自各儿瘦小柔弱得像一片叶子一样，对这个世界的留恋越来越微弱，恐怕真会离世飘走了。老贝尔曼两只发红的眼睛显然在迎风流泪，他十分轻蔑地嗤笑这种傻呆的胡思乱想。

"什么，"他喊道，"世界上真会有人蠢到因为那些该死的常春藤叶子落掉就想死？我从来没有听说过这种怪事。不，我才不给你那隐居的矿工糊涂虫当模特儿呢。你干吗让她胡思乱想？唉，可怜的琼西小姐。"

"她病得很厉害很虚弱,"苏说,"发高烧发得她神经昏乱,满脑子都是古怪想法。好,贝尔曼先生,你不愿意给我当模特儿,就拉倒,我看你是个讨厌的老……老啰唆鬼。"

"你简直太婆婆妈妈了!"贝尔曼喊道,"谁说我不愿意当模特儿?走,我和你一块去。我不是讲了半天愿意给你当模特儿吗?老天爷,琼西小姐这么好的姑娘真不应该躺在这种地方生病。总有一天我要画一幅杰作,我们就可以都搬出去了。"

"一定的!"

他们上楼以后,琼西正睡着觉。苏把窗帘拉下,一直遮住窗台,做手势叫贝尔曼到隔壁屋子里去。他们在那里提心吊胆地瞅着窗外那棵常春藤。后来他们默默无言,彼此对望了一会。寒冷的雨夹杂着雪花不停地下着。贝尔曼扯了扯他的旧蓝衬衣,迟疑着说,"要不,小姐,我倒是有个办法……"

第二天早晨,苏只睡了一个小时的觉,醒来了,她看见琼西无神的眼睛睁得大大的注视拉下的绿窗帘。

"把窗帘拉起来,我要看看。"她低声地命令道。

苏微笑着照办了。

经过了漫长一夜的风吹雨打,在砖墙上居然还挂着一片藤叶。它是常春藤上最后的一片叶子了。靠近茎部仍然是深绿色,可是锯齿形的叶子边缘已经枯萎发黄,它傲然挂在一根离地二十多英尺的藤枝上。细看之下你才会发觉,叶子牢牢依附在墙上纹丝不动。毫无疑问,这是贝尔曼先生连夜完成的杰作。那片叶子比他四十年所有的作品都传神,简直栩栩如生。

"这是最后一片叶子。"琼西说道,"我以为它昨晚一定会落掉的。我听见风声的。今天它一定会落掉,我也会死的。"

"哎呀,哎呀,"苏把疲乏的脸庞挨近枕头边上对她说,"你不肯为自己着想,也得为我想想啊。我可怎么办呢?"

"苏,你看。"琼西还是定定地望着窗外,"那片叶子,从刚才到现在,那片叶子都没有动过。它其实……已经掉下来了,只是被雨水贴在了墙上。肯定是。"

"这怎么会。"苏抚着琼西的额头,"叶子还好好地长在藤上,你会好的,好孩子。"

"你看着吧,要是什么时候再来一点阳光,或者是再来场狂风恶雨,那片叶子就会落下来。那我,也就可以离开了。"琼西说完就闭上了眼睛,不再说话。苏坐在床边,疼惜地望着琼西,决心做点什么。

夜的到临带来了呼啸的北风,雨点不停地拍打着窗子,雨水从低垂的荷兰式屋檐上流泻下来。苏在狂风暴雨之中,在墙边架起了梯子。她拿出了自己画的叶子,仔细地系在藤蔓上。完成之后苏用手小心地扯了扯,最后,她用白颜料把墙上贝尔曼先生的作品涂掉。

天刚蒙蒙亮,琼西就毫不留情地吩咐拉起窗帘来。苏照做了。

但，本该在那里的那片伪造的常春藤叶，却不敌风雨，躺在了窗外的地上。苏惊惧地回头，琼西的眼神一如死灰。

"琼西……"

"你看，我说过的，那片叶子早该掉下来，我的时间也到了……"琼西说到一半戛然而止，好似发现了什么，停了下来。她睁大眼睛，眼神中又隐约有了光彩。苏顺着她的目光望向窗外，惊诧不已。

在那片假叶子本来位置的上方一英尺，赫然是一片小小的，嫩绿嫩绿的新叶，在雨后的酥风里招摇。

琼西躺着对它看了许久，终于开口，"我是一个坏孩子，苏娣。"琼西说，"肯定是天意让那片新叶长出来，好证明我是多么愚蠢。想死是有罪过的，等全部叶子凋落干净，其实是我重获新生的时候……"

苏娣认真地点了点头，把手里的鸡汤递给琼西。琼西咽下一口，缓缓地说，"苏娣，你知道么，等病好了，我希望有一天能去画那不勒斯的海湾。"

幕后花絮一

◆ 12强亮相沪上！

8月14日下午，指针还差一个小弧度指向整点，就有个小身影出现在巨鹿路675号门口。

鼻梁上架着与评委王若虚相似的大黑框眼镜，小姑娘李昱萱疑惑地四处看看，说好来接的组委会编辑呢？在父母同样疑惑的目光下，掏出手机开始打电话，却发现占线ing——

传说中"说好来接的组委会编辑"恨不得拔下若干根长头发变出几个分身，此时正焦头烂额地在上海虹桥火车站找人。电话内容如下：
"你在哪儿呢？周围有什么标志？"
"我……那儿……有个门……出口……"
这回答太令人发指了。

此茫然四顾丝毫不认路兄，就是我们十二强选手之一刘元庆童鞋。后来听说，上回也就是去年，他来上海参加我们的文学营，另一位编辑和他两人在不足300平的地方绕来绕去捉迷藏一般互相找了半个多小时，才得以见面……

报到那天最悠闲的是贾彬彬妹纸。她不慌不忙地在作协边上找了家饭店，与朋友一起吃完饭，最后一个晃过来，不去大家都去的作协门口报到，而是直接出现在了前三日的比赛地点——襄阳宾馆大厅里。

虽然妹纸迟到了，但是，看在妹纸长得挺不错的，嗯哼，原谅她了~

◆《萌芽》《收获》杂志社——原来是这样运营的！

8月15日上午，十二个选手来到传说中的《萌芽》编辑部。二楼的露台曾经是电影《建国大业》的取景地点之一，同时可以俯瞰整个爱神花园。但现在露台的两角分别堆放着被编辑枪毙的杂志投稿以及部分新概念作文大赛被枪毙的参赛稿。

组委会编辑在一边弯起嘴角，一将功成万骨枯啊筒子们~

这样会激发选手们的斗志么？！

下午，杂志副主编傅星老师、编辑徐敏霞老师和选手面对面交流，傅老师介绍了《萌芽》的发展历史。原来萌芽logo的两个毛笔字是鲁迅所写。选手们都听得聚精会神。

傅星老师说，年轻人的文字就该有年轻人的灵动，不要刻意装老成。当你写一个小说写得很别扭的时候，这肯定不是一篇好作品。只有放手去写自己真心喜欢写的东西，你才会发挥得最好。本次大赛评委之一的徐敏霞老师则说，希望大家在比赛中全力以赴，要超越自己，但不要超越字数限制。

◆ 好吃又好听的【朱古力】

之后是愉快的晚饭，名字看上去很好吃的著名编剧@绝杀朱古力为选手们带来他自己的创作经验，经验讲述之幽默精彩"绝杀"众位写手。他说："创意就是推陈出新"，并强调好的故事应该具有创意，并具有逻辑性，且写作中应该尽可能地注入情感。

某十二强选手对其崇拜之情溢于言表，悄悄和边上人嘀咕，要是自己有像他一样能说会道的能力就好了。

◆ GO！青浦文学营

无论是听觉视觉还是心灵都得到百分之百满足的晚饭之后，十二强选手与大赛组委会编辑们乘坐一辆小面包，映着上海的夜色，奔赴青浦文学营基地。一路从市中心往下开，越开越荒凉。

最终小面包离开空荡的郊区公路，拐进了一条小小的支路，支路边是条小河，水清澈无比，月亮在水中的光才让众人在伸手不见五指的漆黑里，发现自己随时有掉入河中戏水的可能性。

文学营基地就坐落在这条羊肠小路上。第二天早上醒来一群人仔细探索，乐呵呵发现，乌檐白墙，树木青葱，一座小小的四合院，每条走廊上四五个房间，两人一间屋子里还无比宽敞，房间里有空调有电视，甚至还有小冰柜，满溢小资情调。

不过呢，良辰美景不是光用来享受的~来不及休息，选手们马上投入紧锣密鼓的决赛第一轮准备中。

◆ 环节一分数公布

在此先感谢各位评委认真负责地打分。徐明霞老师更是在一点都不知道给力的电脑硬件条件下,以七分钟打开一篇 doc 的速度,看完了所有选手的稿件。

分数公布地点是青浦文学营基地一条长长的走廊中。

天气非常好,但是丝毫影响不了十二强选手们的心情。

每个人或平静无语或巴拉巴拉不断说话的表面掩盖不了心底呼之欲出的咆哮——

啊啊啊啊(此处省略千百个)好紧张!!!

评委王若虚晃悠悠从他的房间里趿着拖鞋出来,所有选手的目光几乎可以烧穿他手上的纸。目测当场所有人都想抢劫他然后让之横尸当场……

第一名是程浩与贾彬彬组,两位本次比赛最外向的选手听到此消息的下一秒,四只手不约而同举过头顶欢呼,动作整齐划一,默契可见一斑。

第二名与第一名分数相差只是小数点之间,是陈义仁和崔斯也组。蔡骏老师的奇思妙想和敬业精神,以及崔斯也酱在不小心遗失了手机之后依旧挑灯夜战到凌晨才睡,算是有了一个不错的结果。

孟盛和李昱萱对课文《桃花源记》的改变也相当别出心裁,他们是所有参赛组里唯一一对分头写作,然后由导师选择哪篇较好,再提交作品的。在此卖个关子,欢迎大家竞猜最后是谁的课文改写更讨导师苏德的欢心呢?

《我就是叔叔于勒》改编自《我的叔叔于勒》,卫天成与陈时锋两位风格截然不同的写作者的合作,在《萌芽》编辑徐敏霞指导下,"拍案惊奇"般地改编成功。

王若虚指导王彦堃和刘元庆两位大男生改编温情脉脉的《最后一片常春藤叶》,让这篇课本名篇的故事转折变得更不可预料。

还有鲁迅名篇《药》,是本次改编难度最大的篇目,赵枢熹与陈振滨的作品也取得了评委们不俗的评价。

那么,赶快翻开下一页吧!

第二环节 疯狂字典

十二位选手自由分组,每人一组,每组每人从《新华字典》中随机抽取十个汉字,外加组委会给的五十余个基础汉字,共一百七十个字,写一篇不少于五百字的小说,每个汉字可以重复使用。
各组选字

    一组:程浩、陈振滨、贾彬彬

  思 凑 黄 戏 变 仅 同 绝 胖 月
  出 老 旁 言 白 发 车 弄 外 夫
  梦 舍 骨 求 斗 瘦 买 医 晃 亲

    二组:王彦堃、陈时锋、陈义仁

  委 步 脸 舒 妥 桌 状 当 果 落
  护 度 长 节 靡 泥 瓢 软 说 遐
  扶 若 藏 顶 例 奉 少 将 点 剩

三组：崔斯也、李昱萱、赵枢熹

窥牛的倒北讨都台约令
古代吵边偷移照防败盼
缝晨谷待银勺皇此齐庙

四组：卫天成、刘元庆、孟盛

竟梁废和期信眄歪退体
虽群延恒相况适暮虚厌
仆需或患佞焉马抗中禽

组委会基础汉字

你 我 他 她 它 们
的 地 得 着 了 过 就 也 把 被 用
一二三四五六七八九十零个十百千万亿
是 不 在 于 大 小 前 后 左 右 上 下 里
呢 吗 啊 哎 哈 来 去 过

自由分组内幕原来是这样的

【好基友，一起走】本来互相之间在几天之内就有交情，自然好兄弟在一块儿！——王彦垄、陈义仁、陈时锋

【呀，有两个妹纸】赵枢熹和崔斯也都来自辽宁，同乡相见分外亲切，虽然崔斯也分组时不在，但二人总归是一组了。最后李昱萱也参加进来。在唯一一个有两位女选手的组里，赵枢熹笑眯眯道，度过了一段很愉快的时光（大家快来揍他）。

【还是老朋友好！】刘元庆与孟盛上届相识，并且比赛之前与卫天成也有交情，三个男生自然成组毫无争议。

【到底带谁好呢？】从决赛第一轮开始，贾彬彬与程浩由抽签恰好成组，到第二轮已经配合极度默契，二人从开始就在思考再拉一个谁。经过一番纠结，终于选定了少年陈振滨。

附上崔斯也吐槽：因为我爸突然来了，分组的时候，我正在朱家角和我爸吃饭。贾彬彬元气十足地打电话过来，我只听见里面各种吵闹混乱还以为是打起来了（噗）。

有关选字——这帮小兔崽子们真是各有各的聪明

程浩、陈振滨、贾彬彬组尽量挑选常用字，据说是努力想维持小说的合理逻辑性。

王彦堃、陈时锋、陈义仁组第二个轮到选字，其中的两人还尚未从如此"创新"的规则给他们带来的惊愕中回过神来。总的来说，这组处于"听天由命"状态，不过也有唯一那么一个上来就心知肚明自己应该翻些什么字出来的选手，目测，手气不错。倒也选了不少用得多的"好"字，一个"若"字提醒后几组的人，再翻个"虚"，大家齐上阵，整死那个想到此规则的幕后黑手……

崔斯也、李昱萱、赵枢熹组通过首字母翻找选字。之后某天半夜，三人讨论着讨论着居然开起无轨电车，讨论起到底是"好开心哦，又吃成长快乐了"还是"好高兴哦，又吃成长快乐了"……三人脑袋挨在一块儿，还真有那么点像"成长快乐"那个广告。嗯，祝他们在第二环节中成长快乐~~

最后选字的卫天成、刘元庆、孟盛组剑走偏锋，全部选的是疑、难、怪字，"眄"念神马？有人知道吗？据说卫天成老师在所有选手中自称语言学类砖家，看来，砖家果然是砖家。他翻出这个奇异的字后，马上深沉严肃地给众人解释它的读音与释义——miǎn、斜视。咦——他这是在藐视众山小么……

据说是死也不会忘记的创作经历

22：00

大赛组委会编辑手欠去刷微博。蓦然发现哀鸿遍野，选手们无一例外在刷帖嚎叫惨叫，更难能可贵的是，他们还在微博上相互勉励，多让人泪如泉涌的友情……

于是扛着巨大的摄像机，两位组委会编辑摸黑出了自己房间的门，前去围观~

第一个去的是"帝国组"。看到编辑们贼笑着走进房间，方才还瘫在床上成歇菜状的卫天成立马弹起，得意道，他们的小说已经初具雏形，据说是要写一个帝国的纪年表。然后……他又倒下了，倒在一直捂着脑袋歇菜中的孟盛童鞋边上："啊，可是还没完成，好难想不下去了！"刘元庆童鞋焦虑地走来走去，相当不淡定。编辑们耸耸肩，扛着摄像机推门飘走。

本以为接下来看到的也会是选手们痛苦不已地绞尽脑汁苦思冥想，结果一推门，发现陈时锋、陈义仁已不见踪影，只有王彦堃一脸困倦，正准备关电脑。神马？关电脑？！消失的两人已经回屋睡觉去了，并且三位大男生在方才的商量中意见冲突，两方各自为阵写作。实在写不动，干脆躺倒，养精蓄锐也是个好办法！

不便再打扰休眠组，编辑们又流窜去了贾彬彬、程浩和陈振滨所在的房间。贾彬彬和程浩都情绪激昂地站着，嘴里"念念有词"——原来是在努力组词。陈振滨守在电脑前，一边一丝不落地录入所有词组，一边一起脑力大风暴，居然在一百七十字的严苛限制内还想出了好几个成语。

这组真是井然有序。编辑们点点头离开，推开了最后一组的房门。崔斯也笑倒在床上，李昱萱笑得合不拢嘴，情绪high爆。赵枢熹作为这一组唯一的男生却无比淡定，淡淡地微笑，一脸无辜。原来是段子帝赵枢熹在一个接一个地用一百七十个选词编段子，无一不是荒诞爆笑。据说他们的小说就是由一个个小段子组成的，当之无愧"段子组"！组员李昱萱信心满值，发了条微博："段子组不会辜负各位众望的，绝对会让5678吃惊，high翻评委预示感！"

除了休眠组，据说其他三组纷纷度过了一个难忘的不眠夜。

生命中绝不会再有这样一个夜了，不是吗？

环节二 作品

信

文/程浩、陈振滨、贾彬彬

9.20，马脸胖车夫偷了少将的信，信里说：

1930.9.20
少将去了边防北地，他的胖车夫偷了少将的信，车夫度思着他是不是被偷窥了。他梦着马的腿肿了，牛和驴凑了上去，马说："求求你们，扶我去求医。"于是他们一齐出发了。

胖车夫竟被偷窥了。他在月下思来盼去：他是不是梦着了牛、马和驴呢？不。9.21，他竟瘦了不少。马脸胖车夫变了马脸瘦车夫，瘦车夫去庙里的梁上偷了信二，信上说：

1930.9.21
瘦车夫偷了信二，他梦着了牛、马、驴去庙里求医，马同牛说："你说，我是不是老了啊？肤软体虚的。哎……"牛眄了马一下，说："去庙里说吧。"驴歪着脸，一言不发。

月移来移去，照在瘦车夫发黄的脸上。牛、马、驴在他的梦里出来了。牛、马、驴奉上了一把藏在泥里的银勺，说："晨出暮落，月待北斗。"瘦车夫银白的发齐齐地长了出来，他节节变老了。老车夫百思不得，9.22，他去庙里的梁上偷了信三，信上说：

1930.9.22
老车夫偷了信三，他梦着了一废庙，牛、马、驴在此庙里。老马同驴说："我是月旁的北斗。"驴说："在梁上吗？"一发黄的果晃了晃，落了下来。

我不在边防北地。月照在梁上的信四。它废了。信四上说的是：

1930.9.22——
马倒下了。

将相和

文/陈义仁、陈时锋、王彦堃

旁白：废都外五舍，皇谷庙，点将台边。

老将舒恒也于梁下白皇上："此去北地，我舒恒也来！老夫一将当十，千古绝代。变都前七月，奉上皇令适北讨齐，被银月北斗，车马不舍晨暮。后退齐八十里，上皇戏言：若舒恒也长用于我，不患败也。"

适右相黄绝虚于梁下过，眄恒也言："小相不佞，斗言一二。"皇上言："妥，右相上前来。"

"是！"绝虚三步上得台中："此将言，倒也不虚。不过当下，我将状况竟靡软若泥，仅用此一将相抗，或败也。况古来抗外，三千白骨仆于地，将落马下不得医。不若期盼大同，不若……委小相去边地求和。三月后，若不果，皇上发令此将相抗。"

舒恒也于一旁言："佞相退下！我虽老也，你说出此言，信不信我把你废了！去边地言说？你竟舍了皇节！"

绝虚上前一步："或舍了皇节，也是你一废将白发出讨！"

恒也言："泥马的！绝虚果绝虚也！"

绝虚软倒："……！"

"绝虚！恒也！古言，将相一体焉。我们不吵不吵。"皇上言，"若将相不和，不待齐将来就败北。"

将相脸上发白，于庙舍前不言。

皇上歪着脸思度一二，令将相凑上前来。"哈哈！不若，绝虚在前，恒也待于后。绝虚虚约和，恒也得令后偷退齐于绝梦谷，令齐将不防……妥妥的。"

恒也绝虚齐言："皇上此言了得……中！"

只说一个字的少将

文/崔斯也、李昱萱、赵枢熹

少将的马,不医将绝。
仆一,仆二,仆三说:"我们去求大夫医马。"
少将说:"去!"
仆一说:"去求白大夫医马。"
仆二说:"去求黄大夫医马。"
仆三说:"去求银大夫医马。"
…… ……
少将说:"吵!"
仆一,仆二,仆三于是不言,扶马去医,令大夫缝合,
待马愈去,少将说:"牛!"

少将窥一大脸驴,说:"买!"
仆将买。
一大驴脸出,说:"买我驴,需五十银。"
少将说:"中!"
仆说:"我银少。"
大驴脸说:"亲,少点,四十银?"
仆说:"三十五银妥妥的。"
大驴脸舍驴出。
少将上驴,走二三百步,驴不走。
仆说:"驴瘦,需谷。"
少将说:"买!"
仆说:"银都用来买谷了。"
少将说:"抗!"(注:抗有举起的意思。)
少将下驴,与仆抗驴走。

后，少将于上将若虚舍中，
若虚舍中一仆偷果，藏果于梁上。
若虚长得白胖，步于舍中，地晃。一果落，中若虚脸。
若虚："啊！"
前后左右晃，倒。
少将："哈……"
若虚眄少将，少厌。

舍外三仆斗，
少将说："弄！"
于是少将群仆同斗。桌倒，瓢落，禽马齐出，一点不剩。
若虚脸歪体软，后退三四步。令仆齐出，绝斗。
于是少将仆不斗，待于左右。若虚令仆和泥一瓢，与少将。
少将思，说："哎！"
仆人说："少将，你哎吗呢啊？"
少将说："废！"

少将出，落发，步九千九百九十九步，晨过黄泥，暮度白骨。
于藏地，庙前。
少将说："妥。"

上前。

"当，当，当！"
"吵！"

大恒皇纪年表

文/刘元庆、孟盛、卫天成

1644,前皇被废。

皇都大变。边患,将相奉命相抗,败,于是求和,不果。仅一月后,里外不和,皇上被废。

他们相信,得皇骨,上下和。

1644,8/12,22:59 皇骨北移。

黄果老白发。马夫大长脸长得就是一马脸。驴夫禽兽瘦虚委靡,他的驴也瘦。他们思前思后,把偷来的白银都藏在大是不庙,舍不得地出去了。大是不庙就是个北边废庙,古代是个点将台,出了不少败将。

1644,8/13,8:00 黄果老变大恒皇,于大是不庙点将。

三伏天,黄果老、大长脸、禽瘦期于大是不庙。他们期待着偷来的白晃晃的银竟是皇骨,不是黄粱一梦啊!当皇,不妥;不当皇,绝不妥。

黄果老说:"老夫来当。你们思一思,黄就是皇,老夫是被相中的。大长脸,你当大将。剩下禽瘦,你体虚,就当个相。"

大长脸和禽瘦盯了他,不服。

"去你马的!"

"去你驴的!"

"去你牛的!"

……

吵得七上八下的。

黄果老说:"退一步说,我老了,来当个皇上就是来一发,若白马过缝。相信我,三五个月后,群仆白银绝少不了你们的,不戏言。"

于是相约,大长脸和禽瘦舍骨求银,也都妥了。

1644,8/13,9:00 皇都盼大恒皇。

黄果老下令："去弄一瓢谷来！"
黄果老下令："扶我！"
黄果老下令："伏倒！"
黄果老下令："弄个皇都来！"

1644，8/13，13：00 佞将佞相，大患，后落马。
大长脸和禽瘦歪着脸，抗令："去你马的。"
黄果老说："我用将相相委，你们竟出此言！"
三夫相相斗，大长脸用勺，禽瘦用瓢。
黄果老边用皇骨防护边说："护我！护我！"
都倒下了，皇骨变歪变软了。

1644，8/13，17：00 大恒皇被废。
皇骨变歪变软了，黄果老倒了，大长脸倒了，禽瘦倒了，皇、将、相都被废了。
暮，小偷窥得他们三的一驴一马一牛，偷得后，去废都了。

幕后花絮二

◆ 生活花絮之【怪味糖】

"文学营的生活真像怪味糖啊！"
"啊，绳命是有多像那怪味糖啊！"
……
怪味糖是何方神器？
它来自大洋彼岸美国。来自淘宝帝。来自王若虚。让无数选手竞折腰。
叫JellyBelly。据说十分金贵。一个小盒子里有五颜六色药丸大小的糖果，变态点在于，同样是橘黄色的糖果，你有可能一口甜蜜的水蜜桃味，也有可能满嘴呕吐物味。梨子味相对的是传说中干燥的鼻黏液味，香蕉味糖果与铅笔芯味糖果同色，还有坏掉的起司味、狗罐头味，以及臭鸡蛋味等等作为一个正常人类，除非脑袋被门夹了之类，你一辈子都不会想接触的奇异味道。更奇葩的是，它完全无毒，虽然怎么看都不像……
这么说好像有人躺枪了……譬如刘元庆，可惜人品甚佳，未中招。
人品最佳的当属贾彬彬，所有人都对她的好人品表示了巨大怨念，好不容易让她玩游戏当了输家，最后却从未吃到过任何怪味糖果。坐在她身边的崔姑娘，倒是饱尝鼻涕味糖果之苦。
卫天成更神奇小子一般地表示，他觉得所有的糖果都不难吃，目测此君有种族变异的可能性……

◆ 环节二分数新鲜出炉！

程浩与贾彬彬组合再次拔得头筹，击掌欢呼的时候两人的笑容已经在默契之上多了一种叫做淡定的成分，这一对自封的"最佳拍档"果然名不虚传，他们似乎早就料到这一轮的结果一样，同组的陈振滨也兴奋了一大把。

接下来是陈时锋、陈义仁和王彦堃一组，由于写的时候组员之间的巨大争议，直到知晓分数，每个人的心里都是七上八下的。

而"帝国组"的卫天成、刘元庆和孟盛的纪年表击败信心满载的段子组，"段子组"李昱萱、赵枢熹和崔斯也三人却十分平静，开玩笑道："我们都说了，我们不是正数第一就是倒数第一呗！"

此等好心态，绝对可封独一无二的"最佳心态"。暗暗地揣测一下，估计他们真的做到了"乐在过程"，那个我们不知道选手们纷纷"痛苦翻滚"的夜晚，"段子王"赵枢熹和两位姑娘边打着"成长快乐"的赌边锻炼思维，留下了很多前无后也不会再有的美好回忆吧。

◆ "我们要吐槽！"

程浩：我要吐槽某些丧尽天良专门选某些生僻字（比如"盺"）的J人们。

陈时锋：写了一堆意味不明的东西，什么"若虚虚了"，什么"若虚绝倒了"，现在想想挺可怕的，半夜三更绞尽脑汁写的居然是这种东西……

李昱萱：这是一个太奇葩的环节，导致选手们都癫狂了……不过出题目的是万恶之源王若虚，上有政策下有对策，感谢各位选手人品爆发把这个家伙的名字凑齐了，让我们组好好地调戏了一把！=v=

崔斯也：虽然不知道想出这个环节的人心里有多么大的仇恨……但是作为段子组的，讨论的过程真的无比欢乐。我们三个想有关"少将"段子然后屡屡笑倒的那个晚上。我一辈子也忘不了。

陈义仁：这游戏我玩不来，我也不想再玩第二次。

孟盛：挺唯美的，具有东方古典意蕴与现代气息的融合，就是有点胃疼。

陈振滨：想用字典把出题的人拍死。

卫天成：大家选的字当然是很奇葩的，基础字给得更坑爹。

贾彬彬：感谢主办方让我学会了无转折词去写有转折剧情的小说呵呵呵呵呵……哪怕只有一百七十个字滨酱也组出了好几个成语这都是被你们逼的！

刘元庆：这个问题问得好啊，其！实！我！早！想吐槽了！那个出题人简直就是个神啊，三个人纠结一晚上终于完成一篇神作，写完我们一致决定，能不能请出题的神给我们来一个示范？嗯？嗯？

　　王彦堃：构思如拉稀，落笔如便秘。

　　赵枢熹：那是我一辈子写段子数最多的一晚。

第三环节 + 第四环节
独立作品

第三环节：说小说

环节三是附加环节，目的在于考验选手们的临场应变和表达能力。题目：在五分钟时间内，简要说明自己决赛独立作品的内容以及亮点，并对本次比赛说几句话。

最活跃的当属贾彬彬，这个酷爱历史轶事的姑娘上来就 balabala 气势非凡。姑娘的内心世界远比她平静而谦恭的名字丰富。敢在决赛的时候书写历史小说，向王小波发起挑战，改写红拂的故事，绝对是勇气可嘉。最可贵的是她有什么说什么，面试环节她笑嘻嘻承认自己本不知道这个历史事件有没有人写过，而是临时去查了之后才知道王小波也写过，然后纠结了一下还是决定落笔写下。敢挑战，所以她的小说里有她自己的坚持。

将五分钟时间充分利用，完整并最有条理叙述的是程浩。程浩眼中的世界，一定是带着悯人情怀的，也正是这种人文关怀，让他在这个环节中脱颖而出。十天的接触，所有人都感觉到，这是个无比健谈的文学青年，只要你有时间，他可以海阔天空地和你畅快地聊下去。这一点，在本环节上也显示出了巨大的优势。

当然也有作者比较羞涩。可能在他们看来，写作本身就是一件比较私人的事情，他们只想将文字展现在众人面前即可，讲到一半捂脸什么的特别可爱。还有譬如陈振滨，他书写的是个少年故事，或许是在说话时回忆翻滚情绪涌上，他的讲述零碎却迫切，我们都深深感受到，他依旧保有那颗最热忱最原初的少年心。

第四环节：十二强独立作品

苹 果

文/程浩

　　李家奶奶牵着水牛从后山上下来的时候,夏天的日头已经西倾了去。她把绳子绕在右手腕上,左腕上挎个竹篾篮子抄小道到了地势略低的前村。水牛到了王婆家的阴沟边,鼻子里发出粗重的哼哼声,四个蹄子抵在泥巴地里,再也不肯往前迈步。李家奶奶小声骂了一句就拴了牛绕到正门。

　　门紧闭着,李家奶奶叫了几声都没松动的迹象,她纳闷了,自从寡居的王婆腿脚不灵便之后,她每次送饭门都是大开的。她把篮子随手放在门槛边的石墩上,在黄土墙上的缝隙中摸出一把生了铜锈的钥匙。

　　屋里黑黢黢的,门旮旯废弃的鸡窝散着一股子陈年的阴气,她拉开电灯,四十瓦的白炽灯不痒不痛地耷拉在堂屋里,她拉长声音叫道:"王婆哟——"

　　没人应话,倒是西边的卧房传来了王婆家憨子毫无章法的叫声。她踏过填实而不平的黄土地面推开了卧房的门,啪——篮子长了脚一般强行朝地面蹈去,伴着搪瓷缸子撞击石阶清脆的声音,李家奶奶发出了一声恐惧的尖叫,顺着她的眼睛看过去,王婆像一截饱满的腊肉挂在房梁上,一根稻草编的麻绳勒在她过度发胖的脖颈上,而双腿笔直下垂,好似两条腿从来都这样理所当然。

　　老大和他媳妇慌慌忙忙赶来的时候,堂屋里已经熙熙攘攘,憨子像个护卫守着卧房的门,拼尽气力不让任何人进去。人们的脸上挂满了悲痛的好奇,齐刷刷盯着踏着石阶进门的不孝子和不孝媳。老大挤过人群,圆睁着双目一把拨开憨子,用脚踢开木门跨了进去。他挪开王婆脚边的椅子,扑通一声重重跪了下来,抱住王婆的双脚干号起来:"啊……啊……我的娘啊……你咋就这么去了呢!"说着冲摸到身边嗷嗷乱叫的憨子吼,"你是憨子啊!咋让人自个儿吊死了!"

　　耐不住寂寞的人群蚂蚁般窃窃私语,一脸神秘伸长脖子张看个究竟。老大媳妇被排挤在队伍之外,急得大叫:"娘怎么啦!"

　　"吊死啦!"两人旁若无人隔空传话,老大急忙传递哀痛的讯息出来:"我苦命的娘啊!"说着又猛地站了起来,用染了油污的袖子擦了擦干燥的眼睛,朝门口吼道,"看什么看!都给我滚蛋!"

在省城工地上打桩的老小收到消息的时候，太阳四十五度角斜斜地挂在天上，正是一天中最热的时候。汗水从安全帽捂住的头顶上一条条流下来，像是某种剧毒的腐蚀性液体，他的毛孔一下子就炸开了："娘死啦？！"他在太阳底下跑了起来，穿过一整片工地，在另一个角落找到正在挑沙的媳妇，他气壮如牛又气喘吁吁，却忽然困惑怎样才是传达死讯最合适的语气。

总是简约的好。就像山里的夜，除了黑就只剩下黑，老小在纯粹的黑中保持着纯粹的沉默，他握紧拳头咬紧牙关，越来越清楚这趟车是壮士赴"死"。老小携媳妇出现在堂屋的时候，老大夫妻已经将母亲的身体卸下来平放在她常睡的大床上。老小看了一眼母亲如龟裂的土地一般的脸，没来得及发出任何声音，眼泪哗哗地滚下来。他痛苦地蹲在床边，不敢再看第二眼，却一个重心不稳向后倒了去，整个人仰在了地上。他像个泼皮的小孩，索性就着后背的锐痛在地上打起了滚使劲哭喊，报仇雪恨一般捶打着坚硬的地面。

在眼泪与眼泪的时间差中，他瞥见媳妇儿打开沾满经年污垢的大衣柜门，拉开抽屉，用食指和拇指密密地捻着什么。他一阵头疼，接着在疼痛中完成力量转化，悲痛变成了一股子从丹田迸发的愤怒，他猛地站起来，一把抓住媳妇的手，哭叫道："你翻啥子翻！"

媳妇被他突如其来的举动吓了一跳，继而恢复不屑的神色，轻描淡写地说："你发啥子疯？"

对方四两拨千斤，他的愤怒石沉大海，一时间找不到反击的话，报复似的狠狠甩掉了媳妇儿的手。这时候老大媳妇进门来叫吃饭，刚跨进来便看见开着的柜门，说："她的洋钱不早就给你了么，哪儿还有了。"

老小媳妇尴尬地笑了下："大嫂你莫胡讲，我哪儿拿过她什么洋钱。我就是随便看看。"

老大媳妇不搭话，转身出去。

王婆的灵堂设在村子西侧的王家祠堂里，那是一间长期闲置的土屋。棺材被两只支架撑在半空，外侧垂着一块白布，白蜡在缭绕的烟雾中昏昏欲睡，猪头肉、炸豆腐、煎鸡蛋摆在八仙桌上，落满了纸灰。

憨子坐在棺材边上，像是觉得新奇一般，不住傻笑。憨子其实是王老头本家弟弟，王老头爹娘死得早，小时候没少在憨子家吃饭。憨子大饥荒的时候发烧坏了脑子，后来老子又饿死了，娘改嫁后便被王老头接到家里养着，算是报当年一饭之恩。王老头死了之后他便和王婆相依为命许多年。老小媳妇说："这个憨子倒知道死人了。"老大媳妇头披着白孝布，垂到白球鞋后跟，端着一果盘四个苹果进来，说："她活着的时候爱吃苹果，舍不得吃，阴间的寿千年万年，叫她吃饱再上路。"

老小说："大嫂，这个果盘咋是红的呢？"

"没合适的，就用了过年用的盘子。"

"你去娘锅屋网柜里拿个白瓷盘子吧。"

逻辑秩序都稳妥之后,便是各个来吊唁的人。外甥侄子、本家亲戚、同村邻居来来往往,两个儿子在祠堂门口垂着头鞠躬,上身和双腿呈标准的九十度,以此表明生命的卑微。第三天便是出殡的日子,老大在邻村请了几个哭丧的女人,摇摇晃晃走在队伍的前列,尖利的哀词声暴躁地打断夏日里的蝉鸣,一切都静下来给长歌当哭的队伍让路。

王婆葬在凤凰坡脚下。风水先生说这地势好,两侧各有一个石坡,是凤凰的翅膀,山坡陡峭得很,又面对河湾,背靠山水来势,做阴宅再好也没有了。

死亡容易,后人摆几桌丧酒就撇得一干二净,活下来却难,总有说不尽的苦衷和为难。凤凰坡葬了先人,却葬不掉活人的麻烦。在离开凤凰坡之后,摆在老大老小两家面前最现实的问题是憨子怎么办?

老大问出这个问题的时候,憨子坐在堂屋另一边的一张小椅子上,吧叽着嘴抽老小给他的红双喜牌香烟,听到有人叫自己的名字,极有灵气地抬起了头。老大媳妇将丧酒剩下的一盆鱼倒进锅里,对灶台门边的老小媳妇说:"火架大些。"

老小坐在八仙桌边上,手机响了起来。工头透过强有力的无线电波质问老小两口子怎么无缘无故跑了,解释一通之后,工头说:"少跟我废话,三天之内给我回来,不然把你俩铺盖卷扔出去。"老小媳妇的脸被火舌映得通红,皮肤黝黑粗糙,两条眉毛可疑地吊在眼睛上,十分不满:"你是蠢个死,咋不晓得跟他讲下!"

老小梗着头不说话,一心一意研究着布满伤痕的八仙桌,少说也三十年历史了吧?小时候和大哥比武以此为阵地,两人绕着八仙桌追打,大哥总是狡猾的那一个,作势往右跑,一个闪身却滑到左边逮住他。

老大追问:"倒是说话啊,俺娘死了,还留着个憨子呢。"

老小媳妇拨弄了下灶膛里的柴火,探出头说:"大哥你咋问俺们呢?人家讲长兄如父,你做决定才是啊!"

"俺十岁的时候,俺爸就把俺过继出去了,这你们又不是不知道。这事儿还是得你们拿主意。"老大五十岁的脸早早地被犁拉出无数道沟壑,阴郁深嵌在里面不见天日。

"话不能这么说啊大哥,虽说你出继了,但只是个名分上的,你不还是爹娘养大的么,你咋能人没了就不认账了?"

老大媳妇见气氛不对,一边翻着锅里碎成糊状的鱼一边说:"依我看呐,不如就吃月供,一家一个月。"

"你懂个屁!"老大突然提高声调骂道。老大媳妇并不觉得自己懂的只是人的屁,但既然男人这样定义了,她就当自己放了个屁,然后归于沉寂。老大继续说:"要不你俩回来一个人照顾他,要不给钱,我跟你大嫂两个人帮你们忙。"

老小媳妇瞪了一眼老小,老小动了动嘴唇,却没说话。老小媳妇说:"这是啥子话?敢情大哥你跟这个家没有关系啊?"

"要觉得没关系，我还管你们这些破事儿？"老大朝后仰了一下，靠在结满蜘蛛网的土块墙面上，以一个极大的角度打量屋里的人：沉默不语的老小，把菜装盘的媳妇，无奈又不甘的弟媳。他十分满意这格局，他仿佛是这屋里另一盏无所不包的电灯，胜券在握。

而真正的电灯坚如磐石地悬在堂屋中间，微弱的光芒力图抵达每一个阴暗面，却造就了更多的阴影。在老大媳妇阴翳浑浊的眼睛中，憨子就是这么突然不见的，只留下一把空荡荡的小椅子和几根烟头在地上，她惊叫道："憨子怎么不见了！"

屋里的人这才发现憨子无声无息地在几个人眼皮子底下消失，大家谈着憨子的事儿，却没一个人关注憨子，就像屋外的黑夜，完全是视觉盲区，老大在门口站了一会儿就返回屋内说："俺们先吃吧，过一会儿该自个儿回来的。"屋内的人挪动屁股算是默认，一人一方填满了八仙桌四个方位，整场晚饭吃得势均力敌，谁也不矮谁一截。

老大媳妇洗好了碗，用水瓢将刷锅水舀起来倒进泔水桶的时候，憨子还是没个踪影。老大点燃烟袋云雾缭绕，老小打着哈欠百无聊赖，老小媳妇扫干净了地喝起新沏的茶，没人有着急的迹象。老大媳妇按捺不住了："憨子到底上哪儿去了哟？"

老小的发言终于实现零的突破："这大晚上的，不会出啥子事儿吧？"

"能出啥事儿？"老大在桌角嗑了嗑烟袋，"这几座山他走了几十年了，闭着眼睛都知道哪儿是哪儿。"

"也是，他来家都好几十年了。"老小望着门外，"爸死得早，重活全指望他。"

"白吃白住的，做做活不也正常么。"

老大媳妇插嘴道："要是没有他，你娘可拉扯不大你们两个。"老大看了媳妇一眼，也没说什么。

老小媳妇吐出一片遗留在口中的茶叶，不耐烦地说："真叫人不省心。"

几个人陷入沉默，屋内突然安静下来，几个人盯着不同的方向，目光不作交流。屋外偶尔传来的几声蛙叫和蝉鸣将静谧和躲闪衬托得神秘诡谲，每个人在永恒的等待中自成宇宙。一丝寒意从沁凉的地上钻进鞋子，透过脚心，穿过奇经八脉，一路跋山涉水最后占领了老小的心脏，而脑袋却是热的，他被这种冷热夹攻弄得受不了，"噌"地站起来，具有十二分的男子气概，说："走，去找！"

银月粘稠不堪，不分轻重缓急均匀分布在树梢上和猪圈里，夜的品格严肃而公正。老大老小夫妻四人踏着月光下的碎石和沙砾，像某种昼伏夜出的兽，窸窸窣窣的声音在脚下浅吟低唱，划破夜空的却是一声高过一声的"憨子——憨子——"

夜不急于给出回应，以自行其是的规律操控河湾的流动与树木的生长。四人一步一步朝前探索它的沉默坚实，走到夜的深处，老大媳妇慌了："他以前可不会这样的，不会有啥子事吧？"

老小媳妇依然是沉着的一个，相当坚定地说："大嫂放心，走不到哪儿去的。"

老小强有力的目光四处奔跑，试图发现蛛丝马迹。老大打着手电，走在队伍的最后。经过凤凰坡的时候，老小媳妇朝老大媳妇靠了靠，悄声说："俺怪怕的。"

老大媳妇被她一说，颤抖了一下。四人缩成一团互相取暖，四个宇宙在此刻合一。忽然老小媳妇"啊"了一声，摔倒在地，老大媳妇被老小媳妇绊了一跤摔在了她的身上。老大用手电迅速扫了一圈，光芒回到地上的时候，发现有第五只脚和第六只脚。

两个女人看到多出来的两只脚后尖叫不已连连后退，老大决心要看个究竟，将手电顺着腿的走向朝上移动，磨破了的绿色解放鞋，裂开一个大口子的旧西裤，血在薄薄的白衬衫上晕开。一张面目全非的脸侧对着凤凰坡的左翼，脸上殷红一片。

四人脸上全是不可置信的表情，心却定了下来。确凿的死亡并不可怕。

老大眼尖，发现横尸地上的憨子手里捏着什么东西，手电一晃，竟是一个红彤彤的苹果，在强光的照射下出现一块白花花的光斑，与猩红沉郁的血液遥相呼应，场景变得具有蛊惑力。老大翕动着嘴唇，却未发出什么声音。他朝前移动了两步，以缓解自己的不忍。

随着光线的聚焦，老大媳妇也看见了憨子手中滚圆的苹果，她惊道："那不是俺那天供在祠堂里的苹果么！"

老小媳妇抓住老小的手，她有些发抖。

老大说："这个憨子……"

在深夜的山谷里，河湾淙淙作响，老小的眼睛成为大自然的容器，响应着大地的呼唤，竟淌下了两行清泪。他扭过头，撞见了媳妇眼中隐忍的泪花，两双充满疼痛的眼睛互相捕捉，寻找一丝生的凭借。

老大媳妇揩了一把眼泪，自言自语道："咋就这么死了呢。"

凤凰坡下四人以克制的眼泪为一个从不重要的生命祭奠，风突然像大河一样湍急而来，呼啦啦地，席卷了几块碎石从凤凰坡上滚落，砸在憨子了无生气的身体上。几人注视着憨子，目光的汇聚引发了某种开关，憨子的中指在强光中微微动了一下，苹果也动了一下，憨子的食指伸展开了，苹果滚到王婆的墓碑边。

憨子的手指以微弱的频率毫无章法地颤动着，像猫爪一样挠着月光，四人的心紧成一团。他们在黑夜中面面相觑，谁也不知道站了多久，直到憨子的手彻底以一个奇怪的姿势定型不动，老大走上前，探了下憨子的鼻息，如释重负地说："死了。"

找 乐

文/赵枢熹

　　我和大头、胡国帅、刘小旭一起从游戏厅里走出来。

　　这间游戏厅开在我们镇的火车站和农贸大厅中间的一条胡同里。胡同两边是两排独门独院的小平房,都是人家。沿着走进去,再在第一个岔路的地方转向右面的一条胡同,里头有一户是铝制的白色门板。这一家就是了。

　　推开院门,立即传来一阵狗叫声。狗就拴在房门不远的地方,疯狂地朝着我们叫。他们三个轻快地跑过去推门进屋了,我还在院子门口吓得不敢动弹,就这么和它对视。一直到老太太从屋里出来,护着我走一路进去。老太太就是这家游戏厅的老板。进了屋,是一大一小的两个房间,各自有一张火炕,占据了房间一半的空间。炕上的柜子上摆了一台电视和一台游戏机,手柄耷拉着,大家就在炕上盘腿坐着玩。大房间摆着的是一台二十九寸的彩色电视机,游戏机也是索尼的。价钱比较贵,半小时一元钱。小房间则是一台十几寸的黑白小电视,游戏机其实是一台学习机,一打开就冒出来一声:"小霸王其乐无穷!"这种一小时只要一元。

　　我们四个揣了两元钱,交给了老太太,到小屋玩起了"魂斗罗2",两个人玩另两个看,掉命了就换人。 接着又换了《雪人兄弟》和《街头霸王》。玩了两个小时,又到大屋看别人玩了一会《幽游白书》和《龙珠Z》的格斗,才痒痒地离开。

　　走出来的时候是上午十一点多,我早晨没有吃饱,有一点饿。刘小旭和胡国帅一直讨论着龙珠格斗的技巧,反摇正摇A,↓↘←→A什么的。这些我都不会按,我比较喜欢玩两个人一起过关的游戏,比如《松鼠大战》。

　　大头跑到前面,像做广播体操一样蹦了一下把自己的身体打开成一个大字,嘴里喊了一声"太!"我们一看地上,他的影子是一个"大"字,裆部正对着刘小旭头的影子,组成了一个太。我和胡国帅站在那乐,刘小旭跑过去追着踩他的影子。等他们俩闹够了停下来,刘小旭突然说了一句:"我还想玩。"

　　大头和胡国帅也紧跟着说:"我也想玩,还想玩黑卡(索尼)的。"

　　我想了一会儿,问:"那怎么办?"

　　四个人都沉默了一会,这时候刘小旭蹦出来一句:"卖废铁能换钱!" 大头也跟着说,"对!铜比铁还值钱。"

我们四个一时兴奋了起来，就决定去废弃的工厂找找铁。在里面搜罗了一圈，到处都是些碎玻璃、包装袋和一坨坨屎，根本没什么铁，更别说铜了。最终我们四个约定各自回家找能卖的东西，然后一起去废品站。

他们几个都住在镇中心附近，我家住北山。和他们分手后，我一个人从柏油路拐向一条土路，再走一会儿，跨过一座小铁桥，等我穿过了稻地和毛纺厂，就能看见北山脚下一排破旧的小平房了。

走到毛纺厂前面一片稻地的时候，我遇上了谷大力。他脸上堆着笑，对我说：过来过来。我知道我不过去又得挨打了，就跟了过去。反正我身上没钱，也不怕他抢。他先是带我去附近的小卖铺门口，给了我一元钱，让我买一袋"七个小矮人"雪糕，袋子里有七种不同颜色蘑菇状的小雪糕。他领着我在稻地里走了好一会，到了一堆玉米地里，他坐在田埂上，也让我坐下，随后他打开雪糕袋，让我挑一只。我挑了绿色青苹果味的，刚要吃，他说：等会，我教你怎么吃。

"我会吃呀。"我说。

他说："我教你。"随后他取出一只巧克力味的（那是我原本想要第二个吃的），先是舔了舔。然后放在嘴里含着，手里握着雪糕棍儿在嘴里进进出出的。

然后他转头看向我，问："会了吗？"

"会了，其实我平时也不直接咬着吃。"我说着，跟他差不多地把冰棍含在嘴里。

这时候他突然解开裤子，随后把内裤也褪下去，露出黑不溜秋的屌。我以为他要撒尿，就把头转过去等他撒完。他却把我的头扳过来，说，"就像刚才吃雪糕那样儿，给我舔。"

我被他吓了一跳，不知道他要干吗。但是从他的下体散发出一股难闻的味道。我说："我不。"他给了我一嘴巴，说："再说一遍？！"

我说："我不。"

他又踹了我一脚，我被这一脚踢得直接趴下了，我躺在那哇哇地哭，激动地左右打滚，嘴里面喊着："我不！我不！我要告诉你妈去！"

他听了这一句又踹了我两脚，嘴里说着："你敢告诉她我打死你！"又骂了我一会儿，提起裤子溜了。我一个人在地上躺了好一会儿，才站起来。我的衣服裤子上都沾满了泥巴，拍也拍不干净，我发了一会呆，才走出稻地，没回家，转身去找他们三个了。手里攥着刚才买雪糕找的五毛钱。

我们四个又聚到了一起，大头拎着一袋子塑料瓶和易拉罐，胡国帅笑嘻嘻地从兜里掏出一把一毛钱的硬币，说是都从床底下找到的。数数刚好二十个。他说："我们家床底下随便翻翻就能买一袋小浣熊！"刘小旭直接从兜里掏出三块钱钞票，在左手心拍了拍，说："我爸爸给的！"这让我们羡慕不已，尤其是大头，他爸从来不给他钱。刘小旭则一直滔滔不绝，乐不可支。

我们四人到废品站把大头带来的十几个瓶子卖掉，一共是一块七毛钱，最后加到一起一共是六块二。经讨论，我们四个决定用一块二买四个泡泡糖，每人一块。

这时候已经是下午一点多，我们决定用两元钱再去玩一个小时，其余的三元作为我们的活动经费。

胡国帅和大头正打着《龙珠Z》对打的时候，有个女人推门进来了。我们都认识，是刘小旭的妈，我们目睹她来游戏厅找刘小旭然后扯着他耳朵回家不是第一次。

可这次刘小旭没有嬉皮笑脸地蹦跶过去，而是眼巴巴地望着他的妈妈走过来，我也眼巴巴地望着。她走过来"啪！"的一下给了刘小旭一个耳光，说："跪下！"刘小旭就跪下了。她接着又一阵连打带踢，刘小旭就低着头挨打。

老太太赶忙过来拉住她，她稍微平静下来，坐在炕边，开始啜泣，说："我一个人带你这么大容易吗？"

刘小旭不说话。

"操你妈的你说话啊！容易吗？！"

老太太赶忙说，不容易不容易……

刘小旭还是不说话，只是抬起头看着她。

她开始山洪暴发地哭，扯开嗓子，像平时卖油条油炸糕的时候那么大的声音哭闹了起来。

"你把咱家的锅弄哪去了！"她指着刘小旭喊。

"卖了。"刘小旭答。

她一下子又崩溃了，接着哭下去。

刘小旭一直没有说话，等她哭完了，说："你给我滚回去！"刘小旭就站起来走出去了，也没回头看我们一眼。

我们三个愣了一会，他们两个就继续玩游戏了。这时候坐在我旁边看的大孩子开始教他们一些绝招的释放方法，他是这家店的常客，比我们高几个年级，快上初中了。他右手没有手掌和手指，只有球形的一团，像多拉A梦一样。我们暗地里叫他叮当。

一个小时很快到了，叮当表示可以请我们玩一会，反正他一个人，需要对手。我们三个轮番上阵，都败下阵来，他把手柄放在腿上，右手飞快地在AB键之间切换，左手一边保持手柄的平衡，一边也灵活地按着上下左右。又这么过了一个小时，时间到了。

他说：你们还有钱吗？再玩会儿。

大头很快说：我们也没钱了。

其实我们还有三块钱，就在大头的口袋里。

我们四个走出来，准备各自回家。这时候叮当对我们说，东头的建材公司门口摆了很多铁，我们可以去拿来卖钱。我们三个也都说好，就跟随他一路到了建材公司。

他说的没错，门口摆了很多铁门、铁条之类的。明晃晃的像金条。但从窗子里可以望见里面有人。他说，你们三个长得矮，可以猫着腰过去拿。

我们三个从侧面蹲着朝铁挪步，叮当远远地站在墙角看着给我们放风。

我往左一看，大头手脚并用地爬了起来，胡国帅在那笑呢。他这一笑，我也跟着使劲憋笑起来。

大头第一个摸到铁，拿起来刚要跑，就听到一声："干啥呢！"

说话的中年男子已经站在门口了，他朝我们走过来。大头把手里的铁扔在地上，我们三个站起来待在那不敢动。

"你们是谁家小孩？这么小就偷东西呢？"

我们不说话。

"你们今天就在这站着，站到我们下班。"说完他就回去了。我们三个面面相觑，大头小声说："叮当跑了……"

我看过去，墙角早已经没人了。

我们三个继续站在那儿，不时回头看屋里的人。他们透着铝合金框里的蓝色玻璃，也在看着我们。

胡国帅小声说："看见没……大光头……嘿嘿嘿……"

"我也看见了……嘿嘿……"

我们三个站在那此起彼伏地小声笑，一直到华婷婷走了过来。她头上红色发箍闪着光，身穿白色的裙子，身上带着香气。

她走过来，好奇地看着我们仨："你们干什么呢？"

"我们站会儿。"我说。

"对对，站会儿。"他们两个应着。

"那你们作业写完了吗？"

"你管呢？你管天管地还管拉屎放屁啊？"大头明显很不服华婷婷，他也想当班长，但老师选了华婷婷。

胡国帅在旁边跟着笑，华婷婷一生气，红着脸跑了。

她真可爱啊……我这么想。

到了四点多，他们下班了，打发我们回去。我为了不碰见谷大力，绕了个远路，从大道回家。路上要经过华婷婷的家，她家开了一家商店。经过的时候我在门口晃了晃，她居然在里面。

她打开门出来，问我："李文学，你的作业写完了吗？"

"嗯，我写完了。"

"哦，那你现在回家吗？我正好去我姥姥家，也在北山。"

路上我一直不敢看她，也没怎么说话，但我必须得给她讲一件事，又不能原原本本地讲出来。

"我跟你说一件事，你千万别跟别人说，行吗？"我说。

"好呀，你说吧。我要是告诉别人我就是小狗。"

"嗯，你千万不能跟别人说。就是吧……哎呀我还是不说了。"

"你快说呀!"华婷婷急得直跳。

"好吧,我跟你说。你知道谷大力吗?就是我家那边有一个流氓,叫谷大力。他让大头给他舔屌了……你知道是什么意思吗?……对……就是那个事儿。"

"……"

"反正你千万别跟别人说啊……"我看华婷婷沉默的样子,有点害怕。

"不行!这事必须得告诉老师!"她义正辞严地说。

"不能告诉老师,这要是让别人知道了,大头以后会抬不起头来的。"

"嗯……你说得有道理,你真聪明,那怎么办呢?"

我把这个事情一说出来,心里一下子放松了不少。加上华婷婷夸我,我一下子膨胀了起来。

"你别急,只要我们替他保密,以后肯定有办法的。"

华婷婷默默点了点头,我多想摸摸她的头发啊,但是我不敢。她要是再夸我一会儿我可能就敢了。

我和她就这么分手,各自回了家。我的心底有了一种从未有过的喜悦感。

第二天早晨去学校的路上,我才开始担心昨天和华婷婷的谈话会不会被泄露出去,进了教室,我特意看了看大头的表情。他并没有什么异常,看来华婷婷没有告诉他什么。

今天华婷婷穿上了校服,她穿校服的样子也很可爱。上课的时候她把小手背在后面,一到回答问题的时候又快速把手从身后抽出来举过头顶。

第一节课下课,大头把我们三个都叫了出去。叫我的时候我的心"咯噔"了一下。

我和刘小旭默默地走在后面,低着头。

我们走到了小操场的角落,站成一圈。一阵风吹过来把操场的塑料袋吹得迎风飞舞。

大头说:"我妈昨天说把泡泡糖吞下去肠子会粘起来,然后就会死了。我不相信。"他说的时候一直看着我。

胡国帅说:"我也不相信。"

刘小旭不说话。

大头说:"我们得试试。"他的眼睛仍然一直盯着我看。

胡国帅说,你们试吧,我可不试。

我抬起头和大头的目光撞了一下。我说,好,那就试试吧。

刘小旭说:我也要试试。

我们三个把昨天买的泡泡糖拆开,放到嘴里嚼了嚼,然后大头就做了一个咽下去的姿势——他的喉结动了一下。他咽完,继续看着我,说:你怎么还不咽下呢?这时候刘小旭也把糖咽下去了。

我用舌头卷了一下,把糖压在舌头底下,接着用力咽了一大口口水,张大嘴给他们看——舌头还是贴着下颚的。

大头确认完毕,继续盯着我看。

胡国帅像个裁判一样,眼睛在我们三个身上转来转去。
我的脑袋上冒了好多汗,大头也是。我们就这么看着对方。

"啊!"刘小旭突然大叫了一声,直直地倒下了。

找 乐

文/贾彬彬

"卫国公,明天你就要迁入皇帝为你新建的卫国公府,拥有长安最华美的府邸。恭喜你,终于要得偿所愿了。"平阳公主朝他举起酒杯,李靖嬉笑自如,一饮而尽。

这是一场小宴会,年老色衰的她借此向即将登上人生巅峰的旧情人告别。每个人想要的东西不同,她作为一个女人想要一个知心爱人,可是李靖的人生乐趣从不在男女情爱,而在实现自己的雄心,然后名利双收,再后卒得善终、流芳百世……

"可是,你知道明日刘文静的奏章就要把你送向黄泉路么?"平阳公主话锋一转。看着李靖脸上的褶子匆忙地涌上脸,她满意地开始抖这个大包袱了。

年轻的李靖第一次万里迢迢来到长安时,繁华的长安还不属于李氏父子,他无从分享。那时长安还叫大兴,属于大隋的司徒公杨素。

没有人不羡慕杨素,从建朝到易主,大隋一直紧紧地捏在他手里,他拥有大兴最华美的府邸,独享众多貌美无双、技艺惊绝的家妓,等待天下有才之士来投——人生极乐莫过于此!

只是,烈士暮年,壮心不已,果然并不适用于所有英雄。司空府里的杨素已经从猛虎被养成了老猫。垂垂老矣的杨素让美艳的家妓以盘中舞的绝技来招待他。他身旁纷飞的衣罗裙带都比他身上的粗布衣不知昂贵千万倍。他无心欣赏,内心痛斥这狐媚之妓,却又痒痒的,觉得不安。

"心之忧矣,如匪浣衣。静言思之,不能奋飞。"他身后的舞盘上传来仙乐般的歌声,一道红绸直落到心不在焉的他眼前,一个红裙高髻的女子,手持一把红拂尘,挥舞间似有魔力令人移不开眼,如仙人下凡一般从盘中落到绸上,飘走到杨素坐前。杨素身旁侍女以她为尊似的,纷纷后退两步。杨素看也不看她一眼,呸地吐出一口老痰。红衣女子面色不变,低身一旋,白玉似的双手稳稳接着了痰水,古怪的老人终于露出了一点笑意,李靖不寒而栗。

一旁侍女忙不迭地为她拭手,女子笑容如常地俯身对杨素低语,若有似无地盼了他一眼——李靖的心忽地提了起来。

杨素敷衍地动动嘴角:"壮士气宇轩昂,气度不凡。然而素已老迈,无心天下。"

他指指那女子："家妓红拂倒身怀绝技，她手中拂尘一挥……"杨素吃力地挥手，"就能探你命数起落。"周遭侍女都娇声笑了起来，李靖又是困窘又是气恼，告辞离去。

平阳抖完包袱后，不无怅惘："年轻时我为你出谋划策，虽赶不上红拂，但现在东窗事发，她倒帮我一起担了。"平阳公主自饮自酌地笑起来，眼角的褶皱如蓄势待发的毒蛇直瞄着僵坐的李靖，"我真不明白，她做了那么多图什么？"

这个疑问从平阳情窦初开时就盘旋不去。她对红拂长久以来的好奇早已超越了恨意，这个女人一直在做女人不应该做的事——年少时，她罔顾礼法与一穷二白的李靖逃出了无数人做梦都想进入的大兴城、司空府；成婚后，她能言善辩，结交了奇人异事虬髯客，三人结为兄妹，得到了虬髯客妙绝的兵书与丰富的财产；在她的授意与鼓励下，李靖结交了一位位夫人小姐，凭着她们的裙裾往上爬，红拂更为他罗织党羽：前朝余孽、叛部残将、当朝重臣……李靖终于成为了现在的、长安的李靖。

她一直觉得红拂像是在找寻什么，是什么呢？安逸的生活？贴心的爱人？笑话！难道她从为李靖奔走的辛劳中能得到乐趣？呵。红拂是家妓嘛，有的是淫技奇巧为人展览炫耀，家妓的乐趣她是不能理解。平阳想，不重要了，过了今夜这个疑问就要永远消失了。

李靖不甘心似的自言自语："不！我是开国元勋，红拂是一品夫人，前朝刚平，太子秦王又之争迫在眉睫，断断不会……"

"扶不起的阿斗！"平阳冷笑，"从来是狡兔死，走狗烹。何况这么大的威胁，明日一早公布于朝堂之上，铁证如山，红拂绝无活路，你怎可能避得了嫌？"

李靖站起踱了两步，继而将杯子一摔："你既然肯告诉我，没有不救我的道理！"

平阳又饮一杯，一双倒三角眼向上挑着瞧着他。蜡烛已燃了大半，油淋淋地泼在烛台上。她道："早朝是何时？"

"五更。"

"现在呢？"

"不到三更。"

"时间还够——卫国公，听说红拂已经重病不起，离死不远了……"平阳沉甸甸地望着他。李靖的脑子轰然一阵。

月亮爬了上来，充斥着脂粉香、酒香与欢笑声的街道让李靖觉得无所适从。他失魂落魄地离开了司空府游荡着，恍然间又想起了仙子般的家妓红拂，哪怕接瘊也美得如普度众生，她还有一把令人着迷的拂尘……虽没看清她的面容，但一定是美丽的女子。那是大兴城的女人。

可惜了，是个家妓，杨素的玩物。他心里有点轻蔑却又有分明的痒意。

大兴悄然落起了大雪。李靖回到驿站，辗转难眠。半夜听到有人敲门，门外人自然地侧身进屋，慢慢地抖着雪花并脱下一袭紫色大氅，摘下阔边风帽，一大蓬乌油油的头发缠着秋香色的流苏软软地垂落到地板上，长发下是红衣包裹着的窈窕的身躯。她细长的眉眼分明透着温和的狡黠，轮廓的英气又有点正大仙容的意味，手里还拿着那把红拂尘——是她……

"公子，红拂大胆，雪夜相投，公子可愿带红拂一起离开大兴？"

李靖的心"扑通"直跳，他努力想把自己的轻蔑一股脑提起来告诉自己这是个家妓！他强笑："姑娘莫拿我取笑。司空大人都瞧不上我这不中用的人。大兴我豁出性命也进不来，姑娘倒一心想出去。流落在外，风餐露宿，还要被司空大人追捕，可不是闹着玩的。"他看着红拂，这仙子似的人竟满目柔情地望着他，不知不觉口气就软了下来。

当妓换马，自古以来的风流韵事……他心里又生出了同情，在他心里挠着。

"红拂自然不是说笑。我自幼被卖入司空府，奇门异术识得不少。杨素也说我能探命数，我探了，你正合适。你信不信？"

杨素的女人还真要跟我跑？李靖不敢相信，"你想要我带你出去做什么呢？"

"找乐。"红拂抬起脸，笑眯眯地诱惑道，"你的人生乐趣在大兴，我却觉得乐趣在别处。不过没关系，你想要什么，我帮你。你也可以选择把我交出去，杨素会奖你一大把银子，然后你从哪来回哪去。但，一个人生活哪有什么乐趣可言呢？"

一个人生活哪有什么乐趣可言呢？李靖脑子里又"轰"的一响——这真是一场艳遇。

李靖如同一只矫健的大猫无声地落在地面上。他知道他的时间不多了，借尿遁跑出来，最多两刻钟，他就得赶回去。他风驰电掣地跑在空无一人的道路上时，发现长安的道路与当年并无多大的区别。区别只在明天之后，那些脂粉香、酒香与笑声的主人是不是他。

他总得选择。

他慢慢走到床边，床边的红烛燃成了蜡油保持黑黝黝的沉默——哦，她本为他留了灯的。他站在床前，听到红拂轻微的磨牙声，隐约地看着她脸上的细纹，她操心得太多，即便做了一品夫人，看上去也远比平阳老。当初的正大仙容入了凡，成了黄脸一张，很快又要变成死脸了。

他因为衰老而干瘪的身躯悲怆地颤抖起来。毫无疑问没有红拂，没有那些钱财与兵书，没有那些裙带关系，他什么也不是。

可他转念一想，觉得自己也没错。当初红拂夜奔，要他带她去找乐，她被关得太久了，关怕了，他带她四处游历，做各种各样的事，和不同的人打交道，红拂是快乐的。那她答应他的呢？那么多年他都忘不了杨素对他的轻蔑……他想要回来，他想要风风光光、位极人臣，像杨素一样！这没什么难以启齿的，红拂一直知道，她一直在帮他……

——所以，为了实现这个愿望，让已经处于弥留之际的红拂提早上路，再帮他一次吧！

——不！李靖，你杀的是你的糟糠之妻！

——可她的乐趣她已经得到了呀，她一直像仙女一样，她要找的乐不是名利也不是情人，而是游历。她已经找到了，该轮到他了。

……是吧？

对！现在，他要一件工具！李靖撇开眼，在黑乎乎的屋子里寻找着。他不想收场收得太难看，最好有一件工具干净、柔软地送走她。李靖的手忽然触摸到了什么，着魔似的停住了。他转过身，缓缓地扶住那物件——暗红的蚕丝，厚重的雕花尘柄。是那柄红拂尘。

好东西，你也觉得她应该回到天上对吧？他凝视着这把拂尘，默默握紧了两端，眼泪终于厚重地落了下来。

"这？"红拂抬头看着客栈。李靖点头。"平阳公主娇生惯养，喜欢你也放不下面子。正好晚到一刻钟磨磨她，然后你再留个信物哄她，以后就方便了。"红拂拍拍他的肩膀。

李靖惴惴不安的，"红拂，你一点也不气恼吗？"红拂偏偏头，"怎么了？我要的乐你已经帮我实现了，四处游历很有趣啊。你要的不是出将入仕吗？虬髯客大哥虽把毕生积蓄与兵书留给了我们，但还不够啊，你没有名望。接近平阳，才能结识李家的人。接下来，名士刘文静还有一个妹妹，你……"

"好了！我知道了！"李靖粗粗打断她。我可是你丈夫呀——他这么想，但没说出口，转身就要走进客栈。

"哎，等等。"红拂上前一步，扳过他身子。

"怎么？"

红拂贴近了李靖，指尖按在他的腰带上，将他的玉带钩往右偏偏，"怎么也不整理好？大哥给的结义礼物，可别丢了。"李靖猛地想起了虬髯客那张脸，不自在地撇过了头。

红拂又为他正了正发冠，叹了口气，狭长的双眼凝视着他低头嘱咐道："你宽宽心。当初我说了，我别无他求，只要你别丢开我就好。你不要忘了。"

难得她也会有如此小女人的姿态，李靖嘿嘿一笑："知道啦。"转身走进了客栈。

李靖丢了魂似的坐到了位置上。

"用了半个时辰？你不仅肚子不舒服，心也不太舒服吧。"

他没接话。

平阳公主笑嘻嘻瞧着他，双颊飞上红霞，如同回到了少女时光。她再饮一杯，忍不住大笑出声，整个人俯在了桌子上笑得喘不过气。

"你笑什么？"李靖面无表情。

"我笑你杀了红拂。"平阳公主整个人松弛下来，"你用什么杀她的？"

"我拿起了她放在枕旁的红拂尘。那么多年了，红拂老了，拂尘还是那么漂亮。"

"你亲手杀死了她。真好。"

"你很开心？"

"你杀死她，比我自己动手，爽快多了。"她一字一顿地说，"没了红拂的李靖还能活么。"

"果然。红拂以前就说，你不会放过我的——告诉你，"李靖贴近了平阳，"我没杀她。拿起那把红拂，我后悔了，我答应过她不能丢下她。我狠不下心。那把红拂真是我的幸运物——你的掩鼻之计，我偏不中！你说李文静已经搜集好了证据，我想也是骗我的吧，李文静与裴寂为太子之事斗得不可开交，就算他有心为早死的妹妹出气，恐怕也腾不开手。"

李靖为自己满上一杯酒，一饮而尽。

"哈。"平阳摇摇晃晃地站了起来，笑得青筋毕露，"我说那把红拂尘害死了你才是。我爱的是你又不是红拂！我费心费力设这个局，你死我才安心！你虽一向没脑子，但三言两语也未必害得了你。可你只要中途离席，哪怕只走了一小会，也必死无疑了。"

"什么意思？"

"你记得父皇最疼爱的千金公主么？真可怜，我的小妹妹今晚死了。你一走，她小小年纪的，就被人凌辱，上吊自尽了。"

"毒妇！"李靖腾地站起来，"不——你没有证据！"

平阳恍若天真地痴痴看着他，笑："你记不记得你送给我过什么？"

李靖疑惑。

"哦，你不记得了。"平阳兀自笑了，眼泪顺着眼角的细纹匍匐着流下来，"我们第一次肌肤之亲，你把你的玉带钩送给了我，很别致的小东西。你说那是虬髯客所赠，连带着衣冠腰带，都是成套的，旁人绝不会有……我一直留着。"

平阳伸出手想抚摸一下李靖的发冠，李靖目眦欲裂，狠狠拂开她，平阳整个人摔在地上。

"……红拂也留着呢！进长安时皇兄提起虬髯客，红拂说他赠给你们夫妻的一切她都好好保留着，尤其是给你的结义礼物。"平阳望着李靖，她把他的一缕头发都勾了出来，落在额上，已经泛白了。

她跟跟跄跄地站起来，走到李靖跟前，"李靖，我后悔了。我不想杀你了。你可以不用死，你带我走吧，抛开功名利禄，丢下红拂。"

李靖望着她。

"好不好？"

李靖头晕目眩，觉得天都要塌了——

　　"心之忧矣，如匪浣衣。静言思之，不能奋飞。"
　　略微的痒意拂上面来，他睁开眼，脑子里轰地一震：是那把熟悉的红拂尘。红拂正仰着一张光洁明艳的脸望着他。他不可置信，回身一看，屋里陈设简陋，不是在平阳盘下的酒家，是当年自己歇脚的客栈。
　　"歌好听吗？"红拂望着自己手中的拂尘，说："你别慌。你所经历的，只在这拂尘一拂间罢了。"
　　李靖瘫坐在椅子上，"这就是你要找的乐？"
　　红拂摇头，"你可记得，杨素说我能探人命数？"
　　红拂的双唇开合间，李靖忽然就弄通了这一切。为何当初她对杨素耳语了几句后杨素对他弃之不用，为何她要离开只手遮天的杨素，为何她会选择自己这个穷小子，又为何她尽心尽力地扶持自己……
　　——因为她知道所有人的命数起落。她知道他将……
　　"我料得到你的仕途命运，可不知你品性。若和你走了，你功成名就了会怎么对我？"红拂抚上他的脸颊。"你没杀我。"
　　"所以你当初……不，你刚刚说，你要我带你走是为了找乐是骗我的？你试验我是为了……"
　　"嘘。"红拂用一根手指堵住了他的疑问，双眼紧紧看着他，"你现在还是可以选择。你自己闯，或者，带我走。我已经找到了最安稳无虞的长乐。"
　　屋里的蜡烛清晰地炸开一朵烛花，静谧的夜中，脚步声和铁器摩擦声隐约地响起来了。

……！

文/王彦堃

一

风扇缓慢旋转，房间昏暗。傍晚虚弱的阳光被叶片切断，打在警察的脸上一闪一闪。小房间里有三个人对坐着，全都默契地一言不发，盯着墙边的电视。

"钻到弄堂里那个光头是你没错吧？方志勇。"监控录像放到了头，警察关掉了电视，把视线移回嫌犯的脸。

方志勇沉默了半晌，"不错，是我做的。但我只拿了一个镯子，真的，没别的了……"

警察点点头，"你和那个小女孩是什么关系？说说看。"

"我说过了，那是我妹妹。"方志勇有些激动，手铐铮铮作响。

"为什么会和你妹妹睡一张床？"

"她离不开我。"方志勇转了口气，"她只有十二岁，而且还是……智障。"

"好，那换个话题。聊聊你是怎么杀人的。舒翔的头颅，我们刚刚在一个垃圾场里找到了。有证人说你在那里出现过。"

"那也证明不了什么。我……我没杀人。"方志勇显然底气不足。

"确实不算什么。那，能解释一下你为什么烧毁了自家的沙发么？对了，还有客厅里呛人的漂白水味道。"警察把身子往前倾，好给犯人更多压力。

"我只是……碰巧把沙发弄脏了……碰巧打扫了一下房间。就是这样。"方志勇似是想死扛到底。

"你还是没有告诉我，为什么要烧掉沙发。好吧，给你看一样东西。"警察拿出了一个物证袋，里面是一条被血迹污了大半的平角裤。"舒翔的血迹——这可是在你租住公寓的洗衣机里发现的。"

"……！"方志勇低垂的头颅猛然抬起，表情恍若被刺了一剑。惊愕与绝望堆积在脸上，融合出一丝丝悔恨，再交织成沉默。这是多数罪犯的惯用套路，警察一丝不苟地盯着他，指望方志勇能够推陈出新，但好像没有。他的戏份快到头了。

"所以，现在可以认罪了么？"警察继续面无表情，"物证在这里，你又是唯一有动机的人。"

方志勇又把脸埋了下去，很不明显地点了点头，同时搓了搓戴着镣铐的手。"警官同志，还有最后一件事。"他的脸再仰起来的时候，竟已泪流。

"你的妹妹，我们会替你想办法照顾的，这你放心。"警察拍了拍案犯的肩，轻叹一声。大多数的犯人本是苦难的人，谁禁得住生出些许恰悯。

方志勇挤出一丝微笑，最后看了一眼窗外道："那好，走吧。"

审讯结束了。

二

上海三面环水，所以方志勇的自行车一路向西。小瑷坐在后面晃荡着双脚，紧紧抱住哥哥的腰。他不知道自己骑到了哪里，但这不重要。他是不需要方向的，而小瑷的方向就是他。

到下午，小瑷饿了。他把自行车停在了路边的一家小馆，两个人要了三两牛肉面。

"小瑷，你那里……还流血么？还痛么？"方志勇试探着问。

小瑷好像一知半解，点点头，又摇摇头。

"没事的，都过去了。吃面吧。"方志勇也只有在小瑷面前，才有些许笑容。

"哥哥，我们怎么时候回去家？"小瑷说话还是很笨拙，但已足够让方志勇不知所措。

"我也不知道。可能很快，可能很久。等你舒翔哥哥回来，我们就回家。"方志勇搪塞着。

小瑷笑着说好。

晚上九点，他们终于找到一家貌似不用身份证的小旅店。方志勇满身疲惫走到前台，旅店小妹正闲来无事在嗑瓜子。

"开一间标房……等等，一间大床吧。"

小妹满脸狐疑地打量着两个人，收了钱，反手从墙上取下一把旧旧的黄铜钥匙，丢在桌上。

方志勇说了声谢谢，便牵着小瑷上楼，房间算是很对得起价格了，可惜还是有点霉味。是夜，他心情沉重不能寐，但小瑷躲在他怀里睡得很香。

第二天早上八九点钟，有人敲门，方志勇以为是打扫的阿姨，便说了声进来。

"警察！有人举报你嫖宿幼女，跟我们走一趟吧。"门被打开了，一前一后闯进来两个中年人，张口就是这么霸气的台词。方志勇刚睁开惺忪睡眼，全然不解状况。

"等一下……"其中一个警察脸色有变，扭头对另一个悄声说，"他就是方志勇。"

三

他最后还是决定把舒翔的头丢在垃圾场，当然，越偏僻越好。去金山吧，本就是工业重镇垃圾成堆，应该不在乎多处理一个人头。

从青浦到金山，又是三部公交车。

金山北，偌大一个垃圾场，只留一个老头看门。老大爷百无聊赖地打着哈欠，应该是在等五点钟下班回家烧饭。方志勇不理会他，提着蛇皮袋径直走向垃圾山。

"喂！"门卫大爷突然开口，"这是什么东西？"

方志勇后背一凛，僵着转过身，却见老头手里拿着一个锦缎小盒。

"这镯子，是你掉的吧？"大爷打开小盒，开始细细端详起来。

方志勇虚惊一场，暗舒一口气。旋即心念一转，心想不如顺水推舟把镯子脱手，今天也算完满了。"哎哟，可得谢谢您了，这镯子是我刚淘到的宝贝。掉了可就麻烦了。"

"那还不快收好。"老头笑了。

"要不，老大爷。"方志勇凑上前去，"若不是您我这镯子也就没了，不如便宜点卖给您，也算是谢谢您了。"

"当真？这玩意儿得多少钱？"

"这可是清代的老物件，卖出去的话……至少好几万。"反正对方也不懂，方志勇自然牛往大了吹。"要不，我卖您一千块？"

"小年轻，你不会是在骗我吧。"大爷抬起头，打量着方志勇。

"怎么会，您看，这镯子的光泽和油头，岂是寻常材料？连这盒子也是原配的老东西，少说得有一百年。"方志勇渐入佳境。

老大爷当下肃然起敬，掏出胸前口袋的老花镜戴起来，把那小盒翻来覆去地琢磨。

"那你快给我说说，这字是什么意思。"老头指着盒底。

方志勇定睛一看，差点晕厥。盒底赫然印着 made in china。

"大爷，这是……这是满文啊！"

"不对，我看不像吧？"

"这是……清朝皇帝专用的爱新觉罗体，历来传内不传外，传男不传女。旁人不识也是自然。"

"这倒真是……有点意思。不错不错，这镯子我要了。"老头问了半天，最后还是信了。

大爷身上只有五百块零碎，最后无奈，把自己的自行车从垃圾堆边上推出来抵数。老头目送方志勇骑着车跑远，还连声说了好几句不好意思。

骑在自行车上，方志勇突然想到，自己该逃了。

四

处理尸体的工作是个技术活，方志勇对此一筹莫展。他在地上坐了半晌，突然拍了拍脑袋，掏出手机开始搜索处理尸体的教程，并且很快有了答案。

"千万不要留下血迹，否则会很麻烦。"方志勇把这句话默念了三遍，再看了看身前的一大摊红色，表情纠结。但这只是绝望的开始。

十分钟后，他烦躁地把诺基亚摔在了地上。那里面提到的台虎钳，锯子，以及一堆不知名的化学药剂他全都没有，就算有也不见得能胜任如此繁重的工作。他究竟成不了屠夫。

好在几分钟后，方志勇就找到了更好的解决方案。他查到青浦郊区一个伪装成养老院的人体标本黑工厂，常年收购尸体。既能把他的好哥们处理掉，还可捞些外快，当真不错。

与工厂老大联络好之后，方志勇马上就出发了。去青浦一路换了三部公交车，他的朋友舒翔一直安静地蜷缩在蛇皮袋里。反正本就是民工，倒也无人怀疑。

给他开门的是个大胡子。皮肤黝黑黝黑的，黑得连纹身都快看不清了。

"东西拿出来。"大胡子开门见山没有废话。方志勇赶忙解开蛇皮袋，把尸体整个倒了出来。

"你捅的？倒是捅得挺准啊哈哈。"

"多少钱。"方志勇自是无心与大胡子开玩笑，只想快点走人。

"这货色被你捅了两刀，品相不好，只能给你这点。"大胡子略加思度，伸出一个巴掌。

"五十？"

"五百。"大胡子一脸鄙夷，顺手从腰包里数出五张红钞票给方志勇。方志勇接过钱作了个揖，转身便要走人。

"等等，身子我们要了，这头你得拿回去。万一条子查过来，这黑锅我们扛不起。"说着大胡子从边上拿来一把大钢锯，半分钟便把舒翔的头卸了下来，提着丢回了蛇皮袋里。

"好了，你走吧。"大胡子扔下锯子，马上关上了门。

问题还是没能解决，不过至少已经简化了一大半。

五

方志勇回来的时候已经是第二天上午。大半个夜晚的逃跑让他狼狈不已，所幸装着玉镯子的小盒他还紧紧攥在手里。迎在门口的是小瑷，小姑娘见哥哥回来，黯淡的脸上顿时有了笑容。

方志勇俯下身，疼爱地摸了摸小瑷的头。他低下头的时候，却惊觉在小瑷大腿内侧，有两道血迹淌下来，再一抬头，看到沙发一隅已经被染成鲜红一片，瞬时怒不可遏。

"小瑷，你舒翔哥哥呢。"方志勇脸色很难看。

小瑷愣了一下，缓缓扬起手，指了指卫生间。

"乖，小瑷，你先回房间吧，别出来。"方志勇把小瑷送回房间，转身两步一脚踹开了浴室的门。舒翔刚洗完澡，身上还裹着浴巾，被这突如其来之变吓得没了血色。

方志勇不由分说先把舒翔拉到客厅，指着沙发，"说！这血迹怎么回事！"

"勇哥……勇哥我错了。"舒翔立即讨饶，"发生这种事我也不想的。勇哥你自己昨天在烧烤店给我喂那么多……早上起来我就发现了……勇哥，实在是对不住。"

"你他妈的！他妈的……你还是人么！"方志勇一记耳光响亮地抽在舒翔脸上，

"她……小瑷她只有十二岁……十二岁……"

"什么？"

方志勇没再给舒翔辩驳的机会，也就几秒钟，口袋里的玻璃刀进了舒翔的胸口。他显然仍未解恨，即刻又补了一刀，于是，舒翔软倒在地上，彻底闭嘴了。

连倒下的样子都那么讨厌，方志勇心想着，转身去洗手。等他回来的时候，血迹已经从舒翔身下漫开了。

他这才发现，第一刀从三四根肋骨间插入心脏，第二刀准确地贯穿了右肺。如果自己不是个搬砖工，或者是个屠夫的好材料。

人总要给冲动付出点代价，方志勇在仅仅五分钟后开始惶恐。没法子了，收拾吧。他丧气地一屁股坐到了地上。

六

玉器店就在两条马路之外，须臾即至。橱窗里摆了十来件镯子和玉佩，在路灯下隐隐泛着幽光。时间已经过了午夜，方志勇见四下无人，心一横开始动手。

仅仅分秒光景，横竖三刀下去，他就从橱窗上开出一个门洞，这刀实在称手。舒翔在旁边看得过瘾，刚要称赞两句，未料截下的一大块玻璃迎面向方志勇倒来。他虽然及时闪开，玻璃却猛摔下来，哗啦碎了一地。

"谁！"不知从何处弄堂里蹿出个保安大叔，手电筒扫了几下，便发现了两人。

"逃！"舒翔借着酒劲一声吼，便发足狂奔起来。方志勇倒是有条不紊，不忘再顺走一个镯子，也算没白忙一趟。

跑到一个丁字路口，两人默契地左右散开。保安大叔犹豫了半秒，右转向方志勇追去。一边跑一边大喊着抓贼，可惜这是半夜时分，应他的只有自己的回声。舒翔一气儿跑出两公里才终于支持不住停下脚，保安大叔的声音早就消失不见，他这才敢喘着气回头。马路上没有车没有人，只有满地的婆婆树影。无论如何，他是暂时安全了。

按照事前约好的，舒翔回到了方志勇的家里，时间已是近两点。他在门前敲了许久，开门的不是方志勇而是小瑷。舒翔开始感到酒精在体内横冲直撞，迸出一股无法驾驭的劲道。他踉跄着进门，全身燥热，头也晕得厉害。还没说一句话，就直直躺倒在了沙发上。

这一夜舒翔睡得很差，数次被噩梦惊醒。只怪沙发太硬，胃里又翻江倒海，可能还有做贼心虚。

到天亮，方志勇仍旧没有回来，他开始忧心了，为他也为自己。

七

晚上十点半，海底捞烧烤还是杯盏交错，灯火通明。

"服务员，买单。"方志勇一出声惊动四座，却无一店员有暇响应。

"勇哥，你说我们……真的要去？"舒翔咬下一口羊腰子，放低声响，"这可是犯法的。"

"不去你就走吧,没关系。"方志勇顿了一下,语气软了下来,"我当然晓得,可是,实在是没有别的办法了。"

"得了吧,智障医不好的,你又不是不懂。你看你,何苦把自己逼到这步田地……我们这样,这样……"舒翔挠了挠油腻腻的头发,"万一不成怎么办?"

"玉石这玩意不好倒手,定然是不会料想到有人会去偷的。这你放心。"方志勇喝干一杯酒,好似胸有成竹。

"可……你那玻璃刀我实在信不过,二十块还包邮,能使么?"

"哼。"方志勇不多言语,只从内袋里掏出那把金刚石小刀,在玻璃台面上划拉开来。刀尖在玻璃上纵横行走,如切豆腐一般轻易。待随意划完十几道,左掌用劲一拍,一整块玻璃瞬间直散成一堆玻璃渣。舒翔啧啧称奇。

"先生,有什么需要么?"直至此时,店员方才姗姗来迟。

"这……你……你看!你们的玻璃质量怎地这么差,我们烤到一半便炸裂开来,吓我一跳,就差昏厥过去!说吧,这事情打算怎么解决?"方志勇佯装镇定,当下反咬一口。

"这……我去叫我们经理过来,请稍等。"侍者竟然当真被唬住。

"要不……我们给您免单。"经理马不停蹄赶来,见方志勇来势汹汹,也不敢怠慢,"或者……再加些酒菜?"

"那……行,就这样吧。"经理刚要走,被方志勇叫住,"哎哎哎!记着,下次可要当心了。"经理赶忙点头,诺诺连声。

不多时,经理亲自推着一车的酒肉过来了。舒翔心中好笑,"就放这儿,你去忙吧。"

"来,多喝点多喝点,酒壮怂人胆,我看你就是怂人一个。"方志勇开了一瓶啤酒直接推到舒翔面前,不由他推辞。舒翔勉为其难灌下半瓶,再也不肯喝了。

"这么点都喝不下?那……那你吃点肉也是一样,待会万一逃跑起来有劲。"

"勇哥,已经下去那么多串了,绝对不能再吃了。"舒翔连忙摆手。

"怎么,你以前可从没说过不爱吃吧。你看这儿还剩了那么多,放着多浪费。"

"我只是……我只怕……勇哥,说出来你别笑话,我怕烧烤吃多了……我痔疮就该破了。"

……！

文/李昱萱

[0]

那座桥在王倩面前轰然倒塌时，巨大的声响和震动让所有人以为是灾难来临，于是惊慌失措在人群中上演得淋漓尽致，而王倩只是下意识地尖叫了一声，便愣在原地没了动作。

身边有孩童尖厉的喊叫："桥塌啦！桥塌啦！"声音中带着年幼特有的兴奋，此情此景下这种雀跃的状态令人厌恶，但王倩发现众多声响中只有这句话入了她的耳，并且仿佛咒语般在她心底一阵阵盘旋。

桥孔坍塌，桥梁一段段往下掉落砸向水面，飞扬的尘雾从王倩脸上擦过，她的眼睛兴许是进了沙子，一阵疼痛后视线便立即被泪水覆盖。

[1]

其实大桥坍塌对于王倩来说是件极为悲惨的事，毕竟她跟这座桥感情不浅。十七岁那年她为了在考艺校时不怯场，便站在桥头吊了一个月的嗓。

那时候桥上人来人往，有人对她指指戳戳，她努力吞咽着羞涩和窘迫，勇敢地站在那儿反复试着高音C，随着歌声舞动四肢。一段时间后她的言行举止终于变得正常，甚至大方得体起来。

十七岁的王倩心中有着饱满的梦想。她觉得自己像个温暖的球体，在所有人贫瘠的精神世界里独自发着光发着热。她喜欢歌舞，喜欢舞台上绚丽的灯光，喜欢一切能让她感觉到青春和荣耀的东西。因此她努力地朝着这个目标前进，丝毫不顾现实左右。

现实是什么呢？——父母不同意自己学习艺术，她便一个人找老师，一个人上课，一个人回家。她用倔强证明着自己的决心，即使在此之后，她对当初的固执无比悔恨。

——记得那天夜晚她从老师家出来，已经伸手不见五指。她独自踏上大桥，在寂静的夜晚小心翼翼地走回家。四周太过安静，她的脚步声仿佛放大了十倍，空荡荡地传进耳朵里，无端地让人恐慌。王倩哼着歌驱赶着自己的害怕，副歌刚唱了两句，前方的黑暗中突然有模糊的轮廓一下子窜到了她眼前……

——反正是漆黑的夜色，那么再黑暗一点也没有关系。

第二天天刚蒙蒙亮时，挑着菜上集市的农民发现了路边的王倩。她瞪着空洞的眼睛瘫坐在地上，头发凌乱衣衫不整，张着嘴却发不出任何声音。农民试图去扶她，但手指伸过去还未碰到实体，她就撕心裂肺地哭了起来。

——这个消息在接下来的一个星期内传遍了这个保守的县城。有公安干部找上门来询问王倩此事的详细状况，但王倩死活也不愿透露一分一毫。性子急的警官敲着桌子恐吓她："知情不供是包庇罪犯！"王倩便尖叫着回答："没有这件事！我没有被侵犯！"

所有人都觉得她傻，没有人看到她信念崩塌的无助。好比精心堆砌积木城堡，就要搭上屋顶的时候，最中心的一块被人抽走，于是全盘皆输。王倩开始变得沉默，整日窝在房间内一动不动，她的人生像是被猛地锤击了一下，充满了昏胀的疼痛。

她没有参加艺考，甚至不再生活，行尸走肉般煎熬地存在着，直到后来开始频繁地呕吐。

时至如今，王倩的母亲依然能够记起女儿当初的模样。她呕得几乎胆汁都要干涸，却依然颤抖着瞳孔询问："妈，我是不是感冒了？"她始终不愿相信自己的经历，不愿承认那个夜晚，但事实确确实实地横亘在那儿，她找不到可以抹去的东西。王母心疼之余，只能建议道："不然，就嫁人吧。"

[2]

为了掩盖某个真相而存在的婚姻，王倩到现在依然嫌恶着。她的丈夫不是她所想要的类型，但是高傲的自尊不容许她抗议。

想想看当初母亲的言辞，充满了勉强的气息——"不抽烟不喝酒，不会出去乱混也不会打老婆，除了脑子有点不好使以外其他一切都好，你就不要挑三拣四的了。"话尾似乎带着呼之欲出的一句"毕竟你也没得挑了"。

丈夫小时候得病没能及时医治，损伤了些许智力，因此只能去做体力活，磨人不说，也赚不了大钱。但智力低下的好处是会把一个野种当亲生孩子养，并且不会介意自己是否拥有清白之身。她欺骗自己的目的达到，可以构造一个美满的假象生存，于是她甚至不顾法定年龄的限制便匆忙出嫁。

迎亲的队伍在县城里走了一圈，当天唢呐队的喜乐吹出了悲凉的味道，大红的请柬上印着两人的名字，所有人都明白了王倩的归宿。过桥的时候，王倩低下头来看桥面古老的花纹，之前对它迁怒般的怨恨也突然消融了。她看这桥依旧像往常一样亲切，像看熟悉的老人一双含泪的眼睛。

二十岁，当王倩终于拿到红本的时候，她抱着不满三岁的孩子哭得像个小孩。

孩子的名字是她取的，叫遗生，代表遗憾和新生。王倩抱着这个小生命，时常会思考他究竟是个祸害还是个救赎。他断送了她梦想中的光彩四射，却也让她从反复的绝望和自欺欺人中逃脱，孩子像一个标示着转弯的方向牌，她埋葬了过去，窥见了未来。

——她在遗憾之后开始了新生。

[3]

可惜日子细水长流，长得难熬。

王倩在镜子前弯腰靠近，瞪大眼睛看自己眼角的细纹，鼻尖几乎要贴着镜面。她想起自己唇红齿白腮凝新荔的那段时光。

依稀记得年轻的自己想要荣耀，想要赞美，想要舞台上的追光。这么多年过去，她只得到了一个木讷而蠢笨的丈夫，普普通通的儿子，以及一长段乏味到令人麻木的岁月来映衬她的衰老。

她今年三十五，对于女人来说已经是成为鸡肋的年纪，对她这样始终抱有野心的人而言更是已成渣滓。她生下孩子后等待了三四年坊间流言才渐渐平息，随后她又为这个她根本不爱的孩子耗费了所有可用的青春。

她觉得自己一向是自律的，心中有明确的规划和界定让自己一直处于优秀的状态。除开那个她不愿回忆的意外，她一向是循规蹈矩地在特定时间内扮演着懂行的游戏玩家。她做过好学生，追过梦，当过好妈妈好妻子，她努力平衡着人情世故的准则。

因此她把自己的出轨隐藏得极好，好到她能镇定自若地直面自己的内心——她没有错，她只是在重新经历自己的青春岁月。

那个男人是县政府的官员，戴着一副眼镜，温文尔雅的样子，符合她年轻时对男人的幻想。她喜欢跟那个男人聊她的年少，说她是如何努力地为梦想奋斗，然后难过地表示自己追求了一辈子的光荣，却只得到了省略号般索然无味的人生。

这个时候男人就会抱紧她，说："没关系，会好起来的，你想要的我都会给你。"

男人不是什么好人，她知道。她经常听见他说些大逆不道的话。可这份痞性给她的刺激是她所热爱的。

譬如男人说："河东那座桥最近申请整修都跟母猪下崽似的，一个接一个，真烦，哪有那么多要修的？说几句老工头还不高兴，嚯，我就拖着不给办，看你咋整！"

她咯咯咯地笑开，打趣道："你不给修，小心塌了出人命！"

男人梗着脖子说："我还怕他死个人不成？发点钱不就完事了。"

她太喜欢这段话，录下来反复听。男人话语中的张扬让她想到年轻时的自己，她残缺青春中的遗憾仿佛可以被这个人补回来。所以她越发热烈地表示她的爱意，甚至猖獗到将他带回家中温存。

她能精准把握丈夫外出的时间、儿子上学的时间、邻居关注这里的时间，甚至买通了看门大爷。每次都做到滴水不漏，所以事事顺利。

——可这天却出了差错，她把事儿做到一半，突然响起了敲门声。

[4]

王倩开门的时候已经做好了不让对方进来的准备，若是友人也许麻烦些，但开门看到的是木讷的丈夫，王倩吐了一口气。

这个明显可以用来搪塞的对象手里握着几张钞票冲王倩傻笑着，话语中带着些许胆怯和喜悦："今天是我爷爷的大寿，跟我一起去看看他吧。"

那位她鲜少接触的老人从未在她的规划中，而如此妥当的邀请也让她无法拒绝。王倩用力地捏着门把，思索了一会儿，便笑着答复："好的，你先走吧，我收拾收拾就去。"

男子顺从地转身就走，王倩关上门催促躲在衣柜里的人赶紧离开。老人家住在河的对岸，去探望需要过桥，为了以防万一，王倩叮嘱情人回去时必须绕道，到达时营造不被人怀疑的时间差。

她算得缜密，却万万没有想到，桥塌了。

那时候王倩站在离桥不远的岸上，看着丈夫略显瘦小的身影像是摔了一跤，往旁边一歪斜，然后随着碎裂的石块迅速地跌落下去，消失在自己的视野中。场面太过震撼，她有些发蒙，只能不知所措地站着。

耳边是各种声响的混杂，她的思绪也好像被混乱的声音带走。她想起当初自己明眸皓齿地站在桥头唱歌的样子，又想起那个黑暗无比的夜晚。她在这座桥上追梦，在这里绝望，在这里新生。

然而陪伴她成长至今的大桥，在她生命的每个阶段留下印记的大桥，如今，坍塌。

[5]

不知道过了多久，磅礴的沙尘已经散得差不多了，从另一条路开来几辆车，几个拿着话筒的记者从车上匆匆忙忙跑下来。

王倩失神地站在原地，突然就感觉到一股强光射过来。等她回过神，几个漆黑的话筒已经竖在自己面前,聚光灯投射在她身上,耳边响起对方语速极快的声音。

"请问你是'大桥坍塌'事件受害者的家人吗?"

咔嚓咔嚓。拍照的声音。

"你现在的心情如何?"

一个话筒戳疼了她的下巴。

"据说大桥久年未修,政府人员恶意克扣维修金,请问这是真实的吗?"

闪光灯以极快的速度闪烁,她几乎睁不开眼睛。

一张张殷切和渴求的脸摆在王倩面前,而她却不由自主地看向了那盏发亮的聚光灯——像她十七岁那年一直追寻的一样。

那束象征着关注、赞许、荣耀的灯光。

她突然猛地想起她所追求的成功,她的青春,她的梦。

那个男人温柔的嗓音在脑海里再次响起:"你想要的我都会给你。"

——她明白了。

"是的!"她突然大声喊了一句,颤抖着手从包里翻出手机,播放那段她听了无数遍的录音,瞳孔因为极度的欣喜而闪闪发亮。

"就是因为政府这些不负责任的狗官,才会出这么大的事故!"

摄像师把镜头又切近了一点,记者们的脸上也浮现出和她一样的激动,话筒像把刀子一样捅过来:"那么你会起诉政府吗?"

"我告到底!"

收到这样的回答,言简意赅,掷地有声,王倩的脸因为激动而变得通红。

记者欣喜地转身面对镜头,说着"新闻频道将长期跟踪此事进展"之类的解说词,话音结束,摄像师"啪"一声关闭了摄影机,有人匆匆忙忙塞给她几张名片,告诉她一定要保持联系,然后高跟鞋"蹬蹬蹬"地远去,几辆汽车随即离开,就像从来没有出现过。

王倩脸上依然维持着笑意,可是心里突然空了一块,大片大片的失落像风一样灌进来,她的心被吹得空荡荡的。

此刻她突然感觉很迷茫,不知为何。

如果有人给她一个解释,她兴许会很感激。

她以为自己生命中的每一个变数都像凿出一个点,拖着遗憾和平淡铺就成她省略号般乏味的人生。

——可事实上呢?

省略号同时纵向发展,所有点竖立着渐渐发散,组接,拼成一条直线。每一个变数都凿在直线的下端,如同一个惊叹号。然后重复着发散的过程,再次融合为一条直线。

而在它之前,那个漫长的、无趣的、掩人耳目的省略号,却一直以最直观的形式存在着。

她所寻求的惊叹号,一直都存在,只是渐渐埋没在漫长时光里,被省略号遮盖。

感到难过吗?后悔吗?不甘心吗?

——我们都一样。

可是所有传奇的惊叹号都会变成平淡的省略号,这才是人生。

[6]

大桥一截截坍塌,像世界末日般声势浩大,扬起的尘雾铺天盖地。

沙尘落在王倩的眼睛里,她的眼泪汹涌地流下,被泪水清洗过的瞳孔,让视线在此刻变得无比清晰。

——为了一个注定不能停留的荣耀,她割舍了青春,割舍了真诚,最后割舍了深爱的人,落得一个怅然的下场。

事到如今,她回想起过去,好像完整地看到了自己跳梁小丑般的愚昧和可笑。可惜她明白得太晚,什么都已失去,也就不差一个鱼死网破的结局。

她把名片丢在地上,缓步向前。

桥下一片狼藉,俯视下去,堆满了灰色的残垣断壁,河水在其中见缝插针地流淌,在转折逼仄处留下漩涡,因此看起来拥有了湍急的假象。

王倩长久地望着河面,随后露出了笑容。那笑容充满怪异的气息,像是如释重负,又像诡计得逞,看久了,反而类似年幼时拿到一百分那样单纯的喜悦。

——会在时光中渐渐平淡的惊叹号,注定不能留下吗?

——其实可以,只要你不再留给它消散的时光。

王倩笑着,向前跨了一大步。

[0]

风声在耳边突然放大后,血液上涌。

王倩闭上眼睛想象自己在空中运行的轨迹,顿时欣慰得无以复加。

时隔十余年,她终于得到了自己想要的。

——" ! "

…… ！

文/刘元庆

他拿着一叠稿纸在咖啡厅临窗的座位坐下，对方已经在等待了。他说了声抱歉，把稿纸递给对方。对方接过稿纸，对他说："我们开始吧，每人写一段故事，这是场比试，也是场合作尝试。"

他点点头，说："我们两家刊物系出同门，虽然理念不同但合作也说不定。"对方笑了笑："那就代表各自展示一下，我们能坐一起，也是不容易的。"

他伸手示意了下，说："你先来吧。"

对方拿起笔，开始写。

陈老三的烦恼

陈老三拿到从女儿给人当二奶的男人那儿敲来的二十万现金，心中既兴奋又不安，他要想个办法解释来源。把钱在租的房子藏好后，他开始在大街上瞎转，看到彩票亭，陈老三就想到中彩这个老套但实用的办法。

陈老三无意中知道女儿在给人当二奶时，几乎气炸了。那天他难得想到要去女儿的大学看女儿，却在大学附近的一条僻静街上，看见女儿从一辆银白色轿车上走下来。开车的是个跟陈老三年纪不相上下的秃顶中年人，他拿了几百块钱给女儿后，在女儿屁股上拧了一把，淫笑着开车离去。

陈老三气疯了，他陈老三的女儿居然变成别人的二奶！自己疏于管她，她就变成这样子？陈老三在老家时好歹也混道很牛逼的，要不是砍伤人跑到城里，他现在照样在老家牛逼。

记下那人的车牌号，陈老三跟踪两天摸清情况后，在秃顶男人常走的一条僻静的街上，拦下他的车，用铁棍敲碎车窗玻璃，把他揪出来。

陈老三目的很明确，要一大笔钱，离他女儿远点。否则，秃顶男人后果自负。陈老三的凶狠模样可能吓到秃顶男人，他居然最终咬咬牙同意了。

两伙小贼的共同目标

两伙小贼是在陈老三跟彩票亭老板计划假中奖时盯上他的。听到就放在家里的二十万现金，想想不心动吗？

第一伙小贼勉强能称为职业强盗，因为光头和他的拍档歪嘴做事的成功率总小于失败率的。他们到彩票亭原想打听中奖者当下一个目标，但没想到会撞上陈老三这块肥肉。

第二伙小贼纯粹业余，业余到打劫是头一次。他们就是俩穷大学生，一个因为最近在追女孩需要钱，另一个则想要个苹果电脑。这俩搭档是资深彩民，怀着早晚有一天会中大奖的信念，每当身上有点零钱时就去买几注或者刮几张。百以内的小奖倒是不断，过百的却根本没有。

无意听到陈老三请彩票站老板帮忙的事后，他们也起心思。反正这钱也应该不干净，加上最近真的很需要钱，两人想好就开始计划。

查清陈老三的住址和情况，两伙小贼就在陈老三家附近的私人旅馆先后落脚。他们互不相识，却怀着同样目的在同一家私人旅馆进进出出。

夜晚总有点事要发生

陈老三坐在租来的房子地上，愣愣看着一片狼藉的房子，脑子一片空白。

房子是陈老三自己翻的，因为他从外面回来时发现，那二十万现金不见了！房子没有被人强行进入的痕迹，可二十万现金却像水分子一样蒸发掉了！

晚上十点多，自认为很职业的强盗，光头和搭档歪嘴，悄悄离开旅馆，来到早踩好点的陈老三家这儿。

但他们到的时候，看到陈老三家楼下站了两个人，那两个人见有人来，立刻走开了。借着楼道口微弱的灯光，那两人走时，光头隐约认出他们是同住在一家旅馆的小子。

陈老三租住的这座老楼，是老早划进拆迁行列的老楼，它的每一层有四个住户，每个户型都是一室一厅型。

在这种老楼住的都是外地打工者，他们在工厂上白班或夜班，除了饭点，根本见不到人。

整幢老楼上亮灯的住户没几个，但二楼陈老三家里亮着灯，显然在家还没睡。

光头和歪嘴走进漆黑的楼道，楼道里有一股潮湿的尿骚味，很难闻，他们亮着手机屏，来到陈老三家门前。

打劫与被打劫

陈老三坐在地上发呆，外面响起敲门声。敲门声响好久，他终于失魂落魄地爬起来打开门。

开门后外面没见到人，陈老三看了眼漆黑的楼道，闷闷地刚要关门，墙角却突然飞出一只脚，狠狠踢在他的胸口。陈老三一个闷哼，被踢回房间里。

陈老三躺在地上，胸口像压了一块巨石，他的眼前一阵黑，昏了过去。

两个头套丝袜的男人闯进陈老三家，他们关紧房门，刚想把陈老三绑起来，却发现他已经昏过去。

光头扯掉丝袜骂了句，说丫的也太弱了。歪嘴是光头的附声虫，说是你太猛了。

这句话光头很受用。陈老三的房子早被翻得一片狼藉，光头骂起来，妈的，老子被人捷足先登了！歪嘴看着房间想想说，会不会是我们刚才在楼下遇到的那两个人——

靠！光头气愤地冲倒在地上的椅子狠狠踢一脚，说我们在房间先到处找找，什么也没的话就回旅馆去抓那两个小子！

歪嘴说，那两个小子看起来什么也没拿。光头看着倒在地上的陈老三，说那就把他绑走，到时间清情况。反正这块肥肉我们绝不能丢！

迟到的打劫

第二伙小贼高个和胖子，因为在陈老三家楼下撞见人心虚，立刻溜走。他们没回旅馆，跑到老楼后面的臭水河边去了。

高个点燃刚买的烟，刚抽几口就呛着了。他埋怨胖子，说这烟假的，胖子说，烟没问题，谁叫你才刚开始学抽。

高个咳着又抽几口，说我们明明都准备好，干嘛逃？胖子说，是你先逃的哎，我看你走就跟你走喽。

胖子掏出口罩，问今晚还干不干？他说今晚要能拿到钱，明天就买苹果电脑去，高个也能变身阔少追他的陈丹丹。高个把烟扔进臭水河，吐唾沫深呼吸说，走，豁他妈出去了。

两人再回到陈老三住的老楼。刚上二楼，就看见陈老三家房门虚掩着，灯光从门缝里透出。高个和胖子屏着呼吸走上来，在门前停下。

房子里没动静，高个和胖子戴好口罩，拿着匕首踢开门冲进房子。房里没有人，但所有东西一片狼藉。

两人对视一眼，房子里还有个单间呢。

走向单间，他们的心脏几乎要跳出胸口。不过虚惊一场，单间是厨房，里面也没人。面对陈老三一片狼藉的家，高个和胖子犯起嘀咕，他们打劫来晚了？

职业的强盗才有范儿

光头和歪嘴把陈老三装进大皮箱，弄到他们住的私人旅馆。他们把陈老三绑在旅馆房间的卫生间，用凉水浇醒他。

陈老三醒来发现被绑，喊叫起来。歪嘴慌忙拿毛巾去堵他的嘴。陈老三挣扎呜叫，光头狠狠给他一巴掌，这才安静下来。

光头狠狠地说，再叫，捅你一刀！陈老三丧气地盯着地板，不再挣扎呜叫。光头叫歪嘴拿开毛巾，拍着陈老三脸，说只要你把那些钱拿出来，我们不为难你。

陈老三抬起头看着光头，忿忿说钱已经被你们翻走，还想玩什么花样？光头跟歪嘴对视，看样那会儿陈老三家真的是被人捷足先登，光头又向陈老三确认问，钱真的被人拿走了？

陈老三叫起来：你们自己干的还不知道吗！光头匆忙叫歪嘴堵住陈老三嘴，说看样的确是旅馆里那俩小子干的，妈的，今晚我们要黑吃黑！

同住旅馆的那两个小子跟光头和歪嘴都住三楼，而且房间也是斜对过。光头和歪嘴稍稍准备，带着家伙走到那两个小子的房前敲门。

敲门没有应，看来没人在。光头用开锁钥匙打开房门，房间一片漆黑，他们没开灯，只用随身小手电筒来照明。那两个小子的行李都还在房里，歪嘴去翻了翻，虽然没找到钱，但发现他们的学生证件。

光头骂：去他娘的，他们也敢来凑热闹。

两人开始等着那两个学生小子归来。等两个小时，凌晨了，人还没回来，歪嘴忽然问：比我们抢先的真是这两个小子吗？光头一怔，眼神忽然变得茫然。

中场休息一会儿，对方说："你可以在你接的故事段里多设些难的东西让我接，我们这个可不算友谊赛。"

他把稿纸递回对方，说："我会的，我注意着你下的套，你也要小心我的。"

叫服务生送来两杯咖啡，两人彼此沉默着看着窗外，过会儿后，故事又开始继续。

计划有所变动

高个和胖子失望地离开陈老三家，慢慢晃着走回旅馆。胖子说：我们那会儿碰到的两人，会不会就是比我们先下手的？高个说有可能。

胖子又问：那我们该怎么办？高个点燃烟夹在手指间，一副老气横秋的样子，说那我们得再做个新计划了。

高个的手机响了。他懒懒掏出手机，等看清是谁来电，马上丢掉手头的烟正经起来。

打来电话的是高个心目中的女神，陈丹丹。光看陈丹丹这个名字，在这个故事中你也猜得到她跟陈老三的关系。对，她就是陈老三的二奶女儿。

陈丹丹跟高个是同学，高个打劫她老子的目的就是想弄点钱去追陈丹丹的。当然，无论是父女关系还是二奶关系，高个是毫不知情的，否则他也不敢去打劫他要泡的妹的爹啊。

这个事情挺操蛋，但现代人的关系很乱，所以操蛋的事多得没法说了。

高个小心翼翼接听陈丹丹的电话，陈丹丹声音有一种媚，让他全身的骨头都酥了。陈丹丹上来就问：高个，你喜欢我对吗？

这话让高个有些措手不及，他紧张地结巴了：我……我……是……

高个抽自己一耳光，这才好起来，说我喜欢你。

陈丹丹说：好，我有个忙需要你来帮我。高个问：什么忙？

陈丹丹声音变得严肃：我要你来帮我绑架一个人。

陈丹丹的决心

要不是他有钱，陈丹丹怎么会给他当二奶。这个秃顶的男人真的很恶心，一身狐臭，牙齿发黄，还老喜欢跟陈丹丹亲嘴。

秃顶男人从不跟陈丹丹说他的身份，他的口风很紧，陈丹丹给他当一个月的二奶，结果什么都没套出来。

秃顶男人在学校外给陈丹丹租了一套房子，他每周只会过来两次，但不知什么原因，今晚又过来了。秃顶男人像一头暴怒的野兽，在床上几乎把陈丹丹折磨死。完事后，陈丹丹全身布满伤痕。

陈丹丹哭着咬着牙坐在浴室里，用浴霸冲洗身子。她恨秃顶男人，更恨陈老三。

陈老三很自私，从来不管女儿，为了学费和其他一些原因，陈丹丹自认堕落，做了二奶。今天她到陈老三那儿是去拿户口本用的，却意外发现陈老三竟藏了那么多钱。

敲秃顶男人一笔钱再离开他，陈丹丹计划好久，但没想过要提到今晚。秃顶男人喝下陈丹丹下了药的茶，沉沉睡了。陈丹丹就打了一个电话给高个。

高个和胖子很快来了。陈丹丹嘴角上有伤，再加上进屋看到床上躺着个只穿内裤的秃顶男人，高个立刻明白。他愤怒，但陈丹丹哀怨的眼神让他心软，默默地听从陈丹丹的吩咐去做了。

胖子很明白哥们高个现在的心情。陈丹丹说，她想先把秃顶男人找个地方关起来，再慢慢敲他。高个问，关哪里？

陈丹丹摇头说不知道。胖子想到后提议：我们把他弄到我们住的那家旅馆，那地方比较乱，到时处理起来也方便。

秃顶男人的遭遇

天亮。秃顶男人醒来就发现自己被绑在一个陌生地方的卫生间里，陈丹丹被昏迷着也被绑在旁边。

卫生间外面走进来一个高个和胖子，两人戴着口罩。秃顶男人很害怕，说你们想干什么，为什么绑架我们？

胖子装得很吓人，说兄弟手头紧，想借点钱花。秃顶男人害怕地说：我们也没钱。

你有多少就拿多少，你们合作我们就保证你们的安全。高个往地上扔出一把匕首又说，不合作你会知道后果。

秃顶男人全身颤了一下，电影里的这种事，今天他终于遇上了。

其实秃顶男人的身份不神秘，他既不是富商也不是高官，他只是名普通的高中教师。不过两个月前他买彩票中了奖，奖金对他这种低级小市民说来有些吓人，中 200 万。

秃顶男人虽然快高兴死了，但仍装出一副平常样子，自己悄悄领了奖。这件事他谁也没有说，包括妻子和儿子。

有钱了当然要享受，秃顶男人向学校没有打离职报告，而是请了长假，来日方长，他知道这200万不可能够他挥霍完下半生的。

秃顶男人拿着奖金，体验着他梦寐以求的富人生活，甚至他跟妻子打着外出学习的幌子还周游了一圈欧洲列国。

当然，不会没有女人的。包养陈丹丹后，他觉得日子就更爽了。但昨天被陈丹丹的爹敲去二十万后心里非常恼，当天晚上他就到陈丹丹那儿在她身上好好发泄了一通，玩够再甩她。不过，他没想到自己会遭到绑架。

最大的意外

当时，光头和歪嘴在那两个小子房间等待到半夜都没等到人，两人恼火地回到自己房中。陈老三倒了霉，光头和歪嘴的火气都发到他身上去。

陈老三挨打招架不住，就把他敲诈女儿给当二奶的男人的事说出来。光头和歪嘴忍不住笑起来，这事太他妈狗血了。

不过，很明显那块肥肉要比陈老三这块大多了。光头打定主意，目标换成陈老三女儿给当二奶的男人。听完陈老三说那男人的情况，光头和歪嘴走出卫生间，开始新谋划。

陈老三向他们叫道：我告诉你们这些，你们总该放我了吧？歪嘴说：少废话，到该放你的时候，我们会放你的。

光头想了想，说，偷你那笔钱的不是我们，只要你明天帮我们找到那个男人我们就放你走，或者你也可以跟我们一起干，到时钱我们会分你一份的。

歪嘴忽然想说什么，但光头用眼神制止他。陈老三顿了顿，立刻答应下来：好，我要跟你们一起干。

光头满意地笑了笑，这才是他想要的。

第二天早上，陈老三跟着光头和歪嘴一起走出旅馆房间，准备出发去找秃顶男人，而斜对过的房间门也开了，高个和胖子、陈丹丹走出来。

几个人站在走廊里，走廊里一片寂静。

一杯咖啡被碰倒在稿纸上，咖啡瞬间浸透了稿纸，正在写字的人慌忙拿起稿纸甩了甩，稿纸上的字迹被弄得模糊不清了。

对面的人立刻递上抹布，但什么都晚了。

"稿子弄成这样子，我们的比试怎么办？"对方问。

"没事，只是湿了我刚写的一页，我再重写一遍，你等着继续接。不过要注意，已经到故事的高潮了。"

……！

文/陈义仁

我不知道从哪来,我也不知道到哪去。我似乎就这么莫名其妙地在这世界出现,没有目的与方向。

我走过这条繁华的商业街,与形形色色的人擦肩而过,一张张正直善良的面具下,却是背地里的咒骂,龌龊的心思,下流的想法。我能收听到这些人的"声音",而且我无法控制它,我一直不知道如何面对这些口是心非虚伪的人,不过我也不用担心怎么对付这种我厌恶的所谓的交际,不想回答我就可以不回答,因为,我是个哑巴。

我希望有一个我"听不到"的人能出现在我的生命里,我不知道为什么会这么想,只是有种感觉,这样我的生活才会有所改变。

下雨了,行人都加快了脚步,而我还是保持着自己的步调。这个世界其实与我没有多大关系,我靠编程来养活自己,几乎所有的活动都能靠网络完成,生活在虚拟的网络里也比这个虚伪的世界来得好。

走过街角的咖啡馆,遇到一个发广告的女孩,将一张广告交到我手上。

创造你的夏娃!肋骨公司,一根肋骨创造一个理想伴侣,无论男女,只需2000元!

真可笑,怎么可能会有这种事!

我笑了笑将那张广告揉作一团,丢进了垃圾箱里。

再回头,那个女孩已经提着包匆匆忙忙跑远了。

"张先生,手续办好了,协议在这,将你的要求填在上面,最多三个,然后在下方签字就行了,签完字交完钱就可以开始这个手术了。"

一个戴着墨镜的老头子说着,把一份协议书交在我面前。

我终究还是踏进了这家肋骨公司,我不在乎钱,我也不在乎少一根肋骨,所以,为什么不试一下呢?

我将想到的三点要求写在了要求栏里,在关系亲属方面选了随机,拿笔的手再挪到下方,不禁顿了一下。

这事真荒唐!

可这个世界也够荒唐了……我提起笔在签名栏写下我的名字。

不久我便躺在了床上，一个大盖子盖住了我的腹部，一个个穿着黑衣服的"护士"把不同的贴片贴在我的身上，无影灯一打开，我的意识就变得模糊起来。

等我醒来，我已经躺在了自家的床上。我看了眼床头的电子钟，这是我到肋骨公司去的第二天，中午 11 点 46 分。

叮叮当当，厨房传来了一阵熟悉的声音。这房间一直是我一个人住，现在厨房里的还会有谁？难道是送我回来的？

我一使劲从床上一个跟头翻下来，穿上拖鞋，向客厅挪去。

"起床了吗？"一个温柔的女声伴随着锅碗瓢盆碰撞的声音送入我耳朵。

我在厨房门口停了下来，一个不认识的女孩占据着我的厨房，难道这就是我的"肋骨"？天哪，这是梦吗？刚想敲门示意，肚子不争气地叫了起来。

那女孩转过头，"扑哧"一声笑了出来。

她很干净。

这是她在我眼中的第一印象，不仅仅是白皙的皮肤和精致的五官，她的笑也很纯净，看不到一丝杂质。

"看什么？"女孩又是毫无保留地一笑，右手端着一盆煮好的红酱意大利面。

我被这女孩拖着坐在了客厅里，女孩将面摆在我面前，将一把叉子递给我，像猫嘴一样的唇线深深吸引着我。

"小宇，尝尝看我做的意大利面！"

我一时没搞明白情况，不过饿是真饿了，手已经不自觉地拿起叉子卷起面条往嘴里送，心想，这女孩应该不会害我的……

等等，我似乎听不到这女孩的心声……

脑子还没转过弯来，口中一阵酸痛感刺激我差点吐出来，天哪，这娃居然在红酱里放醋！不能吐出来，我用力咽了下去，但很快我就后悔了，我噎住了。

"慢点吃嘛！"女孩急忙跑到厨房放了一杯水交到我手上，我喝了一大口，差点喷出来，我还是去吐一会儿吧……

吐完觉得轻松多了，女孩紧张地抚摸着我的背，我抓住她的手，示意我有话要说，她巴登巴登地看着我，一脸的无邪。

她和我以前遇见的人完全不一样。

我想打手语，怕她看不懂，便把茶几上的便签拿过来，写下一行字，"你是谁？"

"这是哲学问题！"，女孩一脸得意地说，"这个上课的时候学过，我知道！"

我摇摇头，继续写道："你叫什么？"

"嗳？"女孩摸摸我的额头，惊讶地说道："你只是开个阑尾，怎么成失忆了呢？我是小初啊！倪见初啊！"

小初？我真没印象，难道真是"肋骨"？不管多么玄奇，现在也只有这一种解释了吧……

"你来自哪里？"我继续在纸上写着。

"这就是我们的家啊……还有，我懂手语的。"说罢，左手食指指了指自己，又紧握成拳，伸出大拇指，右手轻轻抚摸拇指，罢了又指了指我。

我知道她和我关系非凡，至少在她的眼中是这样。

"嘟——嘟——"

竟是电话的铃声！可是我用不着电话，这个电话只是房东装着的说是以备不时之需，然而住的这几年都没有用过，就连缴房租也是房东亲自来收的，这时候谁会打这个电话？

"张先生您好，肋骨公司为您服务，您的伤口已为您清理缝合完毕，今天就可以揭去腹部的贴片"话筒里传来电子语音的声音，我拉了下衣服，果然肚子这有一块大号的创可贴，我一撕有些疼，只是粘住了皮的疼，忍一忍便揭了下来，竟只有一条小小的疤痕，这手术太神奇了！

"您已成功激活您的伴侣，下面向您介绍您的伴侣的设定，倪见初，21岁，毕业于美术学院……"

电话那头讲了一长串，原来真是他们给我随机出了这么一个女孩。

小初在一旁尝了一口自己做的面，也是差点一口喷出，连忙端到厨房清理，我一边听着关于她的设定，一边看着她忙里忙外又笨手笨脚的样子，不禁发笑，这世界真是荒谬啊！不过……一旦接受这种设定，还是挺带感的……

一切都来得很突然，一切也来得如此美好。和小初在一起的日子很开心，一起起床，一起吃饭，一起做着我们所能想到的事。

我觉得我们会这样一直生活下去，直到永远，我和我的"肋骨"。

"小宇，今天我要出去一下，晚饭不回来吃了哦。"小初轻描淡写地说着，披上了外套。

"去哪里？"我停下了手上的编程工作，转过身去用手比划。

"哦，去逛街，美云约我的，就是上次我们街上遇见的那个，和我差不多高的……"

那女人……简直就是个荡妇！婊子！一天到晚只想着钓男人，小初和她待久了会被污染的！

"你不能去！"我奋力挥舞着手来表达我的愤怒。

"为什么？"

"那不是个好人！"

"你怎么知道？"

"我就是知道！"

"你真的了解别人吗？"

如果我能说话，我想我已经能把邻居都叫醒了，现在房间里只有小初的声音在回荡。小初的拳头捏得很紧，我是第一次见到这样紧张的小初。

"当然，你知道的，我能读心！"我试着镇静下来，手语的幅度没有之前那么大。

"能读心又怎样？"小初深吸了一口气，换回了平常那略带稚气的语气，"你又不是上帝！所有的一切不都是从你的视角得出的结论？"

我不知该"说"什么，我似乎感觉到站在我面前的她已经不是原来的她了。

"能读心，你能读懂我吗？"小初指了指自己的胸口，"你知道我想要什么吗？"

我摆摆手，"不能，你是我遇见的唯一不能读心的人……"

"所以你根本不能了解我不是吗？"

"我了解你，不用读心我就能了解！你是干净的！"

"你不了解我，不，你根本不了解人……"小初的泪水在眼中流转，"我也会有愚蠢的，自私的，肮脏的想法，我不是你想象中的那么伟大，我是个人啊，我又不是神！"

"不，不对，你的设定不是这样的！"

"什么设定？"

"你是我的肋骨，是我创造出的人，你的性格能力都是我设定好的！"

"小宇，你真的脑子受创了吗？"现在的小初就如看待一个精神病人一样看着我，"我有父母，有朋友，你居然说我是被你创造出来的，小宇，你怎么会变成了这样……"

小初转过身，挎上她的廉价包，左手拧开了门，手链打在门把手上发出的响声在这一刻格外清晰，"或许我们应该冷静一下……"

小初就这么走了，落下我一个人。

我注视着这个屋子，一周前这个房间还没有异性的味道，现在却到处留下了小初的身影。

我躺在沙发上，不想再去管那些没完成的工作，我的"肋骨"居然抛弃我，一个属于我的东西居然抛弃了我，呵呵，真可笑……

就这样，我在沙发上翻来覆去一天，两天，甚至于忘了饥饿，忘了时间。小初还是没有回来的迹象。

"嘀嘀嘀"手机的按键声在房间里回荡，我的手指已经不自觉地在向手机上的收件人求饶。

你打算什么时候回来？随着最后一声嘀，手机屏幕就只剩下信息发送的字样。

等待终究是难熬的，更何况是等一个对于我生命相当重要的人。

时间一分一秒地过去，她还是没有回电，她怎么可以这样！她可是我的东西，她怎么能够反过来抛弃我！不可原谅！

我变得十分焦躁，这感觉好久都没有了。

没有糖分的摄入，脑子已经疲惫不堪，容不得我再去多想什么……

"嘀嘀嘀，嘀嘀嘀……"

熟悉的铃声传入耳朵，是闹钟的声音。我竟然不知什么时候睡着了。

哎？难道这一切都是梦吗？

床头还有我和小初的合照，相框有些显旧，似乎过去了很多时间。难道这是梦吗？小初真的是一个真人，她……不是肋骨？

我分不清这到底是不是现实真相，这一切都发生得太真实了，我需要洗一下脸让自己清醒一下。

镜子里的我显得异常的疲惫与萎靡，为了小初我竟然会变成这个样子，真是意想不到。我决定出去走走，吃点东西来维持体力。

久违的阳光再次洒在脸上，我竟有种火辣辣的痛感。

街上的人还是没长进地虚伪着，但这一切都不关我的事，我只知道现在要花钱填饱我的肚子。

拿着两个包子准备回家，一个熟悉的身影出现在我面前——小初……

小初从一家餐厅出来，兀自走向了她工作的公司大楼，我竟然不知不觉走到了这里？

她的脸上没有表情，反而散发出职场女性的冷艳和知性，她已经不是我所期望的她了……一个不谙世故，天真烂漫的小初。

或许她本来就是这样，只是在我的面前表现得那么纯真而已，兴许，那一眼纯洁真的只是梦而已。

我不想叫住她，我也没法叫住她……

转过身，晴天还是晴天，只是我背对着阳光，一切都感觉昏暗了下来。我又独自走上了回家的老路。

"先生，请关注下我们肋骨公司……"

又是一张传单发到了我手上。

嗳？

"是的，张先生，您是在我们公司购买过这个项目！"

我又踏进了这家肋骨公司，为了确认我是不是在做梦。接待我的还是那个戴墨镜的老头，他说话总是这么不紧不慢，听不出一点感情的变化，就和一个机器人一样。

"这是您签订的协议书……"

就和上次一样，老头把协议书双手递给了我，不同的是，上面已经密密麻麻填着或手写或打印的字迹，底下还有我的落款。

"是对伴侣不满意吗？"

我点了点头，又立刻摇了摇头。我不知道在想什么，但是我不希望听到这样的话……

"如果不满意的话，您可以启用协议中的解约条款，可以对于您的伴侣选择视为废品，本公司进行回收处理，亦或是将其解放。"

废品回收……

片刻的沉默后，老头的手上收到了一份勾选的协议书。

"张先生，我们的合作关系就到此结束了。"

我点点头，起身，最后将一张纸递给了老头：

你们到底是什么样的公司？

老头扶了下墨镜，"没人知道。"

我笑了笑，似乎有什么在我脑中留下了痕迹。

我应该放下这段记忆了，走出肋骨公司，突然有种如释重负的感觉，或许这样一来我和小初会过得更好。答案是什么不重要了，毕竟它会随着时间和空间的改变而改变，就和人一样。

而我现在唯一能确定的，她不是肋骨，她是人。

放手也许是个好选择，我不悲伤，也不可惜，我只是留恋一个纯洁的化身，却未曾爱上一个完整的人。

还你自由，这是我现在所能想到的最好的决定。

"张先生，还有一件事！"三个戴墨镜的男人站在了我面前，他们的打扮就和那个老头一样，应该也是肋骨公司的。

"您的协议人激活解约条款，在其死亡的时候将你作为废品由本公司回收，我们接到一个不幸的消息，刚刚您的协议人由于抑郁症自杀，所以，我们要将您回收。"

突然一阵刺痛侵袭了我的大脑，我的视线慢慢变得模糊，渐渐的那些行人的声音也听不到了。

我该恨吗？

我不知道……

这世界上还有多少人少了一根肋骨呢？

……！

文/孟盛

　　安县道路实在太狭窄，碎石坑洼。可县大队管交通的王兴堡最近迷上园艺。县长秘书找这位交通局的头头，商量能不能修一条柏油马路。不是柏油也行，至少把碎石铲掉。兴堡一身素衣，答话的时候还是看着盆栽桂花，斜眼瞥了秘书，我们安县小地方，经不起大卡车折腾。不要修了，修了也白修。兴堡转过身，从抽屉拿出剪刀，两指一夹，右手向外扭，利落地剪下树形不佳的植株。顿时桂花香气飘散。

　　秘书跑到县长洪方正那里道苦，那个兴堡真他妈不是东西，交通局局长不负责交通，竟养花弄草，不务正业。洪方正倒不吃惊，继续听秘书说，县长，你知道吗，王兴堡还说在家种树比修路强。博士做官越做越傻，这是啥鸟事！洪方正在他县长办公室来回走动，对秘书说，你先出去，让我静一静。秘书退下去，方正放下窗帘幕，连带把办公室大门锁上三圈。

　　出来吧，方正抽起大中华，没好气地向内室叫道。

　　咋啦？于梅从里面蹦了出来，一股脑扑到方正怀里，发着嗲。

　　走开，走开。方正推开于梅，他坐到待客的沙发上，眼睛望向一面面锦旗。这不是坏事吗？你男朋友咋啦？叫他修路，他不修，天天养花。这倔脾气。

　　于梅站起来，挺直腰杆，你县长洪方正玩别人的女友，还要说别人的不是。你脑门是长枪眼了吧。方正连忙捂住于梅的口，在她屁股上一拧。给老子轻一点，我要是被弄进去，你也没好果子吃。

　　不，兴堡会救我的，于梅并不服气。

　　救你？方正讥笑，又压低声音。你配吗？兴堡大概才是脑门长枪眼了吧，会来救你？方正走到饮水机边，又忘记什么折返到书柜。于梅这回安静了，他往杯子里散上几片叶子，回过头讲，你回去劝劝他，兴堡这几年为安县也做了不少事情，让他不要意气用事，我马上会调到市里面去，我一走，县长的位子还不就是他兴堡的吗？

　　于梅心中有点波动。方正看到茶叶没有完全泡开，拿起杯盖压住。我知道你还是喜欢兴堡的，等我一走你们好好过日子。放心，我欠他的会补给他的，而你继续做接待办主任。方正搂住于梅，呼哧呼哧地亲吻。

兴堡也不是省油的灯。

于梅来看兴堡，他正敞开肚皮吃西瓜。

哟，吃西瓜呢。于梅撅起屁股，说，方正这个老狐狸马上要调到市里，他一走，县长位子就是你的。你好好表现，让他走之前提拔你。

兴堡继续吃西瓜，都快啃到瓜皮也不发一言。

你个死人倒是快点说话啊，别一本正经的样子，谁不知道你那一点花花肠子，你就是想把我甩了，找别的女人。我跟你说，你要是不把路修好，我跟你没完。于梅愤怒地走出门外。

兴堡看到于梅离去的背影摇摇头。

谁都知道这个妖精和方正的勾当。兴堡是个明白人，有些事能不点破就不点破。

有一天，兴堡从省里开会出来，想把上级指示报给方正。他刚想敲门，里面就传来粗粝的喘息声。他还听到一个熟悉的声音，正发出尖尖的破音。兴堡向四周望望没有什么人，他不敢确定真相。脸贴近玻璃，从下拉的窗帘缝里看到两具充满肉欲的身体，女友于梅正抬头露出疼痛的表情。他想要冲进房内，狠狠教训这个畜生，此时，身后最信赖的助手媚兰一把拖住兴堡。

谁敢拦官运？枪打出头鸟。有些事需要忍，这就是官场。助手媚兰教给他一句话。兴堡知道这些年没有于梅的帮助，他依然是个穷酸的县政府小干事。

媚兰把兴堡引进自家的小公寓。她说，兴堡局长别喝了。于梅只是你的女朋友而已，她这只是想两头通吃。你要是愿意，我给你当女朋友。

兴堡摆摆手，让我静一静。他说。

局长，你真的不要我吗？媚兰脱得只剩蕾丝胸罩，她慢慢靠向兴堡。于梅可以那么不要脸地引诱县长，为什么我就不可以勾引你呢？局长，来吧，我心甘情愿的。只要你以后不会忘了我。

兴堡此时有点醉意，神智还清醒。兴堡推开那酥胸软肉，说道，老子他妈的不是洪方正那个畜生！

媚兰不依，蕾丝胸罩也不要了，把兴堡按倒在床上。她使出浑身解数，拨弄上司的那玩意儿。兴堡被折腾得疼痛难忍。自己的女友给上司玩，而他又在玩自己的下属？兴堡想到这儿，心生悲悯，他有点同情媚兰的执著。毕竟是一个博士生，道德感还隐隐作怪。任凭媚兰呼风唤雨，兴堡那弟兄就是硬不起来，不一会儿，就软了。媚兰被瘫倒的兴堡压在下面，不好再多说什么。

兴堡摇摇头，下床拿烟。云吞雾绕，意味深长地看着这个主动送上门来的盘中餐。

兴堡，你觉得我像局长夫人吗？媚兰光着身子站在床上蹦跳。

局长夫人有什么好当的？兴堡看到媚兰泪水渐渐下滑，又改口说，行，你想当就让你当！

经过那一次事情后，兴堡选择沉默。他开始对交通部不闻不问，反而，对自家的盆栽情有独钟。

安县四处群山环绕，山的外面还是山。这里让人看到了绝望。兴堡叼着烟斗，站在安县最高处乐山亭向下眺望。晨光由下往上，照到翠心海，那是兴堡年少时追波逐浪的旅程。往上升，光照到了安县一中，这是他拼搏的地方；再往上升，照到了香樟树，这是他和于梅第一次相会的地方；最后，晨曦照到乐山亭，照到兴堡的身上。他生活在这里，而这里是冰冷的坟墓。兴堡喃喃自语。他感到体内有一股强大的张力，他握紧双拳，想当初博士毕业，他是多么意气风发啊。兴堡放弃那些前端文化机构、留校机会，他要当村官，他要建设自己的家乡。兴堡坐在乐山亭，大声喊道，王兴堡，你这龟儿子，你的理想呢？

兴堡心里憋屈，他要逃离安县这个坟墓，他想去年轻时梦想的地方。他要去上海、深圳、广东、澳门、香港，他要去课本里提到的塞纳河、佛罗伦萨，他要去纽约、华盛顿、巴黎。他要和美国总统对话！他要去世界各地！

写到这里，我搁下笔。兴堡后面该怎么处理跟县长方正的关系？还有安县修路的事情呢？他是选择继续维持现状，还是收手不干，或者选择死亡来逃避现实的冷淡？我完全没有思路。

与许多作家一样，写小说总会碰到卡壳的时候。我给自己沏一杯龙井，把家里的玻璃杯擦了一遍又一遍。给金鱼换几次水。我来回在书房踱步，看看窗外一只鸟和阳台的猫窃窃私语。我使劲地挠头发，握紧拳头对镜子咆哮。几个小时过去，依旧没有思路。

我写过很多这样只有开头没有发展和结尾的小说。对这类小说，我打上"……"也许几天后，我有灵感继续写；也许它将会永远埋葬在红木抽屉的最深处。

正当我打算放弃兴堡的故事时，门铃响了。

你怎么能这样写我？素衣高个，戴着眼镜，三十五岁左右的中年人出现在我的眼前。我就是兴堡，他愤怒地盯着我，你懂不懂官场小说？我的朋友是另一官场作家笔下的主人公，他有次和我闲扯，说他陪领导去东霓按摩房，几十个干部开过二十个处女的苞，给她们每人五千块。

我故作镇定，请我的主人公坐下，说，你的意思是？

上床不是什么大不了的事！兴堡带肯定语气说，根据博士当村官政策，我毕业到安县只是个副处级干部，就那么两、三年过去，升到局级干部。这点官场原则不能忍受，我还怎么混？

我给兴堡点上一支雪茄，拿出已放进抽屉的稿纸。

兴堡不客气地拿过来阅读，你真是个愚蠢的作家。是不是你还想写我从乐山亭跳下来的景象？

兴堡吃着我给他端上来的点心，他看到我的沮丧，拍拍肩膀，说，来，我们讨论一下后面故事的发展。

兴堡：
安县政府报告把修路作为今年政绩。年底，省长要亲自过来剪彩。你说，对于要升官的方正，这修路能不急吗？

我一直在家修剪盆栽，后来，方正坐不住亲自找我。他是条老狐狸，说，兴堡啊，现在讲究一体化。我们安县小，但五脏俱全，我们没有理由不跟上时代发展，这个路要趁早修。

他给我带来十几盆植株，桂花、桃花、茉莉。

什么？你问我到底修没修路？我的作家，听我说话好吗？

路是要修的，就看是怎么修？好比修剪盆栽，你这一刀下去要恰到好处，如果剪歪，不仅伤到主枝，还影响开花数量。我说，县长放心，这路我一定修好。兴堡看到我成竹在胸，料想我在这件事情上不会使诡计。

答应方正后，我迟迟没有开工，只叫手下拿推土机填平土层。方正这次是真坐不住了，市委副书记马庆华是他父亲的老战友也坐不住了，马亲自察看修路的情况。一看安县尘土飞扬，把方正叫过去痛批。

洪方正，你这是怎么回事？路怎么还没修起来，还有半年，难道你要让省长走这样的道路吗？马庆华坐在方正的位子上，我跟你说过多少次，路修不起来，你就永远在安县做县长。马庆华继续说道，这条路是你我的希望啊！

方正想办我的罪，但现在是修路阶段，他也不好说什么。

他询问我修路的进程，我不是推脱混凝土不够，就说水泥拌沙石料缺乏。安县太穷需要企业竞标才能完成。

这就是官场。

他越想得到一件东西，你越不能简单地给他轻易得到。记住，你不能成为领导的附庸，万一这个领导下台，那个领导上台，他的下属不就连着遭殃？

方正恨不得做修路的监工。

"哎，老乡，这条路什么时候修好？"

"快了，个把月。"

"几月？"

"不是说了吗，个把月！"

工人不认识县长，方正也不和他们计较，他和速度计较。有时候，他可怜得就像只猫。

方正说不久就要升上去。这不是他业绩好、能力强，而是他上面有人。他的人就是市委副书记马庆华。经过这么一闹，马庆华也要心中掂量几分，把方正调到省委是培养自己亲信，还是给敌人制造入侵的突破口？

安县人都以为洪方正会调到省里，再好的领导到一个地方待久了，总会树敌太多。大家盼望着方正的调离，连他的下属们都开始寻思县长这个位子。

县长秘书常常被人追问，心生烦厌。

洪方正想要升上去没那么容易！至少把安县的路给我解决掉！马庆华私下总是这样说。

他不升上去，你就不能当县长了！不是吗？我给他倒了一杯龙井。

兴堡：

官场的话都是荤话，你不能全信也不能不信。方正在安县下面扶持那么多人，会轮到我当县长？你别看他手下那些一张报纸一杯茶，过了五点回妾家的饭桶，升得最快的往往就是他们。官有官话，人有人话。还是要有人办实事，所以我才能留到现在。

和你说了吧！于梅是我故意放过去的饵。方正到底是官场混过，钱物拒收，甚至放言，在家不谈公事。但他管不住自己的操控欲。于梅长得水灵，柳叶眉，该凸的凸，该凹的凹。他以为得到于梅就能控制我的行动？呵呵。那次，方正和于梅偷情，还是我叫出租车把于梅送去的。

他方正有什么举动，我都一清二楚。

我对兴堡说，你的意思，是让方正犯作风问题，这样就可以趁机上位？笔下的主人公说出作者意想不到的话。他抢过我的稿纸，写下：

我王兴堡要和于梅结婚！

兴堡：

世界上没有不透风的墙。于梅和方正的偷情，已经是谣言四起，这时候我高调娶于梅，那些老干部、反对方正的局级、处级干部势必会拉拢我，而方正本人乐意看到自己的二奶时刻埋伏在我身边。我和于梅结婚，有点像宋庆龄和蒋介石的联姻。

你知道最好的升职不是上头带你，他们需要冒风险，而是你把方正这样的人踩在脚底下。

你靠检举揭发那是没有用的！哪个官员没有作风问题？于梅跟我说，前几年，几个处级干部报到省里检举方正的信，都在方正的办公桌上压着。官场水深。

结局？

方正看着大雨拼命地下。他坐在窗口。

于梅想从身后抱住他,被他一把推开。他甚至跪在窗前。

还是修路的问题。万隆集团承包这次的修路工程。

由于想快速达到指标,允许企业竞标,不少公司看中商机。方正亲自和企业家谈判,结果这修路工程由万龙集团承包下来。

说来也怪,安县下了百年不遇的大雨,三天三夜,雨水淹没庄稼。关键是那条路,排水系统还没有完全建好,水涨到三尺高,伤亡率也随之涨高。省市驻军都到安县来救灾。大水一来,安县的经济损失更加大了,更别提什么业绩。

这场突如其来的大雨,也剿灭了方正的花花心思。省领导把问题归结到承包商的偷工减料。马庆华极力争取,县长、副县长才停职留用。

我是交通局局长,虽然也有责任,但最重处罚也就是方正的停职留用,我起码还待在局长的位子上,没有人再可以和我争了。

兴堡满意地和我说再见。

根据兴堡的情节提示,我写完了这篇小说。

小说的情节出乎我的意料。最后我写了大大的"!"

可不久,我的门铃又响了。

苹 果

文/陈时锋

　　我的父亲于三天前去世。尽管他对往事一向讳莫如深，但在一个被风敲响的夜晚，他还是从病床上苏醒而试图向我说些什么。在很长的一段时间里，他飘忽不定的眼神似乎都在竭力传达某种具有神秘意味的东西。当时我想，作为一个原本居住于横塘一带的外乡人来说，他对这座城市的气候还很不适应。他曾经颇为忧虑地告诉我，在隆冬时节，南迁的候鸟就已经早早地从城市上空飞进了刺树林里。

　　"这种奇怪的现象就同梦境一样充满了象征意味。"他如此说道。

　　正如他所预料的一样，死亡的阴影很快的笼罩了他。当他挣扎着从长年没有拆洗的被褥里直起身来的时候，我感觉到冬天阴冷潮湿的气息正使他身体内各处脏器向腐烂漫延开来。他翕张着厚重的嘴唇，却始终没有发出声音。我看见他苦笑了下，从身体底下吃力地取出一本泛着陈朴旧迹的《横塘村年史》。他像是完成了什么仪式一样变得异常激动起来，并且发出一段如同跌落深井的语无伦次的字句，但我还是从中得到了某个被反复提及的词汇：苹果。

　　实际上，在这本书中并没有记载有关于"苹果"的一丁半点。为此，我决定起身前往横塘。旅途中，在一家私人酒店里，我遇见了编撰这部年史的陈吹树教授。在我提及"苹果"这个词汇时，他的脸上不禁流露出恐惧之情。他说，在二十年前，横塘村的原名其实是"苹果"，村子里的人以嗜爱苹果而闻名。然而，某一天，苹果像是成为了某种禁忌而从村子消逝无影了。像往常一样，临别的时候，陈吹树教授用意味深长的语调说道：

　　"如果你到了那里，我想你将一无所获。"

　　一

　　站在锈迹斑斑的三路站牌下，我对一个远处阳台上正给菖蒲浇水的女人凝视了很久。似乎沉浸在空气里化开的柏油气息中，这有益于我打发候车的漫长时间。我看见她的飘飘长发被风拂起绕过了鼻翼，一棵高大的楝树阴影罩住了她。她伸手捋了捋脸上的汗水，提着一把木质水壶走向阳台的另一端。阳台上满满当当的金色菖蒲如同谷穗一样迎风飘飘。

而眼下，一辆三路汽车也未出现，只有一个身体像影子般干瘦的高个青年一直在冲我们招手，他的旁边停驻着一辆粘满赭黄泥渍的面包车。这一切使我感到无比的沮丧。就如同埃利蒂斯说的，我的一整个下午已经被树木和石子磨蚀殆尽了，而我的目的地"横塘村"依然遥遥无期。那个高瘦青年仍旧向我们不住招手。我望见同我一起候车的黑压压的人群中走出一个壮汉，他就像见到老朋友似的也朝青年撇了下嘴做出了一个笑容。在车窗的时候，那里出现一个短发女子的上半身。他们轻声交谈了几句，壮汉摇了摇头尝试身回来，走到一半，又突然倒退着回到车旁，拉开车栓一下钻了进去。

窗台上的那个女人再也没有出现。她和我等候已久的三路汽车一样，成为了某种意义上时间的迅捷流逝或者时间发生悄然停顿的悲伤隐喻。鸟儿从成勾角状屋檐下的排水管上扑棱棱飞动槭树叶般的爪子，它们沿着河坎那道水线迟暮地飞进了楝树林里。我注意到和壮汉交谈后的那个短发女子并没有把身影退回车里，她的右手搁在生着黄锈的窗架上，目光一直遥望远处弥漫着灰蒙蒙暮色的田垄上空。这副在黄昏的背景中显得有些子然一身的景象时隔多年后我依然记忆犹新。那个高瘦青年仍旧向我们不住招手。

他为什么不过来？

他的左腿让人打拐了。你没看到他是瘸下去的？她说。

我沉默不言，在我凝坐在壮汉身旁后，我看见他比任何正常人都要身手矫健地钻进了驾驶室。面包车启动引擎时发出类似金属滑碰的橐橐声响使我感到些许不安。空气里散发着从发丛中飘出的桉叶香味。将要驶过坡顶的时候，我意外地瞥见那个迟迟没有出现的女人正在一根架在长满蒿草的后院里的铅丝绳上晾衣服。夕阳的光线在拆洗的被褥上呈现出鱼状的橙色。

二

你想去哪？

苹果。

你说什么？

我是说横塘。不过，在二十年前，村民们都称它为"苹果"……

什么"苹果"？短发女子笑了笑，她告诉我说，她从小就在这一带生活，从没有听过有什么"苹果"，更别说二十年前了。

但是，是一个教授……

这一定是他搞错了。她说，这有可能是两个村子也说不定，或许也只是他个人的戏谑之称。不过，你准备在哪下车？这个地段确实不存在你所说的"苹果"。

我示意那就在横塘下车吧。短发女子此后不再吭声，我猜测她可能在后视镜中端详着我的表情。但这种情况并没有持续多久，漆黑如鸦的夜色已经开始布满窗外，每个人的脸庞上都闪烁着灰色的条影。壮汉在我身旁沉沉地睡去，他似乎并不担心他的目的地可能会不翼而飞，而我却对此忧心忡忡。我没想到的是，公路两侧始终没有出现村庄的模糊轮廓。

在我忍不住打眼战的时候，车子停了下来。短发女子跟我说这里就是横塘村，但已经临近后半夜，整个村子恐怕都陷入了沉睡。

四周瓦般漆黑，远处大约几十米的地方透着光亮。短发女子跟着下车打开手电筒为我指路，她告诉我，那个彻夜亮堂的地方是横塘村的祠堂，那里长年蛰居着一个老倌。你可以到他那里借宿一晚。

我在这时突然对这个女人产生前所未有的好感，我原以为她可能是类似山西煤窑的人贩子。她说在她年少的时候，倒曾有过一次有关"苹果"的经历。

"那个时候是冬天，那块酒店的蜡染门帘一下子被大风掀在了泥墙上。当时，那里的客人络绎不绝行色匆匆。我趁人不注意时，偷跑了进去以躲避屋外的风寒。有两个年轻人，"她回忆说，"我看见他们相对而坐，彼此沉默不言。其中一个人不断地喝着酿酒，看上去'神情犹疑、忧心忡忡'似乎有什么心事；另一个人的脸上却像喝了野罂粟花酒一样泛红。这时，我注意到那个脸红的男人开始掏出青色的苹果吃了起来。那时我以为他是想解酒，然而在他吃完的那一刻，他的脸色突然变得很难看。他几乎像是受到了惊吓一样跳了起来，在喝闷酒的人还没回过神的时候，他已经掏出一把短刀捅了进去。这是真事。不久，村子里就起了这样一个流言：他们曾为一个素不相识而仅有一面之缘的女子争执不休。"

"有人说过，人类集体的所有潜意识，都在最底层的同一片湖中。我想，"她一字一顿地说道，"苹果吃完的那一刻，或许是对死亡的暗示也说不定。"

三

我沿着那道光亮的地方摸黑前进，脚下泥泞的土地险些几次将我掀个跟头。狗吠声在黑暗中此起彼伏使我惊出了一身冷汗。

那是一扇赭红色的旧松木门板，门上镶嵌着在唯一一盏的路灯中依旧泛陈着清晰锈迹的两个铁栓。开门的是一个年已耄耋的老人，他果然收留了我。老人显然走不动路了，岁月已经无情地在他两膝之间灌满了铅土。他领我走进一间空闲已久的柴房，顺手拨亮了墙上佛龛里的油灯，灯光中可以看见旮旯里堆放着厚厚的干净麦秸秆。老人说，暂且睡一晚吧，如果需要，明天打扫厢房后再让我搬进去。

老人说着忽然弯下身子躺在了草垛上，轻微的鼾声和一股飘满麦屑的老人味从他身上传来。老人睡着的时候布满褶皱的嘴巴张得很大，一丝口涎从他唇角溢了出来。我掐灭了灯芯倚在老人的一侧，脑中开始回想起那个女人所刻意对我说的一切。我记得在一本关于心理学的书籍曾经提到过，人在做出某种不为寻常的举动之前，往往只需一个轻微的暗示：可能是某一时刻闪过的光影，也可能仅是窗外飘落的某一片枯叶。

天边渐渐露出黎明的曙色，我很早地走出了柴房。老人还未醒来。昨夜蚊虫的叮咬和老鼠奔跑的声音使我彻夜难眠。天空中飘着几缕淡淡的白烟，村子里已经有人晨起生火了。我在山榆树旁的一坛水缸里舀起一瓢凉水咕咚咕咚地喝完，便匆匆地拉开门闩准备走出祠堂。这个时候我听见一个苍老的声音唤住了我。

你想去哪？

我被这突如其来的动静吓了一跳，老人不知何时醒来正倚在门板上看着我，但这并不使我感到诧异，奇怪的是在这一夜之间老人的齿音变得很重，喉音浑浊不清，就像是在砂纸上打磨出声。我对老人说我现在饿坏了，过了这个早上，我将持续一天都未进食。我想到生灶的人家混口稀粥果腹。

粥食我给你做吧。我还以为你想不辞而别呢。老人勉强在衰老的脸庞上做出一个怪异的笑容，然后步履姗姗地带我走进一间土壁剥落不堪的灶膛里。老人说这个村子女人很少，自己终身未娶，即使到了这把行将死去的年纪也要亲自生火。老人从米篓里掏了一把撒在铁锅里，并拽了拽我的袖子，你来生火，我现在没有多少气力了。我坐在有些松垮的木凳的时候，想起昨夜刚劲的风把庭院里的树枝吹得瑟瑟作响。我说，你知道"苹果"这个村名吗？

老人似乎没有听见，他跨出门槛去庭院里的水缸舀水，回来的时候木瓢里飘着一些草屑和叶梗。他跟我说附近并没有这个村落，而且他从未听说过这个地名。我将灶里沉积着的碎木炭捅开，开始用竹筒往刚刚点燃的枯木柴禾里吹气。没吹多久，浓烈的回烟一下弥漫了整个屋子。但火燃尽那些枝条后又立即颓败下去。我在拾起刚刚脱粒完的麦秸垛时意外地发现底下埋藏着一本封面破损的书籍，不过已经缺失了好几页，应该平常当作引燃之物来用的。我随手翻开这本书，忽然全身一下子冻住。老人一把从我手中夺过去，恐惧同时也镌刻在老人衰败的脸上。

这似乎是一本某个村子的地方志，然而，我却在第一百三十七页看到了有关"苹果"的记载。

四

三天之后，天空就如我初来这里的那个夜晚一样，看不到一丝吉祥的迹象。我在空旷的街道偶然看见一个被端着一盏美孚灯所剪出的模糊人影。我忽然发现她就是我在三路站牌下凝视很久的那个给菖蒲浇水的女人。

灯芯草茎在积满沉碴的豆油中漂浮着，发出"噗哧噗哧"的声音。在女人的房间里我闻到了一股金木樨的香味。她说她叫棋，她嫁到这里还是十年前发生的事。她的丈夫是一个篾匠。在两年前的一个傍晚，他在麦田上睡觉时被路过的一头犁牛踩裂了胸腔，断了两根肋条而死。

"村子里不容许寡妇再嫁,但时常有男人半夜里来敲我的门。"她这么跟我说。

我对棋说,前几天我曾在一条马路上见过你,当时你在阳台上给满满当当的金色菖蒲浇水。棋笑了笑,她看着我说:"我从来没出过横塘村,我想你会不会是……认错人了。"

我不由一愣。风将用稻草铺盖的屋顶打得又黑又薄,我眼前的灯罩吸没了从缝隙中漏下来的雨点。我站了起来,挽起窗帘的时候天空滚过一道响雷,在闪电出现的一刹那间,我似乎看见了那个老倌撑着伞骨毕露的油布伞站在废旧的鸡埘旁边,雨水从他脸上凸出的颧骨滑落了下来,他好像在对我哭泣,但这种影像转眼间又消失无踪。

你知道"苹果"吗?

你说什么?

苹果。在《圣经》里,它就像是一种二律背反的存在,一个虚构的矛盾体。

棋笑了笑说,我不知道什么苹果。现在是冬天,你是不是把季节搞错了?

风向一变,冷雨大点大点扫进来。

五

多年以后的一个黄昏,在一家私人酒店里,我又遇见了一个叫棋的女人(尽管容貌不同)。当时,她正坐在我的对面,从她浓稠的发丛中,我闻到了一股桉叶的气息。酒店里不停地播放着布鲁克、韦顿的《佐治亚州的雨夜》,我看见她胸脯两个暖袋一样的物体流淌在桌沿以至于我回想往事时会感到莫名其妙的心悸。像是欣喜,又像是恐惧。她始终一言不发地埋头看书,然而也有可能她只是装作看书实际上正沉湎于对某件往事的追忆之中。因为在很长的一段时间,我看见她的目光始终停留在这本书的第一百三十七页。137?我不由地想起最近在这座城市颇为流行的关于数字的暗语。

我说,你在看什么呢?(我想可能是斯蒂文森的《金银岛》,因为我看见了其中一幅相似的插图)

金银岛。她说。

我不由一愣。

酒店里的音乐戛然而止,没过多久,唱针又一次流转起之前的唱片。正当我对这家酒店老板反复而单一的趣味感到厌烦的时候,一个沉闷的枪声突然从附近传了过来。当我从惊惧中回过神时，我看见一个年轻人站起身来，他镇定地把那柄枪丢在了歪躺在地的男人的尸体上。（与此同时，在餐桌上的菜谱旁边，我注意到有一枚被夕阳的光线染成了赭黄色的苹果壳。）他走到酒柜前，向惊呆的店员要了一部电话。在他迅速说完之后，他又极为安静地回到了座位上。那时，他看上去"神情犹疑、忧心忡忡"，似乎有什么心事。在场的客人几乎都一声不吭，只有一个小孩被吓得嘤嘤啼哭，但他的母亲很快就制止了他（母亲因为羞愧而涨红了脸）。在我因为时间仿佛停止了流动而感到难捱的这段时间里，我意外地发现棋已经翻到了第一百四十二页。

不知过了多久，姗姗来迟的警察把开枪的人带走了。

……！

文/卫天成

    黄老爹赔不起三百两银子。

    三百两银子是什么概念，三百两银子换成和谐村特产卫生纸，能绕地球一圈，不管圆的方的科学不科学，都能绕整整一圈。

    以前卫生纸在和谐村是可以当钱花的。三十年前和谐村有个姓卫的读书人，村人就叫他卫生。卫生寒窗苦读圣贤书十余年，竟然妙手偶得造纸大法。这种纸柔韧绵软，质感细腻，触之，像胡荏轻蹭婴儿的肌肤，像粗糙的手揉搓女人的乳房；薄如细纱，轻如蝉翼，却有三层纸紧密贴合，化三为一，浑然天成，遇水，吸而不烂；清香沁心，纸张表面书画装饰清晰可辨，皆出自卫生，精美绝伦，极具蕴涵。卫生造纸，不可不说神乎其技巧夺天工，洛阳纸贵一度风靡，时人称之为卫生纸，是谈婚论嫁收藏炫富之必备。

    物以稀为贵，卫生便借此发家致富，未老先爷，成了卫老爷。卫老爷饮水思源，将"使家家户户用的上卫生纸"作为毕生使命。

    经过卫老爷十年钻研十年普及，黄老爹家的卫生纸能把和谐村铺得银装素裹披麻戴孝，但它们竟然值不过他妈的半两银子——二十年前，黄老爹用三张上等卫生纸作聘礼，花了整整三百两银子，三百两银子是什么概念，换成卫生纸就等于一个活生生的老婆。

    现在黄老爹走投无路，要赔上这三百两银子，只能把闺女黄花卖给卫老爷做婢。也由不得他，黄老爹被逼到风口浪尖，不得不赔给刘备三百两白花花的银子。他瘫坐着，低沉地歇斯底里地呜咽，他觉得太冤屈。

    那天黄老爹本是去遛狗的，这条狗叫黄老爷。

    黄老爹说："走个虎虎生风！"黄老爷就摇首摆尾、龇牙咧嘴，威风凛凛地踱起步子。说："走个一日千里！"只见黄老爷后腿挺直，前腿微曲，借着屁股向后一顶的力道就嗖地一下吐着舌头飞奔出去了。又说："走个恍如隔世！"黄老爷双眼迷离，一步一迟疑，竟走出了少小离家老大回之悲。黄老爹就觉得很高兴。

    其实刘老太摔倒跟黄老爹没关系。黄老爹和黄老爷在场的时候，天色渐暮，刘老太就已经仰面倒在地上，驼着的背直接着地将她撑起来，任凭她短手短脚如何折腾也无法翻身。刘老太在和谐村德高望重，守了足足四十年寡，是寡妇之翘楚女人之楷模，村口那块受了旌表的贞节牌坊就是给她刘老太立下的，全村人都觉得刘老太给和谐村带来了无上的荣耀，包括卫老爷。他琢磨出的卫生纸最后一道制造工序就要将纸置于贞节牌坊下一整日，以致清澈洁净，无污无瑕，就跟佛珠开光的原理一样。所以刘老太与女神无异。

刘老太在呻吟，黄老爷也吠得急促，但黄老爹依旧迟疑不决。寡妇不能碰，贞妇更不能碰，何况刘老太与女神无异——如果能救女神一命，那这些简直就是屁大的事。

但老太毕竟上了年纪，骨质疏松腿脚不便，不能简单地拉一把扶起来。为了女神的人身安全，黄老爹俯身下去抱她，刘老太惊恐得目瞪口呆，噗噗噗啊啊啊地乱叫，大概是怕黄老爹要劫色害命。黄老爹也慌得手抖，守节寡妇刘老太在他怀里，他是骑虎难下，还没站稳，突然黄老爷狂吠着一下子就猛扑上来，连着黄老爹一起扑倒在地。它四条腿环抱住刘老太的大腿，对着刘老太的裤子一阵乱咬，裤子被撕扯成绺状，露出刘老太风烛残年的肉体，黄老爷饥不择食，伸出舌头就去舔。

刘老太在上，黄老爹的双手托着她的腰，艰难地把她撑起来。刘老太哭天喊地，拼命地舞着短手短脚，像是一只绝望的龟。黄老爹看见黄老爷仍然在狂野地舔着刘老太的腿，这只疯狗竟然长出了第五条腿——不对，是他妈的黄老爷春性大发了，它急促地喘着气，刘老太随着驼背凹陷进去的胸部也跟着这个节奏起起伏伏。黄老爷温热的舌头滑过刘老太干瘪的腿的时候，一种久违了四十年的被雄性触碰的强烈的酥麻的快感袭向刘老太浑身上下，她几乎要扭动起来，那是任何一种上等质感的卫生巾触摸皮肤也无法替代的感觉。黄老爹发现刘老太的表情简直像是灵魂出窍，一闪而过后忽然五官扭曲在一起，又噗噗噗啊啊啊跟魂飞魄散似的乱叫。折磨和享受、煎熬和释放、痛苦和兴奋、惊恐和渴求揉成一团，又在刘老太红扑扑的脸上荡开。

黄老爹冲着刘老太喊："黄老爷！你他妈的快给我滚！老子快撑不住啦！"

刘老太冲着黄老爹说："啊……你个淫鬼……啊……别碰老娘……哇……哦……"

黄老爹没了力气松了手，"咯噔"一下，衣衫狼狈的刘老太一张老脸硬生生砸进了黄老爹的咯吱窝里，没了。黄老爷终于往后跳了两步离开了刘老太的大腿，勃起的玩意儿就这么春意盎然地荡来荡去，时不时轻盈地吠上两声，听上去很欢乐，很意犹未尽。黄老爹顾不了身上的贞妇，他筋疲力尽，只顾着大口喘气。

就听见"哇"一声尖叫，躺在地上的黄老爹一抬头，就看见一个女人捂着眼睛站在他们前面。这个女人把手放下来，又看了他们一眼，捂住耳朵，"哇哇哇"一路叫着跑开了。

一阵折腾，刘老太最后被侧卧在地上。她站不起来也坐不起来，说自己一定是骨折啦。黄老爹问是哪里骨折，她说好像是脊椎又好像是盆骨也说不清楚就是疼得要了她老命。那边此起彼伏的尖叫刚消去，这边刘老太的叫声又响彻起来，嗷嗷地叫一会哇哇地哭一会，还一声声喊着"造孽啊造孽"，残阳照着张刻满泪痕的老脸。

黄老爹此刻心里七上八下，这一扶是出了天大的岔子。他想想这事情的经过，又觉得好笑，又觉得可气，也笑不出来，也哭不出来。四下再也没有什么人，整个世界就好像只剩下一个糟老头，一个老寡妇，还有一条发春的狗，刘老太的哭声听得黄老爹心里发毛，像是被扔进一片哀鸿遍野里。

月亮是照常升起的。那晚刘老太就让黄老爹赔了二十两。黄老爹不情愿，不过花钱消灾，也只能自认倒霉。他经验总结，无所谓寡妇贞妇，但老太千万他妈的扶不得。

太阳也是照常升起的，和谐村出了天大的事。黄老爹好端端走在路上，村人像看见瘟神一样躲开对着他指指点点。黄老爹一恼，说："我日，老子怎么啦！"妇人们一听尖叫着抱头就逃。紧接着青菜萝卜鸡蛋劈头盖脸地往黄老爹身上砸去了，就像是恶贯满盈的朝廷大钦犯游街，但黄老爹不明所以，他是被游街的。

流言蜚语像是瘟疫一样传开，传开了满满一个村子。

或说："黄老爹刘老太光天化日就那么抱在一起哩！黄老爹还放了一条狗看着哩！"或说："他俩就一丝不挂躺在地上呢！那狗也一丝不挂的，那玩意儿直杵杵！刘老太的节操就被这死狗咬没啦，就掉了一地啦！"或说："那场面可真是淫乱！我都不好意思说！她刘寡妇和黄老头在地上就扭起来啦！还带条狗！你想想，一老头！一公狗！一寡妇！伤风败俗哇！简直就是伤风败俗！你可真不知道那场面！你看过去，黑的毛发就全搅在一起，红的嘴唇就全贴在一起，白花花的肉就全扭在一起，还有条大黄狗！你听过去，叫的、喘的、吠的，那可真是惊天动地哇！我呸，还贞妇！还贞节牌坊！哎哟！我都不好意思说！"

因为和谐村嫉恶如仇，黄老爹就成了全村公敌、害群之马、村里有史以来最大的污秽。因为和谐村如此的嫉恶如仇，黄老爷被毒死了，睁着眼睛龇着牙就横在地上，生机盎然的阴茎被割了，就扔在它眼前，组成一个歪歪扭扭的惊叹号。残阳就跟血一样。黄老爹痴痴怔怔的，脑子里雾茫茫的一片，眼里面也是雾茫茫的一片，恍若隔世了。黄老爹不知道，黄老爷死之前还受到了审判。行刑者说："淫狗！该当何罪！"黄老爷汪汪汪。说："还敢嘴硬！你奸淫妇女，伤风败俗！认不认罪？"黄老爷汪汪汪。"拉下去宫刑！"黄老爷汪汪汪。"淫狗！胆敢抗命！杀无赦！"黄老爷汪汪汪……汪……，就这么死了。

因为和谐村如此如此地嫉恶如仇，在贞节牌坊下开过光的卫生纸迅速贬得一文不值，一夜之间，千家万户都把卫生纸烧起来了，红灼灼的火光把月亮照得跟血一样。卫老爷痛心疾首，宣布为了保证和谐村卫生纸的纯洁，以后再也不在牌坊下开光了。

家丑外扬，加上村人煽风点火添油加醋一说，刘家一下子臭名昭著，威望全毁，刘老太的贞节牌坊也摇摇欲坠，再也庇护不了子子孙孙了。刘备逃回家的时候，受了奇耻大辱的刘老太面如死灰。所谓"饿死事小，失节事大"，如果被那么多人知道失节，毫无疑问就是死路一条。

第二天，刘老太紧接着死了，吊死在贞节牌坊下。村人是在太阳照常升起的时候发现刘老太的。老太穿着黑寿衣挂在牌坊中间，睁着眼直勾勾地看着牌坊上题的"遥波冰雪"，正下方是个黑矮凳，远远看过去就像是一个惊叹号。死得可真惨，不过刘老太没骨折，上吊，窒息死亡。

刘老太在牌坊下留了封遗书，说她摔倒了，黄老爹是趁人之危糟蹋了她，糟蹋了和谐村的纯洁，应该天诛地灭。她是个守了四十年贞操的寡妇，贞操没了，就要殉节。

这封遗书的作用微乎其微，和谐村对于刘老太的死依然众说纷纭。或说："刘寡妇晚节不保啦，就上吊自杀啦！"或说："刘寡妇来殉那条淫狗啦！"

烧卫生纸的运动还是如火如荼，村人似乎都对刘老太的死无动于衷，他们嫉恶如仇，要毁灭这些邪恶的卫生纸，与此同时，为了和谐村村民的日常需求，卫老爷正在日夜赶制新的卫生纸。可是刘备披麻戴孝也在烧纸，他说，只有纯洁如雪的卫生纸才能配得上他坚贞的母亲。

竟下雪了，春暖花开的季节，坏了纲常乱了王法地就飘起雪来了。漫天的雪絮轻盈地在半空飞舞，是洁白的，是没有杂质的，是柔软的，跟卫生纸一样。又触地即化，真凄美。村子里人心惶惶。这说明有冤情，比窦娥还冤，和谐村出千古大冤了，不消说，含冤而死的就是刘老太。牌坊下面一下子跪满了人。

或说："刘老太是守了四十年寡守了四十年节的贞妇，怎么可能说谎？绝不可能！刘老太可真是殉节呀！是我们冤了老太呀！"或说："刘老太的死，贞烈！"或说："黄老爹就是个畜生哇！该剁了命根子扒了皮来给老太祭灵呀！"或说："刘老太我们知错啦！求求您放过我们吧！"

雪停的这天晚上，全村人披麻戴孝，在大孝子刘备的带领下，在牌坊下给刘老太烧卫生纸，痛彻心扉地恸哭。卫老爷说对于刘老太的死他痛心疾首，表示他将会把最近新赶制的卫生纸在贞节牌坊下晒过后烧给刘老太，以表达他对贞妇刘老太的悼念和追思。为了纪念贞妇烈女刘老太和她四十年的贞操，以后一张合格的卫生纸需要在牌坊下晒上整整四十日。

刘老太是贞妇，刘备是孝子，他黄老爹是逍遥法外的淫鬼，刘老太因他冤死，刘备因他丧母，和谐村因他伤了风化，这就是黄老爹现在的境地，三百两补偿刘老太的死还只是他多舛的冰山一角。他无法一死了之，否则黄花就要背上这些孽债。黄花心灵手巧，今年十六，已出落成亭亭玉立的少女。卫老爷看了特别喜欢，对黄老爹说："我给你这三百两，是为了让你把钱先赔给刘家。黄花无辜，不能牵连孩子。就先让她暂住寒舍，你且放心，我一定视如己出。"黄老爹拿了三百两，就被打发走了，走的时候，就听见黄花哭得厉害，离开卫府的时候正是暮色时分，残阳就跟血一样，黄老爹看着觉得晕晕沉沉的恍若隔世。

刘备不在，黄老爹身携巨款，实在惴惴不安。这三百两银子就像是一具招人耳目的尸体，须长眠于地下才能让人安心。他作了番打算，要把银子埋起来，以免夜长梦多。刨了好大一个坑才放进去，月光皎皎，白银闪闪，黄老爹总觉得还欠缺点什么，他心有余悸怕再出了差错，思前想后，他拿走了五十两银子，然后封土，插了块木牌，"此地无银三百两"。黄老爹长吁了一口气，如释重负。

黑衣人看到这块木牌的时候兴奋得手舞足蹈，他确信这块木牌子下面就藏着白花花的三百两银子。三百两银子什么概念，还清卫老爷那儿欠下的二百五十两债，还有余的。

这下真是否极泰来发横财了。黑衣人想着想着也唏嘘不已，当年卫生纸是那么炙手可热，他问卫老爷借了钱买他卫老爷的货，囤起来，抛出去，狠赚。可是世道瞬息万变，卫生纸的价格跌得一日千里，几天下来，卫生纸在和谐村完完全全就替代了草纸，屁股是舒服了，心却是疼得滴血。黑衣人刨了好大一个坑才把银子都挖了出来，月光皎皎，白银闪闪。他细细一点，二百五十两。黑衣人想，剩下五十两肯定在更深处，他一鼓作气使劲往下刨，还是没有。黑衣人这才拉下面罩，喘个不停："真他妈的是此地无银三百两哇。"这张脸就是刘备。刘备走的时候想了想，填平了坑，又插上了木牌。

　　太阳是照常升起的，黄老爹一早就来掘银了。木牌上写着"此地无银三百两"，黄老爹心里头空空的，就像是被夺走了五脏六腑，就知道这下面就深藏着白花花的二百五十两银子，却是刘备的。黄老爹刨出一个大坑，竟然空空如也。这个坑越挖越大，越挖越快，可是真他妈的是此地无银三百两。黄老爹顿然懵了，像是被成千上万张卫生纸严严实实地填满了裹紧了，他身体僵直，呼吸困难，两眼发黑。这个大坑可就是给他自己埋下的了。

　　"那淫鬼死了？"这人蹲着坑，捏着鼻子。

　　"死了。"这人拿卫生纸擦了屁股，看了一眼，就扔进坑里了。

　　黄老爹死在贞节牌坊下，双眼直直地盯着那块牌坊，嘴里流着白沫，七窍里淌出血。脚跟前的农药全喝完了。看过去，就像是一个触目惊心的叹号。

找 乐

文/崔斯也

（一）

何丽丽有种奇怪的病。

这种病人都惧怕流泪，因为对于他们来说，"流眼泪"是件危险的事儿，他们眼睛上的血管比常人更薄，一旦大量地流泪，血管便会因为压力的变化而瞬间崩裂，如果流血太多，他们会大多失明，或者情况更严重的，会因为哭得太严重导致窒息或是衰竭而死掉。这座小城里，患这种病的几率似乎比别处高。何丽丽曾经听爸爸讲，她的姑姑在年轻的时候，因为一次失败的表白，而在家里哭了整整一周，直到最后鲜血从眼睛里源源不断地流出，永远地躺在了家里的床上。

何丽丽小时候，有次同桌的男生开玩笑把她的发卡藏起来，而何丽丽突然就从眼睛里流出了暗红的血，同桌的男生再也不敢与她接近。老师无法永远照看着何丽丽的情绪而无奈地让她退学。

何丽丽的爸爸想让何丽丽平静安全地度过人生。因而对于何丽丽来说，人生不能有同情和悲伤，不能有愤怒和绝望。只能有欢乐，和永恒持久的愉悦。

就好像为了平静顺利地活下去，何丽丽的人生，要永远不停地找乐。

（二）

"你不需要担心这个世界上与你无关的可怜人，他们的人生与你无关，你不用因为那些人的处境悲惨就心生恰悯试图与他们感同身受，他们不过是引诱你为之消耗生命。无论看见别人有多悲惨，你只需要保持自己的愉快。"爸爸这样告诉何丽丽。

何丽丽觉得，也许自己已经掌握了这个世界上所有的娱乐活动，听歌，画画，玩最新的网络游戏，养各种喜欢的小动物，在屋子里摆满香气袭人的鲜花。只不过，听的歌曲不可以悲伤，画的画不可以凄惨，养的动物和鲜花要在他们即将死去和凋零以前换成更好更新更美丽的。

也许人们娱乐的方式无穷无尽，何丽丽仅仅需要在一个欢乐的世界里寻找一份愉悦的安全。而实际上何丽丽早就没法再从它们当中寻得任何发自内心的愉悦。有一次深夜里何丽丽坐在房间里玩着最新的网络游戏，麻木而机械地操纵着键盘上的按键，如今几乎所有的网络游戏她都可以打到通关，她不停地杀着那些张牙舞爪的怪兽，直到屏幕上出现通关的提示，何丽丽再也无法忍受地对着电脑，含着暗红色血的眼泪默默从脸颊流下来。

不过那之后不久，何丽丽遇见了刘文。

（三）

刘文是何丽丽极少数的朋友之一。

何丽丽周围的所有人，对待何丽丽永远会保持一种小心翼翼的方式，他们或是小心谨慎给予她照料，或是害怕惹是生非而冷漠地躲避她。

不过不知道为何，刘文与他们不同，他会与何丽丽说很多话，给她讲诸多别人不曾告诉她的事情，偷偷带她到爸爸从未让她去过的地方，蹦极，酒吧，马戏团……他似乎总是想带何丽丽去冒险，一次又一次带她在危险的边缘寻求更庞大的快感。而实际上刘文比任何人都能够准确地洞察何丽丽的情绪，即使有时候何丽丽真的流泪了，刘文也能自信而镇静地安抚她的情绪。刘文好像对她和她的病无比了解，让她觉得无比安心。

所以当何丽丽所有日常被允许的娱乐都无法带给她真正的欢愉时，她会去找刘文，刘文总能一次又一次带她去那些"危险"而充满了惊喜的地方。

何丽丽给刘文打电话说希望与他一同再去某个能得到欢乐的地方。刘文想了想，问何丽丽说："你一定没有去过赌场吧。"

刘文先带何丽丽在赌场的门前站了一会，其实它并非像何丽丽听说的那样糜烂，进去的人或是西装革履，或是穿着简单的休闲装，三三两两走进去带着自信和浅浅的轻蔑。

偌大的赌场里，人们有秩序地聚集在一张张宽大的赌桌上，像是围在甜食边的一群群蚂蚁，刘文带何丽丽绕着每张赌桌边走边看。何丽丽用心地观看人们微妙的表情，原来那些电视里癫狂糜烂的样子是那么的虚假和夸张，何丽丽看见人们脸上的表情只是平静，就像在认真地进行某种工作而并非一种肆意的狂欢。就像刘文说的，那些刻意隐藏着的玄妙表情，其实是在压抑着心里所有的欲望和绝望。

刘文带何丽丽进入里面的小房间，小房间要比外面安静了许多，狭小的空间里弥漫着浑浊的烟混合着尼古丁的迷醉气味，他让何丽丽坐在自己旁边，何丽丽惊奇地看着他手里的纸牌，然后桌上的人把一张张钞票放在桌子中央，人们按着顺序不动声色地发牌，刘文表情严肃地盯着赌桌，时不时瞟何丽丽一眼，观察着她的情绪状态。何丽丽看见刘文突然发光了手里的最后一张牌，然后他微笑着看了自己一眼说："快把我们的钱收起来啊。"

"这些，大家放在桌上的这些钱，都是我们的了？"何丽丽瞪大了眼睛。

其他人依然用平静的表情冷冷地看着惊喜的何丽丽和微笑着的刘文，何丽丽只觉得心里被什么东西一触，那种久违了的喜悦感，然后所有的愉悦在嘴角和眼旁绽开。

只是何丽丽也明白这种喜悦来自那种从未见过某种事物的新鲜感。等到自己慢慢习惯以后，它仍旧只会变成一种麻木的动作，喜悦累积膨胀以后溢出的只有难以收回的悲伤。就像赌桌上那些面无表情的人一样。这个世界上也许没有持续而长久的愉快，因而自己的人生不会像爸爸所期望的那样永远安全。

（四）

何丽丽对刘文说了自己的感觉，告诉他自己已经不再奢望什么所谓持久和难以割舍的快乐，反正自己也不是一定需要一种长久愉快的情绪，为了活下去，只要能够保持自己没有庞大的难过和悲伤就好。况且总是要不停地要寻求快乐的过程，也艰难得让自己觉得辛酸和悲观。

而刘文只是笑着："相信我，你可以活得很好。"

夏天来了以后，刘文常常带何丽丽到公园里散步，树上的蝉欢快地叫着让所有人心烦，何丽丽却依然觉得美妙，大概没有悲伤的权利让她对世界有了比别人更多的宽容和理解，因为对她而言不宽容往往只会害了自己。

晚上河边的风微微有些发凉，夏日的夜晚伴着聒噪虫叫声，何丽丽和刘文坐在岸边拍打着腿边乱飞的昆虫。刘文从后面用手臂绕过何丽丽的头，让何丽丽的脑袋搭在他的肩上。

"觉得愉快么。"刘文问。

"嗯。可最近即使在愉快的时候还是忍不住想要流泪。"

萤火虫从何丽丽的眼前飞过去，像一个闪烁着的火星。

"还有什么事情会让我觉得愉快呢。"何丽丽看着萤火虫问身旁的刘文。

"其实……试着去对别人好。也许你会得到另一种愉快。"

（五）

说来何丽丽的爸爸并不喜欢刘文。除了那些细碎的理由之外，最重要的原因是，刘文总是带女儿去那些让她会有危险的地方，如果不是女儿坚持，他并不想让刘文常常带女儿出去。而自己最大的愿望，就是希望女儿可以找到一个人，懂得时刻保护着她的安全，不让她有任何的不快和悲伤，能够让自己放心地把女儿的人生交到他的手上。那么自己死后也就能无憾了。

邻居家的孩子叫林涵，是个待人礼貌懂得关心的男人。何丽丽的爸爸曾想，如果有天他愿意照顾何丽丽今后的人生该有多好。而显然他自己也觉得这是种奢望，怎么会有人愿意主动接受一个这样的负担。

何丽丽的爸爸常常请林涵到家里来，像是想让他与何丽丽多多接触。林涵永远保持着那种真诚与礼貌，而何丽丽过去总是表现得很冷淡，因为在她看来，他只是周围众多用小心谨慎的态度与她相处，生怕自己会流泪的胆小的人中的一个。不过林涵的确是好人，这点她心里明白。

昨日何丽丽的爸爸又请林涵到家里来。何丽丽虽然心里依旧觉得没什么兴趣，不过突然想起刘文在那天晚上对她说过的话：

"试着去对别人好。也许你会得到另一种愉快。"

何丽丽决定试着去对林涵好。她体贴地给林涵倒茶，请他到自己的房间里聊天，与他讲许多有趣的话题，教他玩自己平日里的游戏。从未被如此对待过的林涵很有兴致地热情回应她，整个下午过得很快，林涵有种受宠若惊的欣喜，他没想到平日里甚至有些躲避的何丽丽竟是这样可爱，对许多事情有着与大多数人不同的理解和宽容，分明是个美好的人。而何丽丽果然也觉得，自己对林涵的态度，也让自己真的比往日变得轻松。

反复几天下来，何丽丽当真觉得愉快。

"看来刘文说得没有错。"何丽丽在心里想。

晚上的时候何丽丽给刘文打电话，她在一端眉飞色舞地给他讲自己和林涵的事情，电话一端刘文很平静地应和着，何丽丽说她觉得这种愉快与其他的有着小小的不同，"对别人好"而获得的愉快，是来自于某种交流，某种感应。讲了一会何丽丽只是觉得自己说个不停有些尴尬，末了何丽丽说："不如明天我们一块再去赌场吧。"

（5）

刘文带着何丽丽又一次去了赌场，路上何丽丽仍旧不住地给刘文讲自己与林涵交往的种种愉快，"就像你说的，那是种不一样的快乐。"然后刘文对何丽丽笑了一下，何丽丽发现刘文的眼睛竟有些肿。

这一次换何丽丽坐在赌桌上，刘文告诉她："没关系，你只要看我的指挥就好。"何丽丽坐在桌前，手上仅仅攥着自己的扑克牌，她仔细地听着刘文在一旁的指示，发牌，看牌，直到对着牌面，把最后一张牌用力地扔在桌上。她看了刘文一眼，发出一声欢快的笑。然后对着眼前那些没有表情的人们，欢喜地捡起桌上的钱。一轮又一轮地反复。

何丽丽觉得时间过得很快，她想抬头看一眼时间，却发现整个赌场都是没有钟的，所以那是个奇怪的地方，可以让人忘了时间的存在，忘了还有什么别的事情要做。何丽丽能够感觉到每次将手里的牌发光之后的那种触电般的喜悦。

何丽丽觉得如果所有快乐的感觉都是电流的话，那么赌牌是瞬间触电一样突然地喜悦，而与林涵的相互关照，就像两颗心连成了正负极，缓缓地流动。

而在家里，何丽丽的爸爸看见她与林涵的关系越来越顺畅和亲密，也真心觉得很高兴。

他常常找林涵暗暗询问他对女儿的印象和他们的进展，试图故意制造让他们单独在一块的机会，让何丽丽与刘文联系的次数越来越少，日子慢慢过去，就连何丽丽自己也觉得，也许以后的人生，和林涵这样下去，也没什么不好。

她依然会每周给刘文打电话，只是不再像以前一样频繁地让刘文带自己出去。她在电话里说着自己心里像电流一样持续稳定缓缓流动着的愉快，刘文会照例应和着，但好像总是时不时地岔开话题，何丽丽也在一次又一次的电话里感觉到刘文的声音好像日益变得低沉而虚弱。有次她再次给刘文打电话，说着前天她去了林涵的家，告诉他林涵的父母并没有很冷淡地对待她，而是如同林涵一样，细心而温柔。

他问刘文说："或许这就是我曾经想过的那种持久而难以割舍的快乐。"

然后过了一会，她听见刘文在电话的一端自言自语一般说："其实只有爱才能带来最持续和长久的愉快吧。"

（六）

何丽丽想，是不是，她其实可以从林涵那儿找到那种"爱"。何丽丽已经习惯了去尝试刘文所说的一切，她与林涵接触得更加频繁，与他一起吃饭，一起看喜剧片，一起去郊外野餐游玩，一起在夜空下看星星许愿……她与他做所有有"爱"的男女做的一切，然后发现，所有的一切都慢慢变成了一种习惯，那种过去缓缓流动的电流开始源源不断地向自己的身体里猛烈地输送，让她几乎快要飘起来。

而刘文仿佛也在渐渐从何丽丽的生活里淡出，她没有更多的时间去与刘文见面，电话从每周一次变成一个月一次，每一次，她都觉得刘文的声音莫名地变弱下来。

某天，林涵随家人去老家探亲。何丽丽在空闲的晚上给刘文打电话。

"是我，你还好么？"

"嗯。很好。你最近过得还愉快吧。"刘文依然是那样微弱的声音。

"很愉快呀，我觉得，就像你说的，我终于还是从林涵那儿找到了那种持久的快乐。"

"就像我说的……？"

"就是你那天说的，'爱'啊。"

电话的一端没有再传来声音，许久之后只剩下一阵忙音。"也许是他手机没电了吧。"何丽丽看了看手里的电话，轻轻地放下。

（七）

放下手机以后，刘文一个人静静坐在床上。

他想着过去自己曾与何丽丽所说的话，所有的一切在脑子里慢慢地回放。

直到暗红色的血，像决堤的洪水一般，从他眼睛里源源不断地流下。

找 乐

文/陈振滨

千里马常有，而伯乐不常有。

一

2009年8月底，当绝大多数的同学毕业旅游结束正准备打点行李上大学的时候，已经被大学录取的纪城却以复读生的身份回到了高中母校。

因高考成绩在复读生中排前，进了复读班的特快班。年段长还是教数学的顾老师。高补年段的老师是原来高三年段的原班人马。特快班的老师都是年级里最好的，即便纪城觉得并非如此。

复读刚开始的那个月，除了老师外，周身全是来自全市各县的陌生面孔。纪城把自己埋在那一堆复习资料里，放学后还留在教室里做半小时习题，然后才起身去食堂吃饭。将近六点的光景，太阳快要落山了，校道旁一整排的垂叶榕在被烈日炙烤了一个下午后开始像放课后的孩子一样焕发出生气，叶片上饱满的釉质折射着夕阳温和的光，微风一吹光点便随叶片窸窸窣窣地抖动起来，若明若灭像是一出魔法。有玩闹的初中生追赶着从他身边跑过，看到跑在前面的孩子回头朝同伴绽开如溪水一样明亮欢快的笑颜，不觉跟着微微咧起嘴角。吃完饭后树影已随落下的太阳不见了，夜幕还在天上没有落下来，光渐渐隐退，遁进越来越浓的暮色里。常常是回到教室埋首听完一套高考英语听力后抬头，目光投向窗外就撞上黑沉沉的夜色。紧接着是三节长达四个小时的晚自习，课间除了上洗手间外从不离开座位。11点晚自习结束后回到宿舍，洗完澡和衣服后躺上床，因为累很快就睡着了。

第一次月统考成绩出来后，包括应届生在内，纪城总成绩排在年段十三名。这真是一个叫人欣喜的成绩，班主任在班会课上点名表扬了纪城，那一刻，纪城心里是快乐的，好似过去那个月里所有的身疲心累都得到了告慰。

不过他觉得，这样的成绩还远远不够。

二

2008年8月初，学校的准高三生们就回校开始上课了。

"他妈的，数学订的这本《抢分王》根本就不适合第一轮总复习。"这天晚上，纪城在做不出一道综合的题目后很烦躁地拿出手机发短信向顾段长抱怨。

　　"集合、逻辑的知识贯穿整个高中数学的学习，刚开始可能会比较难。可以面谈。"跑到洗手间抽完一根烟后回到教室，意外地收到了回复。

　　"我怎么敢去找你啊，去找你手机岂不是被你缴了。"私立学校的校规异常严苛，手机是不可以带的。

　　"哈哈，原来你是怕这个，但是学习比较重要，是吧。"看到"哈哈"纪城就笑了，没想到一向严肃不苟言笑的顾段长会这样回复。

　　最终纪城还是没有去找顾段长。顾段长压根就不知道给他发短信的是谁。那些烦人的数理化题目，纪城说不做就不做了。在那个年少轻狂不知天高地厚的年纪，仿佛身旁所有让他觉得不顺畅的存在都是不合理的。他像一只察觉到威胁全身张立着毛的小兽，随时准备不顾一切和这个世界进行殊死冲撞。穿拖鞋到教室，不穿校服、不戴校牌，在班会课上和班主任顶嘴，大骂学校食堂的配餐制……因为这些纪城不少被综治办和学生会检查常规的人记下，跟班主任的关系如同一只充多了气的气球，一受到挤压就要爆炸。

　　这天上午课间操时间的升旗仪式纪城没有去，被综治办来教室巡查的人记下了。中午放学后他回到宿舍，不一会儿班主任就怒气冲冲地找上了门。几句后纪城和班主任吵了起来，隔壁几间宿舍的人闻声抱着看热闹的心态涌来围观。班主任面子上过不去，一路推搡着把纪城拉到了顾段长的住处。

　　纪城慌了，前几天顾段长刚在年段广播里宣布开除一个打架的同学——"顶撞老师"和"打架"同为学校的三大"纪律高压线"之一，一旦触犯，没有开除也要处分。不论是开除还是处分，都是纪城惧怕的，他不敢想象家里严厉的父亲在知道他的"光荣事迹"后会有怎样的反应。

　　然而出乎意料的是，顾段长对纪城连一声责骂也没有。

三

　　2009年11月，当第二次月统考的成绩排名出来后，纪城觉得他无法继续这样待下去了。南方的秋天就要来了，天气在几阵雨后渐渐转凉，阴云久久占据着天空，迟迟不肯离去。连续失眠了几个晚上，这天纪城迷迷糊糊地在教室坐了一个上午，什么课都听不进去。午休的时候他睁着眼躺在床上，看见窗外的阴云越积越厚越积越厚。要下雨了，下午第一节是顾段长的数学课，他不想去上了。什么课他都不想去上了，他一点也不想再在这里待下去。

　　他来到小礼堂的天台，思忖着要如何离开。他是绝对不能惊动父母的，但是办转学必须要顾段长签名，这样一来必定会通知家长。他越想越乱越想越乱，雨渐渐从天上掉下来，然后和天台上的风一起，越来越大。他本想好好淋一场雨，可是风刮得他脸上生疼，雨打在手臂上也疼。湿漉漉的，他躲进了楼梯间，在最顶的那节台阶上坐了下来。风呼啦啦地灌进来，他感觉真冷呀，可是现在，他不知道他可以去哪里。他拿出手机，只能指望顾段长了，请求他不要告知家长："放我走好不好？"

"晚上来找我，我们好好谈一谈。"第一节课的下课铃声响后，纪城收到了回复。

"我不敢去找你，在你面前我什么话都说不出来的。"

"有什么不敢的，我早就想找你好好谈谈了。"

"不然我用写的，告诉你我的想法。"

就这样纪城回到宿舍，拿出一本稿纸写了一个下午，洋洋洒洒一万多字。他倾心不作保留地对顾段长说他对数理化的怨怼，对他说他对校规的抵触和食堂的不满，对他说他对班主任和各任科老师的看法，对他说他想上的大学，以及他的文学梦……

那晚纪城早早地来到了教室，溜到年段室把一本稿纸放在了顾段长的办公桌上。第二节晚自习开始的铃声响过后不久，顾段长来教室把纪城叫了出去。年段室里，顾段长像一个和蔼可亲的父亲对纪城讲了一个多小时的话，分析转学的利弊，讲了数学的学习方法，还谈起他自己的中学时代。末了顾段长对纪城说："以后不管有什么问题都可以来找我，我放学后都会待在年段室看些报纸，不会马上走。"

四

小学六年，纪城每年六一儿童节都会领到一张"三好生"的奖状。

初中三年，纪城的成绩年级段排名从来没有掉到五名外。

高中四年，高中四年就不行了……

高中他离开家来到市区的私立学校，周遭的一切都是陌生的，因为是个慢热的人很久都找不到存在感。后来他看到一本青少年文学杂志，里面的诸多文章在他年少的心里激起了撼人肺腑的共鸣。那个时候他就想，要是有天他也能写出那样的文章，会是多么美好的一件事。

他课外书越看越多，教科书越读越少。父母亲知晓后要他收起那些杂书专心学业，言语间的迫求与期待让从小就听话的他无从抗拒。"梦想"这样的词汇父母亲是不会懂的，他们和天下所有望子成龙望女成凤的家长一样，只希望自己孩子好好念书考上大学将来毕业后找一份安稳的工作。

这真是一个俗烂透顶的桥段，在接下来的日子里，纪城真的横下心想要再在成绩上找回那点不值钱的骄傲，然而每次在做不出题烦闷的时候，总会忍不住抽出压在桌肚最底的杂志，迫不及待地想要在里面寻得安慰。仿佛看到这世上有人遭受着和他一样的境遇，他的心里就会好受一点。文字有灵，那些默不作声的方块字有可以让他安静下来的力量。他开始尝试把他的生活和感受记录下来，从笔尖流出的文字让他找到了丢失已久的存在感。

高一下学期，纪城向学校文学社举办的征文比赛投了一篇文章，结果很意外地获得了一等奖。通过这次比赛纪城进了文学社，认识了好一些同样喜欢看书写字的孩子。他们写下那个成长阶段里的烦恼与困惑、期待与忧伤，写完后做的第一件事就是把文章拿去给别人看，一起悲春伤秋一番，然后在无尽的课业里抱团取暖。

后来纪城试着给外面更大的作文比赛投稿，厚厚的稿纸把信封塞得鼓胀胀。稿子寄出去后就数着日子等比赛的结果，最终等来的都是沉沉的失落。——成绩不好，喜欢做的事也毫无起色。对父母亲的愧疚和对自我存在的迷茫一直困扰着他，时间像风把他吹在空中飘飘落落，浑浑噩噩的日子漫长得看不见尽头。他开始变得乖戾，感到呼吸难畅。

五

2011年10月23日，已经是大二生的纪城开始每天给将在12月过47岁生日的顾段长写一张明信片。

"高二那次，因为没穿校服被记了好多次，那天升旗仪式没去又被记了。班主任去我宿舍找我，跟他吵到他差点就要揍我了。被他拉到你宿舍，想没被开除也要处分的吧，心里怕得要死，然而没有想到最后竟然没事。就是那次，被你降服了。"

"是因为知道你要跟上高补当段长才回树人复读的，其实本来已经到一中报好名了。"

"复读后当了数学科代表，谢谢你每次发试卷的时候都亲自把班级的卷子带来教室给我。"

"一直想考上北大，希望可以成为你的骄傲。因为觉得自己是这么烂的一个学生，所以没有底气怕面对你。老师都对成绩好或者家庭背景条件好的学生很好，不知道你会不会喜欢像我这样成绩不好，又没有什么优点的学生。"

"感觉今天比昨天又冷了一点。天气预报说漳城今天有大暴雨，也快要入冬了吧。生物课本上说脂肪有保温的作用，发福的人，你懂的……"

"去年过20岁生日那天，因为年龄不再以'1'开头感到很郁闷。有个朋友对我说，你现在才十九点几岁没有满20岁啊，于是我小小地激动了一把。所以生日来临时，你也可以跟自己说：我才四十六点几岁，没有满四十七……"

"不祝你又老了一岁了，祝你47岁生日快乐！"

……

"谢谢你在我生日时给我寄明信片。"2012年春节复读的班级的同学聚会，顾段长也来了。

"不用谢啊。"还是会感到些微的窘迫，声音小得淹没在周围的嘈杂中几乎听不见。

"现在还有在看书写字吧。"

"有啊。"

"我当段长还要教你们数学所以会比较忙，"顾段长从嘴里呼出一口烟，慢吞吞地说："有时想要找你跟你好好谈谈，又怕这样会带给你更大的压力。以前我女儿数学也不好，我也没有要求她一定要考得多好。"

"你就是太倔，不懂得好好去处理一些问题。现在还有没有什么想不明白的，只要不是读书写作的问题，都跟我说看看。"

"那年高考数学的压轴题考完后还是不会做，就讲讲那道题吧。"

"坚持做你喜欢做的事，不要让自己太累了，"顾段长笑着说，"不管怎样，老师永远支持你。"

"哈哈。"纪城笑了，没想到一向严肃不苟言笑的顾段长会这样说。

世有伯乐，然后有千里马。

幕后花絮三

【心脏病】

游戏规则：玩家均分扑克牌，开牌者自一开始报数并打出手牌，按顺序轮回，以 13 为周期。若出牌者所报数字与打出手牌的数字相符，则所有玩家须将手放置于该牌上，最后者将桌面上的牌收进。任何误报亦然。最先出完手牌者胜。

游戏玩家：创意小说 12 强、王若虚、仲要

游戏时间：独立作品收稿之夜

游戏气氛：紧张到要发心脏病了

游戏花絮：贾彬彬同学的必杀技就是插手自如，即便反应再慢也轮不到收牌。

收牌最多者仲要、李昱萱。

但是当仲要和李昱萱留到最后决战的时候，真是遥遥无期啊。

游戏惩罚：因无节操，略。

【上医院】

日后谁要是在盛夏来到上海作协，须注意，蚊虫凶猛。

辽宁来的崔斯也姑娘顶不住蚊子的欢迎攻势，加上可能水土不服，成为所有选手中唯一一个有幸去青浦医院逛一圈的人。

文学营基地很偏，小汽车一路没遇上几个红灯飞速飚至医院，还用了半个多小时。

陪她去看病，这才记住基地所在的道路名字——深山支路，果然是——独在深山里，连去最近的超市都要半个多小时脚程。

崔斯也真是个温柔而忍耐的姑娘，腿上的蚊子块发炎了，估计睡觉的时候是又痒又疼，却从未见她在人前提过这件事，后来还是和她同住的贾彬彬跟组委会提的这件事。

当机立断，我们带她去看医生。

医院出来，无甚大碍，她自己开玩笑说，增加经历啦。

【聊通宵】

独立作品交稿后，所有选手只剩下两件事情要做，其一，极尽奇思妙想之能事设计自己的拜师仪式；其二，忐忑不安等结果。这个扣人心弦吊人胃口的夜晚又慢又长，简直快成了悬疑小说中冗长又拖沓的铺垫。真难熬啊。

三更半夜时，外头的黑已经可以吞噬掉五指。众选手迟迟还是未能入眠。要知道，那么多文青骚客集聚一堂的机会是很稀少的。于是，在盛夏的深夜，在20X房间，孟盛、陈时锋、刘元庆、王彦堃、陈乂仁、卫天成这六个男人促膝长谈，从先锋文学五虎将到作家之作家博尔赫斯，从马尔克斯的《百年孤独》到陈忠实的《白鹿原》，从格非的语言到南帆的小说叙事学，成为本次文学营青梅煮酒的佳话。

当然，这场夜谈的重点是，这六个男人谁最屌。彼时，程浩、贾彬彬这对黄金搭档组合在前两个合作环节都以第一的成绩领先。20X房间的六个男人对此虎视眈眈，决心以独立作品完成逆袭。在互相阅读完各自作品后，大家表示，牛逼都有戏啊！

后来讨论拜师礼的设计。

"你怎么想的？"

"就拜师鞠躬呗，还能怎么玩？"

这个时候陈时锋抬了抬眼镜，眼神中闪过一道光，指着某人道："选我！你屌！"

众人纷纷以"我屮"赞之。

酒会暨颁奖典礼

◆ 红地毯上点亮星光璀璨

颁奖典礼在巨鹿路675号上海市作家协会的金色大厅里,一条红地毯从爱神花园铺入大厅,地毯尽头就是众位选手梦寐以求登上的颁奖台,颁奖礼前一天晚上,选手们夜聊的夜聊,失眠的失眠,终于,它还是来临了。

主持人是优雅美丽、绝对能hold住全场的大牌——杨蕾不说,除了路内、蔡骏、阿乙、那多、走走、周嘉宁、颜歌、小饭、苏德、王若虚、孙未、徐敏霞这12位担任导师的70后、80后的知名青年作家,还有评委《收获》杂志主编程永新、《上海文学》编辑姚鄂梅、《萌芽》杂志主编傅星、上海大学葛红兵教授、著名书评人李伟长作为嘉宾到场。

由50后代表孙甘露、60后姚鄂梅、70后路内、80后周嘉宁以及冠军90后程浩,共同点亮了象征文学传承的"56789"五盏灯。

来自复旦大学的1992年的程浩、来自广西某高中的1994年的贾彬彬和来自中南林业科技大学的1990年的赵枢熹,分别拔得大赛前三名。他们的作品分别获得如下评价:"对小说的写作有着完整的想法和极为强大的内心价值体系,善于剑走偏锋。语言简约,老练。""对故事的选取和把握,有独到眼光""语言老成,节奏恰到好处,能关照现实生活"。最终,他们分别选择走走、阿乙、徐敏霞作为自己的写作导师。

导师	学生
走 走	程 浩
阿 乙	贾彬彬
徐敏霞	赵枢熹
路 内	崔斯也
蔡 骏	刘元庆
那 多	陈时锋
孙 未	卫天成
小 饭	王彦堃
周嘉宁	陈乂仁
苏 德	陈振滨
颜 歌	孟 盛
王若虚	李昱萱

◆ 与大牌亲！密！接！触！

你可曾梦想过与某位著名青年作家面对面亲密接触，并给你的文学作品以详细指导？还能与他们如朋友一般QQ聊天、邮件往来？可曾梦想过文坛"大牌"们来关注你的微博？

十二名入围本大赛决赛的90后写手，在颁奖酒会上以唱歌、下跪、鞠躬等方式进行了拜师仪式，幸运而甜蜜地各自"牵"走了自己的导师。

"记得我问过那多老师关于'悬疑'的定义是什么，他给了我两个概念，广义和狭义。他说他是从事'狭义'上悬疑小说的创作。他还跟我提及了很多作家，听过的没听过。假若我想加入这一类的小说写作，我想我会从这些作家中尝试去摸索。"

"赛后，导师蔡骏让我到他的悬疑世界杂志社去做客了。然后让我给他们写几篇稿子，他帮我指导一下。我们在微博上互相关注，通过微博交流的。"

"导师互动很愉快。孙未老师异常和蔼谦逊，甚至让我一度不知道该用怎么样的方式打开和她聊天的QQ对话框。逐渐熟悉了之后，交流就自然了一些，她给了我诸多意见，推荐我去看了她很多好友作家的作品，的确获益匪浅。"

"走走没有给我书单，最近让我看托宾的书，让我学习更朴素的叙述。她是一位十分专业的编辑，能给出十分具有建设性的建议。我觉得她让我发现了写作的另一些可能性。"

"徐敏霞皮肤非常好，人也特别低调，是我喜欢的类型。在指导之外，偶尔还会聊聊天，很愉快。"

聊文学、谈生活。其实还有更劲爆的——

在此放上李昱萱的吐槽："貌似其他选手跟导师交流起来都比较羞涩内敛，我跟他可是豪放到不行（……）借讲解之名插科打诨的事情做得太多了……比如我可以把贴吧里有人问'王若虚是不是双性恋啊？这样我就有把握接近他了'的话截图下来发给他，他也可以毫无节操地屡次回我一个竖中指的手势……如果去翻我们的聊天记录，你会发现很多奇怪的东西……'地狱厨房'、'露阴少女'、'中国好呻吟'、'手把手教屌丝逆袭变身王若虚'啥的，充斥着不正经的气息，绝对能使无数喜欢这家伙的妹子幻灭……但是尽管如此我们也是有干正经事的！比如他把王小波的《青铜时代》诚挚地推荐给我，我也把比赛后的第一篇小说交给他看。"

末尾，妹纸还意犹未尽、不遗余力帮自己的"导师"打广告：

"至此，我很负责任地告诉下一届打算参加比赛的同学们，如果你想很轻松地学到知识，如果你想跟导师成为扯皮闹事的好基友，如果你想痛并快乐着……大胆地选择王若虚吧没有错XD！"

会师上海——不仅会的是导师，却更像是交朋友。

◆ 一人一句·告别辞

【文学青年】陈时锋：觉得这比赛蛮好的，起码认识了五个屌丝。记得当时我们六人彻夜谈"文学"到凌晨二点多。我们都显得有些激动，还彼此互相追捧说：你肯定能进前三！记得后来全军覆没了……六人！现在想想还真是屌丝。屌丝才半夜打鸡血聊文学。

【吃货】李昱萱：感谢伙食！爱吃甜食的家伙表示上海菜实在太棒了！

【姑娘爱美】崔斯也：嗯。如果作协的喷泉经常换水没有那么多的蚊子该多好……（到现在我的腿上依然布满伤疤。TUT）

【深沉派】陈乂仁：不是每个码字的都是作家。

【大家都是人才】孟盛：你行我也行。

【别害羞了】陈振滨：上海绝恋（对不起我把"赛"打成"恋"了）。

【棒就一个字】卫天成：创意小说大赛你真棒。

【福音！】贾彬彬：因为比赛我没写的暑假作业果然不用补了！BUT，如果比赛时间推迟几天的话第一次月考也能不用考了是吧！【高三高压苦逼生的福音】。

【为90后欢呼】刘元庆：90后，写90后的小说。哦也！

【概括能力给优】王彦堃：伙食甚好娱兴节目丰富，望保持。

【恭喜获奖】赵枢熹：除了最后拜师环节有点傻以外都很好。

【文艺青年】程浩：青浦写作基地后面的那条河在黄昏的时候很美。

复赛作品精选

谋杀上帝
寻找表情
月亮上的扣子
星期八小城
一个人的世界
清明梦
假面
越轨
二分之一
说谎
悲蛇之歌
故事之中
囚徒
镜中人
浓眉
鱼先生的故事

麻里·斯托卡
六月小镇
相遇
绑架

蛊
哟嗬,埋起来
时光枷锁
第八宗罪
跳楼
枪手
替罪羔羊
面具
海鲜公馆
黑街

概念创意

谋杀上帝

文/张其鑫

一

"目标已死,余款请付清。"打上最后一个句号,我稍微松了一口气。说实话,这次的目标很容易搞定了。不过就像作家每完成一篇小说后都会感到轻松一样,每干掉一个目标,我的心里也会放松不少。不过对于这个工作,不知从何时起我感到了些许厌倦。

我穿过凌乱的街道,回到家中,坐在床上,心中怅然若失,我住的地方很隐蔽,屋子里很安静,只有冰箱冷压机的"嗡嗡"声富有节奏地响动着。冰箱有三层,上层冷藏箱里放着少量的食物饮料,中间那层断了电的拿来放猫粮,下层急冻箱里以满足一些变态的客户而从人体上割下来的鼻子、耳朵等器官。有好几次我梦见从这个冰箱里涌出一大片陈旧浓稠的血,刚开始杀人那会梦到的最多。我喂了猫,坐等困意袭来。

我不知道睡了多久,难得睡得如此安稳。醒来的时候一个女孩坐在我的床尾,默默看着我。

"你是谁,什么时候进来的?"我不动声色,心里暗暗吃惊,从没有人能悄无声息地进我的房间。

"我要你去杀一个人。"女孩平静地说。

"谁?"

"上帝。"

我是一名杀手。从我出道那天开始,我受雇杀过各种各样的人。从一贫如洗的寡妇到富可敌国的商人,从刚出生不久还不会走路的婴儿到躺在床上不能动弹的老人。还有人雇我去杀自己的兄弟、母亲或是妻子,而最滑稽的也不过是雇我去杀一条蛇,他老婆的爱宠。

还记得那是一个阴天,有些寒意,我正在屋子里清洗一只刚捡回来的流浪猫,门轻轻敲响,是一名戴着眼镜,穿着白色衬衫、西裤、皮鞋的青年人。他在我房间里待了很久,看着我用吹风筒吹干流浪猫的毛发,然后才跟我说,我想让你去杀一条蛇。当时我正从冰箱里开了一瓶矿泉水喝了一口,他说的话差点让我喝的水喷了出来,我多取了一瓶给他,问他为什么。

"我跟我老婆结婚三个多月了,可是她养着一条大蟒蛇。每天晚上我们仨都睡在同一张床上,我老婆睡中间,蛇睡在我老婆旁边。我也不怕你笑话,我和她结婚三个多月了还没发生关系,每次我想伸手去摸她,那该死的蛇就舔我一下,而且我摸她哪里,那蛇就舔我哪里。你能想象你的奶子被蛇舔有多恶心。我小时候被蛇咬过,到现在摸到绳子还怕,何况是一条活生生的大蟒蛇。"

二

女孩给我的佣金并不多,期限只有短短一个星期。条件对我来说是有史以来最刻薄的,但我还是答应她去谋杀上帝了,因为她长得很好看,眉眼疏淡却又似乎带一点笑意,白白净净的。她的那种气质让我想起天使,但是我知道她不是,因为天使不会去雇人杀自己的主子。她是在我成为杀手后唯一能让我看一眼就心跳加速的女生,就像我刚开始杀人时那种感觉,那时候我总喜欢对着尸体多开两枪,而她,我总想多看两眼。

她比以前那些满脸麻子、大腹便便的中年雇主顺眼多了,虽然他们给的条件很可观,杀人期限给满足足两年。我还记得有一年的寒冬,我所在的城市下了第一场大雪。寒冬是适合偷情的好季节,因此我生意特别忙,有个满脸麻子的人雇我去杀一个光头,但因为忙的关系我把这事给忘了。而在次年春天,我收到了麻子的信息。

"嘿,余额我打你卡上了,你办事效率还挺快,下次还找你。"

我当时懵了,打听后才知道那个光头因为孤独症死掉了,据说死后人们去他房间里看,满墙都是一条条的白道子,全是手指抠的。当时我觉得用这样不劳而获的钱对我是一种耻辱,但我没有返还给麻子,而是捐给了贫困地区的学校,当然,我不是通过官方机构去捐的。

我和女孩对了下表,19点19分。2012年7月29日。

我没有问女孩名字,她也没有主动跟我说。她离开的时候,露出了一脸像是美梦已成真、上帝已死的笑容,当然那是我看着她的笑容后自己乱猜的。看着她的离去,我在想,如果她不是一名会雇杀手去杀人的女孩(虽然上帝不是人但也算),我也不是一名杀手的话,或许我会和她在某个咖啡厅好好地谈一谈,我会拿出藏在背后的花,然后向她表白。如果在一起的话那么我会陪着她去看星星看日出日落,也许是一份值得让人羡慕的爱情。但是事实上不管是什么事加了如果都变得是意淫,虽然还有个不错的名字叫假如。

三

我装好子弹,抹上枪油,把已经从黑色磨成银白色的手枪放在口袋里,我开始去寻找上帝了,找到之后就可以杀死他。我不知道上帝的身高,体重,脸形,脚趾头是否有缺陷,耳朵是否失聪。女孩留给我的只有一本《圣经》,别无其他,也就是这本圣经我才知道她叫我杀的并不是一个叫上帝的人,或者是长得像上帝的人,而真的是基督教的主。

关于《圣经》我得到的线索只是马丁路德的信仰得救。而我没有信仰，所以没人能救得了我，我也没想过自救。

上帝在哪我不知道，但我记得我在豆瓣读过一篇叫《寻找上帝》的短篇小说，说上帝是在一个叫"伊艾珊"的酒吧当吉他手，而那个酒吧就在我所在的城市。虽然这事听起来有点荒诞，但我还是去了那个酒吧，对毫无眉目的我来说无疑是一种不错的选择，正好可以在办公之余把酒瘾给解决了。

酒吧不大，装潢还不错，门口旁边是电闸总开关，没有应急灯。桌子是复古式的，吧台是纯木做的，带有一股刺鼻味，应该刚上过油漆不久。我以前来过两次，但是我从来没有注意过有什么上帝在那里当吉他手，我在酒吧的目的无非是两种，一种是杀人，一种则是喝酒。连去找女人的心思都没有，更不会说去听什么该死的音乐了，就算去听，也不会对一个男吉他手注意的。

演唱还没开始，我坐在吧台上点了一杯黑啤酒，我不喜欢烈酒，也不喜欢黄色啤酒，那玩意看起来有点像马尿。

我喜欢酒吧那盏明晃晃的水晶大吊灯，刚好在舞台的上方。我想，如果演唱开始，吉他手真的是上帝的话，那么我只要掏出手枪对着门口的电闸开两枪，那么全场就会漆黑一片。然后我再打开激光瞄准器对着大吊灯连开三枪，吊灯就会砸下来，这样站在吊灯下的吉他手上帝必死无疑，随后我就能趁乱逃出去。

可是，吉他手却是个女的，而且还只是一个人在演唱，不是乐团。她唱了几首 eason 的歌，我从来没有听过有哪个女生能唱 eason 的歌唱得那么动听。

我向她招手，她看到了我，走了过来，抿了口我没干完的酒，然后说，上帝的事怎么样了。

还没有眉目，我说。你跟上帝有仇吗？我接着问她。

她没有说话，把杯子放下，回到舞台。

四

我离开酒吧时没有向女孩打招呼，刚出门口就遇见了 K。

我认识 K 十一年了，可我还是不知道他真实名字是什么，这个大胖子总是叼着一根没有点燃的雪茄烟，和人说话时就把雪茄抽出来夹在手上，然后到别人说话时又放进口里叼着。我多次跟他说这习惯有些不雅，叫他改掉，但他都以长辈的身份说还没到我教训他的份。

我的命是 K 救的。那年我 13 岁，家里着了大火，我是 K 从火堆里带出来的，那时家里就只有我一个人得以活了下来。K 问我的理想是什么，我说，当一名作家。K 说，那你跟着我吧，我帮你实现你的梦想。

K 是一名杀手中介人，不信上帝只信孔丘。之前 K 也是一名杀手，每次杀人之前都要念上一段《论语》中的名人名言，我到现在都不知道他为什么要这样做。我刚开始的生意都是他帮忙找的,他当时送我枪的时候跟我说,只要你握好枪了,那么,你就会成为一名好作家了。

刚开始干时我很兴奋,感觉杀人的快感是打游戏偷看女孩子洗澡都无法比拟的,但是后来就厌倦了,对着尸体潦草地开了几枪后连摸死人时心跳都不加速了,并不像刚开始那样,兴奋之余还会有些害怕,害怕后面还隐藏着些许罪恶感。我发现离自己的梦想越来越远了,而且我也没有反抗地接受了现在这条路。

K夹着雪茄,说,要不要进去喝一杯。

我说,不用了,刚喝过。K哥,我问你一个问题,你还记得我当时的梦想吗?

K说,作家?你现在不是在接近了吗?

我说,杀手和作家是两种风马牛不相及的行业,为什么你还说是接近了呢?

K从酒吧门口撕下一张关于我的通缉令,说,作家的小说扉页上是不是都写着个人简介。

我点头。

那你的这张东西上不也一样的吗?你看,年龄身高体重都标上去了,还有,这张照片多帅啊,这是有些作家所没有的。K说。

可是我没有作品,我说。

你的作品就是你杀的人啊。K答。

五

醒来的时候,已经是8月4号了,离女孩给我的期限只有一天了。在这几天寻找上帝的旅途中,我去过难民所,和平公园,以及有战争的国家。之所以去这些地方是楼下的瞎眼张老头告诉我的,他说,上帝和难民同在,上帝与和平同在,上帝会在战争的地方带走无辜的灵魂去天堂。

可是我在这些地方都没有找到上帝,倒看过难民所的难民们的眼泪;和平公园一点都不和平,晚上只有一对对情侣在那接吻打野战;战争的国家没有上帝在牵着灵魂的手奔向天堂,而有的是一地通往地狱的尸体。

我是一名杀手,我的任务只有杀人,怜悯之心对我来说不合时宜。我还得去寻找上帝,然后将他杀死。

最后我选择的是教堂。因为我想起在前不久一名牧师游街时说过,主与你们同在,要想主能伴随你,你们就到教堂里来。我从不听信传教士的游说,但那天我耐着性子在台下听他讲了半天,因为,我当时的目标还不是上帝,而是当时在游说的牧师。

来到教堂时,里面很冷清,一排排的椅子都空了出来,只有数人在听着牧师在讲述。教堂中央有着一幅耶稣受难壁画。

上帝在哪。我问牧师。

牧师摸着我的胸口说,上帝就在你心中。

但我没有拿枪对着自己的胸口，也没有对着牧师，我从不滥杀无辜，这是职业操守。

时间一分一秒在流逝，教堂里的挂钟指向下午 5 点 18 分时，我开始急了，枪像没经过大脑思考一样握在了手上。然后对着教堂上的耶稣受难壁画连开了五枪。并打碎了几只不识趣的白鸽，血从耶稣的眼睛流下口腔。枪口在冒烟，我对着吹了一下，对握枪的人来说，这是一种胜利的标志，我做过无数次，从不厌烦。

我没有失约，对于我来说，我已经杀死上帝了。

但也许在别人眼里，这只是一个疯子一个神经病。

六

精神病医院给我打麻醉的时候我没有反抗，子弹已经用完了，何况不滥杀无辜是原则问题。

我被安排在 107 房间，天天接受电击和各种药物治疗。但我还是很清醒，我想过趁着夜色扛起石桌砸窗逃跑，但是双脚像是注了铅一样，步履维艰。

K 没有来看过我，或许他不知道我被送来了这里，或许他已经死了，又或许他觉得我已经不用靠他这个中介也可以找到雇主了，总之他没有来。

来看过我的只有一个女孩，那个雇我去杀上帝的人。她还是那么漂亮。带来了好多水果，给我削苹果时面带微笑没有说话。

在她起身要离开 107 房间时，我问了她名字。

她站在门口往头顶划了一下，一个白色的圈就环在了头顶。我叫安琪。她说。

她掉头离开，我想到了，我还应该和她说一句话，但我发现脚根本动不了，我只跑到 107 隔壁的 108 就累得不行了。

这时我听到了隔壁两个精神病在对话。

A 说，你说上帝是什么啊？

B 说，上帝是天啊。

A 说，那你说上帝为什么不看 A 片。

B 说，因为人在做天在看。

我突然就明白了我为什么会变成这样，这或许只是上帝的一场阴谋。

不知道我家楼下那几只流浪猫没我喂后会不会死亡，也不知道瞎子张老头没我陪他聊天会不会闷。

我有些遗憾。

其实我想和安琪说的是，我喜欢她。

寻找表情

文/蔡思捷

夏青峰像团被掷到地上的烂泥般的瘫在地上,在他身边散落着断了腿的画架、被揉成一团的画布、断成两截的画盘和被撕成纸屑般大小的照片素材。他喉结一缩一缩,发出阵阵低沉声响,感觉负面情绪像蔓延的大水,把他齐头吞没。

这个年轻人曾用一连串高水准的肖像画震撼中国画坛,被称为国内最具潜力的青年画家之一。但以高产著称的他却突然沉寂了三年。虽然这时间对画家来说并不算长,但他的恐惧来自内心。

自从某天起,他突然失去了对表情的辨识能力。更准确地说,很多人的表情在他看来都显得很空洞,像是没有灵魂的皮囊。

起初,他和很多艺术家一样,把原因归咎于灵感。为此他做了很多努力:频频更换模特、外出几个月寻找素材、用高价买摄影作品当参照物。毫无成效。

于是他觉得自己病了。可体检报告证明,他的肉体一切正常。这让他把可能性推到精神上。但心理医生也都无法诊断他的病,总以压力太大这种含混不清的理由来打发他。

直到有一天,他听人说有个地方专治怪病,而且非怪病不治。本来这种号称专治怪病的地方总缺乏说服力,让人觉得像用祖传偏方招摇撞骗的江湖老中医。但这微弱的希望对夏青峰而言很珍贵,好比一人从悬崖坠落(明知自己将要摔死),即使瞟见的是一支稻草,总也会伸手去抓的。

他信了。

一

我环视周围,这个装潢简洁的宽敞客厅被灯光填满,给人舒适宜居的感觉。

客厅里一共有五个人。电视前那组褐色沙发上就安置了其中三个。离我最近的是个脑门泛着油光的,嘴里念念有词,伸手在那张被铺在茶几的纸上比划着的老伯;坐在他对面的是个身材丰硕的女人,宽大的吊带睡裙像灯罩般笼着她的躯体,也许是面积太大,色素被撑淡了(好比颜料被和水调稀了),肤色在灯照下白得晃眼。她始终盯着电视,那支莲藕般的手不断往嘴里送薯片;最长的那张沙发上趴着个戴眼镜的男人,一丝不苟地在一本硬皮笔记本上写字。

我的到来没有给他们带来任何影响，都只在我进门时瞥了我一眼。

我把目光转移到第五个人身上。她穿着黑色西服，把身体埋在宽阔柔软的办公椅里，正涂着指甲油。

说实话，得知她是医生后，我就觉得我的病这次又治不好了。我在脑海里想象过很多种能治好我的医生形象，比如不起眼、脾气古怪的糟老头、戴金边眼镜的精干男人、语调冰冷的严肃女强人……总之，随便逮个人都比她有说服力。

但既然来了，总不能白来。我咳了一声，从喉咙里挤出的一句废话：你就是医生？

她伸出手在灯光下比划，满意的目光从指间移到我身上。她的眼睛很漂亮，就像是在夜里就着月光往古井里窥探，她用眼神示意我坐下。

我局促地坐下，说：你真能治好我的病？

她说：那你也要先说说自己的症状。

我说：我是个画家，最擅长的是肖像画，但是我认不出别人的表情——比如现在你在笑（她正对我笑），但是我怎么知道你是不是真的在笑呢——可能你只是咧着嘴。也就是说，我画的只是你的表面，是你展示给别人看的你，这样就没有意义了，因为没有我的东西。

一讲到这方面，我就有点精神错乱的感觉。我怕她听不懂，但又不知该如何表述我的想法，只能把裹着期待的目光投向她。就像年幼的孩子拿着蜡笔在纸上乱画一通却渴望大人能看懂。

她用手支着下巴，中指有节奏地敲着脸颊，用询问故事情节般的语气问：有多久了，有什么征兆吗？

她应该是听懂了我的意思吧，我想，虽然我自己也不是很懂，但她给我很专业的感觉。接着她又问了许多问题，我心安理得地回答，答完就忘，仅记得是些很细碎的问题。直到她突然止住问题，说：嗯，挺有意思的。

我有些蒙，说：你以前见过吗？能治吗？

她说：我得想想。

我说：只要能治好，钱不是问题。

她看着我，忽然间笑起来，说：你也挺有意思的。

我不知道她这表情有何用意，反而有点慌乱，疑问仍然像成串的气泡般从脑海冒出。我说：那到底能不能治好？要多久？

她打了个哈欠，站起来，说：别问了，我晚上想想，你先回去准备搬进来。

她声音里有种柔软却不可抗拒的威严，我很快屈服，憋着满脑的问题，说：那我明天再来。

我拉开大门，撞见铺天盖地的黑暗，回想起医生的眼睛，疑问又多了一倍。但这些疑问又带给我强大的说服力，觉得相信她应该没有错。

二

第二天一早，我带着行李赶到。在门口撞见昨夜那个中年人。他夹着公文包逆风疾走，从后脑被梳到脑门的发丝被吹散。我向他打招呼，他挥着手回应我，声音跟身影在拐弯处消失。

憋着问题比憋尿还要难受得多（毕竟不能随便拉个人就问）。看着空荡的客厅，昨夜未解的谜题又涌出来，我劈头盖脸地抛出一串问题：昨天那几个人呢，怎么都不在，都治好了？她说都出门了。我继续问她我的病要怎么治，得治多久。她说我太着急，把房间钥匙抛给我，让我先去放好行李。我瞄见餐桌上冒着热气的煎蛋和咖啡，也觉得有点不好意思。

我的运气比较差，找遍了所有客房才找到属于我的那一间。我在房里绕了一圈，发现环境比我想象中要好得多。心里的疑惑却更深了。

这环境已经好得完全不像是个治病的地方，话说回来，她也没有提起任何关于费用的事，难道是她另有所图？我脑里闪过很多戏剧里的桥段。比如，他们是个诈骗团伙，待我放松警惕后杀人劫财，连同器官一起夺去；也可能他们全是鬼，等到晚上就会现形……我费了很大的劲才刹住车，停止越来越虚幻的自我恐吓。

但这里确有种莫名的力量，会让我的疑惑不断增值。但这又是如此吸引我，让我更想搞清楚。以往我从未觉得自己的好奇心有这么强烈，如同干涸的土地迫切渴望着瓢泼大雨。

待我安顿好行李，医生跟我说想要治病就要遵守她的三个条件：1. 一天只能提十个问题；2. 照着她说的话去做；3. 不能问关于她的问题，因为对治疗毫无用处。

我立马就用了一个问题，问：为什么？

她好像是笑着说我的，伸出一只手指，昨晚涂的指甲油在阳光下闪耀。

她说：因为你的问题很多。

这答案让我为自己仓促地浪费了一个问题感到惋惜。但我很快就重蹈覆辙，又问：来你这每个人都要遵守这规则吗？

她伸出第二只手指，说：不，他们是来治病的，不是来当侦探的。

我想起昨晚沙发上的三人，说：我觉得他们是沉浸在自己的世界里，对其他的东西没有兴趣。（言外之意就是我不一样。）

她说：其实每个人不都一样，包括你。只不过在你的世界里，你不喜欢有不清楚的事存在而已。

这句话或许含有更深层的意思，但我更关心的是另一个问题。我说：那我接下去要干什么？

她把为我制订的治疗计划说了一遍。可以简单概括为四件事，坐公交、看电视、买彩票和聊天。

我说：这是治疗计划？

她反问：如果一般的方法有用，你也不会来这里。

我说：你确定这能治好我的病？

她耸肩，说：如果你不信我，你可以走。既然来了，你就照我说的去做。

我感觉脑子挨了一下，败下阵来。这时我又看到她在笑，我隐约觉得，我在她面前就像个玩具。她限制我的问题、给我制订的计划都是为了有趣而已。但她说的话也有道理，所以我拿定了一个阴险的主意，先照着她的计划去做一遍试试。如果她真的是在糊弄我，我一定要让她好看。

她看我没继续发问，说：接下来我要带你去见一个房客，你的任务就是盯着她看。

我说：好。

三

坦白说，我很少坐公交车。那种飘着汗味、烟味和劣质香水味道的沉闷空气、让人烦躁的碎语和仿佛置身于沙丁鱼罐头中的感觉都让我觉得很难受。

而她居然让我坐了三个多小时的公交车。

这三个小时里，我一直都盯着一个大概二十岁的长发少女看——这就是那个我没见过的房客，我叫她公交车女孩。中途有很多次我都忍不住要向医生发问，但都被她用眼神制止了。直到高峰期来临，我们被边喊着不要挤边死命挤的人群挤得上不了车。车门关上后，我躲在行人中隐秘地看向女孩，她挤上了另一辆车远去。

我迫不及待地对医生发问：她是怎么回事？

她说：如你所见，她很喜欢公交车，而且越挤越好。

我说：为什么？

她说：因为她怕孤单，而在公交车上她觉得很充实。

这超出了我可理解的范围，我说：害怕孤单所以喜欢挤公交，这是什么怪……

她反问：你就不怪吗？

我说：也对，那你带我来的目的是？

她说：你记得她的表情吧。

我恍然大悟，然后问：那为什么要大费周章地跑来这里看她？

她说：比起对着你摆造型的模特和照片上的人，她的表情要真实得多。

我在脑海中仔细回想着少女的表情，一阵狂喜席卷而来，我这才觉得我的病一定会被眼前这个女人治好。

四

我把自己关在房间里，趁记忆清晰把少女的表情画出来。但整个下午也只能画个大概，记忆也逐渐模糊了。不过没关系，明天还可以去看，我这么安慰自己。

突然觉得饥饿像海浪般波状袭来，在附近的饭馆里填满胃袋之后，开始觉得无聊。因为我的十个问题都已经问完，而她似乎没有理我的兴致，坐在办公桌上看书。

我把目标转移到和昨天一样坐在沙发上的三人。他们三人坐的位置和做的事都和昨天一模一样。

我决定先从中年男人身上下手，毕竟早上跟他打过招呼。

慢慢地挪到他身边，我小心翼翼地说：你好。

我心里是不安的，因为我并没有太多类似的经验，生怕他不回应我所带来的尴尬会让我不知所措。

他抬头看我，说：你好。

我心里的包袱一坠，打量起他来。这还是我第一次看见他的正脸。

他的脸色是缺乏生气的暗黄色，松弛的皮肤带出深浅不一的沟壑，如同浸水后遭遇暴晒的沙堆；眼睑又瘪又皱，像豆皮一样含着没有光芒的眼珠。这是一张让人感觉毫无希望的脸。

我想找个话题跟他聊聊，目光从他脸上转移到铺在茶几上的纸——一张彩票走势图。

我想起医生给我制订的计划，突然明白了那四件事的用意。

我说：你喜欢研究彩票？

他像老一辈谈及自己光辉事迹时那般，身上迸发出一种奇特的神采，双眼放光，说：它一出来我就在研究啦。

我记下他的表情，为了让话题继续，虚伪地说：真的吗？我也挺喜欢的。

这句话说出后就后悔，因为他兴奋地拉着我分析了整整三个小时。

五

第二天，我觉得有必要先了解一下房客的故事，便向医生问起。医生对此有些意外，但还是一五一十地告诉我。

彩票迷是个即将退休的普通上班族。早年丧妻的他独自把儿子拉扯大，但儿子成年之后却当了上门女婿，对他不闻不问。生活对他逐渐失去吸引力，而彩票成为了他唯一的爱好。中不中奖对他而言其实并不重要，这就是支撑他生活的信仰。

戴眼镜的男人在一家软件公司上班，每天都要写日记，但他所写的并非是自己上班时那些枯燥无味的事，而是写下很多奇遇。隔天问他，他能身临其境地说出自己写在日记本上的事。

胖女人以前是个模特，为了保持身材，她有很长一段时间都在节食和运动。但因不能接受潜规则，所以事业一直不顺。而当她下定决心放弃模特事业之后，那个劝她多吃点东西的男友却离她而去。所以她不再节食，不再运动，甚至变本加厉地让自己变胖。

我问：他们都进来住了多久？

医生说：挺久的了吧。

我说：那你怎么替他们治病？

她的眼里突然失去了我熟悉的光亮，沉默了一会，说：也不是所有人都像你这么急着想治好的。

我说：哦。

六

转眼，我已经住了三个月。

我已经习惯了这里的生活。白天，就跟公交车女孩一起去挤公交；晚上，有时跟彩票迷聊聊彩票、有时听日记狂人讲他昨天的经历、有时陪着胖妞吃零食看电视剧。同样的，他们也习惯了我的存在，甚至会主动找我聊天——就连最难接触的公交车女孩也不例外。

实际上，我的病在第一个月就好了，因为这些所谓的"病人"，实际上比我活得纯粹。我无法要求他们像个模特一样为我做出某种表情，但他们的表情从不会欺骗我。其实我已经画了七幅画，对应人的七种基本表情：高兴、愤怒、悲伤、惊讶、厌恶、轻蔑、恐惧。而这七种表情，实际上被医生巧妙地安排到了我的治疗计划里。

至于医生，她反而成了跟我接触最少的人。她对我的兴趣很早就消耗光了，而她又不许我问任何关于她的问题，所以，我们之间找不到话题。

她总是坐在办公桌上，我猜她是在等下一个有趣的人。

我接到了一个邀请我参加画展的电话，我答应了。

我想，既然病早就好了，我总不能一直待在这里。

临走时我和他们一一告别。我跟公交车女孩说她可以去考驾照；我跟日记狂人说他可以试着写小说；我跟胖女人说蒙娜丽莎也很胖，但是她也很迷人；我跟彩票迷说我还会给他来电话，叫他记得告诉我要买什么号码。

最后我走到办公桌前，对医生说：我准备走了，谢谢你。

她说：嗯。

我犹豫了一会，说：其实，你的病才最难治。

她沉默。

七

一年后，夏青峰站在医生面前，说：这里还有空房间吗？我想住进来。

医生说：为什么？

夏青峰说：因为你的病，挺有趣的。

月亮上的扣子

文/陈冬冬

我喜欢扣子。从十四岁开始,有十年的时间,我收集了许多扣子。我知道一定有一天,我的房间里会搁不下。但我从来不舍得送人,无论什么样的扣子(有些扣子如果拿去卖的话,很值钱,但有些比较普通)。

我退学了,没有工作。我大概有两年没有迈出家门了,这听起来有点荒唐。我妈觉得荒唐,而我爸在我退学的第一天就觉得荒唐——他后来横鼻子竖眼的,不过现在似乎习惯了。

我每天清晨七点钟准时起床,我妈会把早饭端上楼。上午打扫卫生,上购物网站;中午,我下楼吃饭,把快递送来的扣子拿上楼。每次收到包裹,我都同样兴奋。如果送来的扣子和网站上的照片一样,我午饭就吃得格外香甜。我妈一度催我出门走走,哪怕钓个姑娘回来也好。嘿,她多聪明啊,都不说催我交女朋友,只说让我出去钓姑娘。但我没有为其所动,我觉得那实在没什么意思。即使活塞运动也没什么意思,虽然我没试过。大学里有个女生追我,被我回绝了。她问我为什么,是不是我有喜欢的人了,她还怀疑我喜欢我们班的另一个女生,但是我什么都没说。我总不好意思告诉她,我对拉链过敏,而她从不穿带扣子的衣服。也许总有一天,我会死在房间里,我的扣子旁边。我会把给我送早餐的老妈吓一跳;或者,她一次一次叫我下楼吃午饭,叫三次之后我还没有下去,她就上楼了,接着,吓自己一跳。其实有时候我也想想传宗接代的事情。

我的老妈是小学语文老师。除了去学校上课,她整天待在房间里改作业。这真要命。我倒不是可怜我的亲妈工作辛苦,只是她教的那些小孩子太惨了点儿。当年我读她班级都差点烦死了的,挨了不少揍,才不那么烦。

除了上购物网站,我也不是完全无所事事,读书啦、择菜啦、帮我妈改作业什么的。改小孩作业我特别认真,哪里有答错的、字体叫人看不出来的,我都仔细用红笔圈出来,好让他们下次注意。但每个我都打100分,这样他们就不用重写作业了。我绝对不是出于无聊才这么做的。可能是看见那些稚嫩的字体,让我怀念起从前的自己吧,谁知道呢。有一次,我看见一个小孩子在作业本上写道:心情不好,不想写作业——他的作业只写了一半,把我逗乐了。我批复道:100分,祝你心情好。

上购物网站,我也会买一些小说,主要是那些没什么人待见的经典小说。话说回来,译作占了大多数，国产小说不怎么给力。我看过许多的小说。小说家们知道得太多了。尤其是天马行空的那些，仿佛是我永远都比不了的。也可能我挺喜欢写小说的，因为没有写过，但我觉得我还是不写小说好了。我不一定能令自己满意，让傻逼指手画脚就更不好了。

我在房间划出一米见方的范围，去数其中有多少扣子。红的、蓝的、黑的、白的、绿的、淡紫的……一包一包装好，码得整整齐齐的扣子，非常好看。但这就是我所有的丰富多彩了，如果生命丰富多彩。我喜欢纯色，尤其喜欢金黄色，不是因为那像黄金，能给人安全感，而是因为那像日落的颜色，很美。除了扣子和夕阳，我再没见过美的颜色。

我没有交过女朋友。大学之前爸妈不让我和女生多说话；之后，唯一的故事就是我曾经拒绝过一个女生了。也许有点匪夷所思。我不确定自己对她有没有兴趣，我可能并不从心底里排斥她。反正和许多事情差不多，稀里糊涂的。

有一个问题我认真想了很久。我到底什么时候才该有一个女朋友呢？总不能不结婚吧？我只能站在窗口看女人，其他的事情就更不用说了。

我的全部活动范围就是两层小楼一个小院了。我家主楼是"凹"字形的，正房六间，伸出来的两个下框"门"形是平房。我爸妈住楼下一间大卧室，其他：客厅、图书室、两间客房和另一间大卧室。打我记事起，我从来没有住过一楼，而且后来我的确不喜欢楼下的阴湿。我家院子里的两棵枣树实在太高了，把房前的走廊和整个院子遮得严严实实。你要明白枣树是笔直生长的，就大致了解究竟什么情况了。一进我家大门，先过门楼。门楼有两间，一个过道；一边放着我不会开的一辆小汽车、一辆摩托车。过道的里面有一层玻璃门。我早说让我妈在玻璃上贴几个红字，以免撞着人，但她总是不贴，我也懒得贴。好在我们家没什么人来。进了客厅，沿左侧找到楼梯口，往上走，到二楼第一个房间就是我的卧室了。有一段时间站在我卧室门前的走廊上可以摘枣子吃。我嚼过青涩的枣核，一点都不难吃。呃，也许是因为我无聊，并且生病了失去味觉吧。

我房间门前的走廊上积土特别快，令人难以置信，我几乎每天早上都要擦一下，晚上又有一层了。一早一晚，好像都能有事做，可以搞得我也很忙。

就在那天，我妈拿了一沓作业回来，说家长投诉到学校了。投诉的原因是，孩子作业的什么六加五等于十三、七加八等于九、四加五等于六等等都给满分。事情就这么简单。我妈哭得伤心极了，她说从教三十年来，从没有这么丢人。我跟她说，其实这也不算丢人，孩子很需要鼓励，那些个算术什么的，等他们真正上了中学按分数排名，或者等以后工作了算钱的时候，自然而然的不会有一个算错的了。我不知道我妈嘀咕了一句什么，我没有听清。大概她说，但是这错误就不该犯，全部是她的亲生儿子我，毁了她的一世英明。我的解释貌似只能让她更加确定她的儿子我"简直无药可救"。也许吧。她朝厨房走去，要准备晚饭了。过了一会儿，锅碗瓢盆就开始响了起来。我站在二楼，闻着一股油烟味，蓦然恶心起来。

那股子恶心好像从来就长在我的喉头，而不是猛然多出来的影响到我生活的东西。就是那么自然。我一点办法都没有，日子越来越不好过。我不能闻油烟味儿，不能吃肉了，连我最喜欢的糖醋排骨也不能吃。如果对自己的身体抗旨不遵，我立马能尝到恶果——连胆汁都吐出来。接着，植物油的炒菜也不能吃了。我妈显得很焦急，我老爸好像没事人一样。他说，饿他几天，饿他几天就老实了。我草，你还真以为严父出孝子呢？老子都快饿死了。

"真不能吃。"

又是一种我不能吃的蔬菜。嗨，番茄，味道太怪了。

不过，反过来想，这样也有好处。油的、酸的、辣的、麻的……我都不能进食了。脸上的青春痘渐渐消退了。我也不能抽烟了，嘴里一点味道都没有，抽烟就想吐，受不了那个刺激。我迈进厨房，准备帮我老妈做饭，但看见切好的生鱼，立马就吐了。我只能吃没有一丁点味道的冷饭。

我老爸很开心，他好像迫不及待想看我到底能怎么样。

我抱着一堆小说，一本一本翻到左边，又一本一本翻到右边。我从楼上走到楼下，从楼下走到楼上，周而复始。为了平息老妈的忧虑、叹息和纠结，我刻意坐在客厅的沙发上，捧着小说安分了一个下午。但愚蠢的是，一整个下午，我基本忘了翻页。我还是回到自己房间，这样活动空间大一点，可以稍稍喘口气。但当你捧着一部经典小说，一个字都读不进去，实在是世界上最大的不幸。只剩下喘气。

我把我写的诗歌给我老妈看。"你看，我刚写的诗句，积极吧？"

过了一会儿，她说："嗯……还行吧。你要不要试着吃点什么？"

当她出现在我的视线附近，我马上坐立不安。我永远不会真正习惯假装积极行事并且理想远大的样子。或者我唯一的、最大的理想是，吃到自然饱，睡到自然醒。我知道我把被子蹬下床，她会帮我重新盖好。我已经二十五岁了，一到晚上，什么动静我都能听见，像狗一样。就像我十八岁那年，敏感地听见我妈说："当兵？你想都不要想了。那不会是人过的日子，我最了解你了。哪怕你再不进学校，不出门了，咱家养得起你。"她特别愿意把我当成万年小学生。我不知道我大学里的五年是怎么过来的，好像我现在仍然是小学生。我有无数的规则要学，我永远处在缺乏"经验"的状态。

我妈说，她要给我爸织一件毛衣，问我借几颗扣子。我答应了，让她随便挑。她蹲在地上拨拉着扣子，表情显得新奇，好像她刚刚发现我有如此之多的扣子，或者她第一次意识到扣子的样式如此之丰富。我也懒得管了，我觉得我快死了，我什么都吃不下。我爸也慌了。呵呵。

我很饿，饿得发抖。我曾经有一次绝食，就是刚刚退学，回到家里。那次三天我就饿得发抖了,七天胃里特别难受,我开始吃东西。这次已经七天了,我有点要抖的样子,又好像懒得抖了。还有感觉,我是饿。我拿一颗扣子塞进嘴里。像枣核,并不那么难吃。我吃的是塑料的,金属的嚼不烂。我连续吃了十几颗扣子,依旧饿得要死,却再也吃不下了。我觉得自己挺无趣的。

我说我想出去走走,家里太无聊了。我妈很意外,但也表示她乐意我这么做。

我约了大学期间曾经追过我的女生——她住在我家街对面不远的地方。我们找了一家快餐店坐下来。场面比较局促。我说:"你的扣子能给我吃吗?""当然。"很爽快,她首先摘掉衬衣领口靠近下巴的一颗,谨慎地递过来。"味道怎么样?""非常不错。"她温柔地摘下第二颗、第三颗、第四颗、第五颗、第六颗、第七颗……我望着最后一颗扣子在我的餐盘里滚动开来。扣子们一闪一闪的,像彩色的星星。

她缄口,望着我。

我说:"谢谢你,我吃饱了。"

星期八小城

文/鲁一凡

公元前7世纪,古巴比伦人建造七星坛祭星神,犹太人带其传入古埃及,之后传入罗马。其以星神来命名七日,古中国称之七曜。七曜集日月金木水火土。七日为月亮一周的四分之一。日曜照耀大地,没有人承认第八天存在,对于我们来说,称为废黜之日。

那我们一直留在这里?

锲楼顶的洞口被树枝遮住了,出去就能看见银河了。

我偷看一眼师傅织的时间,已经有两米长了,一直流到脚尖。我们坐在倾斜的废墟石间,往下能看到无数的小人在搬运石头,能看到乌鸦的巢穴被掉下的碎石砸掉了一半。

我们每个星期只有一天,星期八,排除在七曜之外的世界,译为孤独。我叫酶莉,我们自称孤独的小人。

在我把他带回村庄之前,我已经把偷来的时间藏好啦。

奶奶说,我们体内一出生就有孤独的癌,因为星期八的空气里都是这种细菌,所以我们群居在一起,如果看到独立生活的小人,不是快要死了,就是找死。有人说我们并不是真心相爱,但那又如何。每个人都在为自己的利益服务。

我的师傅是村长,村长负责织就时间,这是村民们赖以生存的东西。师傅上懂天文,下知地理,据师傅说,村外的人都用一种铜板来作为时间。师傅一定活了很久很久。大家都靠师傅的时间来延长自己的寿命,他们用自己农场的资源来换取,大家一直劳作,孤独的小城才一直延续至今。师傅不但可以针织现在的时间,就连过去和未来的时间也可以,不过,那可是相当贵的,需要有很多很多资源来换取。所以大家才会一直劳作,也正因为这样,孤独的小城一直延续到了现在。师傅说,过去和未来的时间棉絮很珍贵,不可以在里面胡作非为,只能看看。我问,那还要它干嘛呢。师傅说,大家也许觉得自己活不到这么久,想看看未来的模样吧,说不定能看到自己孙子之类的。

这么一想,我觉得很有道理。

一辈子活着只是为了活着吗?

我从小便不安分,我偷了师父的时间,做了一名职业小偷。我想等我以后出名了,就会有很多很多人来找我帮他们偷东西了。

不过几个月前，在帮师傅送货的时候，我偷偷溜走了。师傅让我送的货通常都是几个小时最多三天这样的时间，可是师傅拿货的时候给错了，他散光很深，把一坨一年的时间送给了我，我就带着这一年时间逃走了。师傅到处抓我，奶奶飞鸽传书给我，再不回来就不认我这个孙女。

这几个月偷的东西倒是没多少，怪人倒是挺多。我碰到这个奇怪的小人的时候，他在一堆石缝间，茅草屋的棚顶，木质的屋，他坐在门廊上敲敲打打，这屋子下面还有四个轮子。看到我以后愣了一会儿，动了动耳朵："你，是，谁？"

小屋飞在半空中的时候我还是很惊慌，我觉得他的掌舵水平特别差，所以我问他"你叫什么名字"，这样下了阴曹地府我也能去找他，他说，我叫……叫……永不孤独的……小人。

我当场就哭了，他是用耳朵说话的小人。

很小的时候我曾经听师傅说过，永不孤独的小人住在很远的地方，他们独自生活。
为什么他们不和我们生活在一起？
因为他们是异类。没有人应该不孤独，我们天生就应该生活在一起。

我最大的愿望，就是成为永不孤独的小人，肩膀上的时间一点点轻了，因为一个人在外，我体内的孤独细胞越来越多了，如果没有时间，我会死的。师傅的针线活真差，这些时间总是会偷偷溜走。我趴在窗口，我们摇摇晃晃地开到空中，我说，慢一点！慢一点！

但是永不孤独的小人很有自信的样子，他有点害怕，躲在小角落里。噢，我讨厌他的大耳朵，这真是我遇到过最奇怪的人，他用耳朵说话，用嘴巴收听，看起来很迟钝。最重要的是，他的名字居然有七个字。要是我以后嫁给他，是不是奶奶要叫我，永不孤独的小人．酶莉？想得有点远了……

他把屋顶上的茅草撤开一点："你……你看……星星……"
我把头伸到外面，果然是漫天的星星，可惜，都是没有名气的。
"要是我们也有星期一星期二，一定能活得更久。"
"活着……活着就好。"
"你懂什么，话都说不清。"我把他的脑袋按下去。看了一会儿星星，我突然又把他的脑袋提上来，凑着他嘴巴问："大耳朵，你有秘方么，给我好不好？"

大耳朵说自己没有秘方，他很羡慕能和大家生活在一起。

托他的福，我这两天病情好了很多。我们飞行在天空中，感觉随时要掉下去，大耳朵说，不能控制自己的身体，是一件很郁闷的事。他的耳朵和嘴巴吵架了，他们胡作非为，现在他又和别人不一样了。

我凑近他的大耳朵："其实我也和别人不一样，我是个很坏的小姑娘，长辈都拿我没办法……其实……我也很想和普通的大家一样。"

大耳朵脸红了，我这才意识到，噢，那是他的"嘴巴"呀。
　　"大耳朵，以前还有一只小豹子跟着我呢，他也是人变的。他老子拿了一卡车的现在时间给师傅换了一个小时的过去时间，结果他把时间放出来的时候，正好是西方女巫在城里捣鬼的时候，女巫把他变成了一只豹子，于是以后，他就一直这个样子了。他老子的老子看到孙子变成这样了，气得孤独癌一下子进了晚期。我那会儿跟豹子勾搭上的时候，特别感谢他老子。不过后来，那小豹子被我师傅半路抓走了，因为他太显眼了，不知道他会不会做叛徒把我供出来……"我慢慢睡着了，在梦里我好像对大耳朵说了这段话，醒来以后我发现，美梦成真了。

　　孤独的小人们围着永不孤独的小人左看右看，我被奶奶绑在家里，奶奶说，师傅要对我家法伺候。
　　大家都很鄙视我，带了个智障回来。孤独的小人们是很骄傲的，对于他们来说，大耳朵是个奇怪的东西；更何况，我心惊，他是用耳朵说话的。我从屋里偷偷看到，大耳朵脸红红，不知道该做什么，他很喜欢村民，傻呵呵地住下了。第二天他们就开始盘问他秘方，可是大耳朵就是不说话。
　　"怪胎！和我姐姐一样怪！"
　　臭小子，等我被放出来一定抽死你。
　　奶奶果然把我放出来了，不过我是间谍。
　　"大耳朵，对不起，都是我连累你。"
　　"没……没……"
　　"行了，话都说不清楚。大耳朵，你的秘诀到底是什么？"
　　其实我也很想知道，我不太想让他们知道。
　　大耳朵摇摇头："他们要……利用……我，你也……要。"
　　他沉默了一下："那我……告诉……你……好了。谁叫你……亲过我……"
　　"我哪有？你自己嘴巴长在耳朵上，我跟你说话不小心碰到的。"我瞪了他一眼。
　　他害羞地摸摸头，我这才发现他的头发也很可爱，一根根竖着，眼睛亮晶晶的："我天生……反应迟钝……大家……都不喜欢……我。其实自己的指令到达……到达器官……需要 0.03 秒。有……光速那么……快。可我……需要三分钟。"
　　"……"
　　"我一直被人排挤，妈妈带我……走了……妈妈……死的时候……把我的……三分钟夺走了。"
　　"我的器官因为……没有这三分钟，不听话了……他们可以……自由运作，但是他们……搞错了……我管不住他们……他们还一直……吵架。我不孤独……我都烦死……了……嘴巴跟耳朵……吵架了，后来……我就只能……只能用耳朵说话了，而且……也不灵活……不过……"他笑起来，"总比……你说一句话……要等我三分钟才反应过来……好……"

每一天都是星期八，什么时候才能看到七曜星呢？像是被排挤出来受到诅咒的星城，永恒的，孤独之城。永远都没有被外界理解过，孤零零的，努力地生活在自己的世界里，迫不及待想得到爱和庇护。与此同时，不断地排挤他人，形成了自己独有的第八天。每一天都是星期八，什么时候才能看到理解自己的目光？

"器官……不是……奴隶，是……朋友。"

"酶莉……是……朋友。"

他说完，把耳朵凑近我的耳朵，轻轻碰了一下。

我对村民说，因为永不孤独的小人自己对自己说话，所以他一直不孤独，所以他的耳朵发育得特别大。

可是我错了，大家依旧很讨厌大耳朵，直到有一天，我看到大耳朵躺在屋里，再也没醒来。弟弟和他的小朋友拿着我爸爸的农药灌进了大耳朵的耳朵里，他们想让他失去听觉，那样他就也会孤独了。

凭什么？凭什么你可以一个人享受，我们却要永远地活在孤独的阴霾之下？

我摸摸大耳朵的脑袋，本来我想告诉他，明天我们就一起走，坐上你破烂的飞屋，我给你三分钟，让你可以成为和我们一样的人。

我带着大耳朵的尸体去了飞屋找到了还剩下一天的未来时间。我把门窗关好，把屋顶盖好，才把未来时间放出来，房间里的空气被染上了麝香和乌檀木的味道，我看到了师傅，现在时未来，师傅不会怪罪我了。

师傅对不起，我只是想要自由。

"师傅，请你剥夺我感官传递的 0.03 秒。"

"为什么？"

"麻烦你了！"

我的手臂机械地抱着大耳朵。现在我和他一样了，我们在未来，是一样的。

被偷走的时间，没有沾染过恨，即使前途渺茫是不是也想找回来？

不被理解的人，不被理解的事物，怎么样才能卑微地生存下去呢？

只是希望日曜能抬头给我们一束光层，我承认星期八的存在，这样，为什么他们不愿意呢？为什么我们不愿意呢？

为什么有些存在被称为畸形，有些被称为特别呢？有依据吗？没有吗？

你心里是不是一直找不到答案。

我的器官会自己运作，他们和我一起控制我的身体，于是我便不会孤独了。更重要的是，我们都是特别的。如果你还活着，我想说，就算一辈子只亲亲大耳朵，我也愿意。

星期八，废黜的时间，在房间里盲目乱撞。那 0.03 秒突然飞出了我的身体，兴奋得浑身颤抖，它自由了。

一个人的世界

文/沈正攀

醒来半个点后,你确信,这小城就剩你一个人了。

你向同事向父母向110都打过电话,没人接。街上空无一人,汽车都很安分地趴着,远处的红灯还亮着。你跑进街边的商店,一个个进去,一个个出来,没见到一个人。路边的梧桐依旧挺立,东边的阳光火辣辣照在你脸上,好像扇了你一巴掌。你呆站在街中心,想哭号:人呢?

你内心充满疑问和恐慌,外在表现为眼神呆滞、汗毛直立、手脚颤抖。你的嘴巴不自觉地张开着,有一股眼泪流了进去,还有一股像雨,滴在地上。你不知道到底发生了什么事,灵魂飘出身体,飘到了很远的地方,要不是那只流浪狗,估计就永远飘在外头回不来了。流浪狗双目警惕,摇着尾巴,朝你低吠了一声,它是你的救命恩狗。这一声低吠搁在往日,是个人都会忽略掉。可现在你身边万籁俱静,你的眼泪滴在地上都能啪啪响。当你扭过头来,看到那只肮脏的小狗时,笑了,那笑容因为隔了层苦涩的泪水,看上去有点古怪的意味。

你弯下腰,试图去拍拍小流浪狗的脑袋,谁知它不识好歹,退后了几步,朝你大叫起来,尾巴还翘得老高。你顿时不高兴了,要是平时,见到这家伙,不踹它算它走运,现在好心好意去爱抚它,它还不领情。"让你叫!我让你叫!!"你立刻换上一副凶神恶煞的表情,伸脚去踢狗。你一脚踢到了那狗的肚子上,小狗就飞了出去,在地上打了几个滚又爬起来继续冲你叫。这回叫得凶狠而凄厉,你本想跑近它,再补几脚,可附近很多高低不同的狗吠声让你伸出去一半的脚缩了回来。你恶狠狠瞪了小流浪狗一眼,转身向一家商场跑去,后面有一只流浪狗一只狼狗一只狮子狗甚至还有一只金毛撒着大步在追你。

你跑进商场,溜达一圈,能当武器的,只找到一把拖把。当然,你是在足足遨游了五个多小时(你到卖表的柜台淘了只漂亮精致的表)后,才把拖把扔掉,换成一把水果刀拿到手里。进商场时,你两手空空,你可以说一无所有;出商场时,你衣服裤子崭新,戴了顶帽子,架了副墨镜。你左肩一个单肩包,右肩一个单肩包,腰上横一腰包,背上还有一个背包,一手持刀和一个装满骨头的塑料袋,另一只手拖着一个足可塞下你自己的旅行箱。你步履沉重、满身大汗、气喘吁吁地出了商场,寻思着待会还得来几趟。

那些狗没有在商场门外守候你出来，因此你指头一直，塑料袋就滑脱手指，掉在地上。你带着这些行头往你租住的破楼房走去，路上一直忐忑不安，眼睛四处瞟，你怕看到了人。人都到哪去了？你还是十分纳闷不解，难道都凭空消失了？

你住在三楼，拿这么多东西爬楼梯又出了一身汗。突然你想到，你是不是该去挑一栋好房子。现在这里的房子都没有人了，你可以随便住哇！想到这里，你不禁喜上眉梢。可你还是掏出钥匙，打开了自己的房门。等几天再看看吧，等几天再看看。

你解下四个包，放在地上，把箱子拖到墙角，扭开一瓶可乐开始灌。喝饱了，关上门，你只带了那把不锈钢水果刀，又朝商场奔去。回来时，天黑了，这次你拖回了两个箱子，外带两个旅行包。你打开灯，把箱子和包里面的东西都腾了出来，于是地上满满的一堆东西。有两台笔记本电脑，一个折叠竹席，七把刀具，一包闪着刺眼光芒的戒指和项链，十二部手机，很多件衣服和裤子，还有一些不知道干嘛用但看上去很好玩的玩意儿，剩下的差不多都是美味的食物了。你看着这些东西，眼睛里射出喜悦的精光，你感觉到了极大的满足，你想你现在应该算是一个幸福的人了吧。倒不是这些东西值多少钱，而是那么多品类的东西供你免费挑选，这在从前几乎是不可能的事。在商场的时候，你感觉整个商场就是你的，事实上如果世上真的只剩下你一个人了，那不光商场，整个世界都是你的。

你在啃着一只卤鸡腿时，又给百里之外的家打了个电话，依然没人接。你这时才想起应该打开电视看看，等你打开了才发现，每个频道都是满屏幕的雪花和"哧哧"声；你打开手机里面的收音机，怎么调也收不到一个广播。你算是彻底明白了，这个世界上的人真的死绝了，就剩你一个了。

吃饱喝足了，你抹抹嘴，换上刚从商场拿回的睡衣，然后就坐在椅子上开始摆弄那两台笔记本。可惜没法连上网，网络难道也瘫痪了？没连上网的笔记本对于你来说就相当于废物。当然，其实你也没指望用它们去上网，地球上都没人了，还上什么网啊？其实你是想拿他们当影碟机和音响用。你在商场也拿回了不少CD，路过那条堕落街时，又顺手牵了很多盗版DVD。

你早就感觉到生活的苦累。每天上班上得你晕头转向，每天都是重复的生活，每个月都是那么点工资，要不是为了生存，要不是为了攒钱买房娶小莹，你早就他妈的不干了。你想过很多次遁隐山林不问世事，你甚至还想过做一个乞丐游四方。但是现在不必要了，人都没了，怎么没的你懒得想，为什么没了你懒得管，没了就是没了，没了好。你感到很愉悦很舒坦，从来没有这么愉悦舒坦过。

竹席凉爽，你躺在床上，什么都没穿，看电脑里赤身裸体的男女做那事儿。以前你只敢跑到网吧包房里偷偷看，现在可以正大光明地看了，你都23岁了啊，那事儿还从来没做过。和李小莹谈了半年恋爱，下体肿胀、眼睛冒绿光的时候，小莹让你忍耐着，说是要等结婚那晚圆你梦想。你有好多次忍不住了，急不可耐地把小莹按倒在床上，她就拼命抹眼泪，装委屈，她说你只是想要她的肉体，你们之间根本就没有爱情，于是欲火焚身的你还是松开了她，以后再没敢扑她。你现在看电脑里那对男女都没什么感觉了，虽然你的下面还是一柱擎天。你用手套弄了几下，拿卫生纸擦擦，喝了一大杯水，关上电脑睡去了。你好像睡得很沉，你对这个世界上众人的消失一点也不关心，好像他们既然无故消失了，也应该能无故回来的。你睡前迷糊的思绪里最后飘着两个女孩。

第二天你醒来得比较早，因为昨晚太安静了，你睡得很稳，除了有零星的几声猫叫狗叫窜进你的梦里。你醒来后照例去厕所刷牙洗脸。突然，你想起一个问题，你昨晚竟然没洗漱就去睡了，这么多年来，这是头一次。老实说，你感到不可思议。一定是昨天太累了，忙糊涂了。你自我安慰，可是你还是感觉到不对劲儿，又想不明白。你一边吃蛋糕，一边给父母打电话。你发现你的手机信号只剩半格，你走到窗边，还是只有半格，于是你拆下卡装上昨天拿回的iPhone4，开机一看，没信号。你只好重新取出卡，装回原来的机子，给所有联系人群发了一条短信：我是周攀，还活着，收到请回复！

这一天都没人回你短信。你拿着水果刀揣着电话，在街上乱转。夏天，比较热，你只穿了条裤衩。你看到路边停着那么多汽车，你真想跳到驾驶座上，开着汽车到处跑。你本打算学车的，哪知考驾照的费用涨了一千多，你就没去学，反正学了也没车开。要是你知道现在会有这么多车让你随便挑，随便开，当初就算学费涨到一万你也一定要把驾照拿下来。什么交通规则现在都是多余的，不用学，但起码你得知道哪是油门哪是刹车怎么加油吧？你看着这些光鲜漂亮的小车后悔不迭。你路过一家山地车店时，为了弥补不能开车代步的遗憾，跨上一辆就骑走了。

你路过政府大楼，路过大学，路过银行，还路过各种各样的店铺。政府大楼真不一般大，没有人的它死气沉沉看上去就像个怪物，你对它一点都没兴趣。路过大学时，你把车停在门口，走了进去。你想进女生宿舍看看。这是多少男人隐秘的梦想哇！不当维修工装修工的话，十辈子恐怕也实现不了一次！一栋红色大楼门前贴着"女生宿舍，男生止步"，你笑笑，脸热乎乎的，心跳加速，推开门走了进去。进出十来个房间后，你对自己随便进女生宿舍后悔了。原来女生宿舍也不过那样，和以前所住男舍一样摆着铁架床、书桌、凳子、饮水机。只不过衣架上晾着胸衣，床上一般有个毛绒娃娃而已。女生宿舍最神秘的应该还是那些住在屋里消失了的女孩们。你走出女生宿舍，这辈子的梦想完成了一个，可是你却一点高兴不起来。路过银行时，你犹豫了一下，既然世上就剩你一个人了，要那么多钱有什么用？可能是出于之前二十多年你对钱的渴望，你还是捏了刹车，在银行门口停了车。你这回心惊胆战，还没踏进去身上就冒了一层汗。这可是在抢银行啊！重罪！可以直接击毙的！四围一如既往地安静，可是你还是不停地朝不同方向张望。你想，也许在哪个窗口正有一支乌黑的枪口对准你呢……你就这么穿件裤衩拿把水果刀走进银行了。片刻之后你走了出来，如释重负。银行里那道门关着呢，你没钥匙，没打开。

你就这么骑在车上，满城绕了一天，像个幽灵巡视自己的城堡。这个晚上你是在大马路上睡的。大马路宽敞平坦，铺几张竹席，是很好的床。你把裤衩脱了，扔了。你拿着水果刀，跳上一辆辆小汽车，再跳下，如此穿过漫长的街道，来到一家装修公司的店铺。你提了几桶油漆，又飞速跑回来。你在你的床铺左边马路上，用油漆刷上"李小婷我爱你"，在床铺右边马路刷上"李小莹我爱你"，你呈"大"字很满意地躺在这两句告白之间，感到可能是此生最大的幸福。

这个夜晚因为有路灯彻夜照着，有月亮在天空跑着，还有两个女孩儿在身边陪着，你一直没睡着，你想了很多事。比如，你想，也许你不能老这么游手好闲下去了，整个城市也许整个世界就剩下你一个人了，你应该做点什么。或许你该拿起纸笔，开始记录下地球上人类最后的日子；或许你该离开这个城市，去其他地方看看，寻找跟你一样的幸存者；或许你应该遵从以前的愿望，遁隐深山老林，而不是在这废弃的城市里苟且偷生……这个晚上你又没有洗漱，你还多忘记了一件以前每天必做的事：刮胡子。你的手机也扔在那破楼里没带出来，因为上面显示已经接受不到信号了。

你没有离开这座城市，你想，这个问题等过些日子再说。你现在每天都要去图书馆，然后拖一箱又一箱的书到你住处。你不是睡在马路上，就是睡在那栋破楼里，你曾想睡在别人宽敞舒适的家，那次撬开门一看，墙上挂着一黑白照片，一死老头怒视着你，于是你退了出去，再没敢随便进别人家。你的初步打算是，替人类好好活下去，顺便留下一本《末日记》。这座城市已经停止供电了，从自来水管里流出来的水也开始变得浑浊有异味，更可怕的是城市里现在成了猫和老鼠的天下，有些人行道上竟然钻出了杂草……这座城市恐怕过不多久就要用荒凉来形容了。

那天夜里，月亮像个金黄的大饼，你望一眼月亮心就抽一下，孤独生活了这么多天，你才明白什么是真正的孤独。你躺在平整的马路上，两旁还是那两句告白，你几乎已经把这座城市的所有主干道两边都刷上了这两句告白。你又在想要是你的父母和你的李小婷和李小莹跟你一起生活在这个世界该多好……远处街上传来一声巨响，把你吓了一跳，可你只顾双手抹泪，毫不关心。你想，又该是哪里的什么煤气罐啥的爆了吧。是接下来传过来的"突突突"声才把你震动的。你迅速爬了起来，操起旁边的一把砍刀，跨上停在一旁的山地车往声源骑。你在车上心胸澎湃，你的眼泪"哗哗"地根本止不住，喂——！有人——吗？有人——吗？你一遍又一遍大声呼唤着。

你骑到银行门口发现了三辆劳斯莱斯停着。你简直要疯了一样呼喊着：喂！有人在吗？你们在哪？三个衣着华丽的大汉抬着一个货物柜走出了银行大门。你呆了，手脚剧烈地抖着。他们看上去也很惊讶，但是还是抬着货物柜往一辆劳斯莱斯走。

你们？

小鬼，加入我们不？

啊？我……我不……不必要吧。看到同类的巨大惊喜和他们盗窃银行的卑劣行径震撼着你弱小的心灵。你光着身子站在他们面前，突然感到了莫大的羞耻。你瞥了眼车里码得整整齐齐的黄金，返身骑上了山地车，你突然想离开这伙人，你不明白为什么。

给老子停下！停下！你还跑？身后传来愤怒的喊声，而你越踩越快。你突然感觉到身体碎了,剧痛一下子就弥漫到你全身,你跌下山地车时听到了"突突突"的机枪声。你趴在地上一动不动,眼睛睁开着,看到一个戴胸罩的小男生骑着摩托车从路面上出现,有一辆奔驰以赛车的速度开过去了,对面有一个打扮得仙女似的女人隐隐走来,一个胡子拉碴的裸体男人在街上走……街上出现的人越来越多,要么打扮得富丽堂皇,要么打扮得怪模怪样,要么什么都不穿,有个老头甚至穿着女式内裤,还有个小男孩竟然把胸罩戴在头上还穿着条裙子,可惜这一切你都看不到了,你死了。

我停下手中一直在忙的事,凭空出现在你身旁。我的出现一点也没有引起尖叫和围观。因为没有人顾得上我,他们都在忙自己的事。那个穿女式内裤的老头正忙着脱那条内裤,那个小男孩早就扔掉了胸罩,正在脱裙子。一个美少女正在脱她的美丽婚纱,另一个光着身子的女人则捡起了那件婚纱穿在身上……这个世界从来没有这么乱过。我把你扛在肩上,扇了两下翅膀,刮起一阵风,朝金黄色的大饼月亮飞去。我要带你离开这是非之地。

我的这次出现,只吓死了三个汉子,我为此一直很得意。

清明梦

文/李航

注："清明梦"：清明梦是人们在做梦的时候还保持意识的清醒。这时会有更加清楚的感觉，甚至有时可以直接控制梦的内容。完整的从开始到结束的这种过程就叫做清明梦。

"冰恋"：冰恋是 SM 中的最高层次：死亡调教。但同时其程度已经超越了 SM，作为主奴游戏 SM 的极致，主最后会把奴吃掉，同时奴也是心甘情愿的。

1.

"他想，要有风，于是狂风平地而起，把他的衣衫摆弄得猎猎作响。

他想，要有枪，于是他的手中凭空出现了一把左轮手枪。

他想，要有刀，于是他的腰间多了一柄银白色的餐刀。

他想，要有她，于是一脸惊恐的她四肢并绑着出现在了面前的脚手架上。

他靠近她，脸上的笑容温暖而和煦，他的手指颤抖着抚摸过她瑟瑟发抖的脸颊，两种抖动仿佛发生了某种共鸣，他微笑着狠狠地抽她耳光，残暴地撕去她的衣衫，亲吻她，拧她，揪她的头发。而她除了发出痛苦的哀鸣，根本无力反抗。

他用餐刀抵住她的肌肤，鲜血从她雪白的肌肤里脉脉地流淌出来，顺着餐刀的锯齿一滴一滴地打落到地上。他像个野兽一样发出贪婪的饥嚎，嘴巴猛地凑上去，狠狠地咬下了一块血肉，咀嚼着，吞咽着。她哀鸣着，像只任由屠宰的羔羊发出濒死的叫声。

他安静地用餐完毕，满意地擦拭掉嘴角的鲜血，她还在无力地喘息着，口鼻里泛出血沫，他的疼惜这时才开始从面容上缓慢而荡漾着释放出来。

他仔细地瞄准，小心翼翼地开了枪。女孩半仰的头颅随着枪响垂了下去，他流着泪，上前抚摸她尚且完好的脸颊。面前的女孩却又突然地抬起头，眼白完全地显露着，嘴巴以一种不可思议的角度诡异地张大，发出悚人的尖叫。

徐里大汗淋漓地从床上坐起来，手边的电话响个不停，他接起来，听到房东的骂声："怎么这么久才接电话？电话不要钱的啊！"徐里低低地回答："不好意思李姐，我刚刚在午睡。"房东又粗鄙地骂："还有闲心午睡？我告诉你啊，你最好马上去给我筹钱，房租你已经欠了一个半月了你知不知道？你不要以为我这房子租不出去啊，我告诉你，想租的人好多哪……"徐里不耐烦地敷衍着："好好好我知道了。"一边挂掉了电话。

　　风从纱窗里悠悠地荡进来，吹乱了桌上的一打个人简历。徐里喝了口水，点了一支烟，衣橱上的梳妆镜中，徐里胡子拉碴的脸在烟雾缭绕中憔悴地若隐若现。

2.

　　徐里是一个频频碰壁的失业者，还是一个清明梦，只要他愿意，他可以直接或间接地操控自己整个梦境的发展并借此来摆脱现实的困扰。现实中总是受挫的人多少有点特殊的爱好，他是一个冰恋幻想狂，喜欢乱鬼龙。这种在外人看来变态的想法停留在徐里的大脑皮层上面，出现并活跃在每一个徐里可以自由掌控的清明梦里。

　　徐里喜欢的女孩，住在他的楼上。徐里怀疑她是一只金丝雀，看起来她并没有正式的工作，活动范围几乎不出这座小区，栖身在这样破旧的小区里，偏偏还在楼下的停车位上停着一辆沃尔沃S60，难免让人心怀遐想。不可否认的是，女孩长相很漂亮，有一种冷艳，恰恰是徐里喜欢的类型。

　　女孩经常去楼下喂一只游荡在小区里的流浪猫，徐里每次在窗台上看到她抚摸小猫的时候心里都会涌起一股难以抑制的冲动，紧张，焦躁。他看到女孩脸上不经意流露出的温柔神情常常会激动到发狂。

　　在此之前，徐里与女孩有过两次交集，第一次是在菜市场，两人在水果摊边上挑水果，同时拿起了一颗橙，不过浪漫的剧情并没有上演，徐里尴尬地把手挪开，女孩只是嫣然地一弯身，便头也不抬地走开了。

　　第二次是在他们这栋楼的楼道里，那天是下雨天，徐里去人才市场回来，不巧被浇了个汁水淋漓，女孩正好撑着伞向回走，看到他一边手足无措地遮雨一边慌不择路，便撑着伞走到他身边，伞有意识地靠到他的身边，替他挡住了一部分风雨。但是徐里那一次特别没出息，除了低头说了一声谢谢，然后就与女孩一路无言。

　　徐里从应聘单位面试回来的时候，中午艳阳正烈，那个面试官从外表到言语都透露出一股强烈的傻逼气息，"X工大？哪里的大学，怎么没听说过啊？杂牌大学就不要到这里来了嘛？哈？你可以做好，能做好的人多了去了。你先回去吧，有消息我们会通知你的。"

　　徐里脸上的笑容一直很僵，他像行尸一样飘飘荡荡地走回了小区，遥遥地看见女孩正蹲在楼前喂那只流浪猫。那只猫的脑袋在女孩的胸前一浮一动，仿佛在摆出一副作秀的讨巧姿态，徐里莫名地生出一股闷气，怎么瞧都觉得那只猫也在冲他耀武扬威。

　　女孩上楼后，那只猫还停留在楼前未走，徐里走过去，对着猫泄恨似的来了一脚，猫痛叫一声，扑地而起，做出一副歹状，伏在地上恶狠狠地盯着徐里呲牙咧嘴。徐里倒来了气，上前一把揪住猫的脖子，转身走到楼后，掏出挂在钥匙上的水果短刀，没有丝毫犹豫地一刀插进了猫的气腔，猫发出一声瘆人的利叫，四肢扑腾。徐里停不下来了，血腥的气息诱惑着他,手里的短刀仿佛是自动的随着猫身体的颤抖起伏一点点地下移,猫的四肢乱抖着,直到他的刀慢慢地垂直下移出了猫的躯体,破碎的器官随着黏稠的鲜血如泄洪一般从猫的身体里倾涌出来,染红了徐里的两只手臂,他脸上愤恨的表情才突然重新舒展开。

徐里把钥匙收回裤兜,转过身,一下子愣呆了。女孩站在他身后,双手捂着嘴,一脸惊惧与厌恶的表情,看到他突然转身,吓得连连倒退几步,像撞到鬼一样,头也不回地疾奔跑了。

徐里的不可思议这时才缓缓地从他的心里探出了头,他看着自己双手的鲜血,心里蓦地升起一股惊奇的罪恶感。

徐里默默地回到了家,住在楼下的瞎子悠悠地拉起了二胡。

3.

王梓出现在徐里楼下的时候,徐里刚刚去接了一个发传单的零工,一天五十,好过一分不挣,好歹能赚包烟钱。他远远地看见王梓,心里很是惊异,毕业之后他几乎和所有的同学都失去了联系,没想到王梓突然出现了。

他上前跟王梓打招呼,王梓却愣了半天才把他认出来:"徐里?你住这儿啊!"徐里笑笑:"是啊,最近一直都找不到工作,只能住这种地方啊。"王梓笑了,客气地派烟给他:"怎么都找不到工作呢?"徐里叹口气:"你也知道,现在大学文凭越来越不值钱了,脚踩脚扁的遍地是大学生。你现在在哪里工作呢?"王梓吐了口烟:"我现在自己弄了一个广告公司,再加上和人合伙开了一家快餐厅,生活还说得过去。"一边还猛地想起什么似的掏出自己的名片,"对了,你现在不是还没工作吗,抽空给我打个电话,我们广告公司再多加一个平面设计师可以的,你会平面设计吧?"徐里惊喜不已,双手捧过名片:"可以可以,真谢谢你了。哎对了,你来这干嘛呢?"

话音刚落,他就听到了楼上女孩清脆的声音:"好了王梓,我收拾好了。"

王梓扔掉烟头,冲一脸惊异的徐里笑笑:"好了,抽空给我打电话,我和女朋友吃饭去了。"

徐里面色难堪地转过头去,正看见女孩一脸笑靥地背着背包从楼道里走出来。女孩看到徐里和王梓并肩站在一起,脸色顿时变得煞白。王梓疑惑地看看女孩和徐里:"你们两个认识?"

徐里说不出话来,女孩面露恐惧的神色已经击碎了他最后的一丝幻想,徐里看着女孩挽着王梓的胳膊一边远去一边神色怪异地对着徐里指指点点,最后王梓转身留给徐里的那个眼神徐里可能一辈子都不会再忘:怀疑,冷漠,鄙视……

徐里一脸颓废地坐在昏暗的房间里,没有开灯,他点着烟,有短信发来,是母亲:"父病危,速归。"

楼下的瞎子又到了练二胡的时间,天色正开始变暗,而且乌云滚滚。

4.

如果说现实在不断压榨徐里的世界，而父亲病危的消息就像一发炮弹，结结实实地毁灭了他摇摇欲坠的世界。

徐里在逃避，催账的电话和房东的电话不断打来，手机的光芒在黑暗里一闪一烁，映照着徐里的焦躁和无奈。

他的心情很低落，他从没想过去了解自己未曾参与插足的故事，但是一切正在离他越来越近。就像他本应躲开的一辆汽车，突然横冲直撞，就要撞进他的生命里，而且可能就此影响他一生。

而我们在追寻和躲避的又是什么？

徐里给王梓打了三次电话，每一次都以对方拒绝接听告终。徐父的尿毒症进一步恶化了，徐母希望能从在外面闯荡的儿子这里拿到透析的费用。可是徐里根本无能为力，他说不出口，眼泪再次掉下来。也许王梓可以帮他，可徐里知道，在女孩和王梓的生活轨迹开始接轨的那一刹那，也或许是从他杀掉那只猫开始，属于他的未知就被改变了。他没有再去寻找王梓的信心和勇气了。

女孩很快搬离了这栋楼，她的行李和杂物并没有搬走。徐里知道，她一定会回来的。

这个夜晚是房东给徐里期限里最后一个能够栖身的夜晚，如果他不能付清房租，明天就要露宿街头。徐里用最后自己所有的积蓄买了烟和啤酒，一支支地抽，一瓶瓶地喝。堕落也许是麻醉一个人的最好选择。

此刻他听到了一个声音，全身的汗毛孔都陪着耳朵一起竖立起来静静地听着。

"啪嗒……啪嗒……"楼道外面传来的脚步声顿时让徐里浑身打了个激灵。

是女孩，竟然是女孩。徐里听着，迟钝的脑袋开始逐渐灵活起来，他要干什么，该干什么。脑袋里的无名兴奋突然把他的烦躁释放到淋漓尽致。徐里悄悄地走到了门前，透过猫眼窥视着女孩。

楼道里声控灯亮了，徐里的眼睛一下子被照射得生疼，他仔细看着猫眼里的景象，大吃一惊，原来女孩竟然赤身裸体！徐里很快发现了不对，女孩蓬头散发，目光呆滞，而且浑身上下都布满了青紫的伤痕。灯缓缓地灭了，徐里偷偷地把门拉开一道小缝，借着酒意窥探着再度陷入黑暗的楼道。"啪"声控灯再次亮了，徐里猛地一个激灵差点坐到地上：女孩几乎面对面地盯着他！

然而此刻徐里从女孩脸上看到的却是充满了诱惑与哀求的神情，她脸上的伤口有血滴落下来，泪水几乎要夺眶而出。徐里慢慢从惊魂未定中回过神来，手伸向女孩，仿佛要堵住女孩即将滚落的泪珠。女孩却两眼一闭，身子一歪，昏倒在了徐里的怀里。

徐里顿时感觉到了一片温润，此时他的大脑有点不听使唤，欲望和压力搅动着他的脑子，他眼前的世界开始变得猩红一片，胸腔里有什么在灼烧着心脏。

徐里哆嗦着把女孩拖进了房间，打开灯，从抽屉中取出晾衣服的尼龙绳，手脚并绑地把女孩捆在床头上，然后徐里跌倒在地，气喘吁吁地看着女孩，仿佛在欣赏一件即将完工的艺术品。

"他想，要有风，于是狂风平地而起，把他的衣衫摆弄得猎猎作响。

他想，要有枪，于是他的手中凭空出现了一把左轮手枪。

他想，要有刀，于是他的腰间多了一柄银白色的餐刀。"

徐里哆哆嗦嗦地掏出餐刀，俯身到女孩跟前，他亲吻着她，爱抚着她，最后他的目光终于变得迷乱而癫狂，他抽打着女孩，而女孩就像个摇摆的木偶，紧闭着双眼任由他摆布。徐里揪住她的头发，残暴地亲吻她，噬咬她……

银白色的餐刀在女孩的脸上一点点地划下，女孩本就伤痕累累的脸上又是一抹鲜红淌下，女孩颤抖着睁开双眼，看到徐里顿时尖叫了起来。女孩的尖叫声像一柄利剑一样锋利，径直穿透了徐里的身体，徐里的灵魂，就是这声尖叫让他有了片刻的清醒。

"你……你要干什么？！放……放开我！救命啊！"

徐里慌了，徐里彻底乱了，他看着手里沾满血迹的刀，手一抖刀便从他的手掌里掉到了地板上，清脆的声音再次吓了徐里一跳。

女孩惊恐地尖叫着，哭泣着。而徐里的呼吸再一次急促起来。

徐里掏出了左轮手枪，他不知道自己已经为此刻准备了多久，他甚至记不起自己何时拥有过这一把左轮手枪，左轮手枪在灯光的照耀下显出银白的色彩，徐里颤抖着，挣扎着，血液在沸腾着，手枪的准星穿过女孩充满恐惧的面容不断抖动着。

"砰！"

徐里对着太阳穴把这一颗索命的子弹留给了自己。

子弹啸叫着穿过他的太阳穴，带走了几抹艳红和浑浊的白色，凶狠地顶进墙壁里。在最后一刻徐里觉得自己浑身轻飘飘的，他轻松极了，所有的一切都随着窗外荡进来的风，悠悠忽忽地飘走了。

楼下的二胡声在黑夜里突兀地响起，徐里睡去之前还有最后一个念头：这都他妈的几点了，老瞎子怎么又练起来了。

5.

最后那声叹息好像是遥遥地从云端传来的。然后是一个女人的嬉笑声。

"你瞧，梦境正在变成现实，而他反倒先放弃了。"

此外还有一个声音磁厚的男声："但是，这就是人类啊。"

结构创意

麻里·斯托卡

文/刘砾(1991)

stalker

[ˈstɔːkə]

名词,释义:潜行而近者,高视阔步者,跟踪狂。

我从小就有预感,我会被跟踪狂扑倒在地。他压着我,将我的手腕摁得死死的,伸出粘稠的舌头塞进我嘴巴捣来捣去,在我耳边发出恶毒的喘息,我会看见他在高处俯视着我,露出一副胜利者般的微笑,然后掏出人类历史中最丑恶的器具捅进我的体内……在很多很多个夜晚,已经数不清次数,我被梦中这恐怖的景象惊醒,冷汗浸湿了衣裤。

我仍记得当我满心欢喜想弄清自己名字的涵义时,结果得到的却是如同童话里睡美人一样的诅咒。而麻里·斯托卡这名字就是纺车的锭针,无论公主多么谨慎,厄运还是会在未来的某一天降临。我有时会不自觉地在心中责难父母,为何身为英裔法国人的父亲要同身为日本人的母亲结合,又为何要选在中国将我诞生,这简直就像个滑稽的玩笑,只是在玩笑的结尾,小丑从钢丝上跌了下来,摔得粉碎。

然而十数年后,我才发现它或许还有另一种解释……

"麻里,是麻里吗?"我从商场走出来,身后有人喊我的名字。我的父母和身边的朋友并不称我麻里,他们大都叫我mary,取麻里这个名一半因为我母亲想让我记住自己的日本血统,另一半则是因为在中国别人叫起来比较顺口。说来好笑,我的家在中日法文化的包夹之下,竟是用英语沟通,我父亲来到中国半辈子也没能说好普通话,倒是母亲的英文越来越流利了。我回过头,一张似曾相识的脸出现在眼前。

"是我呀,高中,12班。不记得了吗?"见她满脸兴奋地说着,我也做出惊喜的样子,虽然其实只勉强记得是高中时的同班同学。

在她的邀约之下我们走进商场附近的一间咖啡厅,选了个靠窗的位子坐下。结婚之后我的性格变得开朗了许多,不像以前那么畏惧他人,面对多年不见的同学,竟也能聊天叙旧了。

"想不到会在这里遇见你,你现在活泼好多,简直就是两个人,穿着打扮也跟以前不一样了，现在的你好美。"面对她的称赞我不好意思地笑了笑，"你也是呀，大家都比以前漂亮多了。"我向店员点了一杯拿铁咖啡，那种浓厚的甜味现在成了我的最爱。

"以前你总是畏手畏脚的，总像在害怕什么一样。"我的同学回忆道。

"因为我以前一直觉得自己会遇上跟踪狂。"我不加掩饰地说出来，对现在的我来说这个话题只是过往的幼稚罢了，甚至还有些有趣。

"怎么会？"她惊讶地说道。

"你知道斯托卡，stalker，就是我的姓氏在英文里是什么意思吗？"

"什么意思？"她饶有兴致地把头伸到桌子中间。

"我很小的时候在字典里查到，stalker指的是潜行而近的人，也就是跟踪狂！从那时起我就一直认定自己会在未来的某天遭到跟踪狂的袭击。竟连名字都有这种含义，我觉得自己受到了魔鬼的诅咒。"我用玩笑似的口吻说道，让人想象不到当时的我是多么的恐惧。服务员走过来将咖啡放在我面前，我喝了一小口，果然香甜怡人。

"的确，对小孩来说这种东西最有影响了。"她用手撑起下巴仔细想了一会儿，朝我点点头。

"因为确信自己受到了诅咒，我完全生活在恐惧之中，在学校时，大家都很热情地向我搭话，可是我却不敢作出任何回应，在我眼里，他们中的某一个人可能就是那残暴凶狠的罪犯，终有一天会向我伸出魔爪，我只能拼命地逃跑，一刻也不敢停下。"

"恐惧总是难以捉摸的，一个人所畏惧的事物在另一个人眼里可能一钱不值，就像密集恐惧症这东西，没有患病的人怎么也不懂一大堆同样的形状合在一起怎么会让人害怕，可事实却是，我连看到剥开的石榴都会心悸，难受，呼吸困难。"她叉起一小块提拉米苏放进嘴里。

"我在高中就像个怪胎，还以为没人会记得我呢。"我笑了笑，"可是从某种程度上来说，这种不受注意的环境会给我很大的安全感，我甚至刻意把自己打扮得比较难看，那时的我对漂亮衣服完全没有向往，只想到一穿上它就会遭遇不幸，虽然现在看起来或许有些滑稽，当时我的心情却沉重得很。"

"现在的你这么幸福，早就不在意那些了吧。"她嘟起嘴指向我左右的无名指，"这戒指想看不见都没办法呢。"她故意做出嫉妒的表情开玩笑道，那上面是结婚时丈夫送给我的钻戒。

"可是，我和我丈夫的相遇就和这诅咒有关。"

"是吗？"她放下叉子，等我继续往下说。

"一年前，晚上我一直在公司写文案，出来的时候已经是十点，如果要赶末班车回家的话只能走一条夹在医院和民居中间的小巷，可是那条巷子很窄，灯又不大亮。原本，在晚上走没什么人的大马路对我来说已经是一种挑战了，更别说诡异的小巷。可是如果不走那小巷，就只能搭乘出租车回家，和陌生人一起在封闭的空间里。对我来说，无论哪一个都是极大的折磨。我犹豫了一会儿还是决定走那条小巷。出租车的车门可以由司机控制，想到这点我就没法接受。"

"我仍记得那条长巷的样子，左边是粗糙的米色石壁，细碎的石英撒在上面发出点点星光，右边则是灰砖砌成的石墙，表面光滑而冰凉。巷子里没有像马路上那样的路灯，只有稀疏几盏壁灯贴巷道横竖交错地方的墙面上，壁灯的光并不算亮，所以灯与灯的中间位置会有一条黑暗的缝隙，就像阻隔两个光明国度之间无法跨越的深渊。我害怕极了，左手紧紧抓着挎包的肩带，不管怎样就是想用力握住什么，右手随着步伐一下一下划过墙壁，每次摸到它心里就会安稳一些，这种感觉，懂？"

她安静下来，没有做出任何举动，眼神中流露出怜惜的目光，恐怕在某个夜晚，她跪坐在人走茶凉的房间里时也有过相似的感受。

"忽然，一种缓慢而有节奏的声音出现在耳边。是钥匙！一大串挂在一起发出"噌……噌……噌……"的响动，微弱而清晰地持续着，不知是在前方还是后方。我一面快步行走，一面频频朝身后望去，可是那声音依然在那里，"噌……噌……噌……"既没有靠近，也没有远离。我用手掩着嘴几乎要哭起来，心里不住地想，"那个诅咒要来了，那个诅咒终于还是找到我，向我实现诺言来了。"我觉得自己仿佛身处地狱之中，无数的使徒跟在我身后，它们不紧不慢地迈出脚步，伸出长舌舔舐嘴边的涎液，紧盯着我的身体，只等我停下的那一刻，而我却无路可逃。我想大喊，可人在极端恐惧的时候身体却越发不受控制，我张大嘴巴只有喑哑的呼吸和没人能听见的嘤泣从喉咙里传出。

"这时，一团黑影出现在前方，绝望顷刻蔓延到全身。我甚至不觉得那是人，我知道，那是在我身边耽视太久太久的诅咒向我复仇来了。"

她听着，露出一副这种事怎么会能轻松讲出来的表情。如果只说到这里，还真是个无法让人安心入睡的故事。

"一个男人手里拿着酒瓶挪动着摇摇欲坠的身躯离我越来越近，我瑟缩在墙边用皮包遮住自己的身体动也不敢动，心中祈祷那男人会无视我的存在继续走下去。可是，当在最最接近我时，他停了下来，鞋子与地面摩擦的声音消失了，周围一片寂静，黑影笼罩我的全身——'啪！'一只粗糙的手掌轻而易举地打落我手上的皮包。我不敢与他直视，身体倒下瘫坐在地上，两手奋力撑着地面向后退。他跨开一大步狠狠抓住我的肩膀，把我向他那边拖，另一只手则伸向我的胸部，整个过程他一个字也没说。就在我的世界完全落入漆黑时，一束光射进黑暗当中，一只较为细嫩的臂膀出现在我肩头抓住了男人的手，没等醉汉反应过来，一块石砖在他头上炸开，他重重倒下，晕厥在巷子里。我回过头，一道无法更加美妙的声音流入耳蜗，'已经没事了。'那声音这样说道。"

"然后呢？"她脸上又重新出现那种迫不及待的欣喜神情。

"然后，然后一个月之后，我跟那声音的主人结婚了。"我用欢快的腔调一口气说道，给故事来了个迅速得出乎意料的 happy ending. 只留下她脸上尚未能做出任何反应的呆滞神情。

"哎呀呀，枉我一直心惊胆战，结尾却变成了肥皂剧。"她短短轻哼一声，好像觉得自己被我给欺骗了。

"可如果不是因为我一直相信那个诅咒，恐怕也不会遇上他，这点倒是值得庆幸。"我认真说道。

"能英雄救美又能送钻戒的老公可是半点也算不上诅咒。"她笑着说。

"亏我还怕它到来怕了这么多年。"我也笑了。

"不过，结果你遇到的也不是什么跟踪狂只是个醉鬼罢了，这么看来诅咒纯粹只是想太多了吧。"

"被你一说，好像真是如此。"我仔细想想，喝醉的人是当不了跟踪者的，何况，他还是在我前方出现。"不过不管怎么说，从那次之后我彻底改变了，性格开朗起来，心情也放松得多，所以你才会看到今天的我。"

"家里怎么样呢？"

"结婚之后我就从公司辞职，在家里当家庭主妇，丈夫从事什么工作我一直不太清楚，不过似乎比较忙，有时很晚才能回家，大概是总经理一类的职位，从收入上看，要不然就是家境富裕，可家境富裕的人大都没什么事干，不像他每天起早贪黑的。"

"可恶，好事都被你占尽了呢，麻里。"她趴在桌上像小孩似的捶着桌子说道。我喝完杯里的咖啡，看着她逗趣的样子觉得很开心，嘴角不自觉地上扬起来，真是个好日子啊，心想。

和她分别后我回到家，忽然很想把高中的纪念册找来看看，之前一直没动过，连上面写了什么也不知道。好在下午没什么事，就算花点时间找找也不怕。

我翻遍整个书架，把上面的书一本本全抽出来也没找到那本纪念册。或许搬家的时候弄丢了也说不定，但我还是继续搜索书架底下的位置和旁边的缝隙，不知怎的我竟摸索到丈夫的书桌那里去了。在他的抽屉下面我的手碰到一样冰凉的金属物体，它被粘在抽屉背面的地方。我把它扯下来，发现那是一把钥匙。我想起在打扫书房时，书架底层最左边的那个柜子永远都是被锁上的，说不定，这就是它的钥匙。我拿着钥匙在手里晃来晃去，心血来潮想看看丈夫究竟藏了些什么。要是情书什么的，到时可得好好嘲笑他一番，我笑出声来，朝书柜走过去。

我把钥匙塞进柜子的锁里，果真如我所想的那样，柜子随着锁舌跳动的声音打开了。出乎我意料的是，里面装满了黑色的笔记本，全都是同一个款式，整整齐齐地摆在那儿。我抽出一本打开，里面竟夹着几缕发丝，页面上全是黑色的钢笔笔迹。

"这是我看着她的第558天，已经没办法压抑自己的情绪。每天早上醒来就要看看她，一直看着她，像爬虫一样跟在她身后，不被她发觉。我要知道她的一举一动，我想舔她，舔她的全身，舔她的脚趾，让舌头在她的身体中来回游走，听她发出欢愉的喘息，只要一这么想，我就已经勃起了，我用手握紧它按捺住欲望，不行，即便是在写的此时，我还是没办法控制情绪。我要撕碎她，把她剥干净，狠命吸吮她，我要把它塞在她的嘴里，啊，左手已经在抽动了，你这不经用的玩意儿，等我，等我把她按在身下，不，不，不，时机还未成熟，我要忍耐……"

刹那间，我听见诅咒的鬼魂在耳旁窃笑，它们狠狠掐紧我的脖颈，一寸一寸地吞噬着我的灵魂。我完全地陷入疯狂之中，把里面所有的东西全翻出书柜，一本一本地打开，上面充斥着各式各样的名字和代号，每一页每一行全是满载恶念的文字。我跪在那堆笔记本中间，周围仿佛围绕着魔鬼的城墙，我困在当中，不知该怎么逃出去。

忽然，客厅的门打开了。

"噜……噜……噜……"缓慢而有节奏的钥匙声从外面传来……
marry
['mæri]
动词，释义：嫁，娶，和…结婚。

六月小镇

文/朱佳琳（1994）

Dora 心不在焉地听着母亲在自己的耳边不断念叨，心思已溜到此行的目的地——爷爷居住的六月小镇去了。

Dora 和爷爷并不熟悉，她从来没去过爷爷家，与爷爷见面的次数也不多，只知道爷爷是作家，听父母说去年他搬去六月小镇。那是一个你从未听说过也不会在地图上发现的小镇……Dora 对这个神秘的小镇拥有浓浓的好奇心。

来到爷爷家已经接近傍晚，Dora 父母匆匆向爷爷告别离开了。在父母与爷爷谈话时，无聊的 Dora 注意到爷爷客厅的茶几上遗留着一个娃娃，似乎是从挂件上掉下来的。

一

"爷爷，这个娃娃是？" Dora 好奇地拿起娃娃。这是一个挺破旧的娃娃，看起来是手工自制的，暗淡的金发贴着娃娃模糊的五官，整洁的衣物向他人昭示着主人对它的珍爱，背面似乎还刻有一行小字："赠与我最爱的□。——□"缺失部分由于主人一直的抚摸，已看不出原来的字迹了。

"大概是 Eve 的娃娃吧，今天只有她来过，应该从她包上掉下来的，明天我去还给她。"送走了自家儿子和儿媳的爷爷随意地扫了一眼娃娃后回答。

不得不说爷爷对 Dora 很纵容。他不在意她四处乱跑，任凭她自己挑选房间，甚至不介意她来打扰自己写作……最后发现天色已晚才对 Dora 说："Dora，不早了，该去睡了吧。""不，爷爷，为什么小镇要叫六月？不弄明白我睡不着！" Dora 近乎撒娇地无赖。"那讲完就去睡好不好？"爷爷对这个难得见的小孙女不经意的撒娇很受用。

"这名字源于小镇上六月天使的传说。"爷爷难得戴上他的金丝边眼镜，一副老学究的样子，"传说大约是这样的：

> 六月的天使
> 有一个小镇
> 小镇的居民
> 受到她的庇护

美丽的六月
停驻在小镇
六月的天使
守护她的小镇

疯狂的铁骑
踏破小镇护栏
娇美的六月兰
染上血色凄艳
愤怒的天使
焚烧了入侵者
六月的小镇
属于六月天使

六月的天使
被天堂拒之门外
雪白的羽翼
染上黑夜的色彩
血色沿铁链滑落
倔强的六月天使
被上帝封印在
属于她的小镇
……"

"好无辜的天使。"Dora 撇嘴,"晚安,爷爷。""晚安,Dora。"

二

　　Dora 窝进那舒服的书房,在满满当当的书架上进行"寻宝",而爷爷则在对面的阳台上构思着他的下部作品。
　　"爷爷。"Dora 忽然喊。"怎么了,Dora?无聊了?""我想去摘一束雏菊,还有,我能把这本诗集带回房间看吗?"Dora 晃着手上的诗集。"可以,小心点!"爷爷又开始构思他的作品。
　　晚上,Dora 翻开诗集,扉页上是几个清秀的字迹:"Diana 的记录本"翻开来就是一首小诗:

　　住在我隔壁的女孩

她的时光静止在六岁
　　我记得她温暖的笑脸
　　还有头上鲜艳的雏菊
　　唱着欢快的童谣
　　在阳光下跳跃
　　她在六月末的傍晚
　　消失在小镇的角落

　　住在我隔壁的女孩
　　她的时光静止在六岁
　　我记得她头上的雏菊
　　还有身上可爱的公主裙
　　像参加王子的晚会
　　在夕阳下远去
　　她在六月末的夜晚
　　飞回上帝的怀抱

　　另一边是张照片，一位可爱的小女孩甜甜地冲 Dora 微笑，她头上戴着朵鲜艳的雏菊……

三

　　刚睡醒的 Dora 无意间看向花瓶，惊愕地发现，昨天还绚烂无比的雏菊似被人摧残过般残花满地，不复娇艳。"怎么回事？" Dora 皱眉却也不多想，爷爷说今天要带她去拜访小镇的居民，西边的怀特夫人有位女儿，她们可以一起做作业。

　　"Dora，你爷爷的房子怎么样？" Eve，怀特夫人的女儿，小声地问 Dora。"太漂亮了，就像童话。" Dora 也小声地附在 Eve 耳边，"尤其是那片雏菊与六月兰的花园。""你不知道吗？那屋子是鬼屋！" Eve 显然不满意这答案，"已经有四位女孩被证实死在那里！你最好还是离开吧！"

　　"Eve，你们在吵什么呢？"怀特夫人被 Eve 一激动不小心拔高的声音吸引过来。"我们在讲一道题。" Dora 连忙掩饰，Eve 附和着点头。"好吧，孩子们，下回注意点。"怀特夫人又加入热烈的聊天中了。

　　"Eve，我知道，但我只住几天而已，不会出事的。""好吧，愿六月天使保佑你！"不知为什么 Eve 看起来不怎么放心，"但你最好还是赶紧离开吧，那房子不安全。"……

　　晚上，Dora 再一次打开那本诗集，翻到下一页：

住在我隔壁的女孩
　　她真是个可怜的女孩
　　没有朋友和姐妹
　　只是不断地学习
　　淡蓝的忧郁
　　在她身上生了根
　　她的身影
　　总被孤立在外

　　住在我隔壁的女孩
　　她真是无知的女孩
　　太过多余的好奇
　　追寻往昔的足迹
　　逼近的真相
　　让她感到无助
　　在六月末的傍晚
　　她的足迹
　　消失在小镇角落

　　"真是奇怪的诗集，不过照片里的女孩很好看呢！"Dora 轻轻描绘照片中女孩的轮廓，那朝镜头挥手的女孩手上绑着条浅蓝色的绸带。

四

　　花瓶落地的声音惊醒了 Dora，她刚睁开双眼就对上了一双幽绿的竖瞳。"啊——"Dora 尖叫着后退，摔到床下。

　　"喵~" Dora 床上的小黑猫一脸无辜地叫唤。

　　"吓死我了，调皮的家伙。"Dora 揉着摔痛的地方，摸了摸它的头。"这小家伙是今早被放在门口的，我想你会喜欢它，就放它进来了，没想到吓着你了。"爷爷环顾下房间。"我会把碎片处理掉。不过 Dora，那绸带是？"

　　"绸带？"Dora 顺着爷爷的视线望过去，那满地狼藉中果然有根浅蓝色的绸带，"那不是我的，但很眼熟呢……"没给她太多的时间，爷爷就把 Dora 赶出去了，黑猫慵懒地跟在她身后，就像个小跟班。

　　"明明好像见过的，怎么就是想不起呢？哦！别闹了，我这条裤子还是新的！对了！"Dora 放下疑问，抱起正在抓挠她裤子的黑猫，"你还没有名字吧？既然这里是六月小镇，你就叫 June 吧！"小黑猫温顺地叫了一声，似乎也赞同这名字。

"爷爷，我出门了，今天和 Eve 约好的，她带我去参观小镇。"Dora 在门口与爷爷打招呼。"玩得开心点！"爷爷爽朗的声音从楼上传下来。"好的，我会的。"Dora 背着小包大声应答。被装在包里的 June 也知趣地叫了声。

"Dora，你来了！咦，你养了只猫？"Eve 看见从 Dora 包里探出头的 June。"是啊，叫 June，可爱吧？"Dora 把 June 从包里抱出来，抬头发现 Eve 的脸色不对劲，"怎么？"

"我忘了你和你爷爷不算六月小镇的原住民，许多规矩都不懂。今天我跟你好好讲讲，免得你一不小心惹到别人。"Eve 有些不自然地笑笑，"你以后不要把 June 从包里或者类似的东西里抱出来给别人看。在六月小镇里，从包里或者其他容器里将黑猫抱给别人看的行为是对别人的诅咒。"

"什么？对不起，Eve，我不是故意的……"Dora 连忙把 June 装回去，"没关系，所以现在我告诉你啊。"Eve 打断了 Dora 的话，脸色也恢复正常，"看见你家隔壁的教堂了吗？那里不允许 June 进去，而且教堂里六月天使的黑曜石雕像是不许触碰的，还有中心花园旁边的湖balabala……"Eve 一边和 Dora 在小镇闲逛，一边唠唠叨叨地讲着六月小镇的"镇规"。

Eve 带 Dora 在小镇逛了圈，最后来到小镇教堂。"Dora，你先把 June 放回你爷爷家，我在教堂门口等你。这座教堂可是我们小镇最著名的圣地，不参观下可是件憾事！"Eve 站在华丽而圣洁的教堂门口，颇为恶劣地戳着 June 小小的脑袋，惹得它伸出小巧的爪子不住扑腾着想把捣乱的手指赶开。

"Eve，你何必跟 June 过不去呢？我很快回来。"Dora 对 Eve 自降身份去欺负一只猫的行为感到无语，赶快把快被惹毛的 June 从大魔王 Eve 的魔爪下救出来，送回爷爷家，又跑回来与 Eve 会合。

小镇教堂是经典的哥特式建筑，里面也与其他教堂无二，唯一的区别只是教堂内供奉的不是代表真主的十字架，而是象征六月天使的雕像。

这座雕像很逼真，远远望去，真的就像一位天使在此处安眠。当然，这要忽略天使背上那被数根锁链穿透的翅膀。几根锁链分别连着教堂的墙壁和屋顶，倒真像是为囚禁六月天使用的。

"Dora，你知道吗？当初我听姐姐讲六月天使的故事时，总觉得六月天使很傻，真的很傻。明明只要认个错，以她最受宠爱的天使的身份，一定能被原谅，为什么非得受这份罪呢？"Eve 凝视着雕像，有些迷惘。

"或许六月天使和小镇就如《小王子》里的狐狸与小王子，互相依赖互相驯服，所以她才不愿看六月小镇被毁去吧？为守护而背上罪孽，她应该心甘情愿吧。"Dora 开导她。

"或许，Dora，我劝你还是早点走吧，你不知道我姐姐 Elva 她被……"Eve 的话被爷爷的呼唤打断了。"孩子们，回来吃饭了！""你姐姐怎么了？""不，没什么。"Eve 不自在地笑了下……

睡觉前，Dora 又翻开那本诗集：

今天来到小镇
我看到了精灵
追踪的脚步
被呼唤打断
在六月祭伊始
我来到了小镇
六月天使的传说
赐予这小镇
最神秘的面纱

今天参观小镇
在朋友的口中
这美丽的花园
沉睡过三个女孩
绕过清澈的湖泊
束缚的天使
紧闭着双目
不忍窥探小镇

今天抄完墙上的小诗
精灵出现三天
它似乎在引导我
前往未知地域
如果明天它还出现
我就跟着它前进
去那未知之地
在六月祭前夜

"说起来,明天就是六月祭伊始!对了,June呢?好像回来没见过它,跑哪去了?……" Dora 迷糊地进入梦乡……

尾声

"Ann,你看,Dora 在做梦!" Lu 看着宽大的屏幕中的画面一脸兴奋,"Lu,轻点,别吵醒她,你知道的,Dora 是不同的。" Ann 轻声地提醒 Lu。

"想起来真是奇迹,从那个时代一直使用到现在的仅剩的生物智脑,真不知道那个时代是怎么做到的，有时候我还真觉得 Dora 就是个人呢。"Lu 摸着冰冷的主机感慨，"如果不是因为有 Ice 的例子，恐怕疯狂的研究者一定把 Dora 拆了研究。"

"不过现在 Dora 一定很孤单吧。毕竟从那个时代遗留下的四台生物智脑只剩下她。"Ann 也摸上主机，"初代智脑 Min，因时代变革加材质问题寿终正寝，二代智脑 Bell 毁于世纪大战，三代智脑 Ice 因被研究者拆解而自毁，只剩下四代智脑 Dora。"

"她？Ann，你不会真把它当人了吧？我记得书上说，Dora 它们的记忆是为了让它们更个性化而编写的，"Lu耸肩，"老师怎么还没出来？"他们可没资格进入 Dora 所在的房间，如果不是这次老师带他们来见识下，或许他们还要奋斗几十年才能在门口瞄一眼 Dora。

"不过，你不觉得……""好，我们该走了。"老师从内室出来，打断了 Ann 的话，他们跟老师走出了重重关卡，回到老师的研究所。在他们离开后，一声轻不可闻的叹息从音响里溢出来"Eve……"

几天后，Ann 突然被老师叫住："Ann，我们谈谈，关于 Dora。""好的，老师。"Ann 跟老师走进平日严禁进入的里屋。

"Ann，你对 Dora 怎么看？"老师摆弄着屋内的仪器"老师，Dora 的记忆太真实了。根本不像是编造的，我觉得 Dora 根本是一个人而不是……"Ann 的声音小了下去，因为她看见老师身后的屏幕上出现一张脸，Dora"梦"中 Eve 的脸。

"你说对了呢，小家伙。我们本来都是人，真正的人。"屏幕上的脸开口了，"我叫 Elva，真正的初代智脑！""老师？"Ann 转不过弯来，呆滞地看着老师。"Ann。接下去的事你要仔细听好，我只会说一遍。"老师的表情被阴影遮住了。

Ann 在 Elva 的讲述下明白了一切。那个时代的几位科学家在小镇研究将人与计算机合二为一的办法，而 Elva 她们就是实验的牺牲品。她们的共同点就是 PDQ 感奇高，于是她们在不知情的情况下……

"我真的好心疼我妹 Eve，她为了保住我……"Elva 想哭，可她早就没有了眼泪。"Ann，我一直在找出让智脑重新变成人的方法。"老师一脸苦笑。"可是，政府不可能允许……""所以，Ann，你愿意接下这个担子吗？"

沉默蔓延开来。

一个月后，一个叫 Hugh 的男生拎着一大堆行李去大学报到，开始他的学院生活。在进门的一刹那，他听见广播里报道"著名学者 Fay 与其学生 Ann、Lu 一起违法实验，现主犯 Fay 已判死刑，后天执行；Ann 与 Lu 仍在潜逃中，请广大民众协助抓捕……"他不在意地压了压帽檐，轻松地走过去……几个星期后，Lu 被抓了，可政府无论如何也找不到 Ann，只能长挂通缉令。

二十五年后，Elva 从手术台上下来，不习惯地动动手脚，Dora 在旁边把自己的手臂摁得青紫，有些欣喜若狂。多久了，已经多久闻不到花香，感觉不到疼痛了……"我们该走了……"

就在政府为智脑失踪而焦头烂额时，在一个偏远的小镇，多了三兄妹的入住……

相 遇

文/卢俣丞（1992）

A：你好。

B：你好。

A：外面雨真大呀。

B：是啊，我来的路上还差点摔了一跤呢。

A：没事就好。

B：是啊。真不知道雨这么大会不会影响这趟火车的发车

A：应该不会吧，刚才听广播里说还有十分钟就发车了。

B：这样就好。

A：说起来，我们是不是在哪里见过？

B：哈哈，可能吧，我母亲就常说我长着一张大众脸。

A：不不不，我总觉得咱们是在类似的场景下有过交谈。

B：是吗？我好像想不起来了。

A：……

B：……

A：好了，咱们就不要互相伪装了。

B：哈哈哈，既然你都这么说了，那我也不装模作样了。咱们的确是见过。

A：没错，而且那次见面真是让人印象深刻。

B：我不得不说你还真是沉得住气。

A：哦，这话怎么说？

B：我本以为乘务警员进来搜查的时候你也许就会把我告发了，但没想到你却一言不发地静静看着，不得不说我当时其实害怕得心脏都要从喉咙里跳出来了。

A：真的吗？我记得当时你可是镇静自若地让那个警官搜身，我还想着你也许会藏在内裤里，没想到警官让你脱下裤子的时候你同样地从容不迫，就连在旁边的女失主都害羞地红了脸面。

B：哈哈哈，说实话，都是生活逼迫的。其实我也是很害羞的，你没发现我当时都低着头不敢看人吗？

A：其实很后悔放走了一个坏人啊。

B：真的吗？也许放走了我你还能分到一杯羹呦。

A：谁知道呢，不过我现在可什么也没捞到，本来警官走了我也能告发你。就凭着你莫名其妙喘吁吁地冲进我的包厢也足够让你有苦头吃了。

B：哈哈哈，真有意思。那你现在后悔了？

A：有一些，我可是奉公守法的好人呢。

B：那看来这一趟旅程我会有危险了。也许过一会我就会被你告发了。

A：也许吧。不过在这之前我一直有一个疑问都得不到解答。那枚钻戒到现在都没找到，那你到底是放到哪里去了？

B：那你觉得呢？

A：考我吗？其实你是藏在了那袋你随手装着的橘子袋子里了吧。

B：什么？！你竟然发现了？

A：看来我是猜对了。不过我还是要说你的这个计划真是绝佳的计划。在当时的那个情况下，很少有人能想到用这样的方法来躲避追查。这需要极高的技巧和胆识呀。我想就连过来搜查的乘务警察也想不到你会把装着钻戒的袋子就这么轻易地扔出窗外。

B: 不不，我不是故意的，其实是无意的……

A：不管怎样，你还是做了。不过我所好奇的是，你并没有比我更早下车，我下车时你仍然在熟睡。那之后的乘务警为何没有在橘子里发现那枚钻戒？

B：也许是被路边的人拿去了吧。

A：不可能。那个路段是在山区，方圆百里都没有人，而且就在列车停下不久，列车上的人就返回去找了，短短半个小时内根本不可能会有别人拿走。

也许你在丢那袋橘子的时候，已经将装有钻戒的那一个留了下来。

B：哈哈哈，有意思的想法。那么你没有去找过吗？

A：找过？找过什么？

B：好了，咱们话都说到这个份上了，再去装圣人也没意思。

A：也是，也是。的确，我是找过橘子了。

B：可是如此看来你也应该什么都没有拿到吧？

A：这个……是的。我的确什么都没有拿到。没想到你会自己还留了一个橘子，把其他的橘子扔出去。这一举动迷惑了我，你确实高明，有一手。

B：不，我把全部的橘子都扔出去了。

A：什么？那，那个戒指藏在哪里了？

B：其实就在你身上。

A：什么？在我身上？

B：是的。不知道你还记不记得我刚闯进你的包厢时，手忙脚乱地把你的大衣从行李架上打了下来？

　　A：对，好像是有这么回事。

　　B：那个时候我就已将戒指藏到了你的大衣里。

　　A：你难道不怕我就这样穿走了吗？

　　B：不怕。如果我被你告发而被带走，那我也会跟警察说这个案子有你一份，等他们搜到那个戒指的时候，你也会被抓起来跟我一起。如果你没告发我，就说明你也想要它，所以我故意在还你大衣的时候做了一个将什么东西藏到装有橘子的袋子里的动作。然后这袋橘子我立刻当着你的面在乘务警来之前就丢了出去。如果你跟我料想的一样，那么你一定会想方设法回去拾捡。我想，你下车的那一站并不是你真正的目的地吧。就在你匆忙下车的时候我就将放到你口袋里的戒指又拿了回来。如果跟我料想有不同，那我还可以在更长的旅行中将戒指拿回来。反正我是贼，既然能放进你的衣服口袋里，我也就同样可以拿回来。好了，看来我说得够多的了，不知不觉中我就到站了。跟你聊天真是一个愉快的过程。希望我们还有机会再见。

绑 架

文/黄琰

当然，选择权在你。大树的耳边留下这么一句话之后传来挂机的"嘀嘀"声。
但总觉得心里阴云驱散不开。

雨快要停了。
大树看着雨水顺着屋檐上垂下的一个破塑料袋滑下来，要落不落地悬在那里。

（一）

太阳很大，透过餐馆的门照到大树的背上，T恤已经被湿透又干掉的汗弄出白色的盐渍。

吃完面，大树的视线凝聚在碗底的五小块牛肉上。十块钱的大碗牛肉面比八块钱的小碗多一块牛肉多一点面。平摊叫什么，对，性价比，其实差不多。以后可以偶尔点大碗的，好歹更顶饿。

4、5、6。今天27号，离手术时间还有两天。拿不到钱和来不及可以画等号。掰着手指数数，拇指上那条没愈合的血口提醒大树时间确实很紧。这是那个倒霉的小孩留下的——被绑架的人果然大部分都和电影里说的一样不理智。那支划伤大树的自动铅笔已经被折成两段，但漆黑的铅芯也深深扎进大树的肉里。

练过十年拳击有没有用？没用。
为什么？因为你下不去手。
不能付诸实行的能力或者想法再好也是狗屁。

大树挂了绑架对象家里的电话，按着一颗像疯狂演奏中的小提琴弦一样颤抖的心走进银行。

24小时自动存取款厅里灯光打在防滑大理石地板上，温柔如大树梦中情人的眼眸。这很好，他心里顿时安稳了几分。他走进去，值班室的保安正伏在桌子上睡觉，这也很好。大树飞快按下那一串数字，钞票从机器里面出来的声音格外好听。

提着饱满布袋的大树转过身，保安已经醒了，非常认真地盯着大树，忽然冲大树笑了笑。大树的眼睛不自觉躲闪地往下一瞥，看见保安的双脚边多出来一只脚。

比大树迅速思考的大脑更快的是大树的表情，在大脑做出决定前已经冲那个"保安"给出最温和的一笑。

保安收敛笑容正准备站起来，脚边多出的那只脚颤动了一下，一个人的身体滚出来。大树控制自己不去看，装作没有看见。那个人也穿着制服。

大树浑身上下千万个毛孔忽然紧缩，一颗冷汗从额头流下来，掉在他的睫毛上，他不敢眨眼，因为保安的手放在制服大衣的口袋里，口袋里有什么，大树不知道，也不想知道。

和预想的不同，保安没管那个人，继续向大树走来：这么晚来取钱啊。大树点头，使劲抓住手里的布袋，装作不经意地把布袋提手带子在手上绕了一圈，抓得更紧。

保安却径直走向了门口，大树心里自动放映了无数黑帮片枪战片中经常出现的场景——黑帮老大背对主角走到一半忽然转身开出致命的一枪，然后英勇的主角虽然躲闪却还是不幸中弹，最后在情人的怀里流血身亡。可惜自己没有躲闪的身手，而情人还在医院等着救命钱。

外面的阳光比灯光耀眼，却比灯光容易让人心悸。自动感应门缓缓打开，大树看见倒映在玻璃门上保安的脸在皱眉。千钧一发的呼吸。大树拿布袋护住胸口，想了想最终又背到身后，用身体护住了钱。他想起梦中情人病快快躺在诊所病房的样子，顿时心如刀绞。有了这些钱就可以转到大医院去了。

为你，被子弹打成筛子也甘心。

"砰！"

（二）

那滴雨终于掉下来，挣脱了屋檐。也许在地下的水洼里会打出挺好看的水花或者水圈，可惜看不见。

4、5、6。今天是第七天。

大树想下床上厕所，想想决定算了。他坐起来，正对着床的是一面巨大的镜子，是自己家。大树极其认真地打量正对床的镜子里自己的脸——深重的黑眼圈提醒他有多么缺乏睡眠，或者说睡眠质量有多低。

这事情把他折磨得几近崩溃，不想却不自觉地去回忆那一天

大树在保安拿出口袋里的东西之前走向他，故意让保安看见自己口袋里几乎同样形状的凸起。但是保安还是把手缓慢地从大衣口袋里抽出。大树的呼吸也随着保安那只手缓慢抽出而逐渐变得缓慢甚至要停止。

"要烟吗？"保安这么问大树。

"不用，谢谢。"大树把自己刻意抽出一半的手放进去，笑笑回答。

"你有没有火？"

"没有。"

大树的手自始至终背在身后抓紧那一包钱。

走出银行，对面大楼反射的太阳光线直直照进大树的眼睛，他直奔小诊所，迷迷糊糊的没有注意身边一路上的人不对劲的地方。

把钱给了他那个温柔得让人无法设防的梦中情人之后，大树回家。快走到家门口时他从口袋里掏出给那个倒霉催的人质小男孩买的玩具手枪。忽然发现家里的锁是开的。

他忽然意识到孩子可能不见了。绑架对象不见了。他打开门。

（三）

雨落在塑料花盆和阳台上不锈钢晾衣架的声音完全不一样，之前都没有注意到过。大树怔怔地想。

不论是沙是石，落水一样沉。大树想起这一句电影台词来。那水呢，一滴水落进不一样的另一种水里怎么才能挣脱出来。

大树眼神呆滞地看着坐在床边的这几个人你一段我一段地倾吐他们说的"真相"。

那个秃顶老男人和穿着围裙的胖妇女分别说自己是他的父亲和母亲。卷发上束了一条粉红波点发带的女青年把脸凑到大树的鼻尖上仔细端详他，然后哀哀地叹气。他们说这是他的画家妹妹。还有医生叔叔，哲人舅舅，和所说的妻子。

他们说他失忆，受到巨大打击后得了精神病伴随的记忆受损。

"我不认识你们。"大树的话他们就像没有听见。

"你怎么会什么都不记得了呢，是因为发现小孩不见了，还是因为发现你的梦中情人卷款逃走背叛了你？"

"你那个梦中情人所谓的绝症都是假的，是变种人要你的把戏，明白吗？她其实已经不是她了，真正的她已经被杀了，你明白吗？你怎么连那些丧尸一样的人都信。他们要你的。"

"妻子"泪眼汪汪地伸手摸了摸大树的脸，眼里充满爱意："我不怪你，虽然你为了那个女人这样。你能想象吗，我一觉醒来发现一切都变了，和丧尸电影一样。原先那些人都被杀掉了，不知道哪来的变种人取而代之。他们和原先的那些人都长得一模一样。你遇见的那个保安，还有你哥哥——也是变种人，我们把他打死了。那个小孩跑了，但是你那个梦中情人的变种人被我们抓住了。"

房间门窗关得死死的，密闭空间里对着床的大镜子里照出身边这些人的倒影，显得更加拥挤。大树吸一下鼻子，空气里面隐隐约约有腐臭味，像什么东西烂掉了，又有什么东西缓慢地滋生。

"阳光太刺眼了。"胖胖的"母亲"看了看窗外，拉上窗帘。

"当然,选择权在你。愿不愿意记起来要看你自己,我们再爱你也不能代替你作选择。精神病这种东西确实很麻烦。""叔叔"喝了一口手里端着的茶。

"先吃饭吧。""母亲"出去了一下,手里拿着碗走进来。"看,你喜欢的炖鸡块。"

大树耸肩:"碗是空的。"周围如之前一样传来叹息。

"病得不轻呢,已经看不见东西了。"他们用一种同情的语气感叹。伴随着窗外光线忽然变暗,显得更加沉闷。

雷声混着一声女人的悲鸣传来,悲鸣里蕴含的痛苦可以刺穿大树的天灵盖。坐在大树床边的人一瞬间全部冲出去,然后是一阵碰撞打斗的声音。

门突然打开,门把手在墙壁上敲出一个小坑之后终于停止颤动。一个衣衫凌乱的女人爬到了大树房间的门口,头发油腻,满脸血污,眼睛红肿到几乎不能分辨样貌。她嘴里被塞了东西,但是大树能听到她在对自己说话,声音含混不清。低头看见她被困住的手脚淤青深重,大树攥紧拳头,心里猛的一跳。

"放了她吧。"大树舔舔嘴唇干裂的口子,血丝在舌尖留下一抹腥甜。

"她不是人,这个城市没有人了你还不知道吗?她要是回去变种人里面了会告密的,会把我们杀掉的,你到现在还不信吗!""父亲"说。

"放她走!"大树忽然爆发,把自己吓了一跳。"也放我走吧。"等了一会以后,大树说。已经是七天里的不知道多少次。

"你需要治疗,你记忆和体能都没恢复呢。""医生叔叔"说。

(四)

大树听见急急的雨珠斜斜打落在窗户玻璃的声音,听了很久,声音越来越小,然后窗外开始明亮。他忽然又想起那一天,推开门所看见的一切让他同时感受到恐惧、担忧、紧张、伤心等等世界上所有能被认知的负面情绪。他闭上眼睛,心情变得狂躁,想毁坏所有的所有,最终却无法动弹。

四肢被绑住是一种什么感觉,大树以前从来不知道,最多只在拍电影的时候象征性地做戏。他睁开眼,看了看倚在门口绝望地呜咽的女人,又看了看自己被捆住的双手。

"当然,选择权在你,你是可以随时走的,家人不会拦你啊。"画家妹妹坐到床边,把手轻轻放在大树肩膀上。大树听着"妹妹"的话,感觉到绳子在脚踝皮肤上摩擦出的伤口传来痛感,不由地笑了。他转身,反手伸进枕头下面,抓住那个枕在头下的棒球棍。

"砰!"

(五)

雨声被一系列的大动静盖过去。

"画家妹妹"倒在地上。敲晕她的警察迅速地把她反手在背后铐住。没有悬念的一场搏斗,床边的那些"亲戚"被破门而入的警察铐起来,推到墙角。

相机摄像机先对着大树和警察,然后对着随后进来的一群医生。"亲戚"们被打了麻醉药,都沉沉睡去。

倚在门边的虚弱的女人终于支持不住昏倒。警察从她身后的墙边拖出一具已经发臭的男尸。在他那部电影里演他哥哥的人——那天大树推开门的时候他还是活的。本来是约好三个人一起出去喝酒,让他们先到自己家等着的。那天没等大树反应过来就已经被绑住了,这群疯子。

"幸好那个跑脱的小男孩记得你们这的路,但是还是找了很久。大明星都喜欢买这种隐蔽的住宅啊。"年轻的警察摇着头,接过大树手里一直举着不知道往何处放的棒球棍扔到一旁,边给大树松绑边叹息。

大树被警察抬出房子的时候经过客厅,电视机里的剧情暂停在自己从银行取完钱逃过保安之后回家推开门发现绑架对象不见的情节。大树盯着茶几上那张印着"《克隆人攻城》高清DVD"和"主演:张大树,宋冰冰"的DVD封面,深深的一直看到它消失在视野里。

(六)

住在高层楼房能比矮房子里的人更早知道暴风雨要降临。大树看着一大片乌云密密地压过来,盖住越来越多的天光。他觉得再也不想住回到那个偏僻的房子里去。

"影星张大树、宋冰冰被精神病人绑架,失踪七天饱经折磨。——是劫持?还是甜蜜度假?""红极一时的科幻片《克隆人攻城》中讲述了男主角在面临心上人的背叛和全城被杀的双重打击下仍然突围而出,最后及时挽救其他危城的故事。而日前,饰演男主角的张大树与饰演女主角的宋冰冰遭遇了真实的'危机',被六名从精神病院逃脱的病人绑架。据悉是由于医院看护人员不慎,给病人播放了《克隆人攻城》,导致病人角色代入……""六名病人究竟如何飞跃医院围墙,又如何找到张大树的隐蔽住宅,请关注我们专题片的下集——富在深山有'远亲'……"。

大树疲惫不堪地关上电视,最近的新闻狂轰滥炸都是关于自己的。茶几上一大叠报纸的头版头条也无一例外——就好像用了张大树的名字报纸就会卖得特别快一样。

手机在沙发上振动,大树转过脸,想了想还是接了。

"喂?"

"喂!这下你可又火了!"公司老板的嗓门跟以往一样大。

"嗯。"

"怎么?不高兴?"老板放低了声音。

"遇见这么个事我能高兴?"

"哈,这是好事啊!你知道我给了那精神病院的院长多少钱吗?这就是个炒作的好题材啊！打同情牌知道吗？你都不知道我昨天去看那几个疯子，我靠不知道他们怎么弄的，还真以为自己是你亲戚呢！"老板兴致越讲越高。

"你就为了拿我赚更多钱害死了个人？"

"不是说了为你好吗？你知道这跟着来的片约有多少了吗？"电话那头老板的声音变得模糊。

"我不想演了。"大树觉得头痛。

"这么好的机会你别拿我好心当驴肝肺。反正合约还有五年你也挣脱不了。我们哥俩何必搞这么难堪。"老板特地把声音提高一个八度。

"当然，选择权在你。"老板撂下这一句，挂了电话。

（七）

"他还是那样吗？"秃顶的保安看着手里提着盒饭的走过的年轻护士。

"是啊，总以为自己是演那个克隆人动作片的明星，拿监视窗当电视，还觉得我们才是神经病。也不知道每天把个矿泉水瓶捂在耳朵边上自言自语在讲些什么。"年轻护士停下脚步，耸了耸肩。手腕上系的粉红色波点丝带也抖动着。

"把他的楼层调高了吗？"保安抬起头，对面精神康复医院大楼的玻璃反射的阳光一如既往地强烈。"上一次要不是我同事临时有事等人所以没走，我一个人还真制不了他。"保安转过脸冲护士一笑。

"哎，我们也不知道他口袋里哪来的砖头啊。现在在那里。"护士顺着保安的视线朝上指。"不知道还得跑出来多少次，真是麻烦你们了。"护士冲保安微微鞠了个躬。

"没事的。"保安摆摆手。"不知道什么时候才会降温啊，又紧急停电，这天热得没法过了。"

"听说这个月都不会降水啊。"护士望着蓝得过分的天空叹了口气。

（八）

看着楼下正在对话的保安与护士，大树忽然觉得似曾相识。

难道他们又跑脱了？

大树抬头看天色，阴沉沉的，好像又要下雨了。

故事创意

蛊

文/李东颖

> 我憎恶谎言，憎恶背叛，但更害怕失去爱。
>
> ——琳

回到家中依然无事可做，翻翻杂志和报纸抬头看墙上的钟已经快十二点了。手机一阵振动，是安发来的短信。

亲爱的，早点睡哦。晚安。

我没有回他，在现有事情未完结之前我得努力克制对他的感情。

门口传来钥匙的声音，是杰回来了。他一打开门我就闻到一股酒味，我上前帮他脱下外衣扶他到沙发上坐下。

"我去拿醒酒药给你。"我从抽屉里翻出药瓶倒出两颗药，接了杯水向杰走去。他已经四仰八叉地躺在沙发上了。

"起来吃了药再睡。"我把他弄起来灌下药又把他扔在沙发上，胡乱找了条毯子给他盖上。

看着他熟睡的面孔我突然意识到自己好像在晚上很少见到清醒的他，几乎都是烂醉如泥地回来。有时我渴望和他说说话，但回应我的只有鼾声。我讨厌这样的他，讨厌这样的日子。我和杰已经结婚七年，但除了前三年他给过我幸福难忘的生活外，其余的时间全是寂寞与空虚。

我回到卧室独自上床睡觉，我早已习惯一个人躺在床上的滋味了。

我又做了那个梦，准确说是梦到过去。

梦里是灰色的，我看到母亲一个人坐在床边哭泣，她说父亲不会再回来了，他有了别的女人。我木然地站着没有反应，于是她冲过来扇了我一个耳光，大声骂着："都是因为你！一定是他不喜欢你才会离开我的！他以前那么爱我，怎么会不要我呢……"她跑到房间找来一根很粗的棍子就开始打我。不知为何即使是做梦我依然会觉得痛，这样的场景贯穿了我的整个童年，而这一切的源头是因为父亲离开了我们。

我和杰相识在一次旅途中，我们因同一个目的地又独自一人而相约作伴。他说他是房产商，我笑着说自己是一个诗人，或者准确点是个爱写诗的人。他看了我的诗连连赞赏着，我知道他只是恭维我，但我还是被这甜言蜜语所蛊惑。那时我觉得他是懂我和我的诗的人。后来我们相爱了，他会夜晚带我去山顶看繁星满天，会在我耳边轻吟叶芝的《当你老了》。

"即使我容颜衰老你依然会这么爱我？"我问他。

"当然，我会永远爱你。"

后来他在我们经常去的那个山顶向我求婚，他单膝跪地拿着戒指希望我能嫁给他。我说可以，但必须要答应我一个条件，就是服下爱情蛊。我的奶奶是蛊苗一族的，在我很小的时候她就用刀割破我的手指把血滴在一个器皿中，那个器皿中有一对小虫，我看了吓得尖叫起来。奶奶呵斥我说："不知好歹的丫头，你妈就是当初不听我的话你爸才会离开你们！以后你遇到自己心爱的男子在结婚那天你们双方喝下这个蛊就可以永远在一起了。"是的，永远在一起。因为服下蛊后其中一方只要跟其他异性共待上七天就会全身流血而死。

我把这个事告诉了杰，问他："你敢喝下那个爱情蛊，和我永远在一起吗？"

他点了点头。慎重地说："只要和你在一起我什么都愿意。"然后他为我戴上了那枚戒指，就像是一枚枷锁永远锁住了我们的爱情。

当我醒来时杰已经走了，他在桌上留了早餐。我起床梳洗完后找来一个塑料袋把早餐倒了进去，然后出门顺手扔进了垃圾桶，因为我答应了安要陪他吃早饭。

他已经在约好的地方等我了，我刚过去他就立马过来抱住我，我紧张地推开他说"别这样"。他笑笑重新坐下。

"我已经为你点了一杯不加糖的豆浆和一份玉米鸡蛋饼。"

我看着他温柔地笑了，也只有他对我的喜恶记得这么清。

但从前都是杰对我的喜恶了如指掌。只是我们在一起久了他便不再上心，就连我的生日礼物也是敷衍了事。是他不爱我了吗？不是。只是没有曾经那么深刻，时间这该死的东西让我们感情变得麻木，以前的刻骨铭心也只能化作一道记忆，无关痛痒。

"那件事想好了吗？"安细心地用刀帮我把玉米鸡蛋饼切成块，然后放进我的盘子。

"杰他不会爱上其他人的。"我坚定地说。

安抓住我的手："你不试试看怎么知道呢？只要他爱上其他女人并和她待在一起超过七天你就得救了，然后我们就去我们想去的地方，过我们想过的生活。"

我承认自己是个卑鄙的女人。爱情蛊是没有办法解除的，除非其中一方选择背叛死掉这蛊才彻底结束。而我和安想到的办法就是找一个女人去勾引杰，让杰背叛我，只要他死了我就可以解脱了。我为我的恶毒而浑身发抖。

"我已经看好了一个女人，让她去勾引杰你说怎么样？"

我揉了揉发疼的脑袋说："一切都交给你安排吧。"

我和安是在一次聚会上认识的。那是杰带我参加的，一进会场他就到处与人交谈应酬，不一会儿的工夫他就完全忘了我，最后我们走散了。我也懒得再去找他，这时安端着一杯酒向我走来。

"请问你是琳吗？"他问我。

"是的。"我感到疑惑，"你怎么知道我的名字？"

他看上去有些激动："真的是你啊！我是你的忠实读者啊！我很喜欢你的那几本诗集。"

我略感诧异，我的那几本诗集都是杰出钱帮我出版的，销量很低，我没想到竟然会有人知道并且喜欢。

"特别是那首《星辰》意境很美。"说着他朗诵了起来，他的声音充满磁性，抑扬顿挫，把那首诗读得很好。而事实上我最得意的也是那首。

于是我们天南海北地聊起来，原来安是一名摄影师，他也很喜欢诗歌，他最爱的诗人是泰戈尔，我几乎是遇到了知己，因为我最喜欢的诗人也是泰戈尔。当然我不会表现得那么明显，我懂得克制，况且我已经有了杰，但是不可遏制的是我们相爱了。安知道关于爱情蛊的事所以并不强求，但我知道他想让我待在他的身边，永永远远，就像我一样渴望。

有的时候我会静下来想为什么我会如此轻易地爱上一个人然后又不爱一个人。我曾经那样深爱着杰就像如今深爱着安一样，可是为什么最后会变了呢？是感情太容易变质还是永远只爱一个人根本就是个伪命题？我常常想到头疼然后不了了之。自从嫁给杰后我便不再写诗，杰倒是对此事非常高兴，因为我可以不再烦他看我的诗。他觉得一场足球赛比我的诗好看多了。也是那时我才意识到他从前说喜欢我的诗根本就是谎言。或者曾经喜欢过，但也只是曾经。

我把这件事全部交给安去办，不再过问。我怕有负罪感，但更怕背叛。是的，我自私，即使是我背叛在先我也容不得别人的背叛，我无法接受。

后来的事实证明，杰的确不会只爱我一个。

听安说那个女人叫莉莉，是他的一个模特。我在楼下看见杰和她搂搂抱抱，十分亲密。是的，他也爱上了别人，和我一样，我们都那么轻易地背弃诺言。我开始恨他，既然你已不再爱我，那我也无需带着负罪感活着，这样也好。

"我们永远在一起。"

这句话是当初我和杰结婚的那天晚上我们共同饮下爱情蛊时说的。永远在一起。一直以来我也分不清什么才能称为永远，我们死了这世界依然在，永远是无止尽的，不是我们闭上眼就能说消失不在的。时间呼啦啦地怎么也扯不尽，那么所谓的永远其实就是没有尽头的相爱，到坟墓里依然要互相抱着取暖？想到这，我感到害怕，我后悔当初那么冲动地喝下爱情蛊，或者这东西根本就不应该存在，因为永远是个可怕的东西。

但我又希望永远发生在自己身上，就像我每次摸着安的脸时说的那样"我会永远爱你，永远和你在一起"。我发誓，这些话完全出于真心。

安再来找我时显得很兴奋的样子："琳，你知道吗，我们快要成功了。"
我没想到这一天会来得这么快。
"下周杰有一个长假，莉莉软磨硬泡地让他带她去度假。到时一超过七天他就必死无疑了。"
"他不会在外面待那么长时间的，他知道他不能离开我和异性在一起超过七天。"
"这还不容易吗，到时叫莉莉放点安眠药之类的拖延下不就好了吗。"
"真的可以吗？"我依然心存疑虑。
"放心，我们很快就可以永远在一起了。"安微笑地看着我。
听到"永远"我不禁倒吸一口冷气，我开始畏惧这个词。
晚上回到家，杰就告诉我他有一个长假的消息。我含糊地应着他。
"我想出去旅游，你要和我一起吗？"他有些心虚地问道。
我摇摇头："最近不怎么舒服，你自己去吧，回来再陪我也是一样的。"
"那好。"他没多说什么就答应了。
我帮他收拾好行李送他到楼下打车。他坐进车里之前抱了抱我，我伸手紧紧地抱住他。这可能是我们之间最后的拥抱。
"路上小心，记得早点回来。"我特意加重了后面一句话的语气，我到底是于心不忍的。
一周很快地过去了，杰没有回来。安打来电话告诉我杰在第七天一过的清晨就全身流血而死。他已经吩咐莉莉在日本把杰送到殡仪馆火化掉，我们只用选个时间把他的骨灰带回来。
我开始收拾行装准备去日本，安和我同去。当我拿到那个小小的骨灰坛时没想到自己竟然哭了，这一天不是我亲手一步步安排促成的吗，我等这一天等了很久我应该高兴才对，却当着安的面哭了。也许我不是因为杰的死去而难过，而是为我们不见的爱情悲伤。原来再怎么相爱的曾经也禁不住诱惑和考验。
我抱着它和安回到旅馆。
"难得来趟日本，不如玩几天再回去如何？"安向我提议道。
我点点头答应了，我实在太累了，只想躺在床上好好休息一下。这一睡就睡到天亮，我翻身习惯性地想抱住安，但那里空空如也。他不在房间，他会去哪里呢？我拿出手机想给他打电话，头却一阵晕眩，手机"啪"的一声掉在了地上。我开始呕吐起来，是虫子！还混杂着血！
怎么会这样？我艰难地想支撑起来，却发现全身根本没有半点力气。这时门开了，我回过头，是安。他看到我愣了一下，但很快又恢复平静。
"安。"我伸出手想让他扶我起来，但他站在那里一动不动。
"我快要死了。"我哭哑着嗓子喊着他，可他站在那里纹丝不动。怎么会这样，是被吓到了？

安转身迅速关上了门并将门锁住，然后走到离我最近的椅子上坐下，用一副看好戏的神情看着我。

"为什么？"我不解，他怎么会这样对我？

"傻女人，今天已经过了第七天啰。"他嘲讽地冲我笑着。

"第七天？"我重复着，好像突然明白了什么，但来不及说话又是一阵呕吐，地上全是血。

"真恶心。"安边说便用手扇了扇，好像是要驱走屋内浓烈的血腥味。"世上怎么会有这么恶心的东西啊，幸好杰没冲动想出这个万全之策来对付你。"

"你说什么……"

"告诉你吧，其实这一切都是杰安排的。他早厌倦你了，那个莉莉早就是他的情人了。他想一脚踹开你，只是迫于爱情蛊才没那样做。于是他让我来勾引你，让你爱上我，让你先背叛他，这样你一死他和莉莉就可以永远在一起了。他那七天根本就没和任何异性在一起，那个骨灰坛里不过是一堆面粉！"说完安得意地笑起来。

我感到眼睛湿湿的，我以为是泪，结果摸到的全是血。我自己种下的蛊，终于要自尝恶果了。

"我也不想就这样眼睁睁地看着你死，但没办法，在金钱面前谁都是弱者。"

我想说话，我想大骂眼前这个混蛋，我想找到杰质问他为什么要这样残忍地对付我。但我没有力气了，我的意识渐渐模糊，我的身体渐渐软掉，就像掉进了一团柔软的棉花里，失去知觉。

我会永远爱你。我唯一想到的就是这句话，但已不知说话者是杰还是安了。这不重要，结局都一样。

在我将要完全失去意识的时候我听到安在我耳边轻轻地说："怎么可能会有永恒，永恒只存在于我们说出永恒的那一瞬间。"

我恍惚又看到了满天的星星，它们在静谧的夜空中亮得如此诡异。它们好像永远不会消失似的，它们可能来自几万光年外的时空，或许它们早已不存在，一切只是假象。永恒就像爱情蛊一样制造了不会幻灭的假象，迷惑人心，但我们又那么容易相信，因为我们需要假象来维持虚无的一生，哪怕只是骗局。

哟喵，埋起来

文/陈艺璇

这是他离开家乡的第十六年，跟了他七年的摩托车又坏了，推去给修车的林新看的时候，林新说完全报废了，只能当废品卖了。但他还是把车推了回来，然后挖坑把车给埋了，点了三炷香烟，摆上几个水果，像是埋他自己亲人一样。

他在他所在的城市里没有亲人，也没有朋友，他不知道怎么来到的这个城市。这十六年来像是在做梦一样，他喜欢做梦，喜欢在床头上放一个笔记本一支笔，每每做梦时都会将其记下。

他想回家了，这是他十六年来第一次有这种想法。他一直受不了一到天黑就关掉电闸的日子，按照正常的逻辑只有黑夜才会需要灯火，但是这所城市不同，他曾经多次问过邻居为什么会这样，但没有一个人理会他。

他所在的小城里的人从不与他交流，因此当地的语言他来了十六年都没有学会。陪伴他的只有那辆摩托车，只是他学会了享受孤独。

在他下定决心要离开小城的时候，他开始回忆自己的家乡在哪里，是否和现在所在小城一样天一黑全城就漆黑一片，是否邻居之间也从不交流，但他怎么也想不起来。家乡在哪已经回忆不起来。

他又开始总结在小城的生活，这里的人都很奇怪，从来都不吃肉类，菜市场里也没得卖。天明的时候家家户户都关着门，一到春节和中秋，天一黑就有一批批人像军队一样有序地排着队向铁轨的方向走去。他不知道他们为什么去那里，去做什么。

有一次他偷偷跟着他们，到一段山路时便跟丢了。这时不远处的铁路上，呼啸而过长长的火车，每节车厢上都有大大的 K403，这是它的编号。

他想，不如就坐这趟车离开吧。

不过这晚 K403 列车到站时又不见了一节车厢，这是近十六年来的第 32 次了。根据列车员的统计，失踪的车厢都有共同的特点：一、失踪的都是最后一节；二、日期都是在每年的春节和中秋。

站长从不对外公布失踪事件，只是暗中请了警察去调查过，最后这些在最后一节车厢的便衣卧底们也和车厢一起不翼而飞了。

站长是一个迷信的人，所以请了法师来问为什么会这样。法师在摆了三天的法会后，掐指一算说那条路是经过天堂的路,中秋节和春节那几天是天上神仙要补空仙位的日子,而那辆列车是他们最好的选择。

开始的时候大家都不信,后来春节到了,那位高明的法师自己坐上了K403那辆车,当然是最后一节,然后果真随着火车消失了时,那辆K403的座位就从不落空了,尤其在中秋还有春节那天,最后那节车厢的位置开始在黑市卖到了天价,但买时还得排着队,也就因为这样,站长发了一笔横财。

他离开的那天晚上,小城还是像往常一样一片漆黑,即使是中秋节也没有灯火通明。在踏上火车的时候,他心中有说不出的感受,就好像迷宫里不会翻墙的蚂蚁,搭上了也在找路的蜈蚣。

不过他可不是正儿八经买票上车的,他是不会有钱买票的,究竟以往十六年是怎么过的,除了逝去的摩托车,一时半会儿也想不起什么来了。

所以得爬上去,翻过围栏,再吃力地爬到火车顶上去。而且只能选择最后一节车厢,安全,可靠,维持秩序的列车员都在列车中段集中着呢。

他正想趁火车未开时溜进车厢里,一阵鸣笛吓得他一动也不敢动。火车开了,哐哧哐哧哐哧。他紧紧地抓住了火车顶的铁杆,伏在上头。心想那就下一站再钻进车厢去吧。

哐哧哐哧哐哧哐哧。这夜风是很大的,他的心迷迷糊糊的,在黑暗里沉了下去,实实地感觉到自己还睡在小城的床上,不过是忘了关窗。他那床,跟这铁板差不多的。

后来不知怎么的,半睡半醒中,火车骤然停了。不难听得到,底下那节车厢里狂欢的声音,但似乎不是庆祝中秋佳节,因为有个粗犷的男高音喊道:"神仙要来了!"

神仙两个字"哐当"击在每个听众的脑袋上。他也不例外,发昏的头一下子清醒了大半。

这时候,重重踏步的声音由远及近,和欢呼声交杂在一起,分不清谁强谁弱。尽管是夜晚视线不太好,车皮上的他还是看到了。他们来了,好多的人,好熟悉的人——

他们就是踏着整齐的步子,像军队压城一样的小城居民。

难以置信。按理说,火车已开过百里距离,他们,竟然从那里步行到了这儿。

他一个激灵,险些从火车顶上跌下去。趁"军队"没有到来之前,他跳向地面,紧接着学鱼的样子从火车的窗子探身进去。

他爬进车厢里的时候,人们还在欢呼,他们已经感觉到了,自己很快可以立地成仙,没人动一毫兴奋的精力去注意到他,他惊呆在原地,仿佛他在他们眼中是个从来没有存在过的东西。

他们还在神仙来神仙去地喊,又扭又跳,只有他的耳畔不停想起踏步的声音,整齐有致,近得好像就在耳边。他跌跌撞撞地朝前一个车厢闯去,他推开了那扇门,迎接他的居然是漫无边际的黑夜。

"神仙！神仙！"那些人吼道。

他的眼前只有辽阔的野外和伸向地平线的铁轨。前面的火车不见了。更准确地说，是他们这一车厢从正常的路程中消失了。

火车如同神助，轻松得就像脱衣服一般，把最后一节车厢脱掉了。

"军队"他们中几个魁梧的人先行登陆了欢庆的火车大陆。里面的人欢呼得更厉害了，这个晚上对于他们来说根本不是旅程，而是变成神仙的庆功舞会。

车厢门外像是凑热闹一般，涌来一片嘈杂的嬉笑声。地平线那边赶来各种各样的人，他们的欢欣散发在了奔跑的双腿间。他们是发现最后一节车厢掉队的人，其中的勇敢者不甘示弱地跳窗而下，向从眼前消失的最后一节车厢跑去。火车司机大概对这种事习以为常，完全没有理会，吹着口哨继续驾驭火车扬尘而去。

"军队"的人哈哈地笑，车上的人也一起哈哈地笑。

人都到齐了。

"关门咯！"外面的"军队"齐喊。

还没挤进车厢的勇敢者们拼命地往里钻，他被当做屎尿推搡进了厕所。

"关门咯！"这次门真的关死了。

"成仙！成仙！成仙！"乘客们挥舞着手臂，整齐划一地高歌他们的口号。即使在厕所，他的耳朵也被震得嗡嗡叫了。

嘭。

嘭嘭。

嘭嘭嘭嘭嘭嘭嘭……

"喔，喔喔！"很多人欢呼。

可是在厕所里面的他什么也喊不出来，因为，车上的尸体已经堆到了厕所门边，把门抵开了一条缝儿。血从四面八方灌进来，什么也阻挡不了血的波涛，它们随着欢呼的旋律又晃又抖。

欢呼的，是"军队"的人。

枪从大开的窗口伸进来，"小城来的军队"十分快乐地毙杀了车上所有的人，不少人带着笑容而死，看得出来大家都很满足。

门的缝隙被堆积成山的尸体挤得越来越开，他不得不细细观看。

"小城的军队"把血泊中的人们堆到车厢后部，然后所有的军队成员都现身了。厕所的门由惯性自动关上，他因此得益，隐蔽起来。他们以一定的次序走上来，按标识的座位号码落座，充满秩序，闭上眼睛，像是在倾听死亡的声音，那是最美妙的乐章。

"吃肉！"他们像鬼片里的僵尸那样突然睁开眼睛。这次换他们喊口号了。

"吃肉！吃肉！"

他们把血肉模糊的乘客拖了出去。

"节日！吃肉！"车厢外的他们还在喊。

他在厕所里呆滞了，偶尔踩踩地上的血。不知是庆幸逃过一劫，还是因为终于知道了车厢失踪的可怕的谜底，他的嘴角冒出了一丝笑容。然而血腥味让他昏昏欲睡，笑容就这样僵在了浅睡的脸上。

"哟嗨！埋起来！"过了好几个小时，外面终于又传来了口号声。

"军队"的成员们要把吃剩下的骨头埋起来，火车也要埋起来。他在厕所里，他什么都不知道。

"哟嗨！哟嗨！"火车向右剧烈地晃了晃，然后哐当掉进了巨坑。

"哟嗨！埋起来！"

时光枷锁

文/陈超峰

——那些过去的难过的回忆，在流完血后结成一个痂，锁住了时光。

（一）

阿午已经不年轻了，现在这个年纪，身边的人基本都叫他午先生。离那段被人左一个阿午右一个阿午叫着的时光越来越远了，到底有多远呢？午先生的顾客都认为他一定对此了解得很清楚，对了，他们一般都尊称午先生为午大师。

午大师，求你帮我一次吧，一次就好。

午先生总是尽力去帮他们的忙，毕竟这世上有太多遗憾了。但是遗憾的事情太多了，午先生总感觉力不从心。人为什么要做那些会在将来后悔的事情呢。

午先生没有坐车，一个人走在去医院的路上。

这个城市里经常会有各种各样的传言，多到让那些对真理有着洁癖的人都没有精力一一去辨别明白。午先生有时候也把传言听了进去，但从来也不会困惑，说到底也不是什么了不起的事情吧。午先生正在去探望父亲的路上，说起来上一次见到父亲是多久以前的事情呢？午先生好像又变回了多年前的阿午，心里惴惴不安，像是闯了祸心里藏着秘密的淘气孩子。

这几天人们都在说城里出现了一个神秘的流浪汉，他有着让人穿越时光回到过去的能力。真是相当有趣呢，午先生注意到街上的流浪汉确实多了起来，心里觉得有几分好笑，现在这不安的心情却又笑不出来。

不过呢，时光穿梭这种事情可不新鲜，午先生很多年前就遇到过了。

（二）

阿午那年才十八岁，离正式成年都还差那么一些日子。这也许是个特殊的时间节点吧，总要在此经历一些什么，走过之后才能宣告成熟。阿午的那段时光，回忆里满是悲愤。他经历了也许是这一生中最容易击垮一个人的事情。

如果从旁人的嘴里说出来，会不会显得不痛不痒呢。

那一年阿午的父亲做生意失败，欠了很多钱。父亲不敢经常待在家里，但债主却还是会执著地追上门来。什么啊，嘴里总是说着些难听的话，竟然指着阿午说出"你父亲是个不负责任的胆小鬼"这种话。

阿午并没有那么勇敢，但还是会咬紧牙关站出来尽力挡住他们。无论父亲在别人的口中被说得多么不堪，做儿子的也不能否定他是自己的父亲这一事实啊。每次讨债人来的时候，母亲总是害怕地躲在屋中。阿午看着紧闭的房门，心里面满是无奈。

该恨父亲么？毕竟是父亲啊。

这样担惊受怕的日子过了没多久，阿午担心的事情发生了。那一天阿午回家的时候，发现家里好像缺了一些什么，属于母亲的东西几乎全都不见了。阿午在家里等了好几天，终于还是接受了母亲离家出走的事实。

也不能怪她吧。这个家已经破碎好久了。

即使这样，阿午还是决定和父亲一起坚守住这个残缺的家。母亲走之后，讨债的人渐渐地也来得少了，父亲有时候会回家住上一晚。他发现了家里的异样，却什么也没说出口。

那天阿午一回家就发现父亲又回来了，但是两个人已经好久没有对话了，吃饭的时候父亲看了阿午很久，似乎想说什么却最终也没有开口。阿午埋头吃饭，装作没看到。

夜深了，阿午在床上久久不能入睡。好不容易终于要入睡的时候，房间外传来了刺耳的声音，阿午睡眼惺忪地爬起来，打开房间的门，却差点被屋外的大火撞回去。

父亲的房间着火了。阿午试图冲进去，可是大火已经吞没了房间。

这就好像是悲伤故事的开端。

阿午已经无家可归了。他就坐在家楼下的马路边，脚下是消防车奋力救火后留下的污水。周围聚集了好多人，看着被烧毁的公寓也不知在议论些什么，时不时有视线向阿午投来，就像担心了半天却还是被其射中的利箭。阿午双手抱住头，希望再过那么一会儿，这些人就会走开。

这场火把仅剩下的东西也带走了，包括自己最后的亲人。阿午哭不出来，身体里充斥着一种卸下一切力气的疲惫感，只想就这么躺下来望着天空，把身体揉进这大地中。

耳边是人们混作一团的议论声，阿午很庆幸此刻的自己什么也听不清楚。这些人啊，他们是要围在这边不断地释放能量，直到这个房子再度烧起来么。

有一个人的脚步声，从人群里走出来，踩过肮脏的水塘，走到阿午的身边坐了下来。阿午没有抬起头，他现在不想去理睬那些假模假样的好人。

那个人轻轻拍了一下他的肩膀，从底下递过来一根香烟。阿午一愣，还是默默地接过，凑着递过来的火苗点着了烟。

空气混杂着烟雾进入肺里，缓缓地到达肺的底部，再轻轻地吐出来。

好啊，我还活着。仅此而已么。

围观的人终于慢慢散去。这时候阿午才算抬起头来，衬着夜色仔细看来人的脸。

是一个老人。虽然看上去还很精神，但头发已经花白。

阿午开口，"谢谢……我是指，你的烟。"

老人笑了，"不用客气。"

阿午低下头不说话，两人之间的气氛有些尴尬。

"你不想知道我是谁么？"

"想。"你看上去好熟悉，只是此刻我的脑海就和这现实一样混沌不堪。

"我就是你啊。"老人丢出这句话，然后只是微微笑着看着他。

阿午再次仔细地看眼前的人，惊讶得半晌没有说话。这熟悉的样貌，原来是我自己么？

"时空穿梭？"

老人点了点头。

但是阿午又再次低下了头，"那又怎样，你回到这里，又能改变什么。"

老人没有说话。

阿午突然觉得怒不可遏。"你看啊！这就是我的生活！这不也是你的生活么！你告诉我该怎么办啊！"

"就算你从那么远的未来回到这里，又能改变什么！"

阿午在这失控的情绪中，终于流下眼泪来。"你可别告诉我你来只是为了看自己的笑话啊。"

老人抱住了阿午，阿午哭得越发无助。

眼前这个人，是唯一了解自己此刻心情的人。

这夜色中的两个人都找不到地方过夜，只好找了个公园暂时休息一下。

父亲做生意失败后，亲戚们都换了一副脸色，年少气盛的阿午怎么也不会去求他们的。而此刻的自己连个安身的地方都没有，也没有任何人可以依靠，如果是孤身一人的话肯定已经深陷无助之中无法自拔了。

不过，太好了，还有自己可以陪着自己。

眼前这个多年后的自己掏出了一些零钱，上面都印着几十年后的年份。当然，这些都没办法在现在使用。

两个人坐在公园的长椅上，聊着他们过去的经历。说到小时候的糗事，两个人都不禁笑了起来。但是到了深夜的时候，好像快把小时候的话题都聊完了。

"喂，为什么不告诉我我的未来呢？"

老人仰起头望着星空，"因为它正在改变啊。我就是为了这改变才回来的。"

第二天的时候，两个人被公园里晨练的人吵醒。按老人的建议，两个人动身回到了被烧毁的公寓。

才走到门口，发现两个警察已经在那里。阿午和老人想走进房间看一眼，但警察示意他们不要入内。那警察就站在门口，在得知阿午就是昨天逃出来的人后说："起火的原因我们还在调查，不过，可以确定的是没有在屋内发现你父亲的遗体。"

阿午和老人走出了公寓，阿午依然没有从这惊人的消息中回过神来。

"怎么会这样……父亲他……到底去了哪里？"

老人停下了脚步，"你不是已经猜到了么，他为了躲债，所以才点了这把火。"

"是这样么，父亲他……一个人逃走了么。"阿午低下头，一脸的失落埋在阴影里。

"昨天晚上听到奇怪的声音么？那是父亲在提醒你啊。"老人试图安慰阿午，只是阿午依然沉默着。

不管怎样，丢下自己的孩子一个人逃走，这样的事实在太残忍了。

这时候，老人突然拍了拍阿午，"看，那个人，记得吧。"

阿午顺着他的视线望去，出现了一个中年男子。一开始还以为是父亲，再仔细看时才发现不是。

是他啊。母亲还在的时候总是上门来讨债的那个人。阿午永远都会记得当时他指着自己说的话。

老人再次拍了拍阿午，阿午和他会心一笑。

（三）

眼看着正午就要到了，头顶上的太阳开始展示它的威力。略有些谢顶的中年男人抱着发福明显的肚子，在太阳底下走得有些吃力。都已经这个点了，是该找个地方解决午饭的问题了。一大早听说那个该死的欠债人家里着了火，急急忙忙跑出来确认一下。辛苦了这么一趟却几乎没有什么收获，两个警察来得比他还早，他又不敢过去问。当然，借给别人钱并没有什么好心虚的，只是那利率有些不大合理，如果警察起疑调查起来恐怕少不了麻烦。中年男子擦擦额头上的汗，每次提起利率的时候他都会使用"只是稍微有些不合理"这样的字眼，想到这里他轻轻笑了一声。

不过刚才向几个街坊邻居打听了一下，那个男人似乎昨天晚上回来了，难道他死在这场大火里了？这样的话，对于放债人来说可真是一笔不小的损失。

还是选一条太阳晒不到的路线吧。中年男子躲避着路上的车辆，横穿过了马路，走进一个弄堂口。从太阳底下走入暗处，眼前有些模糊，中年男子低头看着路，想尽快适应这一变化，却不巧撞在一个人身上。抬头看去才发现是一个少年，觉得有些面熟，还以为是附近的小流氓。正担心着可能要在这里破点财，突然想起了他到底是谁，惊得退后了几步。

"是你……这是要干什么？"真是冤家路窄。中年男子尽管想要虚张声势，心里却有些不安，侧着身子将视线往身后瞟去，却发现自己已经被堵在这弄堂里。

两张熟悉的脸，一个少年，一个老人。

（四）

在夜色里，阿午和老人爬上附近最高的天台，带着一些啤酒，打算借此消磨漫长的夜晚。

老人说，在高处看着太阳升起，可以感受到新生的力量。这正是阿午现在需要的吧。

两个人就地坐下，点着香烟，安静地喝着啤酒。月色温柔，安抚着黑夜里的人们。不知从何处吹来的风尽力地吹散着白天的燥热。嘴边啤酒的温度，也一样恰到好处地契合着这夜晚。

老人吐出一口烟，"你知道么，在不久之后，我们戒了烟。"

阿午笑了，"但起码现在还没有。"他吐出一口烟，仰起头看着星空。"母亲她后来有回来么。"

老人也抬起头望向星空，轻轻叹了口气。

"那，父亲呢。"

"也没有回来。"老人又叹了一口气，"也许是心怀愧疚吧。"

阿午默默地喝光了剩下的酒，问道："你恨他们么。"

老人笑了笑，"我也不知道，不过，时间会把一切都淡化的。现在难以承受的伤口也迟早会结成痂。"

阿午没有说什么，只是看着东方的天空，黎明好像就要破空而出。

老人好像带着几分醉意，他站了起来，对阿午说："结束了。我该回去了。"在阿午思考他这句话的含义的时候老人已经转过身去，跨过天台的栏杆跳了下去。阿午心里一惊，赶忙冲了过去。他靠着栏杆向下望去，黎明前的黑暗如此浓重，阿午怎么也看不见老人的身影。

这时候第一道光线撕开天幕照了过来。阿午站起来，面对着即将升起的太阳，感受着心里面涌出的力量。

（五）

午先生在路上不安地走了好久，终于来到了父亲的病房。其实他早就打听到了父亲的下落，只是直到父亲一星期前查出了重病住进了医院他才下定决心过来探望。

父亲躺在病床上睡着了，午先生悄悄走进病房，在床边坐下。这样也好。午先生只是想在父亲身旁待一会儿，再仔细地看一看多年未见的父亲。

躺在病床上的父亲睡得很安详，床边挂着的药水一滴一滴地往下落着。

父亲，你知道么。几个月前来找你的那个流浪汉就是我啊。没有认出来吧。

我在几年前才知道自己遗传着母亲那时间治疗师的基因，之后一直帮助着人们回到过去弥补遗憾。父亲，你知道么，时间治疗师所背负的命运就是必须要远离自己亲人的啊。因为我们的血肉之躯就好像这时光河流中的岛屿，为了渡别人而永远停留在这里。也就是说，只能眼睁睁看着亲人老去并最终死去，所以我们都尽力逃避着这样残酷的现实。

所以我想，多年前母亲的离去，也不能全怪在你身上吧。

也真有你的，竟然告诉我你是来自未来的我。我可是过了很多年才知道真相的呢，因为时间治疗师自己是不可以穿越时空的。

我那时憎恨着抛弃家人不负责任的你，就那样过了很长时间。不过，过去了那么久，我最终还是释怀了。还是被你说中了，伤口终究会结成痂的。

我心里面，还是希望由父亲你亲自来抚平那时的创伤吧。这就是我把你送回过去的原因。

睡梦中的父亲好像露出了一丝笑意。午先生静静地坐着，将视线转向窗外。外面是晴朗的好天气，几只鸟嬉戏着掠过天空。

午先生只想再这样坐一会儿，就这样静静地待在父亲身边。

第八宗罪

文/尤驰远

很多时候，我会拿现在与以前作对比。

就好像现在，拥挤的车厢，汗湿的气味，以及持续高涨的烦躁情绪。这又让我想起高中时期坐公车去学校的经历。那时整个车程颇长，大概要一个多小时。夏天的时候，整个车厢闷热得像一盒沙丁鱼罐头，我们就是躺在罐头里的尸体。而到了冬天，依旧人挤人的车厢，车窗蒙上一片人呵出的水汽。你无法望见罐头的外面，也更加透不过气来。

其实透不过气来的原因是因为人。是的，后来我才发现我这种病症叫做旷野恐惧症。这病时好时坏，严重的时候会让你感觉自己很不正常，病得厉害。

不过当你身边有同伴的时候就会好很多。

正如现在，我被人群挤在了地铁的门口。爱莎就站在我的不远处。

我花了大概十秒钟回顾那段高中时期烦躁的经历，随后又开始对比时下这种烦躁的感觉。这就好像从一盒二十世纪的鱼罐头跳到了另一盒以二十一世纪为名下各种和谐进步为前缀的新式加长版鱼罐头里。但本质上，我们还是那群被盛放在罐头里任人宰割的沙丁鱼。没有变过。

爱莎站在我的前方，她背对着我。爱莎的黑色短裙以及纤细的双腿、爱莎丰韵的屁股以及丝袜。

然后，"那种"不安又如同一根结实的粗麻绳，勒住了我的脖子。

我的眼愣愣地盯着爱莎，别无他物。

接着我拉下裤子拉链，掏出了我的小和尚（王小波《黄金时代》），开始隔着黑色短裙摩擦着爱莎的屁股。

首先必须得说明，我是一个比大多数人都要传统的人。虽然之前和爱莎在空无一人的教室、男厕所的包间、公寓楼顶的天台还有深夜公园的草地都做过。可是在大庭广众之下周围都是人，还是头一遭。

爱莎先是一惊，随后便意识到发生了什么。她没有回头看我，而是羞涩地低下了头。

我猜想她的脸应当是红透了。她同样也是个相当传统保守的女人，不可能会接受在这样的场地下过分亲昵的举动。

然而她却没有丝毫的抵抗。

我有些不甘，手却更加肆无忌惮。探进她的裙底，褪下丝袜。里边是蕾丝质感的内裤，手指恣意揉虐，并无所顾忌地往更深处试探。

她的身体有些颤抖。可是与期待完全相反的，她把身体靠向我，配合着我疯狂的举动；另一方面，她用包包紧紧地挡住了自己的下方，遮住了我的手。她依旧背对着我，略微弓着身子。我知道此刻她一定是紧闭着双眼，就像一个等待行刑的犯人。

又或者是一头沉默待宰的羔羊。可是无论视死如归还是兴奋地迎合，这都不将会是我要的结果。

一瞬间，我失了兴致，停下了手中的动作。我帮她整理好内裤、连裤丝袜还有裙摆，便像什么事情都没有发生过那样，人群又重新回到了我的视野之内。

吵闹声、潮湿的汗味冗杂在车厢里，重新刺激着我的感官。

事实上，没有人发现什么。

爱莎默默地松了口气。我听见了。

桥

刀口悬在半空足有四、五秒。

若是以逐格动画的形式展现，那刀片上的水滴会以毛毛虫般扭动的姿态滑至刀尖，那样一定很有画面感。

我下不了手，因为我无法决定是直截了当当头一刀劈下好呢，还是研磨式地缓慢切割比较好。

这也许并不算个大问题，但对我来说很重要。

刀又在空气中比划了好几个姿势，甚至刀面上的水渍都已经干涸，我却还在犹豫下刀的角度。怎么样的姿势，才会带来更少的痛苦呢？

"老公，你来帮我看看这是为什么。"爱莎在客厅里呼唤我。

我放下刀，来到客厅。爱莎正舒服地躺在沙发上看着一部叫《错爱双鱼座》的韩国电影。

"老公，这部电影里提到一部法国电影，说是一对恩爱的夫妻，过着幸福美好的生活，但是有一天妻子自杀了。你知道这是为什么吗？"

"就这事啊。也许是因为妻子觉得他们之间的爱情太过完美，她不想失去它，所以她用自杀以保留这一刻的美好。"我回答得理所当然。

"哎，你有看过那部法国电影吗？"爱莎追问道。

"没有啦。只不过，也没有别的答案了吧？"

我笑盈盈地回了厨房，重新面对那只伺待宰的西瓜。有时候连我自己也搞不懂，为什么对待一只西瓜，我都可以人文情怀泛滥。

不作多想，拿起刀，从瓜的正上方一刀劈落。带着嘎嘣脆的手感，瓜被切成了两半。恍惚间，我又在试想，如若这是一个人的脑袋，那又会是怎样的手感呢？想象不出来，只有试过才知道吧。

如果人的脑袋也像这样嘎嘣脆的话——又是没有犹豫的一刀，劈在了左边那半块西瓜上——那被劈成两半的脑袋会不会也感觉不到痛苦了？

"老公，你好厉害啊，后面提到了妻子为什么自杀，跟你说的一模一样诶。"

我端着切好的西瓜来到客厅。"你老公我可是要成为作家的人啊，当然思维敏锐啦。"

"老公，加油！老婆一定会一直在背后支持你的！"爱莎接过切好的西瓜，咬了一口，然后满足地笑了。她的笑眼如同两弯新月，煞是好看。

只是在这样轻松温馨的氛围下，我的心却又被紧紧抽牢一般难受。

当然我并不表现出来。借故退回整理厨房。

我一直觉得世界上是分两种人的。河的一头，与河的另一头。以河为界限。一头的人无法理解另一头的人的想法，因为另一头的人的想法总是缺少踏板连接前后关系，或者太过跳跃根本无法想象。

所以我一直自嘲着说，能成为海子、卡夫卡、特斯拉之流也不错。起码在他们的身后，架起了通往他们的桥。而我的桥呢，恐怕只有爱莎吧。

可是，即便是爱莎，又何以维持她这样无怨无悔的支持呢？

杀机

矛盾。人绝对是诸多矛盾的综合体。

当我想起在地铁上做过的一切，我自己都觉得自己恶心。

这是在时隔一个星期后的下午，爱莎还在上班。我一个人在家里观看岛国电车痴汉系列影片的时候，忽然一阵作恶。在此之前，我相当热衷于这种类型的片子。不过现在着实看不下去。本来想撸一管的想法也荡然无存。

虽说和爱莎在一起好几年了。但是私底下我还是会时不时背着爱莎撸管。不是因为爱莎哪里不好，而是我一直认为这和做爱是两种完全不同的感觉。

打飞机有青春的味道，而青春则意味着还可以有梦想。

爱莎是一个美人，这毋庸置疑，美得让人窒息。无论是脸蛋还是身材都无可挑剔。最重要的还是她那可以融化一切的笑容，以至于刚认识她那会，我一直觉得她足可以当个明星，而不是像现在这样，庸碌地做着一个小白领，平淡地和我这样子的小人物生活在这间逼仄的旧公寓里。除了白天费神地工作，晚上还有操劳的家事。我能为她做的，也只是简单分担一些家务而已。

可是对此她却不曾抱怨什么，甚至这一两年来，她没有对我发过一句牢骚。

而同是这一两年来，我一边在一家小广告公司上着班。一边发着从小便怀揣的作家梦，日复一日构思着、蓄谋着。却一次次被现实所击溃。

最近收到的一次回复是他们说，你的小说不符合当今市场，要有凶杀，读者才喜欢看。

我陷入沮丧无法自拔——凶杀，说的好简单。

爱莎则又一次来到我的身边。她说她喜欢我的每一篇小说。她说，你要相信你是独一无二的，你要坚持下去。在我沮丧到沉默的时候，她给我微笑还有怀抱。

我佯装无碍以回应她。表面上再次强打起残破不堪的自信。只是我还是需要面对现实的，面对一个长久以来的核心问题——我是否真的有这方面的才能，我是否真的值得她的无求回报的爱。

我越来越清楚这个答案，也是在这一两年。

时间磨平棱角之类的话，我也不想多说。借口都归咎于时间，那时间也太过可怜。

有时候我在想，我其实根本也不属于河的另一头。只是我伪装得很好，所以爱莎相信了我，并且付出她的美好给予我。而谎言却总有戳穿的那一日，不是吗？再高尚的伪装也无法标榜永恒。当一切真相被知晓，爱莎，她又会怎么看我，待我？

我不知道。我不知道。

可是我知道我病了。就像我知道旷野恐惧症的时候那样明确地知道着，但是我无法控制。

这时候，门外响起一串开锁的声音，那种金属搅和的声音是我自小就受不了的。可是那又是爱莎回来的声音。爱莎会带着她弯月的笑容，抱住我，亲我，然后为我准备晚餐。这一切看上去会让人感到美好、甜腻。只是不知道从什么时候开始，我害怕爱莎待在我的身边，我讨厌那种被美好充斥却透不过气来的感觉。

就如同现在，那种不安，它又包围了我。

解下枷锁

平躺在床上，腹中是爱莎精心准备的晚餐，左手边是依偎着我，已然入睡、呼吸均匀的爱莎。她总有搂着我睡觉的习惯，这举动有时候也会使得我安心入眠。

只是今夜我却格外"清醒"。因为右手边紧握的那把十公分长的水果刀，它搞得我右手有些神经性的颤抖，说不清是害怕还是兴奋。

我睁着眼望着昏暗的天花板。我在等待一个时机。谈不上是以什么为信号，但起码我得好好想想。

可是真当我决定想些什么的时候，脑袋里却一片空白。我注意到右手大拇指贴到了刀面，从指间传来一种冰凉的触感，可是我什么也想不了。我觉得就是回忆一下那次地铁的经历也好过什么都不想，只是那段记忆也忽然变得迷糊不清了，就好像从未发生过一样，在记忆的田野上平滑而规整。

我好像丧失了回忆这块功能。

我有些沮丧，因为我不知道动手的信号是什么。我陷入了漫长的等待、僵持。

时间一分一秒地流逝。客厅里挂钟的秒针走动的声响被无限放大。

客厅里的所有摆设都应该和每一个平凡无奇的晚上一样。整个屋子也是一样。卫生间、厨房……

碗筷都应该洗好了放在了碗橱里，这时候或许还没干。刀柜里缺了一把刀，不过这并无大碍。笔记本旁边的那包薯片忘记封口了，该受潮了，明天要记得扔掉。钱包手机钥匙没记错的话都统一摆放在茶几上……

没有什么该值得注意的地方了。整个夜都静悄悄地等待着我的行动。而我，真该死，我甚至有了放弃的打算。

就在这时，爱莎搂紧了我的左臂，脑袋在我的肩膀上蹭了蹭。散落的头发带有着她独特的体香，落在了我的脸上。她显得很满意。

我也相当满意，因为我知道，动手的时机到了——那种不安，又企图侵占我的内心。

我猛地一起身，左手一抬，把爱莎撩到一边。

爱莎朦朦胧胧地撑起身子，揉揉惺忪的双眼，倏尔惊醒，眼神中透露出一股恐惧。

我兴奋无比。右手上的那把水果刀，更是颤抖得有声有色，跟她身体保持着同样的频率。

她终于害怕了。她的脸上，她美丽的眼眸里，深刻着恐惧。她逃下床，妄图从门那里跑掉。我一晃身挡在了她的面前，挡住了她的去路。

杀了我，或者被我杀掉。

她退了一步，开始慌乱地把目之所及能拿起来的什物都砸向了我。我只是简单用左手一一挡开。枕头、花瓶、空调遥控器还有其他什么……可我甚至没有感受到疼痛。

我的内心正不自觉地狂喜，又或者是别的什么情绪。

来不及细细体味，因为任何不安都将会被我统统斩断。

我想起了切西瓜的时候，那样周全考虑的感觉，它与这一刻相重叠。如果真的是嘎嘣脆的一下，那也没有多少痛苦吧。

毫无犹疑，我一刀挥了下去。

告别那座需要背负的桥。告别那无休止的求索。

更重的是我要告别那该死的不安。

告白

我了解爱莎么？我曾经以为我了解，所以她才选择了我。可是当你太过了解一个人的时候，你就会发现，其实对她你根本一无所知。

她太过完美。完美到让你觉得不真实，让你自惭形秽却又不愿意失去。它形成了一种不安。让你患得患失，觉得美好到虚假，觉得无法相衬。诸此种种冗杂着，一步一步迫使你陷入绝境。

那种绝境，往往出现在你感受到幸福的那一刻。这的确很矛盾，在你本应最快乐的时候，你忍受着煎熬。

太爱一个人，自卑又患得患失的时候，人就会萌生出验证对方的爱的想法。

四年前还在上大学的时候。我有意无意地开始了一个计划——我开始故意惹爱莎生气。

我漏掉她的生日，和朋友去了网吧。我关机一天，独自一人去电影院看了一天的电影。我说拙劣的让她能够拆穿的谎言。我想看看她的反应。

起初这些都能奏效。我心底美滋滋地欣赏着爱莎发火的模样，以此感受她对我在乎的程度。只是后来，这些小伎俩都好像被她识破一般。她不吵也不闹了，就是对我好，好到我实在不忍心对她耍这些小聪明。

直到有一次，我因地制宜想到了个坏主意。

那天，我拉她去教室自习。说也巧，刚好是一间没有摄像头的教室。我起了歹念。好说歹说迫使爱莎半推半就地和我在教室里做了爱。

我觉得计划似乎有了新入口，便朝这个方向靠拢。只是但凡之后我拉她去空教室自习，她是说什么也不愿意了。

不过之后一次我的生日还是说动了她在男厕所和我做了一次。

再后来我们就毕业了。她为我留在了这个没有阳光的城市。我娶了她。婚后，无论在公园还是公寓楼顶那次都没有什么太大阻碍了。直到地铁那一次尝试……

这种求证式的爱不得到违背自己意愿的结果就无法停止。它的出发点是对方的爱。可是它走偏了，它变得只要得到反抗、违背、恐惧、愤怒甚至仇恨的反馈，就会带给我享受一般的快感。

而就像犯了毒瘾一般，没有那种快感我就会不安，就会在本应幸福的时候感觉到窒息一般。我变得只有不断地试探，更加剧烈地试探才使得自己能得到一段时间的安心。甚至这种行为成了自己存在的一种方式以抵抗心底日益蓬勃的自卑。

我知道，我一直都知道有些东西变得不一样了。

我知道，我迷失了爱的初衷，越走越偏离。

我知道。

只是我控制不了。

图书在版编目（CIP）数据

90后创意小说上海"战"全记录/《零》团队主编. ——上海：上海文化出版社，2013.7
ISBN 978-7-5535-0042-3

Ⅰ.①9… Ⅱ.①零… Ⅲ.①中国文学—当代文学—作品综合集 Ⅳ.①I217.1

中国版本图书馆CIP数据核字（2013）第066164号

出版人
王　刚
策划
《零》杂志
策划编辑
赵光敏
责任编辑
王　珺
装帧设计
许　菲

书名
90后创意小说上海"战"全记录

出版、发行
上海文化出版社
地址：上海市绍兴路74号
网址：www.cshwh.com
印刷
苏州望电印刷有限公司
开本
700×1000　1/16
印张
18.25
字数
380千字
版次
2013年7月第1版　2013年7月第1次印刷
国际书号
ISBN 978-7-5535-0042-3 / I · 012
定价
28.00元

告读者　本书如有质量问题请联系印刷厂质量科
T：0512-66700301